MAYA BANKS

Slow Burn

Dunkle Hingabe

MAYA BANKS

SLOW BURN

DUNKLE HINGABE

Roman

Ins Deutsche übertragen von
Firouzeh Akhavan-Zandjani

LYX
EGMONT

Die Originalausgabe erschien 2014 unter dem Titel *Keep Me Safe*
bei Avon, an imprint of HarperCollins Publishers, New York, USA.

Deutschsprachige Erstausgabe Dezember 2015 bei LYX
verlegt durch EGMONT Verlagsgesellschaften mbH,
Gertrudenstr. 30–36, 50667 Köln

1. Auflage
Redaktion: Ralf Schmitz
Satz: Greiner & Reichel, Köln
Printed in Germany (670421)
ISBN 978-3-7363-0009-5

www.egmont-lyx.de

MIX
Papier
FSC FSC® C083411

Für May Chen, weil sie so beharrlich war und
mich eine Geschichte schreiben ließ, die ich schon seit Jahren
in meinem Kopf herumgetragen hatte.
xoxo …

1

Caleb Devereaux bog aus einer scharfen Biegung der gewundenen Straße auf einen Weg ab, der zu der winzigen Berghütte führte, und fluchte, als er von einem Schlagloch ins nächste holperte. Er brodelte förmlich vor Wut und Ungeduld, doch die erleichterte Freude darüber, Ramie St. Claire nach einer anstrengenden Suche endlich gefunden zu haben, sorgte dafür, dass seine Stimmung nicht völlig im Keller war.

Ramie war die einzige und letzte Hoffnung für seine Schwester Tori.

Caleb hatte seine Suche nach Ramie St. Claire von dem Moment an begonnen, als Tori entführt worden war. Sie war sicherlich niemand, auf den man als Erstes setzte, wenn man auf der Suche nach einem geliebten Menschen war. Ramie war Hellseherin und hatte bei früheren Gelegenheiten beim Aufspüren von Opfern geholfen. Viele mochten ihr vielleicht skeptisch gegenüberstehen, doch Caleb war von Ramies Fähigkeiten überzeugt.

Seine eigene Schwester besaß auch hellseherische Fähigkeiten.

Er und seine Brüder, Beau und Quinn, waren in Bezug auf ihre kleine Schwester immer überängstlich gewesen. Aus gutem Grund. Caleb stand an der Spitze eines Imperiums, daher hatte Sicherheit immer höchste Priorität. Sie hatten immer Angst vor Entführungen gehabt, die begangen wurden, um Lösegeld zu erpressen, aber in ihren schlimmsten Albträumen wären sie nicht auf die Idee gekommen, dass Tori einfach verschwinden und der Gnade eines Wahnsinnigen ausgeliefert sein könnte.

Es hatte keine Lösegeldforderung gegeben … nur ein Video von einer an Händen und Füßen gefesselten Tori und das irre Lachen ihres Entführers, als dieser Caleb sagte, er solle sich von seiner Schwester verabschieden.

Er hoffte nur, dass es noch nicht zu spät war. Himmel, es durfte einfach nicht zu spät für Tori sein.

Es machte ihn rasend vor Wut, dass Ramie St. Claire vor drei Monaten einfach von der Bildfläche verschwunden war. Sie hatte sich einfach in Luft aufgelöst und natürlich auch keine Adresse hinterlassen. Es gab noch nicht einmal Hinweise darauf, dass sie jemals existiert hatte. Wie konnte sie sich einfach aus dem Staub machen, wenn sie so eine unschätzbare Hilfe beim Aufspüren von Entführungsopfern und Vermissten war? Wie selbstsüchtig war es, sich so dringend benötigter Hilfe zu verweigern?

Als er schließlich bei der kleinen Hütte ankam, die nicht so aussah, als würde sie den nächsten Winter überstehen, hatte er sich in seine Wut hineingesteigert.

Er stieg aus und marschierte zu der morschen Tür und hämmerte mit der geballten Faust dagegen. Die Tür wackelte und knackte unter der Gewalt seiner Schläge, doch nur Schweigen antwortete ihm, was seinen Blutdruck in unermessliche Höhen trieb.

»Miss St. Claire!«, brüllte er. »Machen Sie die verdammte Tür auf!«

Er donnerte wieder mit der Faust gegen die Tür und brüllte, dass sie endlich öffnen sollte. Wahrscheinlich sah er genau wie der Verrückte aus, der seine Schwester festhielt, und klang auch so, aber das war ihm mittlerweile egal. Er wusste vor Verzweiflung nicht mehr ein noch aus. Er hatte alle Hebel in Bewegung setzen müssen, um Ramie endlich aufzuspüren. Und er würde erst wieder gehen, wenn er die Informationen erhalten hatte, deretwegen er gekommen war.

Dann ging die Tür auf, und er wurde vom Anblick einer zierlichen Frau mit argwöhnischen grauen Augen empfangen. Einen Moment lang war er verblüfft und verstummte, als er Ramie St. Claire zum ersten Mal persönlich gegenüberstand.

Die Fotos, die er von ihr gesehen hatte, wurden ihr nicht gerecht. Sie strahlte eine Zartheit aus, als wäre sie dabei, sich von einer Krankheit zu erholen, doch das verbarg ihre Schönheit nicht im Geringsten. Sie wirkte … zerbrechlich. Das, worum er sie bitten wollte, ließ kurz Schuldgefühle in ihm hochkommen, doch er schob sie gleich wieder zur Seite. Wenn es um das Leben seiner Schwester ging, war ihm kein Preis zu hoch.

»Ich kann Ihnen nicht helfen.«

Die leise gesprochenen Worte strichen wie Samt über seine Ohren, was im völligen Widerspruch zu der Wut stand, die ihre Weigerung bei ihm hervorrief. Er hatte seine Bitte noch nicht einmal vorgebracht, und schon erteilte sie ihm eine Abfuhr.

»Sie wissen doch nicht mal, *worum* ich Sie bitten will«, erklärte er mit so eisiger Stimme, dass die meisten Leute in sich zusammengesackt wären.

»Das ist doch offensichtlich«, erklärte sie erschöpft. Die Müdigkeit zog ihre Augenlider nach unten. »Warum sollten Sie den weiten Weg sonst auf sich nehmen? Ich will nicht einmal wissen, wie Sie mich gefunden haben. Mein Versuch, meine Spuren zu verwischen, muss wirklich erbärmlich gewesen sein, wenn es Ihnen gelungen ist, mich aufzuspüren.«

Caleb runzelte die Stirn. War sie krank gewesen? War sie deshalb von der Bildfläche verschwunden … um sich wieder zu erholen? Doch jetzt, da er sie gefunden hatte, spielte das keine

Rolle mehr. Die Gründe, warum sie versucht hatte unterzutauchen, waren ihm egal.

»Warum sollten Sie es einem – bei Ihren Fähigkeiten – so bewusst schwer machen, Sie aufzuspüren?«, fragte er. »Das Leben meiner Schwester steht auf dem Spiel, Miss St. Claire. Ich bitte Sie nicht nur darum, mir zu helfen, sondern werde erst wieder gehen, wenn Sie es getan haben.«

Sie schüttelte heftig den Kopf, und Furcht vertrieb alle Trägheit aus ihrem Blick. »Ich kann nicht.«

In ihren Worten lag ein Anflug von Verzweiflung, die ihm sagte, dass mehr hinter ihrer Weigerung steckte, als auf den ersten Blick ersichtlich war. Irgendetwas stimmte nicht, trotzdem konnte er keine Reue aufbringen, dass er sie zwang einzuwilligen … nicht wenn es dabei um Toris Leben ging.

Er griff in seine Jacke und holte Toris Schal hervor. Der Schal war das Einzige, was er an der Stelle gefunden hatte, wo sie entführt worden sein musste … auf dem Parkplatz eines Supermarktes neben der offenen Tür ihres Wagens. Er hätte sie nie allein hinfahren lassen dürfen. Er hatte sie im Stich gelassen. Er hatte bei ihrem Schutz versagt. Er hatte nicht genügend für ihre Sicherheit gesorgt.

Ramie wich mit einem verzweifelten Schrei auf den Lippen zurück. Er kam sofort hinterher, drückte ihr den Schal in die Hände und hielt sie und den Schal fest, sodass es kein Entkommen gab. Sie stieß ein ersticktes Schluchzen aus und warf ihm einen waidwunden Blick zu, während ihr Gesicht unnatürlich bleich wurde. In ihren Augen war ein kurzes Flackern zu sehen, dann umwölkte sich ihr Blick, Schmerz verzeichnete ihre zarten Züge, und es war zu erkennen, dass sie jeden Moment zusammenbrechen würde.

»Nein«, flüsterte sie. »Nicht noch einmal. Oh Gott, nicht noch einmal. Ich überlebe das nicht.«

Die Beine gaben unter ihr nach, und sie wäre zusammengeklappt, hätte er sie nicht aufgefangen und dafür gesorgt, dass der Schal weiter ihre Hände berührte. Voller Entsetzen sah er mit an, wie Ramie in sich zusammensackte und seinen Armen entglitt, obwohl er sein Bestes tat, sie festzuhalten. Sie lag leblos und schlaff wie eine Gliederpuppe auf dem Boden. Er hockte sich sofort hin, um dafür zu sorgen, dass sie Toris Schal nicht wieder losließ. Aber das schien im Grunde keine Rolle mehr zu spielen. Ramie war längst an einem anderen Ort.

Ihr Blick trübte sich, und ihr Körper begann, sich zuckend zu verkrampfen. Sie nahm eine fötale Haltung ein, und die Hilflosigkeit, die aus dieser instinktiven Schutzreaktion sprach, traf ihn wie ein Schlag in die Magengrube. Sie stöhnte leise und fing dann an zu weinen.

»Bitte, tun Sie mir nicht wieder weh. Bitte, ich flehe Sie an. Mehr kann ich nicht mehr ertragen. Wenn Sie mich umbringen wollen, tun Sie's einfach, aber hören Sie auf, mich zu quälen.«

Eisige Kälte schoss Calebs Rücken hinauf, als er Ramies Stimme hörte, die fast mit der von Tori identisch war. Gütiger Himmel, wurde er etwa durch Ramie Zeuge, was seiner Schwester gerade widerfuhr?

Die Szene, die Ramie wiedergab, war entsetzlich. Nicht nur dass seine Schwester offensichtlich gerade schlimmste Qualen durchlebte, sondern dass Ramie allem Anschein nach mit ihr litt.

Natürlich hatte er Erkundigungen über Ramie St. Claires Fähigkeiten eingeholt, doch es hatte nur wenige Informationen gegeben, die über ihre erstaunliche Erfolgsquote hinausgingen. Nirgendwo war erwähnt worden, wie es ihr gelang, den Opfern zu helfen, oder was es ihr selber antat. Der Himmel stehe ihnen bei. Was hatte er getan?

Ihr Körper zuckte, und Caleb brauchte nur einen Moment, um zu erkennen, was gerade passierte. Es war zu unübersehbar. Übelkeit stieg in ihm hoch, und er musste tief Luft holen, um zu verhindern, dass er sich auf den Boden übergab. Tränen brannten in seinen Augen, während er durch das Fenster von Ramies Bewusstsein hilflos mit ansah, wie seine Schwester vergewaltigt wurde.

Ramies Schluchzen zerriss ihm das Herz, und er zog sie in seine Arme. Ihm fiel nichts anderes ein, als sie sanft zu wiegen. »Tori?« Er wisperte versuchsweise den Namen seiner Schwester, denn er wusste nicht, ob über Ramie eine Verbindung hergestellt worden war. »Kannst du mich hören? Ich bin's … Caleb. Sag mir, wo du bist, Liebes. Ich werde dich holen. Bitte, halte durch. Gib nicht auf, egal wie schlimm es ist.«

Ramies Kopf flog zur Seite, sofort zeichnete sich der Abdruck einer Hand auf ihrer Wange ab. Caleb war entsetzt und wusste nicht, was er tun sollte, nachdem er eine Linie überschritten hatte, von der es kein Zurück mehr gab. Er versuchte, seine Schuldgefühle zu verdrängen, und sagte sich, dass alles, was ihm half, seine Schwester zurückzuholen, gerechtfertigt war. Aber war es gerechtfertigt, dafür eine unschuldige Frau zu quälen?

Er hatte ihr keine andere Wahl gelassen. Sie hatte Nein zu ihm gesagt, trotzdem hatte er sie gezwungen, ohne zu wissen, welchen Tribut sie dafür würde zahlen müssen. Er hatte keine Ahnung gehabt, wie das Hellsehen bei ihr ablief, doch als er jetzt mit eigenen Augen sah, was es mit ihr machte, tat es ihm in tiefster Seele weh. Kein Wunder, dass sie sich so heftig gesträubt hatte. Kein Wunder, dass sie gesagt hatte, sie könnte es nicht mehr tun.

»Ramie. Ramie!«, sagte er mit etwas mehr Nachdruck. »Kommen Sie zurück zu mir, Ramie. Kommen Sie zurück, sodass Sie mir sagen können, wie ich Tori finden kann.«

Ramies Augen waren geöffnet, doch der Blick war in die Ferne gerichtet, sodass er sah, dass sie gar nicht da war. Der Handabdruck auf ihrem Gesicht hob sich grellrot von ihrer totenbleichen Haut ab. Er sah einen Ausdruck unendlicher Verzweiflung in ihren Augen, sodass er aufs Neue mit den Tränen kämpfen musste.

Plötzlich klappte sie wie ein Taschenmesser zusammen, während ihr Körper zusammenzuckte, als hätte ihn ein heftiger Schlag getroffen. Sie schlang die Arme um ihre Mitte, und er erkannte, dass sie getreten worden war … … oder dass Tori getreten worden war. Es war ein entsetzliches, hilfloses Gefühl zu wissen, dass zwei Frauen gequält wurden … und eine davon seinetwegen.

Dann rollte sie auf die Seite, sodass ihre Wange auf dem kalten Boden lag. Ihr Blick war starr und leer. Sie regte sich überhaupt nicht mehr, und Entsetzen packte ihn. War Tori tot? *Gütiger* Himmel! War er gerade Zeuge der *Ermordung* seiner Schwester geworden?

»Ramie! Wachen Sie auf! Gütiger Himmel, bitte, wachen Sie auf. Sagen Sie mir, wie ich Tori finden kann. Sagen Sie mir, dass sie noch lebt!«

Er nahm Ramies leichten Körper hoch und fluchte, weil sie so dünn und zerbrechlich war und auf seinen Armen kaum etwas wog. Er trug sie zum abgenutzten Sofa und legte sie vorsichtig ab, denn er wollte ihr nicht noch mehr Schmerzen zufügen, als sie bereits erlitten hatte.

Er saß auf der Kante, griff nach ihren eisigen Händen und rieb sie, um ihnen etwas Wärme einzuhauchen. Er hatte keine Ahnung, was er machen sollte. Sollte er sie in ein Krankenhaus bringen?

Doch nach einiger Zeit blinzelte sie und schien aus ihrer Trance zu erwachen. Sofort lag wieder ein schmerzerfüllter

Ausdruck auf ihren Zügen, und sie begann aufs Neue leise zu weinen, wobei ihm jede Träne tief ins Herz schnitt.

»Ist sie noch am Leben?«, fragte er voller Angst. »Wissen Sie, wie man sie finden kann?«

»Ja«, erwiderte Ramie benommen.

Hoffnung stieg in ihm auf, und er merkte, dass er beinahe ihre Hände zerdrückte.

»Sagen Sie mir, wo«, drängte er.

Flüsternd und unter Schmerzen beschrieb sie ihm den Ort in allen Einzelheiten. Angesichts der Genauigkeit, mit der sie nicht nur den Ort, sondern auch den Entführer beschrieb, krochen ihm Schauer den Rücken hoch. Sie konnte sogar das Autokennzeichen nennen.

Er griff nach seinem Handy und rief seinen Bruder an, um die Informationen, die er von Ramie erhalten hatte, weiterzuleiten. Als das erledigt war, sah er hilflos auf Ramie hinunter. Einerseits erfüllte ihn Dankbarkeit, andererseits auch höchstes Bedauern darüber, was für Qualen er sie ausgesetzt hatte.

»Was muss ich tun, um Ihnen zu helfen?«, fragte er leise.

Lähmende Resignation trübte ihren Blick noch mehr. »Es gibt nichts, was Sie tun könnten«, erklärte sie mit tonloser Stimme. »Gehen Sie einfach.«

»Den Teufel werde ich tun, Sie so einfach in diesem Zustand zurückzulassen!«

Er überlegte, dass er sie mitnehmen könnte. Dann wäre es möglich, ihr die Fürsorge angedeihen zu lassen, die sie offensichtlich benötigte, während Tori das bekam, was für sie vonnöten war.

»Ihre Schwester braucht Sie. Gehen Sie einfach. Mir geht's bald wieder gut.«

Die Lüge war so offensichtlich, aber mehr Überzeugungskraft schien sie nicht aufbringen zu können. Er war hin und her gerissen zwischen dem Wunsch, einerseits zu Tori zu eilen und andererseits zu bleiben, um sicherzustellen, dass mit Ramie alles in Ordnung war. Doch wie sollte sie so etwas überhaupt jemals überwinden? Zwei Frauen würden mit dem Schrecklichen, das sie durchgemacht hatten, bis ans Ende ihrer Tage leben müssen … seine kostbare Schwester und die Frau, die er gezwungen hatte, ihm zu helfen, ohne zu wissen, welchen Preis sie dafür zahlen würde.

»Bitte«, flehte sie mit brechender Stimme. »Gehen Sie einfach, und lassen Sie mich in Ruhe. Sie haben bekommen, was Sie wollten. Ich habe Ihnen geholfen … also gehen Sie. Das ist das Mindeste, das Sie für mich tun können.«

Caleb stand auf und fuhr sich aufgewühlt mit der Hand über Kopf und Nacken. »Ich gehe, aber ich werde zurückkommen, Ramie. Ich werde es wiedergutmachen.«

»Das kann man nicht wieder rückgängig machen«, flüsterte sie. »Für das, was passiert ist, gibt es keine Wiedergutmachung. Gehen Sie, und kümmern Sie sich um Ihre Schwester. Sie braucht Sie.«

Sie schloss die Augen, Tränen quollen unter ihren Lidern hervor. Wie konnte er sie zurücklassen? Aber wie konnte er andererseits nicht sofort zu seiner Schwester stürzen, um sie in Sicherheit zu bringen? So hin und her gerissen war er noch nie in seinem Leben gewesen.

»Wenn in Ihnen noch ein Funken Menschlichkeit ist, dann gehen Sie jetzt und erzählen niemandem, wo Sie mich gefunden haben«, erklärte Ramie mit heiserer Stimme. »Bitte, ich flehe Sie an. *Gehen* Sie! Er hat vor, sie morgen umzubringen. Bei Tagesanbruch. Sie haben also nicht viel Zeit.«

Ihre Worte erwiesen sich als der Anstoß, den er gebraucht hatte, um sich in Bewegung zu setzen. Aber zum Teufel … er würde es wiedergutmachen. Irgendwie.

Eine Woge der Reue durchströmte ihn. Noch schlimmer war die Erkenntnis, dass er nicht behaupten konnte, er würde irgendetwas anders machen, nachdem er jetzt wusste, was ihm vorher nicht klar gewesen war. Er würde wieder genauso handeln, wenn dadurch über Leben und Tod von Tori entschieden wurde. Aber zumindest verstand er jetzt, warum Ramie sich so gewehrt hatte. Wenn er sie jetzt ansah, hielt er sie nicht mehr für egoistisch und grausam. Er erkannte jetzt, dass sie aus reinem Selbstschutz verschwunden war. Er wusste nicht, wie sie so etwas in der Vergangenheit überwunden hatte. Er hoffte bloß inständig, dass sein Handeln nicht den Ausschlag gegeben hatte, dass sie sich endgültig nicht mehr erholen würde.

Caleb schloss die Augen und berührte dann ganz sanft ihre Wange. »Es tut mir so leid. Sie ahnen ja gar nicht, wie sehr. Meine Familie und ich schulden Ihnen mehr, als wir Ihnen jemals zurückzahlen können. Ich werde jetzt erst einmal gehen und hoffe inständig, dass ich nicht zu spät komme. Aber ich werde zurückkehren, Ramie. Verlassen Sie sich darauf. Ich werde es wiedergutmachen, und wenn es das Letzte ist, was ich tue.«

2

Ramie stemmte sich auf dem Sofa hoch, hatte aber nicht einmal die Kraft aufzustehen. Caleb war vor ein paar Minuten gegangen. Zwar hatte er sich ihr nicht vorgestellt, doch sein Name war die ganze Zeit in Tori Devereaux' Kopf präsent gewesen. Caleb war ihr letzter Bezugspunkt zur Realität, während der Entführer sie immer weiter an den Rand des Wahnsinns brachte.

Sie konnte Mitleid und sogar Verständnis für Calebs Handlungsweise aufbringen, ihm sogar beinahe verzeihen, was er getan hatte. Aber sie würde es niemals vergessen können. Das war das Schlimmste. Die Bilder, die Erinnerung daran, hatten sich für immer in ihrem Gehirn eingebrannt.

Tränen zogen einen schmerzenden Pfad über ihre Wangen. Sie fühlte sich ganz hohl und leer … gar nicht mehr wie ein Mensch. Immer wieder war sie aller Menschlichkeit beraubt worden.

Sie nahm alle Kraft zusammen, kam hoch und zwang sich, Entsetzen und Schmerz standzuhalten, die ihr den Atem nahmen, wie eine Woge, von der man überrollt wird. Denn die Verbindung zu Tori Devereaux war nicht unterbrochen worden, nachdem sie den Schal nicht mehr gehalten hatte. Ramie war sich immer noch allzu deutlich bewusst, was sie gerade durchmachte. Sie könnte eine Stunde oder gar einen ganzen Tag weiter mit ihr verbunden sein. Ramie konnte nur hoffen, dass die Verbindung bald unterbrochen wurde.

Sie musste weglaufen. Sie musste so weit weg wie möglich und dieses Mal dafür sorgen, dass wirklich niemand sie finden konnte … dass *er* sie nicht finden konnte. Denn wenn es Caleb Devereaux gelungen war, dann würde es auch der Mann schaffen, der sie hartnäckig verfolgte. Sie könnte es nicht ertragen, auch nur noch einmal das durchzumachen, was sie gerade eben erlebt hatte, noch war sie sich sicher, ob sie sich jemals wieder davon erholen würde. Zu viel war zu kurzfristig, zu schnell auf sie eingestürmt. Bis jetzt war sie nicht einmal in der Lage gewesen, die Suche nach dem letzten Opfer zu verarbeiten, und eben war sie gezwungen worden, genau das Gleiche noch einmal zu tun.

Benommen schlurfte sie wie eine alte Frau in das winzige Badezimmer der Hütte. Sie konnte sich nicht einmal dazu aufraffen, Caleb für das zu hassen, was er getan hatte, denn sie wusste, was Verzweiflung war. Sie war ihr immer wieder begegnet. Wer konnte schon sagen, ob sie nicht genau das Gleiche tun würde, wenn das Leben eines geliebten Menschen auf dem Spiel stand?

Doch nein … für sie gab es keine geliebten Menschen. Sie nahm an, dass sie irgendwann auch mal Vater und Mutter gehabt hatte. Irgendwo. Als Schatz war sie ausgesetzt worden und deshalb immer ein Fürsorgefall gewesen. Sie hatte nie echte Bindungen aufgebaut, weil sie von einer Pflegefamilie zur nächsten weitergereicht worden war.

Die Entdeckung ihrer übersinnlichen Fähigkeit hatte sie ihren Pflegeeltern noch mehr entfremdet. Man hatte sie mit Furcht angesehen, als wäre sie kein menschliches Wesen mit Empfindungen. Ihre Zeit bei der letzten Pflegefamilie, in der man sie untergebracht hatte, war voller Entsetzen und Gewalt zu Ende gegangen.

Seitdem hatte Ramie nur noch allein gelebt. Sie hatte sich nie dazu durchringen können, einem anderen Menschen so weit zu vertrauen, dass sie sich auf ihn einlassen konnte.

Es störte sie nicht, immer für sich zu sein. Sie genoss es sogar.

Nur manchmal … trauerte sie um das, was sie niemals gehabt hatte und auch nie haben würde. Ein normales Leben. Freunde und Familie. All die Dinge, die für die meisten Menschen selbstverständlich waren. Ramie würde nie den Fehler machen, das für selbstverständlich zu halten. Wenn ihr jemals die Gnade zuteilwerden sollte, eine Familie oder Freunde zu haben, würde sie jeden einzelnen Tag achten und nichts für normal und selbstverständlich halten. Das ging schon deshalb nicht, weil sie immer wieder Zeuge von Tod und unvorstellbarem Grauen geworden war.

Wo sollte sie jetzt hin? Wo konnte sie sicher sein, dass keiner sie finden würde? Sie wollte einfach verschwinden.

Dieses Mal sollte es für immer sein. Sie konnte nur hoffen, dass es ihr endlich gelingen würde, alle Spuren zu verwischen und sich gut zu verstecken, um sicherzustellen, dass keiner sie fand. Denn wenn der Mann, dessen Sinnen und Trachten darauf ausgerichtet war, sie zu vernichten, sie jemals finden sollte, würde sie sterben. Und ihr Tod würde nicht schnell und schmerzlos sein. Sie würde eines qualvollen Todes sterben und bei jedem Atemzug beten, dass er endlich ihr letzter sein möge.

3

Als sein Flugzeug landete, erfuhr Caleb, dass Tori tatsächlich an dem Ort gefunden worden war, den Ramie beschrieben hatte. Sein Bruder Beau berichtete ihm grimmig von ihrem Zustand, und obwohl Caleb durch Ramie erfahren hatte, was passiert war, empfand er es trotzdem wie einen Fausthieb in den Magen zu wissen, dass seine kleine Schwester so eine schreckliche Behandlung durch ihren Entführer erlitten hatte.

Was ihn jedoch noch mehr in Wut versetzte war, dass man Toris Entführer nicht festgenommen hatte. Sie war allein gewesen, in einem normalen Haus in einem friedlichen, familienfreundlichen Vorort von Houston, als die Polizei das Haus gestürmt und sie angekettet im Badezimmer gefunden hatte.

Sie war wie ein Tier behandelt worden, das nur mit ganz wenig Essen und Wasser am Leben erhalten worden war. Laut Beau hatte sie Gewicht verloren und war dehydriert. Das Schlimmste aber war, dass Beau am Telefon zusammengebrochen war, als er versucht hatte, Toris Zustand zu beschreiben.

Dabei war Beau ein stabiler Mensch. Von den vier Devereaux-Geschwistern war eigentlich er immer der gewesen, der kaum je ins Wanken geriet. Er zeigte nie Gefühle, seine Miene war immer ausdruckslos. Trotzdem war er gerade dann in Tränen ausgebrochen, als er mit Caleb sprach. Ein eindeutiger Hinweis darauf, in was für einem schlimmen Zustand Tori sich befand.

Quinn, Calebs jüngster Bruder, war die ganze Zeit bei Tori geblieben und hatte sie auch ins Krankenhaus gefahren, wo Beau jetzt auf Calebs Ankunft wartete.

Als Caleb Toris Krankenzimmer betrat, wurde er von Beau aufgehalten, der ihm bedeutete, mit nach draußen zu kommen. Caleb schüttelte den Kopf. Er würde nirgends hingehen, ehe er nicht seine Schwester gesehen hatte. Er musste sich mit eigenen Augen davon überzeugen, dass sie am Leben war und ihr nichts mehr passieren konnte … Es war ihm egal, wie schlimm der Anblick sein mochte.

Quinn, der neben Toris Bett stand, schaute mit leiderfülltem Blick auf. Caleb kam leise näher, denn er wollte Toris Schlaf nicht stören.

»Man hat ihr was gegeben, damit sie schlafen kann«, erklärte Quinn leise. »Sie war völlig hysterisch, und wer könnte ihr das verübeln? Ach, Caleb, was hat sie durchmachen müssen!«

Quinn stieß die letzten Worte mit erstickter Stimme hervor, ehe er verstummte und sein feucht schimmernder Blick wieder zu seiner Schwester wanderte.

Caleb betrachtete Tori und bemerkte, wie mitgenommen sie aussah. Unter ihren Augen waren schwarze Ränder, ihr Gesicht war bleich, und sie war viel zu dünn. Ihm stockte der Atem, als er den Handabdruck auf ihrer Wange bemerkte, der genauso aussah wie der, der auf Ramies Gesicht erschienen war, als er sie gezwungen hatte, Toris Schal in die Hand zu nehmen. Wieder empfand er Schuldgefühle.

Tori war hier. Verletzt und völlig erledigt, aber sie war hier, bei ihrer Familie, unter Menschen, die ihr auf jede denkbare Weise zur Seite standen. Ramie dagegen saß allein in ihrer Berghütte und hatte niemanden. Sie hatte das Gleiche wie Tori durchgemacht, doch bei ihr war keiner, der ihr half, wieder zu sich zu finden. Das verstärkte Calebs Entschluss, umgehend zu ihr zurückzukehren, sobald, was Tori anging, alles geregelt war. Was er getan hatte, ließ sich nicht mehr rückgängig machen, aber er konnte auf jeden Fall versuchen, Wiedergutmachung zu leisten. Zumindest konnte er dafür sorgen, dass sich jemand um sie kümmerte und sie nicht allein war.

»Wie zum Teufel hast du es geschafft?«, fragte Beau mit leiser Stimme. »Wie konntest du ihren Aufenthaltsort so schnell und so genau bestimmen, während wir bis jetzt nicht einmal in der Lage waren, eine heiße Spur zu finden?«

»Ramie St. Clare«, erklärte Caleb schlicht.

Quinn war seine Überraschung deutlich anzusehen. Schließlich wusste er durch Caleb, dass sie eigentlich von der Bildfläche verschwunden gewesen war und sich vermutlich weigerte, je wieder irgendjemandem zu helfen. »Du hast sie dazu bekommen zu helfen?«

»Ich hab ihr keine andere Wahl gelassen«, erwiderte Caleb ruhig. »Aber was ich ihr damit angetan habe. Himmel, ich hatte ja keine Ahnung. Ich hab sie aufgespürt, und als sie sich weigerte, mir zu helfen, habe ich ihr einfach Toris Schal in die Hände gedrückt, worauf sie in die Abgründe der Hölle katapultiert wurde.«

Beaus Miene nahm einen grimmigen Ausdruck an, und Wut flammte in seinen Augen auf. »Warum sollte sie überhaupt Nein sagen? Was zum Teufel stimmt mit ihr nicht, dass sie auf die Idee kommt, sich zu weigern, jemandem das Leben zu retten?«

»Es liegt an dem, was es mit ihr macht«, erwiderte Caleb leise. »Ich wusste es nicht. Ich hatte ja keine Ahnung. Woher auch? Für mich ist jedoch schlimmer, dass ich nicht sagen kann, ob ich nicht trotzdem wieder genauso vorgehen würde. Aber zumindest weiß ich jetzt, warum sie Nein gesagt hat.«

Quinn sah ihn verwirrt an. »Ich verstehe dich nicht. Was macht es denn mit ihr? Ich dachte, sie kann einfach die Opfer aufspüren und den Standort benennen, indem sie etwas berührt, das ihnen gehört hat oder bei dem eine Verbindung zum Tatort besteht.«

»Sie spürt sie auf, indem sie gewissermaßen mit ihnen verschmilzt«, erklärte Caleb. »Ich habe sie in diese Lage gebracht … als wäre sie das Opfer. Alles, was Tori durchgemacht hat, musste sie auch über sich ergehen lassen. Ich sah, wie ein Handabdruck, der genau wie der auf Toris Gesicht aussah, auf Ramies Wange erschien. Ramie ist genauso vergewaltigt worden wie Tori.«

Quinn wurde blass, und seine Miene drückte Fassungslosigkeit und Erstaunen aus. Beau zuckte erkennbar zusammen, und die Wut, die eben noch in seinen Augen gestanden hatte, schwand, während er Caleb ansah. Dann schloss er die Augen, und man merkte ihm die Erschöpfung an, als er wieder sprach.

»Verfluchter Mist«, murmelte Beau. »Das ist ja ätzend.«

»Wem sagst du das. Ich komm' mir wie ein Mistkerl vor, weil ich sie dem ausgesetzt habe, und ich fühle mich wie der letzte Dreck. Denn ich weiß, dass ich es wieder tun würde, wenn es die einzige Möglichkeit wäre, Tori aus den Händen eines Mörders zu retten.«

»Gütiger Himmel, was wirst du tun? Ich meine … wie geht es Ramie jetzt?«, fragte Quinn.

Noch mehr Schuldgefühle kamen in Caleb hoch. Er hatte so schnell zu Tori eilen wollen, dass er bereitwillig getan hatte, worum Ramie ihn bat. Er hatte sie nicht weiter bedrängt und zurückgelassen.

»Ich weiß nicht, wie es ihr geht«, gestand Caleb. »Ich habe sie allein gelassen. Sie hat mich darum gebeten. Und ich hab ohnehin die ganze Zeit nur an Tori gedacht. Aber sobald Tori wieder zu Hause und auf dem Wege der Besserung ist, werde ich zu Ramie zurückfahren und es wiedergutmachen.«

»Wir stehen alle tief in ihrer Schuld«, meinte Beau, und sein Blick glitt zu ihrer schlafenden Schwester.

»Ja, eine Schuld, für die ich einstehen werde«, schwor Caleb. »Was hat der Arzt euch erzählt?«, fragte er und wechselte das unangenehme Thema Ramie St. Claire. »Wie lange wird Tori im Krankenhaus bleiben müssen?«

»Ein paar Tage mindestens«, erwiderte Quinn. »Sie hat mehrere gebrochene Rippen und zahlreiche Prellungen.« Er wand sich, als er weitersprach. »Man muss sichergehen, dass es keine ernsthaften, inneren Verletzungen gibt, außerdem soll sie rehydriert werden, erst dann kommt eventuell ihre Entlassug infrage.«

Die drei Männer erstarrten und gaben keinen Ton mehr von sich, als ein leises Seufzen über Toris Lippen kam. Ihre Stirn legte sich in tiefe Falten, und ihre Miene drückte heftigen Schmerz aus. Sie wand sich ruhelos, und Tränen liefen über ihre Wangen.

Caleb war sofort an ihrer Seite. »Tori, Süße, ich bin's, Caleb. Du bist in Sicherheit. Beau und Quinn sind auch hier.«

Ihre Augenlider flatterten, doch als sie langsam die Augen öffnete, erfüllten sie qualvoller Schmerz und höchste Verzweiflung. Aber am schlimmsten war die Scham, die ihren Blick umwölkte. Es versetzte Caleb einen Schlag, dass sie sich für etwas schämte, für das sie absolut nichts konnte.

»Caleb«, krächzte sie.

Er legte seine Hand auf ihre Stirn und strich ihr in einer Geste des Trostes das Haar aus dem Gesicht. »Ja, Süße, ich bin's.«

Sie fuhr sich mit der Zunge über die Lippen und schluckte. Durch die Medikamente, die man ihr gegeben hatte, war sie immer noch benommen und langsam in ihren Bewegungen.

»Wie hast du mich gefunden?«, wisperte sie. »Ich habe gedacht, dass mich nie jemand finden … dass ich dort sterben würde. Er hat zu mir gesagt, dass ich sterben würde. Er wollte mich umbringen. Allmächtiger, wenn du nicht gekommen wärst … Er wollte mich umbringen, und ich betete, dass er es tun möge.«

Ihre Worte endeten in einem Schluchzen, und Quinn vergrub das Gesicht in den Händen, während Caleb Tori behutsam an sich zog. Beau stand am Fußende des Bettes. Seine Miene war mordlüstern, seine Augen funkelten vor Wut.

»Ich bin zu jemandem gegangen, der wie du ist«, erklärte Caleb leise und ließ dabei unerwähnt, wie – aus gutem Grund – widerwillig Ramie gewesen war, ihm zu helfen. Er würde Tori nie erzählen, dass er Ramie zur Willfährigkeit gezwungen hatte.

Tori runzelte die Stirn und sah verwirrt zu ihm auf. »Jemand, der wie ich ist?«

»Na ja, nicht ganz«, sagte Caleb und schenkte ihr ein Lächeln, das nur für sie bestimmt war. »Schließlich gibt es dich nur einmal. Ich habe Ramie St. Claire aufgesucht. Sie hat schon früher dabei geholfen, vermisste Personen aufzuspüren. Ich gab ihr deinen Schal, und damit war sie in der Lage zu sagen, wo du warst.«

Tori wirkte verblüfft. Ihr Mund stand vor Erstaunen offen, und sie hatte die Augenbrauen verwirrt zusammengezogen. Dann traten Tränen in ihre Augen.

»Wenn sie doch nur früher hätte helfen können«, flüsterte Tori.

Caleb schluckte und mied die Blicke seiner Brüder. Obwohl er ihnen gerade erklärt hatte, was Ramie hatte durchmachen müssen und warum sie sich geweigert hatte zu helfen, verdammten sie sie dafür, dass sie nicht schon früher greifbar gewesen war.

»Ich schulde ihr so viel«, presste Tori hervor. »Ich werde ihr das niemals zurückzahlen können. Kann ich mich zumindest bei ihr bedanken? Wenn alles vorbei ist und ich wieder nach Hause kann?«

Caleb musste schlucken, weil er einen Kloß im Hals hatte, dann wischte er ihr mit dem Daumen eine Träne von der Wange. »Wir können es nur versuchen.«

»Ich habe Angst«, sagte Tori mit brechender Stimme.

Ihre Finger krallten sich in das dünne Laken, mit dem sie bedeckt war, aber Caleb konnte sehen, wie heftig ihre Hände zitterten.

Caleb löste das Laken behutsam aus ihren Fingern und legte dann seine Hand um ihre. »Wovor hast du Angst, Süße?«

Der Griff ihrer Hand wurde fester, und ihre abgebrochenen Nägel bohrten sich in seine Haut. »Dass er zurückkommt, um mich zu holen.«

Ihre Worte hallten unheilvoll durch den kleinen Raum, und die Brüder sahen Caleb an. Ihre Wut – und ihre Angst – waren deutlich zu erkennen. Der Entführer war nicht festgenommen worden. Er war irgendwo da draußen, lief frei herum und suchte wahrscheinlich bereits nach dem nächsten Opfer. Oder würde er hinter Tori her sein, weil sie ihm entkommen war?

»Hör mir zu«, sagte Caleb mit tiefer, ernster Stimme. »Ich weiß, dass du Angst hast. Der Himmel weiß, dass du jedes Recht dazu hast. Aber ich, Beau und Quinn werden dich beschützen. Du wirst unter ständiger Bewachung stehen, bis dieses Arschloch gefunden und festgenommen worden ist. Er wird dafür bezahlen, was er dir angetan hat. Das schwöre ich bei meinem Leben.«

»Ihr könnt meinetwegen nicht euer ganzes Leben und eure Arbeit auf Eis legen«, widersprach Tori.

»Und ob wir das können«, sagte Beau schroff. »Du bist das Allerwichtigste für uns, Tori. Es gibt nichts Wichtigeres.«

»Wir werden diesen Mistkerl nicht in deine Nähe kommen lassen«, erklärte Quinn mit fester Stimme. »Und wir werden alle uns zur Verfügung stehenden Möglichkeiten ausschöpfen, um ihn aufzuspüren und für alle Zeiten hinter Gitter zu bringen.«

Tori wirkte nicht überzeugt, aber sie nickte und schloss, als die Medikamente wieder ihren Tribut forderten, die Augen.

Caleb küsste sie auf die Stirn. »Ruh dich aus, Süße. Wir werden hier sein, wenn du wieder wach wirst. Du musst dich jetzt darauf konzentrieren, dass es dir wieder besser geht, damit wir dich mit nach Hause nehmen können.«

4

Caleb stand in der Tür zu der Hütte, in der er Ramie das letzte Mal gesehen hatte. Ein ärgerlicher Ausdruck lag auf seinem Gesicht. Die Hütte war leer. Sie wirkte verlassen und sah so aus, als hätte hier nie jemand gewohnt. Ramie hatte noch nicht einmal einen Fingerabdruck hinterlassen. Nichts was darauf hingedeutet hätte, dass sie mal hier gewesen war. Er fuhr sich mit der Hand durchs Haar und schloss die Augen, als Frustration ihn erfasste.

Er hatte das Versprechen gehalten, das er Ramie – und sich – gegeben hatte. Er war zurückgekehrt … aber sie war fort.

Er konnte ihr nicht mal einen Vorwurf daraus machen … konnte sie nicht dafür schelten, dass sie die Beine in die Hand genommen hatte und geflüchtet war. Wenn er sie gefunden hatte, würden auch andere dazu in der Lage sein. Und während er sie früher für egoistisch gehalten hatte, verstand er nun genau, warum sie nicht mehr bereit war, sich der Qual auszusetzen, Vermisste aufzuspüren.

Die Frage, die ihn jetzt quälte, war, ob er es dabei bewenden lassen und einfach gehen sollte, so wie sie es sich gewünscht hatte, oder ob er sie erneut aufspüren und wiedergutmachen sollte, was er getan hatte.

Er war nicht die Sorte Mann, die so einfach aufgab. Er hatte sein ganzes Leben mit der hartnäckigen Verfolgung seiner Ziele verbracht.

Er war in eine außerordentlich reiche, alte Familie hineingeboren worden, die über Generationen ein riesiges Vermögen mit Öl angehäuft hatte. In sehr jungen Jahren hatte Caleb bereits die Leitung der Familie übernommen.

Seine Eltern hatten ihren Reichtum offen zur Schau gestellt. Sie waren in der Gesellschaft ein- und ausgegangen und hatten ein Leben in Saus und Braus geführt. Caleb war davon überzeugt, dass zumindest sein Vater in zwielichtige Machenschaften verwickelt gewesen war. Hinsichtlich ihrer beider Tod hatte es Verdachtsmomente gegeben, und die Frage hatte im Raum gestanden, ob es ein Unfall oder Mord gewesen war. Diese Frage war bis zum heutigen Tage nicht beantwortet worden.

Von dem Moment an, als Caleb die Verantwortung für die Familie und das Erbe übernommen hatte, war er ganz systematisch vorgegangen und hatte sie aus dem Scheinwerferlicht geholt. Kontinuierlich hatte er die Präsenz der Familie in der öffentlichen Wahrnehmung verringert und dafür gesorgt, dass keine Informationen mehr nach draußen drangen. Er hatte immer auf höchste Sicherheitsvorkehrungen geachtet und diese sogar noch verschärft, damit das, was Tori passiert war, nie wieder vorkommen konnte … und auch Ramie nicht widerfahren würde, wenn es in seiner Macht stand.

Auf der Suche nach irgendeinem Hinweis, irgendetwas, das ihm die richtige Richtung wies, ließ Caleb den Blick durch die Hütte schweifen. Er wusste bereits die Antwort auf die Frage, die er sich selber gestellt hatte. Er würde sich an Ramies Fersen heften und sie aufspüren … und von da an würde sie das Sagen haben. Was immer sie wollte, was immer sie brauchte, würde ihr zur Verfügung gestellt werden. Wenn es nach Caleb ginge, würde sie bis ans Ende ihres Lebens nie wieder auch nur den kleinen Finger regen müssen. Nichts wäre zu viel oder zu groß im Angesicht der Tatsache, dass sie Tori gerettet und dabei ein großes persönliches Opfer gebracht hatte.

Himmel, sie würde ihm wahrscheinlich einen Tritt verpassen, wenn sie ihn wiedersah. Und er verdiente es wahrscheinlich, auch wenn er das Gefühl hatte, er würde sie auch dann wieder dazu zwingen, ihm zu helfen, obwohl er wusste, was er ihr damit antat. Und das nagte an ihm. Das Wissen, dass er genau das Gleiche noch einmal tun würde, wenn es zum selben Ergebnis führte: Tori am Leben und in Sicherheit.

Er überprüfte, ob sein Handy Empfang hatte, und verzog das Gesicht, als er feststellte, dass dem nicht so war. Er ging zu seinem SUV zurück und fuhr langsam den Berg wieder hinunter. Sobald sein Handy wieder Empfang hatte, wählte er Beaus Nummer und wartete darauf, dass sein Bruder den Anruf entgegennahm.

»Hast du sie gefunden?«, fragte Beau ohne Umschweife.

»Nein«, erwiderte Caleb ruhig. »Wie geht es Tori? Hat es ihr was ausgemacht, dass ich schon so bald wieder weggefahren bin?«

»Das war kein Problem. Quinn und ich sind rund um die Uhr bei ihr. Aber sie schläft furchtbar schlecht und wollte auch keine Medikamente nehmen, bis Quinn Druck gemacht und sie dazu genötigt hat. So kann sie nicht weitermachen. Sie ist völlig am Ende und wird noch zusammenbrechen, wenn sie sich nicht ausruht und wieder gesund wird.«

Caleb schloss die Augen. Verflucht! Er sollte bei seiner Schwester sein. Aber Tori hatte zumindest Beau und Quinn. Wen hatte Ramie? Während seiner langen Suche nach ihr war nie die Rede von einer Familie gewesen … nicht einmal von Freunden oder Bekannten. Sie hatte niemanden.

»Ich möchte so vorgehen, wie wir es besprochen haben«, sagte Caleb. »Ich komme nach Hause, dann werden du und ich alle Sicherheitsvorkehrungen noch einmal von Grund auf durchgehen. Wenn ich ein Wörtchen mitzureden habe, wird

Tori nie wieder das Opfer einer Entführung werden … und wenn wir nachhelfen müssen, ist das eben so.«

»Ich werde hier schon mal anfangen«, sagte Beau. »Ich will nur die Besten anheuern.«

»Einverstanden.«

»Dann lässt du die Sache mit Ramie also auf sich beruhen?«, fragte Beau.

Caleb zögerte, ehe er mit seiner Entscheidung herausrückte. »Nein. Sie wollte in Ruhe gelassen werden, und vielleicht sollte ich mich daran halten. Aber ich kann das nicht. Du hast sie nicht gesehen, Beau. Ich ja. Und sie hat niemanden. Ich muss sie finden und mich davon überzeugen, dass es ihr gut geht. Vorher finde ich keine Ruhe.«

»Das verstehe ich. Wir stehen alle tief in ihrer Schuld, wenn ich also irgendetwas dazu beitragen kann, sie zu finden, will ich es tun.«

»Wir fangen bei der neuen Firma an«, sagte Caleb. »Von dort weiten wir unsere Nachforschungen aus.«

5

Ein Jahr später

Sei immer wachsam.

Das war schon immer ihr Mantra gewesen, aber jetzt war es wichtiger denn je. Angst war ihr ständiger Begleiter. Er hatte sie aufgespürt. Irgendwie war es ihm gelungen, sie aufzuspüren, und er hatte sie zu seinem nächsten Opfer auserkoren.

Er war besessen.

Er war besessen von Ramie … dem einzigen Menschen, der nah dran gewesen war, ihn zur Strecke zu bringen. Aber nah dran war nicht nah genug. Der Mörder war der Festnahme knapp entgangen, aber zumindest hatte Ramie der Polizei den Weg zu dem Ort gewiesen, an dem er sein neuestes Opfer festgehalten hatte.

Er hatte die junge Frau tagelang gefoltert. Endlose Tage voller Schmerz und Qual. Er hatte mit ihr gespielt, ihr den Tod versprochen, um ihn ihr dann doch zu verwehren.

Ehe Ramie von der Bildfläche verschwunden war, hatte er sie *angerufen*. Er war der Grund dafür, warum sie weggelaufen war. Weil er wusste, wer und was sie war und sie die Verantwortung dafür trug, dass ihm seine Beute wieder abgejagt worden war. Und so war sie nun diejenige, auf die er Jagd machte.

Und er war nahe dran.

Wie bekam er eigentlich jede ihrer Bewegungen mit?

Er spielte mit ihr. Er hielt sie zum Narren … weil er es konnte. Es hatte so schlimme Ausmaße angenommen, dass Ramie nachts aus Angst, er könnte irgendwo lauern, nicht mehr wagte zu schlafen. Sie war ständig unterwegs und blieb nie länger als eine Nacht am selben Ort.

Aber sie konnte spüren, dass er näher denn je war.

Wann würde er das Katz-und-Maus-Spiel satt haben und zur Tat schreiten? Und was würde sie in diesem Fall unternehmen?

Ramie fuhr bei dem am Straßenrand liegenden Hotel vor und stellte ihren kleinen SUV vor der Nummer sechs ab, dem Zimmer, das sie gemietet hatte, ehe sie losgehen wollte, um etwas zu essen, die Gegend zu erkunden und ein Gefühl dafür zu bekommen, ob alles so war, wie es sein sollte.

Sie verdrängte alle beunruhigenden Gedanken … unterdrückte die Panik, damit sie ihre Umgebung mit geschärften Sinnen wahrnehmen könnte. Mit einem Killer auf den Fersen, der jede ihrer Bewegungen registrierte, musste sie die Ruhe bewahren und besonders hellsichtig sein, um ihrem Verfolger immer einen Schritt voraus zu sein.

Langsam ließ sie ihre Hand über den Türknauf des Hotelzimmers gleiten und achtete dabei darauf, kein Geräusch zu machen oder gar den Schlüssel ins Schloss zu schieben, sodass irgendwer mitbekam, dass sie da war. Sie riss die Hand zurück, als hätte sie sich verbrannt. Die Bosheit, der Hass und das höhnische Lachen ihres Peinigers, die ihr wie eine mächtige Woge entgegenschlugen, hätten ihr beinahe den Boden unter den Füßen weggerissen. Die Beine wollten unter ihr nachgeben, und sie wirbelte verzweifelt herum, um zu fliehen, als die Tür aufsprang und etwas finster Unheilvolles ihr Handgelenk packte und zurückriss, während sie noch versuchte wegzulaufen.

Sie schlug zu, wehrte sich verzweifelt, denn sie wusste, wenn es ihm gelang, sie in den Raum zu zerren, würde sie tot sein – wenn sie Glück hatte. Ihr war klar, dass es weder ein leichter Tod noch ein schneller sein würde. Sie hatte in ihn hineingesehn. Sie wusste, wie er dachte, kannte all die kranken, perversen Fantasien, die er bei seinen Opfern ausgelebt hatte, und ihr Tod würde der schlimmste sein. Sie öffnete den Mund, um zu schreien, doch schon legte sich seine freie Hand schmerzhaft über ihre Lippen.

Sie schlug ihre Zähne in das bitter schmeckende, dreckige Fleisch und wurde belohnt, als er seine Hand wegzog und einen Schmerzensschrei ausstieß.

»Du kleine Schlampe«, knurrte er mit dämonisch klingender, vor Wut zitternder Stimme, die ihr eisige Schauer über den Rücken laufen ließ. »Dafür wirst du büßen.«

Sie drehte sich um und sah dem Bösen zum ersten Mal in Person ins Gesicht, ehe sie ihm ihr Knie in die Lenden rammte. Um sie abzuwehren, schlug er ihr mit dem Handrücken ins Gesicht. Der Schmerz ließ ihre Wange explodieren. Doch sein Griff lockerte sich so weit, dass sie ihm ihr Handgelenk entwinden konnte. Sie nutzte die Atempause, da sie wusste, dass sie keine weitere Chance bekommen würde.

Sie versuchte gar nicht erst, zu ihrem Auto zu gelangen. Er würde sie längst wieder gepackt haben, ehe sie es schaffte einzusteigen und wegzufahren.

Also rannte sie los.

Sie ließ alles, was sie besaß, hinter sich und raste auf die Hauptstraße zu, während ihr schmerzender Körper vor Überanstrengung gequält protestierte.

Sie konnte ihn hinter sich hören, konnte fast seinen Atem in ihrem Nacken spüren. Doch schlimmer war die erdrückende Gegenwart seiner Gedanken in ihrem Bewusstsein, seine Stimme, die bösartige Racheschwüre ausstieß. Sie sah ihren langen, qualvollen Tod in seiner Fantasie, die aber kaum der Wahrhaftigkeit entbehrte, denn seine Erbarmungslosigkeit kannte keine Grenzen. Er würde nicht eher ruhen, bis er sein Ziel erreicht hatte; die Vernichtung ihrer Existenz.

Das gab ihr die dringend benötigte Kraft, schneller zu laufen.

Warmes Blut lief über ihr Kinn und trocknete im Wind, während sie den Abstand zu ihrem Verfolger vergrößerte.

Wo sollte sie hin? Was sollte sie tun? Sie hatte keinen roten Heller mehr, nachdem ihre Handtasche mit dem bisschen Bargeld, das sie noch gehabt hatte, zurückgeblieben war.

Sie schluchzte, als sie ihre letzten Reserven mobilisierte. Sie war am Ende … auch finanziell. Sie hatte nichts mehr. Ihr war klar gewesen, dass sie in der nächsten Stadt einen Aufenthalt würde einlegen und das schreckliche Risiko eingehen müssen, dass er sie schließlich einholte, weil sie irgendwo bleiben musste, um sich einen Job zu suchen und ihre Geldreserven wieder aufzustocken. Damit sie weiter fliehen konnte. Doch damit war sie das Risiko eingegangen, dass genau das eintrat, was ihr jetzt widerfahren war.

Sie war entdeckt worden.

Sie wagte einen kurzen Blick über die Schulter und sah, dass ihr Angreifer aufgegeben hatte. Nein, das war nicht richtig. Er würde nie einfach aufgeben. Er würde nur ein bisschen zurückfallen, sie in einem falschen Gefühl der Sicherheit wiegen und erneut zuschlagen, wenn sie am wenigsten damit rechnete. Er besaß ein unheimliches Talent, sie aufzuspüren, weshalb sie sich allmählich fragte, ob er auch über übernatürliche Fähigkeiten verfügte. Wie konnte es sonst möglich sein, dass er ihre nächsten Schritte vorhersehen konnte? Lebte er etwa seit jenem schrecklichen Tag, da sie über sein letztes Opfer mit ihm in Verbindung getreten war, als ein Schatten in ihrem Kopf? War sie, ohne es zu wollen, eine Verbindung mit der Ausgeburt des Bösen eingegangen? Der Himmel wusste, dass sie nicht in der Lage gewesen war, ihn aus ihren Träumen zu verbannen, nicht einmal bei Tag aus ihren Gedanken. Die einzige Verschnaufpause war ihr gewährt worden, als Caleb Devereaux ihr vor vielen Monaten den Schal seiner Schwester in die Hand gedrückt hatte. Einen kurzen Moment lang hatte sie etwas anderes wahrgenommen als den Mann, der sie verfolgte. Doch damals hatte sie nur eine Hölle gegen eine andere getauscht.

Jener schreckliche Tag auf einem Berg in Colorado hatte geschafft, was keinem anderen gelungen war, er hatte sie gebrochen. Zwar hatte es sie jedes Mal, wenn sie ihre Fähigkeit einsetzte, um Monster aufzuspüren, stark mitgenommen, aber an jenem Tag hatte es keine Wiederkehr mehr gegeben. Vielleicht würde sie sich nie wieder davon erholen. Manche Wunden waren einfach zu tief. Zu viel war auf sie eingestürmt, nachdem sie gerade erst eine Begegnung mit Blut und Tod gehabt hatte. Sie hatte förmlich gespürt, wie etwas in ihrem Innern zerbrach, als sie in Tori Devereaux' Geist eingedrungen war und all das Schreckliche miterlebt hatte, das die junge Frau gerade erlebte.

Vielleicht war das einfach der letzte Tropfen gewesen. Doch wie auch immer, nachdem Caleb Devereaux sie verlassen hatte, um seine Schwester zu finden und ihr beizustehen, war Ramie nicht mehr dieselbe gewesen. Vielleicht würde sie das auch nie wieder sein.

Wäre der Tod so schlecht? Sie hatte das Gefühl, als würde sie jedes Mal sterben, wenn sie mit dem Geist eines hilflosen Opfers verschmolz. Die meisten Menschen begegneten dem Tod nur ein Mal. Sie hatte ihm immer wieder ins Auge geblickt. Vielleicht würde sie im Tod endlich Frieden finden. Nur dass sie sich weigerte, dem Mann, der sie jagte, diesen Triumph zu gewähren. Er würde durch nichts aufzuhalten sein. In seinem kranken, verdrehten Kopf sah er sich als Gott. Solange all sein Sinnen und Trachten auf sie ausgerichtet war, würden zumindest andere Frauen vor seinen sadistischen Neigungen sicher sein. Das war Grund genug, weiter zu kämpfen.

Grund genug, am Leben zu bleiben.

Sie blieb stehen, weil ihre Beine sich weigerten, nur noch einen weiteren Schritt zu tun. Vor ihr ragte eine Tankstelle auf; um Atem ringend beugte sie sich vor und stützte sich mit beiden Händen an den Knien ab. Tränen brannten in ihren Augen, als ein Gefühl der Ausweglosigkeit sie erfasste. Es spielte keine Rolle, dass sie den Mistkerl nicht gewinnen lassen wollte.

Sie konnte nirgendwo hin. Es gab keinen Ort, an dem sie hätte unterkriechen können. Keinen sicheren Hafen.

Plötzlich erinnerte sie sich wieder an Caleb Devereaux' Gesicht, und die Worte, die er zum Abschied gesagt hatte, verfolgten sie. Sie erinnerte sich an den Ausdruck des Bedauerns in seinen Augen, als er erkannt hatte, welche Folgen das, zu dem er sie gezwungen hatte, für sie hatte.

Ich werde zurückkehren, Ramie. Verlassen Sie sich darauf. Ich werde es wiedergutmachen, und wenn es das Letzte ist, was ich tue.

Vor einem Jahr hatte er ihre Welt in Schutt und Asche gelegt und dafür gesorgt, dass sie seitdem auf der Flucht war. Vielleicht war er jetzt ihre einzige Rettung.

Er schuldete es ihr. Sie hatte seine Schwester gerettet. Die Zeit war gekommen, diese Schuld einzutreiben.

Sie hatte nicht vorgehabt, auch nur in seine Nähe zu kommen. Sie hatte sich nicht daran erinnern wollen, was sie seinetwegen hatte durchmachen müssen. Aber ihr standen keine anderen Möglichkeiten mehr zur Verfügung. Er war ihre letzte und einzige Hoffnung. Kein anderer würde es verstehen. Wer würde ihr glauben? Caleb hatte mit eigenen Augen gesehen, welchen Preis sie für das Leben seiner Schwester bezahlt hatte. Er würde ihre Fähigkeiten nie und nimmer infrage stellen.

Sie hasste ihn nicht für das, was er getan hatte. Vielleicht sollte sie ihn hassen. Doch würde sie an seiner Stelle anders gehandelt haben, wenn ein Menschenleben auf dem Spiel stand? Nein, sie hasste ihn nicht. Sie empfand gar nichts, außer einer überwältigenden Müdigkeit und dem Gefühl, dass ihr ein entscheidender Teil ihrer selbst abhandengekommen war durch die Monster, bei deren Ergreifung sie geholfen hatte. Sie waren jetzt ein Teil von ihr und mit ihrer Seele verschmolzen. Ein Makel, der nie wieder entfernt werden konnte.

Nein, sie konnte keinen Hass und keine Bitterkeit gegen Caleb Devereaux aufbringen. Auch wenn sie wusste, dass ihr Schicksal wahrhaftig besiegelt sein würde, sollte er sich weigern, ihr zu helfen. Aber sie könnte ihm keinen Vorwurf aus seiner Weigerung machen. Sie repräsentierte all das, was er und seine Schwester vergessen wollten. Wenn er ihr half, würde er damit eine Tür öffnen, die vor einem Jahr geschlossen worden war.

Sie schloss die Augen und atmete ein paar Mal tief durch. Er *musste* ihr einfach helfen. Eine andere Möglichkeit würde sie nicht in Erwägung ziehen. Sie musste nur Kontakt zu ihm aufnehmen.

Als Erstes brauchte sie einen sicheren Ort, von dem aus sie telefonieren konnte. Sie wusste noch nicht mal, wie sie Kontakt zu ihm aufnehmen sollte. Sie hatte genug Nachforschungen über ihn angestellt, um zu wissen, dass er extrem reich war, aus einem alten Familiengeschlecht stammte und sich in der besten Gesellschaft bewegte. Aber das erschwerte die Sache eher, als dass es half, weil es bedeutete, dass es viel schwieriger sein würde, an ihn heranzukommen. Sie konnte wahrscheinlich von Glück sagen, wenn es ihr überhaupt gelang, zu ihm vorzudringen. Leute wie er gingen nicht selber ans Telefon. Sie würde sich durch viele Abteilungen zu ihm durchstellen lassen müssen. Und nachdem, was seiner Schwester geschehen war, würden seine Sicherheitsvorkehrungen schärfer denn je sein.

Mit ihm in Kontakt zu treten ließe sich wahrscheinlich mit dem Versuch vergleichen, den Präsidenten ans Telefon zu kriegen.

Sie konnte es also nur versuchen und das Beste hoffen. Dafür musste sie erst einmal einen Ort finden, von dem aus sie telefonieren konnte. Und dazu benötigte sie einen Internetzugang.

Ihr Kopf dröhnte, und sie rieb sich mit der Hand über das blutverschmierte Gesicht.

Denk nach, Ramie, denk nach! Benutz deinen Verstand mal für etwas anderes, als immer nur an das Böse zu denken.

Die Bibliothek. Natürlich!

Erleichtert, dass ihr etwas eingefallen war, das zumindest ansatzweise nach einem Plan aussah, ging sie zur Tankstelle und fragte dort nach dem Weg zur Bibliothek des Ortes. Als der Tankwart ihr sagte, dass es bis dorthin zwei Meilen waren, verließ sie der Mut. Das war ein langer Marsch, und sie würde sich beeilen müssen, um dorthin zu kommen, ehe die Bibliothek schloss. Ein Taxi konnte sie nicht nehmen, weil sie keinen Pfennig bei sich hatte. Und in aller Öffentlichkeit hinzulaufen stellte ein großes Risiko dar, denn *er* war immer noch irgendwo da draußen. Wartend. Beobachtend. Nicht weit entfernt. Und vielleicht würde es ihr beim nächsten Mal nicht gelingen, sich ihm zu entziehen. Dieses Mal würde er darauf vorbereitet sein, dass sie sich wehrte.

Sie wusste, dass sie das Unvermeidliche damit nur hinauszögerte, trotzdem ließ sie sich die Wegbeschreibung noch einmal geben, ehe sie aufbrach und Richtung Bibliothek marschierte, wobei sie ihre Umgebung sorgfältig im Auge behielt und überall nach Hinweisen auf ihren Angreifer suchte.

Nur Minuten vor Schließung der Bibliothek kam sie an und wurde von angenehm kühler Luft empfangen, die über ihr Gesicht strich. Sie wand sich verlegen, als sie den durchdringenden Blick der Bibliothekarin bemerkte, doch dann fiel ihr ein, dass getrocknetes Blut an ihrem Gesicht klebte und wahrscheinlich auch ein Bluterguss ihre Wange zierte. Vermutlich sah sie wie ein Opfer häuslicher Gewalt aus. Das würde den mitleidigen Ausdruck im Blick der alten Dame erklären.

Vielleicht könnte sie sich das zunutze machen, und die Bibliothekarin ließ sie deshalb das Telefon benutzen.

Ramie ging an einem der öffentlichen Computer ins Internet und führte eine Suche nach Caleb Devereaux durch. Er war jetzt der Besitzer einer Sicherheitsfirma, die vor einem Jahr nach der Entführung seiner Schwester gegründet worden war. Es bestand keine Möglichkeit, in Erfahrung zu bringen, ob er darüber erreichbar wäre oder nicht, aber sie konnte es wenigstens versuchen. Vielleicht könnte sie ihm so wenigstens eine Nachricht zukommen lassen. Aber wie sollte er sich seinerseits mit ihr in Verbindung setzen? Sie hatte keine Telefonnummer, keine Unterkunft, sodass er sie gar nicht zurückrufen konnte.

Sie schloss die Augen, als die Verzweiflung sie übermannte. Es ging um alles oder nichts. Sie hatte einen einzigen Versuch. Sie hatte keine Ahnung, was sie tun sollte, wenn sie ihn nicht erreichte. Wenn sie ihn nicht erreichte, war ihr Tod unvermeidlich.

Sie prägte sich die Nummer ein, ehe sie all ihren Mut zusammennahm und zögernd zu dem Tisch ging, hinter dem die Bibliothekarin stand.

»Ma'am«, sagte Ramie leise. »Würden Sie mir wohl erlauben, einen Anruf zu machen? Ich habe nichts. Meine Handtasche und der ganze Inhalt sind mir gestohlen worden.«

»Ach, Sie armes Ding! Das ist also Ihrem Gesicht passiert? Sie sind ausgeraubt worden?«

Ramie nickte und verspürte kein bisschen Reue ob der Lüge.

Die Bibliothekarin holte ihr privates Handy heraus und reichte es ihr über den Tisch.

»Warum gehen Sie nicht da hinten in die Ecke, wo Sie sich hinsetzen und in Ruhe telefonieren können«, riet ihr die Bibliothekarin freundlich. »Wir schließen in ein paar Minuten, aber ich warte, bis Sie fertig sind.«

»Vielen, vielen Dank«, sagte Ramie voll Inbrunst. »Das ist sehr nett von Ihnen. Ich bin Ihnen sehr dankbar.«

Die Frau lächelte und bedeutete Ramie, ihren Anruf zu tätigen.

Ramie tippte, während sie zu dem Stuhl in der Ecke ging, die Nummer ein. Ihr ganzer Körper tat ihr weh, und sie war so müde nach den schlaflosen Nächten, dass sie sich kaum mehr auf den Beinen halten konnte.

Eine finster klingende Stimme nahm den Anruf beim zweiten Klingeln entgegen.

»Devereaux Sicherheitsdienst«, ertönte es schroff.

»Ich muss mit Caleb Devereaux sprechen«, sagte Ramie. »Es geht um Leben und Tod.«

Sie zuckte zusammen, als sie merkte, wie abgedroschen das klang. Jeder, der zu ihm durchgestellt werden wollte, würde das Gleiche sagen. Und, nun ja, schließlich hatte sie eine Sicherheitsfirma angerufen, da ging es wahrscheinlich bei jedem Anruf um Leben und Tod.

»Sie heißen?«

Der Mann klang gelangweilt, als würde er tatsächlich tagtäglich solche Anrufe entgegennehmen. Ramies Kehle schnürte sich vor Angst zusammen. Hoffentlich wollte der Mann sie nicht abwimmeln.

»Ramie St. Claire«, antwortete sie und zitterte dabei so heftig, dass ihre Zähne klapperten und man sie kaum verstehen konnte, während gerade jetzt absolute Klarheit von höchster Wichtigkeit war. Sie spannte ihre Kiefermuskeln an und sprach durch fest zusammengebissene Zähne. »Wie ich schon sagte, ist es sehr wichtig, dass ich mit ihm spreche. Wenn Sie ihm meinen Namen nennen, wird er meinen Anruf entgegennehmen.«

»Bleiben Sie bitte dran.«

Fahrstuhlmusik kam aus der Leitung, während Ramie dasaß und wartete, hoffte, betete und mit jeder Sekunde, die verging, mehr den Mut verlor.

Das Warten dauerte mehrere Minuten an. Sie schaute nervös zu dem Tisch, hinter dem die Bibliothekarin darauf wartete, dass sie ihr Telefonat beendete. Erwartungsvoll blickte sie in Ramies Richtung, was diese nur noch ängstlicher machte. Verzweiflung stieg in ihr hoch und legte sich wie Blei auf ihre Schultern, als ihr klar wurde, dass man sie nicht durchstellen würde. Sie war schon dabei, das Handy langsam vom Ohr zu nehmen, um die Verbindung zu unterbrechen, als plötzlich eine andere Männerstimme aus dem Telefon drang.

»Ramie? Sind Sie das? Wo sind Sie? Geht es Ihnen gut?«

Sie hätte die Stimme überall wiedererkannt. Sie hörte sie häufig in ihren Träumen, in denen sie sich mit den Stimmen von anderen vermischte. Aus irgendeinem seltsamen Grund tröstete sie seine Stimme, obwohl sie gar keine Veranlassung dazu hatte. Er war es gewesen, der sie dazu gebracht hatte, die Schwelle zum Wahnsinn zu überschreiten. Trotzdem …

Sie kniff die Augen zusammen, als sie vor Erleichterung schwach und zittrig wurde. Sie stand kurz davor, in Ohnmacht zu fallen. Hätte sie nicht gesessen, wäre sie jetzt zusammengebrochen.

»Ja«, erwiderte sie mit rauer Stimme. »Ich brauche Ihre Hilfe, Caleb. Das sind Sie mir schuldig.«

Sie zuckte nicht einmal zusammen, als sie die Forderung aussprach. Er war ihr etwas schuldig. Stolz war unentschuldbar, wenn es um ihr Leben ging.

»Sagen Sie mir, wo Sie sind«, verlangte er. »Ich werde sofort zu Ihnen kommen.«

Sie legte die freie Hand an ihre Stirn und versuchte, die rasenden Gedanken zu ordnen. Ihr Magen rebellierte. Teils vor Angst, teils vor unsäglicher Erleichterung. Er hatte gesagt, dass er zu ihr kommen würde. Keine Fragen. Keine Ausflüchte. *Ich werde kommen*. Sonst nichts.

Träumte sie das alles nur? War es einer von diesen unzähligen Träumen, in denen Caleb Devereaux und die Dämonen ihrer Vergangenheit vorkamen? War sie für immer dazu verdammt, von so vielen Gesichtern des Bösen heimgesucht zu werden? Doch Caleb stand entfernt von all dem … das einzig Gute in einem Meer aus Angst und Schmerz.

»Ich bin in Shadow, Oklahoma«, gelang es ihr schließlich hervorzupressen. »Da ist jemand … Ich stecke in Schwierigkeiten. Ich habe *Angst*.«

Die Worte sprudelten so wirr aus ihr heraus, wie es in ihrem Kopf aussah. Was sie sagte, ergab keinen Sinn, aber ihre Zunge wollte ihr einfach nicht gehorchen.

»Okay, ganz langsam, Ramie. Beruhigen Sie sich und ordnen Sie Ihre Gedanken. Sagen Sie mir genau, wo Sie sind und was los ist.«

Der besänftigende Klang seiner Stimme hüllte sie ein wie

eine warme Decke. Die Zuversicht, die von seinen Worten ausging, war das Schönste, was sie in ihrem ganzen Leben gehört hatte. Aber wenn er nun zu spät kam?

»Jemand versucht, mich umzubringen«, flüsterte sie, denn sie wollte nicht, dass die Bibliothekarin etwas mitbekam. »Es ist mir nur mit Mühe und Not gelungen, ihm zu entkommen. Er hat in meinem Hotelzimmer auf mich gewartet, aber als ich den Türknauf berührte, wusste ich, dass er da war. Ich musste mein Auto zurücklassen, meine Handtasche, *alles*. Ich bin weggelaufen. Ich habe keinen Platz, wo ich bleiben könnte, und kein Geld. Ich habe *Angst*.«

»Alles wird wieder gut«, erklärte er mit einer Ruhe, die sie nicht im Entferntesten empfand. »Ich werde Ihnen einen sicheren Ort besorgen, wo Sie heute Nacht bleiben können, und ich werde, so schnell ich kann, da sein.«

»Aber ich habe keinen Ausweis«, sagte sie. Die Panik hatte sie fest im Griff. »Ohne Ausweis und Kreditkarte kann ich in keinem Hotel einchecken. Und ich habe Angst, irgendwo hinzugehen, weil er irgendwo da draußen auf mich wartet.«

»Ramie, hören Sie mir zu. Ich werde mich um Sie kümmern. Ich suche gerade nach der Stadt, in der Sie sich befinden, um zu sehen, was ich machen kann. Wo sind Sie jetzt?«

»In der öffentlichen Bibliothek, aber die schließt gleich«, sagte Ramie und schaute wieder zu der Bibliothekarin.

»Okay, ich werde folgendermaßen vorgehen: Ich schicke Ihnen einen Wagen, und der Fahrer wird Sie aus der Stadt raus zu einem Hotel in der nächsten Stadt bringen. Der Name des Fahrers ist Antonio. Steigen Sie nur in das Auto, das er fährt. Er wird Sie im Hotel einchecken, und Sie bleiben dort, bis ich da bin.«

Sie wäre beinahe vor Erleichterung zusammengeklappt.

»Haben Sie alles verstanden, Ramie?«

»Ja«, wisperte sie. »Wie lange wird es dauern, bis er da ist?«

»Höchstens zehn Minuten.«

»Wie schaffen Sie es, das so schnell zu organisieren?«, fragte sie erstaunt.

»Das ist mein Job«, erwiderte er kurz angebunden. »Ich verfüge über ein ausgedehntes Netzwerk. Jetzt lassen Sie mich auflegen, damit ich meinen Piloten anrufen kann. Ich werde so schnell wie möglich bei Ihnen sein.«

Sie beendete das Gespräch und ging langsam zur Bibliothekarin, um ihr das Handy zurückzugeben.

»Geht es Ihnen gut, meine Liebe? Ist alles geklärt?«

Ramie nickte immer noch benommen. »Jemand kommt, um mich abzuholen.«

»Möchten Sie, dass ich mit Ihnen warte, bis er da ist?«

Ramie kam gar nicht auf die Idee, Höflichkeitsfloskeln von sich zu geben und zu erklären, dass sie ihr nicht zur Last fallen wolle. Stattdessen nickte sie eifrig. »Ich danke Ihnen vielmals. Sie sind so nett zu mir. Und ja, ich würde mich viel besser fühlen, wenn Sie mit mir warten. Man hat mir gesagt, dass es höchstens zehn Minuten dauern würde, bis jemand kommt.«

Die Bibliothekarin tätschelte ihr die Hand und lächelte ermutigend. »Wir bleiben einfach hier, bis Sie abgeholt werden. Ich schließe dann hinter uns ab.«

6

Caleb stand unter höchster Anspannung, als das Flugzeug schließlich auf dem kleinen Flughafen landete, der nur zwanzig Minuten von Shadow, Oklahoma, entfernt lag. Genauso plötzlich wie Ramie vor einem Jahr von der Bildfläche verschwunden war, war sie jetzt wieder aufgetaucht. Und sie steckte in Schwierigkeiten.

Er hatte nie die Hoffnung aufgegeben, sie ausfindig zu machen, um das, was er ihr angetan hatte, wiedergutzumachen. Doch je mehr Zeit vergangen war, desto mehr hatte er sich allmählich mit der Tatsache abgefunden, dass er sie möglicherweise niemals finden würde. Trotzdem hatte er sich weiter in alle Richtungen umgehört und bei seiner Suche weder Kosten noch Mühen gescheut. Manchmal hatte er sich – um seine Schuldgefühle zu beschwichtigen – gesagt, dass sie nicht gefunden werden wollte und dass er sie als Form der Wiedergutmachung in Ruhe lassen sollte.

Aber am Ende war sie von sich aus zu ihm gekommen.

Vielleicht würde er seine Schuld jetzt doch abtragen können.

Die Verzweiflung, die in ihrer Stimme mitgeschwungen hatte, ging ihm nicht aus dem Kopf. Ihre Furcht wäre nicht deutlicher zu spüren gewesen, wenn sie vor ihm gesessen hätte. Jemand wollte sie umbringen. Wer? Es frustrierte ihn, wie wenig Informationen er hatte, aber er konnte kaum ihr Leben aufs Spiel setzen, indem er sie mit Fragen bedrängte – auf die er eh bald Antworten erhalten würde –, während sie sich an einem öffentlichen Ort aufhielt. Er würde allem auf den Grund gehen und sich ein Bild von der Gefahr machen, in der sie sich befand, aber zuerst musste er zu ihr und tun, was immer nötig war, um für ihre Sicherheit zu sorgen. Bei ihr würde er nicht so versagen, wie er es bei Tori getan hatte.

Seine Beschützerinstinkte waren geweckt. Er sah vor seinem geistigen Auge, wie sie zusammengekauert auf dem Boden der Berghütte gelegen hatte, während sie das Unfassbare über sich ergehen lassen musste. Ihr leises Schluchzen hatte so sehr an ihm gezehrt, dass sein Herz am Ende blutend neben ihr auf dem Boden gelegen hatte.

Er würde alles Erdenkliche tun, damit ihr nichts passierte. Kein Preis, den er zahlte, wäre zu hoch, um der Frau zu helfen, die durch die Hölle gegangen war, um seine kleine Schwester zu retten.

Nachdem er ein Jahr lang auf der Suche nach ihr gewesen war, hatte er das Gefühl, sie zu kennen, so gut man eine Frau kennen konnte, deren Leben einsam gewesen zu sein schien. Wobei die Informationen, die er besaß, im besten Fall als lückenhaft bezeichnet werden konnten. Doch das Bild von dieser verletzlichen und trotzdem unglaublich starken Frau begleitete ihn jeden einzelnen Tag, sodass sie zu einer Obsession geworden war. Denn obwohl sie so zerbrechlich wirkte und es vielleicht auch war, konnte man eine Frau, die unzählige Male durch die Hölle gegangen war, als sie den Opfern schrecklicher Verbrechen geholfen hatte, nur als stark und widerstandsfähig bezeichnen.

Ihm war ganz elend geworden, als er all die Fälle der anderen, denen sie geholfen hatte, durchgegangen war. Er betrachtete ihren Beitrag jetzt aus einem anderen Blickwinkel als damals, als er abzuschätzen versucht hatte, ob sie dabei helfen konnte, seine Schwester Tori aufzuspüren. Denn nun wusste er, was jeder dieser Fälle sie gekostet haben musste. Ihm war schleierhaft, wie sie weiter ihre Mithilfe hatte anbieten können, wenn das für sie mit so viel Schmerz verbunden war. Aber das erklärte vermutlich, warum sie schließlich daran zerbrochen war.

Sie hatte eine fast hundertprozentige Erfolgsquote beim Aufspüren kranker Mistkerle. Es hatte nur zwei Gelegenheiten gegeben, bei denen sich so ein Ungeheuer in Menschengestalt der Verfolgung durch die Justiz hatte entziehen können. Der eine Fall lag sechs Monate vor dem Tag, als sie von der Bildfläche verschwunden war, was zu seiner verzweifelten Suche nach ihr geführt hatte. Und der andere? Nun, Toris Entführer befand sich immer noch auf freiem Fuß. Er war weiter irgendwo da draußen und quälte andere Frauen. War es der Fall, der sich sechs Monate vor ihrem Verschwinden zugetragen hatte, gewesen, der zu ihrem Zusammenbruch geführt hatte? Litt sie unter Schuldgefühlen, weil sie den Mann nicht der Justiz hatte zuführen können?

Ein Wagen wartete bereits auf ihn. Er sprang hinein und gab dem Fahrer die Anweisung, ihn zu dem Hotel zu bringen, in dem er Ramie hatte unterbringen lassen. Ramie wusste es zwar nicht, aber er hatte sie nicht einfach in irgendeinem Hotel ohne jeden Schutz einquartiert. Antonio und zwei weitere Männer waren an strategischen Punkten außerhalb ihres Zimmers und in der Lobby positioniert, sodass jeder, der versuchen sollte, sich Zugang zu ihrem Zimmer zu verschaffen, es mit sofortiger Gegenwehr zu tun bekommen würde. Solange er sich nicht mit Ramies Hilfe einen Überblick über die Situation verschafft hatte, wollte er ihr Leben nicht dem geringsten Risiko aussetzen.

Zwanzig Minuten später fuhr der Wagen, in dem er saß, unter dem Vordach des Hotels vor. Caleb stieg aus und eilte mit weit ausholenden Schritten in die Lobby. Dort traf er auf Antonio, der berichtete, dass alles ruhig und in der Zeit, seit Ramie eingecheckt hatte, nichts vorgefallen war.

Caleb sah auf seine Uhr und stellte fest, dass es bereits nach zwei Uhr nachts war. Es war ihm zuwider, sie zu wecken, aber er bezweifelte, dass sie schlief. Dazu hatte sie am Telefon viel zu verängstigt geklungen. Er nahm an, dass sie seit Tagen, wenn nicht gar Wochen nicht mehr richtig geschlafen hatte.

»Bleiben Sie auf Ihrem Posten und weisen Sie die beiden anderen an, das Gleiche zu tun«, befahl Caleb und begab sich Richtung Fahrstuhl. »Ich will, dass sie unter ständiger Bewachung steht, bis ich sie hier raushole.«

»Ja, Sir«, erwiderte Antonio zackig. »Wir ziehen erst ab, wenn Sie uns den Befehl dazu geben.«

»Ich weiß es sehr zu schätzen, dass Sie so schnell zur Verfügung standen«, erklärte Caleb.

Auf Antonios Gesicht breitete sich ein grimmiger Ausdruck aus. »Wer dieser Mistkerl auch sein mag … ich schätze, er hat sie zumindest für ein paar Minuten in die Finger gekriegt. Ihr Gesicht sieht verheerend aus. Erstaunlich, dass sie in so einer brenzligen Situation fliehen konnte.«

Sofort machten sich in Calebs Kopf düstere Gedanken breit. Ramie hatte zwar kurz erwähnt, dass sie einen Zusammenstoß mit dem Arschloch gehabt hatte, doch ihm war nicht klar gewesen, dass sie dabei Blessuren davongetragen hatte. Er schüttelte den Kopf. Es war ihm ein Rätsel, wie ein Mann einer so kleinen, zierlichen Frau gegenüber grob werden konnte.

Als er sie das erste und einzige Mal gesehen hatte, war sie ihm kraftlos und erschöpft vorgekommen, als hätte eine lange Krankheit sie mitgenommen. Doch jetzt wusste er, dass es keine Krankheit, sondern etwas Schlimmeres gewesen war, das sie emotional und körperlich ausgelaugt hatte.

Die Tatsache, dass er die überwältigende Last, die sie trug, noch vergrößert hatte – das Böse, mit dem sie immer wieder konfrontiert wurde und das sie nicht schlafen ließ –, verstärkte seine Schuldgefühle und das Bedauern, das er deshalb empfand. Und mit jedem Tag, der verstrichen war, ohne dass er sie hatte finden können, hatten die Schuldgefühle mehr an ihm genagt.

An besonders düsteren Tagen hatte er sich gefragt, ob sie überhaupt noch am Leben war. Die abgrundtiefe Verzweiflung, die er in ihrem Blick gesehen hatte, und die fast schon fatalistische Resignation in ihren Zügen hätte sie durchaus zu dem ultimativen Schritt treiben können, endlich Ruhe zu finden.

Im Tod.

Wenn sie leichtsinnig – gleichgültig – wurde, wenn es ihr irgendwann egal war, ob sie lebte oder starb, würde sie das waghalsiger machen. Der Tod konnte ihr dann sehr wohl als der letzte Ausweg aus der Hölle ihrer Wirklichkeit erscheinen.

Was konnte er tun, damit es ihr wieder besser ging? Wenn es ihr überhaupt jemals besser gehen würde. Er sah ja, welchen Tribut die Ereignisse vor einem Jahr von seiner Schwester gefordert hatten – und immer noch forderten –, und Tori hatte das nur einmal durchmachen müssen. Einmal war genug. Aber Ramie? Sie hatte dieses Horrorszenario nicht nur einmal oder zweimal über sich ergehen lassen müssen, sondern immer wieder aufs Neue. Es war ihm schleierhaft, wie sie mit all dem fertiggeworden war, ohne in tausend Stücke zu zerspringen.

Aber vielleicht war sie das ja bereits. Vielleicht war sie nicht mehr in der Lage gewesen, die Teile wieder einzusammeln. Vielleicht gab es gar nichts, was er tun konnte, sondern er war dazu verdammt, hilflos danebenzustehen, während sie einen weiteren Teil ihrer Seele verlor, bis von der Frau, die sie einst gewesen war, nur noch eine Hülle übrig blieb.

Sie war erst fünfundzwanzig. Sie hatte nicht einmal den Zenit ihres Lebens erreicht. Doch als er in ihre trüben, leblosen Augen geschaut hatte, war sie ihm viel älter vorgekommen. Müder. Das Gewicht von hundert Leben – mehr als die meisten Menschen in zehn Leben durchmachen mussten – lag wie Blei auf ihr und presste das Leben aus ihr heraus.

Sie hatte schon als junges Mädchen den Opfern von Gewaltverbrechen geholfen, in einer Zeit, in der die Gedanken anderer Mädchen um so existentielle Dinge wie den ersten Freund, gute Noten und beste Freundinnen kreisten. Jemand so Verletzliches trug normalerweise nicht die belastende Verantwortung für Entführungsopfer, deren Leben auf dem Spiel stand.

Ihm war völlig klar, dass sie keine Kindheit gehabt hatte und viel zu jung gezwungen gewesen war, erwachsen zu werden und Verantwortung zu übernehmen.

Er hatte Mitleid mit dem Mädchen, das sie einst gewesen war, und mit der Frau, der er vielleicht nicht wiedergutzumachenden Schaden zugefügt hatte, indem sie von ihm gezwungen worden war, einen geliebten Menschen zu retten. War Ramie jemals von jemandem geliebt worden? Nach allem, was er über sie gelesen hatte, schien sie nie eine intakte Familie gehabt zu haben. Sie hatte nie die vorbehaltlose Liebe einer Familie genießen dürfen und ein Leben ohne die erstickende Verantwortung, die sie in so zartem Alter hatte übernehmen müssen, war ihr wahrscheinlich fremd.

Wieder überkamen ihn Schuldgefühle, weil er im tiefsten Innern wusste, dass er im gleichen Fall wieder handeln würde. Wenn er Ramie damals nicht aufgespürt hätte, wäre seine Schwester am nächsten Tag tot gewesen. Doch trotz dieses Wissens ließ sich die bittere Pille nicht leichter schlucken und bestärkte ihn noch in seiner Entschlossenheit, sie nicht länger leiden zu lassen.

»Haben Sie den Schlüssel zu ihrem Zimmer?«, fragte Caleb, als sich seine Ungeduld meldete. Er hatte es eilig, sich davon zu überzeugen, wie übel es ihr ergangen war.

Antonio verzog das Gesicht und schüttelte den Kopf. »Sie wollte ihn nicht hergeben. Sie war vor Angst außer sich, und man konnte ihr anmerken, dass sie mir nicht traut. Ich kann nicht behaupten, dass ich ihr daraus einen Vorwurf mache. Sie hat sich in ihrem Zimmer verkrochen, und es würde mich überraschen, wenn sie auf ein Anklopfen reagiert. Ich hätte sie ja in ihr Zimmer getragen, denn sie sah völlig fertig aus, aber sie hat darauf geachtet, nicht von mir berührt zu werden. Sie hat immer mehrere Schritte Abstand gehalten und sofort hinter sich abgeschlossen, als sie in ihrem Zimmer war.«

»Verdammt«, murmelte Caleb. »Das Zimmer ist nicht nur auf ihren, sondern auch auf meinen Namen gebucht. Ich werde mir an der Rezeption einen Schlüssel holen.«

»Wenn sie die Tür verrammelt hat, bringt Ihnen das gar nichts. Und an ihrer Stelle würde ich genau das tun. Wenn man außer sich vor Angst ist, dass jemand hinter einem her sein könnte, um Gott weiß was mit einem anzustellen, ist man nicht so dumm, irgendjemandem die Möglichkeit zu geben, sich Zutritt zu seinem Hotelzimmer zu verschaffen. Sie kommen da nur rein, wenn sie Ihnen aufmacht.«

7

Ramie wachte abrupt auf und saß senkrecht im Bett, während Furcht sie erfasste und Adrenalin durch ihre Adern schoss. Sie hörte, wie laut an ihre Tür geklopft wurde. Lange hockte sie mit bis zum Kinn hochgezogener Decke da und starrte die Tür an, als rechnete sie damit, dass sie jeden Moment aufgestoßen wurde. Wenn *er* sie nun gefunden hatte?

Ihr Mund wurde trocken, und wegen des immer größer werdenden Kloßes in ihrem Hals konnte sie nicht schlucken.

Es dauerte einen Moment, bis sie ganz wach war und sich daran erinnerte, wo sie gerade war und dass Caleb gesagt hatte, er würde so schnell wie möglich bei ihr sein. War er es? Oder war es der Mann, dem sie erst vor ein paar Stunden knapp entronnen war?

Ihre Hände zitterten, sodass das Laken wie Meereswellen wogte. Das Dröhnen in ihren Ohren verhinderte, dass sie denken konnte. Ohne zu wissen, wer davor stand, wollte sie die Tür nicht öffnen.

Die Tür hatte einen Spion. Sie musste sie also gar nicht aufmachen, um zu sehen, wer draußen stand.

Sie krabbelte aus dem Bett, als es auch schon wieder klopfte. Dann hörte sie seine Stimme durch die Tür.

»Ramie? Ramie, ich bin's, Caleb Devereaux. Sie können die Tür öffnen. Sie sind jetzt in Sicherheit.«

Ihr Verstand sagte ihr, wer es war … dass sie seine Stimme kannte, doch seine Worte, dass sie in Sicherheit sei, beruhigten sie nicht. Denn sie wusste, dass sie keineswegs in Sicherheit war. Vielleicht würde sie es auch niemals wieder sein. Und obwohl sie seine Stimme erkannt hatte, näherte sie sich der Tür mit höchster Vorsicht und stellte sich auf die Zehenspitzen, um durch den Spion zu schauen.

Sie sah Caleb mit ernster Miene auf dem Gang stehen. Sein Haar war zerzaust, als wär er aus dem Bett gesprungen, ohne sich zu kämmen, um Hunderte von Meilen zurückzulegen und auf schnellstem Wege zu ihr zu gelangen. Sie warf einen Blick auf die Uhr, die auf dem Nachtschränkchen stand, und ihr wurde klar, dass er noch gar nicht geschlafen hatte. Es war weit nach Mitternacht, und sie hatte sich erst vor ein paar Stunden mit ihm in Verbindung gesetzt. Er war wohl tatsächlich sofort losgehetzt, nachdem sie das Telefonat beendet hatten.

Verwirrt runzelte sie die Stirn. Hatte er etwa alles stehen und liegen gelassen, um zu ihr zu kommen? Ja, sie hatte gesagt, dass er ihr etwas schuldig war. Aber sie hätte in dem Moment alles gesagt, um ihn dazu zu bringen, ihr zu helfen. Aber das bedeutete nicht, dass er wirklich tun würde, worum sie ihn in ihrer Verzweiflung gebeten oder angefleht hatte.

Und doch war er jetzt hier. Stand vor ihrer Tür. Wartete darauf, dass sie ihm öffnete. Ach, wenn sie sich doch nur von dem Einzigen befreien könnte, das ihr zumindest die Illusion von Sicherheit verschaffte … einer fest verriegelten Tür. Einer Tür, die sich nur sehr schwer würde aufbrechen lassen, wenn man ins Zimmer wollte.

Einen Moment lang konnte sie ihre Hände einfach nicht dazu bringen, ihren Dienst zu tun. Sie zitterten, als sie den Riegel zurückschieben wollte. Sekundenlang zerrte sie ungeschickt daran herum.

Ihre Hände waren schweißnass. Sogar ihre Knie zitterten. Sie erkannte die Anzeichen als das, was sie waren. Panikattacken waren ihr nicht fremd, auch wenn sie erst vor achtzehn langen Monaten eingesetzt hatten, als ein Mörder sich dem Zugriff der Polizei entzogen und begonnen hatte, sich zielstrebig ihrer Verfolgung zu widmen.

Sie keuchte, als sie es endlich schaffte, die Tür zu öffnen. Ihre Brust zog sich schmerzhaft zusammen, während sie versuchte, Luft zu holen, doch sie hatte das Gefühl, als würde etwas verhindern, dass der Sauerstoff in ihre Lunge gelangte.

Sie trat einen Schritt zurück, als Caleb den Türrahmen füllte. Sie wich weiter zurück, während vor ihren Augen alles verschwamm und ihre Hände vor Panik wild flatterten.

Caleb warf nur einen Blick auf sie und stieß eine ausgiebige Verwünschung aus. Er wandte sich lange genug von ihr ab, um die Tür abzuschließen, doch als er sie wieder ansah, spürte sie, wie die Beine unter ihr nachgaben und sie wie eine Marionette, deren Fäden man durchgeschnitten hatte, auf die Knie sank.

Sie streckte die Hände aus, die lautlos auf den Teppichboden schlugen, als sie ihren Sturz zu bremsen versuchte. Caleb war sofort an ihrer Seite, seine starken Hände schoben sich unter ihre Achseln. Mühelos zog er sie hoch, und ehe sie erneut in Panik geraten konnte, weil er ihr zu nah kam, setzte er sie vorsichtig auf der Bettkante ab, wobei er darauf achtete, sie weiter mit einer Hand an ihrer Schulter zu stützen.

»Atme, Ramie«, sagte er mit sanfter, beruhigender Stimme. »Atme tief durch, damit du nicht ohnmächtig wirst.«

Sie schloss die Augen, in denen Tränen brannten. Sie hasste diese Hilflosigkeit, die sie immer häufiger zu überwältigen schien. Es war ihr wichtig, alles unter Kontrolle zu haben. Sie benötigte dieses Gefühl, wenn sie nicht den Verstand verlieren wollte. Aber die letzten Monate hatte sie überhaupt nichts mehr unter Kontrolle gehabt. Sie konnte spüren, wie ihr alles mit jedem Tag ein bisschen mehr entglitt. Wann würde das aufhören? Würde es überhaupt je aufhören? Ruhe und Frieden waren eine trügerische, flüchtige Sehnsucht. Ach, wenn sie doch nur eine Nacht durchschlafen könnte, ohne von den Ungeheuern zu träumen, bei deren Festnahme sie geholfen hatte, von den Qualen, die sie ihr zugefügt hatten und ihr in ihrem zerrütteten Geist weiter zufügten.

»Ramie, schau mich an.«

Sein knapper Befehlston riss sie aus ihrer Erstarrung. Sie öffnete flatternd die Lider und hob dann zögernd den Blick. Er ging vor ihr in die Knie, damit sie sich nicht den Hals verrenken musste, während sie zu ihm aufschaute. Er nahm ihre Hände in seine und ignorierte es, als sie bei seiner Berührung zusammenzuckte.

Sie wappnete sich gegen die Woge von Emotionen, die gleich auf sie einstürmen würden und ihr alles Finstere enthüllten, was er vor allen anderen verbarg. Mit ihrer Gabe war sie vom Schicksal geschlagen. Es schien fast so, als würde es ihr einen grausamen Streich spielen und sich auf ihre Kosten lustig machen; denn sie konnte nur das Schlechte in den Menschen spüren, das Böse, das ihnen innewohnte. Niedertracht oder böse Absichten. Am Guten nahm sie nie Anteil. An Glück, Freude, Genuss am Leben. Nur das, was die Menschen zu verbergen versuchten, das, was andere nicht über sie wissen sollten, nahm sie wahr.

Sie konnte die dunkelsten, tiefsten Geheimnisse der Menschen aufspüren, als wäre es irgendwie ihre Aufgabe, der Richter ihres Gewissens zu sein. Es war eine Gabe, die sie nicht wollte. Gewiss nichts, worum sie gebeten hätte. Sie war nicht befähigt, Urteile zu fällen. Sie wollte nur überleben, etwas so normales wie Alltag genießen, ohne dass die Schlechtigkeit der ganzen Welt auf ihr lastete. War das zu viel verlangt? Manchmal hatte sie das Gefühl, als gäbe es Ramie St. Claire gar nicht mehr. Als wäre sie zu dem Bösen geworden, das sie auslöschen wollte.

Doch als sich Calebs Hände um ihre Finger schlossen, spürte sie nur unerschütterliche Entschlossenheit. Da war nichts Dunkles, keine schwarzen Flecken, die seine Seele besudelten. Und es war keinesfalls so, dass sie diese Entschlossenheit spürte, weil sie eine geistige Verbindung zu ihm hergestellt hatte. Nein, sie zeigte sich in seinen Augen, in seiner Miene. Auch ein Dummkopf konnte sehen, dass er fest entschlossen war, und als so einen Menschen hatte sie ihn auch kennengelernt. Schließlich hatte er sie aufgespürt und erbarmungslos dazu gezwungen, ihm bei der Rettung seiner Schwester zu helfen.

Sie hätte wütend sein sollen. Sie sollte ihn anschreien, weil er den schlimmsten Verrat an ihr begangen hatte. Er hatte sie wieder in die *Hölle* geschickt. Und doch spürte sie nur eine überwältigende Benommenheit, die mit jedem Tag, der sie ihrem eigenen Tod näher brachte, größer wurde. Denn der Mann, der sie jagte, würde sie früher oder später finden. Es war nicht die Frage, *ob*, sondern *wann* es ihm gelingen würde. Sie zögerte das Unausweichliche nur hinaus, indem sie um jeden Tag kämpfte und hoffte, es möge nicht ihr letzter sein. Das war doch keine Art zu leben. So viel Angst und Resignation. Es hätte sie mit Selbstekel erfüllen müssen, dass sie die Unausweichlichkeit ihres Todes akzeptiert hatte, denn es machte sie schwach. Als hätte sie aufgegeben. Aber hätte sie tatsächlich aufgegeben, wäre sie nicht auf die Idee gekommen, in ihrer Verzweiflung Caleb anzurufen, hätte nicht um Schutz ersucht und Hilfe erfleht.

Wenn er nun wirklich für ihre Sicherheit sorgen konnte? Wenn er in der Lage wäre, ihren qualvollen Tod durch einen Wahnsinnigen zu verhindern? Sie hatte Angst, sich der Hoffnung hinzugeben, hatte Angst, sich in einem falschen Gefühl der Sicherheit zu wiegen. Und doch konnte sie nicht verhindern, dass sich tief in ihr ein leiser Funke Hoffnung regte.

»Sieh mich an. Schau her. Atme tief ein, durch die Nase und dann durch den Mund wieder aus. Du kannst es.«

Ihr Pulsschlag ging wie ein Trommelwirbel. Hilflos erwiderte sie seinen Blick, während eine einzelne Träne warm über ihre Wange rann und in ihrem Innern weiter eisige Kälte herrschte.

»Weine nicht, Ramie«, sagte er mit sanfter Stimme. »Du bist jetzt in Sicherheit. Das schwöre ich dir. Aber du musst jetzt atmen. So. Schau her.«

Sie beobachtete, wie er ihr mit flatternden Nasenflügeln vormachte, wie man Luft holte, um dann wieder auszuatmen, wobei sie den warmen Luftzug auf ihrem Kinn spürte. Langsam weitete sich ihre Lunge, und es gelang ihr bebend, Luft zu holen. Sie zitterte am ganzen Körper, dennoch bekam sie die würgende Angst in den Griff, die sie gepackt hatte.

»Ganz ruhig und langsam«, sprach er weiter besänftigend auf sie ein. »Du musst es ganz sachte angehen.« Er richtete den Blick auf ihre Hand, die er immer noch hielt. Seine Finger lagen locker um ihr Handgelenk. »Dein Puls ist viel zu schnell.«

Bisher hatte sie noch keinen Ton von sich gegeben. Nur er hatte die ganze Zeit geredet. Und jetzt, als ihre Panik langsam nachließ, hatte sie keine Ahnung, was sie sagen sollte. Er war da. Er war zu ihr gekommen. Er hatte sofort auf ihren Hilferuf reagiert. Was sollte sie zu ihm sagen? Würde er ihr überhaupt glauben?

Ein finsterer Ausdruck legte sich auf sein Gesicht, und seine Augen funkelten vor Wut. Instinktiv wich sie zurück, als er eine Hand hob. Seine Miene wurde daraufhin nur noch grimmiger.

»Ich werde dir nichts tun, Ramie«, sagte er leise.

Er berührte ihren Mundwinkel, wo ein blauer Fleck zu sehen war und getrocknetes Blut klebte, das sie noch nicht abgewaschen hatte. Seine Berührung war unendlich sanft, und wieder wunderte sie sich, dass sie nicht in den emotionalen Abgrund stürzte, der sich normalerweise vor ihr auftat, wenn sie jemand berührte.

Oh ja, sie spürte Zorn. Heiß brodelnde Wut. Aber sie wusste, dass sie gegen den Mann gerichtet war, der sie geschlagen hatte und der sie umbringen wollte. Andere Empfindungen nahm sie nicht wahr, was bedeutete, dass er keine dunklen Geheimnisse barg und keine gewalttätigen Tendenzen besaß. Sie konnte nur den Hass auf den Mann spüren, der sie geschlagen hatte.

»So, jetzt erzähl mir alles, was du weißt«, forderte Caleb sie ohne den leisesten Anflug von Ungeduld in der Stimme auf. »Du hast gesagt, jemand würde versuchen, dich umzubringen. Ich muss alle Einzelheiten wissen, wenn ich in der Lage sein soll, dich zu beschützen.«

Der Ton, in dem er *beschützen* sagte, schlug eine Saite in ihrem Innern an. Er hatte nicht von *helfen* gesprochen. Er hatte in einem besitzergreifenden Ton *beschützen* gesagt, den sie als angenehm empfand. Zum ersten Mal nach einem Jahr genoss sie den kurzen Moment von Ruhe und Frieden. Frieden, nach dem sie sich so verzweifelt gesehnt hatte.

Sie sahen einander schweigend an, während Calebs Finger weiter sanft ihr Gesicht berührten, bis sie merkte, dass er auf ihre Antwort wartete. Er wartete darauf, dass sie etwas sagte, statt ihn wie eine Schwachsinnige benommen anzustarren.

Himmel, wo sollte sie anfangen? Müdigkeit überkam sie. Erschöpfung bemächtigte sich ihrer wie eine Woge, die einem die Beine unter dem Körper wegriss. Herz und Seele waren mitgenommener, als es der Angriff ihres Verfolgers vor Stunden vermocht hatte.

»Ich weiß nicht, wo ich anfangen soll«, flüsterte sie. »Es klingt so … verrückt. Nicht einmal ich würde meine Geschichte glauben, wenn sie mir von jemand anders erzählt werden würde.«

Seine Finger ließen von ihrem Gesicht ab und griffen wieder nach ihrer Hand. Sein Daumen rieb kreisförmig über ihren Handrücken, um sie zu trösten und zu beruhigen. Dann verschränkte er seine Finger mit ihren und drückte sie leicht.

»Fang an, wo immer du willst. Ich werde zuhören. Und sei versichert, ich werde dir glauben.«

Sie holte noch einmal tief Luft und atmete wieder aus, wobei ihre Schultern unter der Anstrengung nach vorn sackten.

»Vor anderthalb Jahren habe ich geholfen, ein Entführungsopfer aufzuspüren. Es war schrecklich, was dieses arme Mädchen hatte durchmachen müssen.«

Allein es auszusprechen, ließ sie zittern. Egal wie sehr sie auch versuchte, alles zu verdrängen, waren die Bilder von Blut, Schmerz und drohendem Tod in ihr Gedächtnis eingraviert. Die Erinnerung war so frisch, als wäre es gestern passiert und nicht vor bereits achtzehn Monaten.

»Und was *du* durchgemacht hast«, sagte er leise.

Das Bedauern war ihm deutlich anzusehen. Tiefe Reue hatte sich in seine Gesichtszüge gegraben.

»Ja«, wisperte sie. »Was ich ebenfalls ertragen habe.«

»Erzähl weiter«, drängte Caleb sie.

»Der Mörder wurde nie gefasst. Und ich sage Mörder, denn zwar hatte er das Opfer nicht getötet, das ich aufspürte, aber es hatte andere gegeben. Viele andere. Ich habe nur dieses eine Mädchen retten können.«

Sie kniff die Augen zusammen, als der Kummer in ihr hochkam und drohte, sich ihrer zu bemächtigen. Dann öffnete sie die Augen wieder und richtete den Blick auf Caleb.

»Er ist es, der versucht, mich umzubringen. Er verfolgt mich seit Monaten. Seinetwegen versuche ich, mich zu verstecken. Trotzdem gelingt es ihm jedes Mal, mich aufzuspüren, egal wo ich hingehe. Er ist immer da. Ich glaube …«

Sie verstummte und senkte den Blick, weil jetzt die Stelle kam, wo ihre Geschichte anfing, verrückt zu klingen. Vielleicht würde Caleb denken, dass ihr auch der letzte Rest Verstand, den sie mal besessen hatte, abhandengekommen war.

»Was glaubst du?«, fragte er leise.

»Ich glaube, dass er ebenfalls über übersinnliche Fähigkeiten verfügt. Ich glaube, dass er deshalb so von mir besessen ist. Und das muss auch der Grund sein, warum er mich immer wieder findet, warum ich immer wieder über die Schulter schaue. Ich könnte schwören, dass ich manchmal sogar seinen Atem im Nacken spüre. Er hat heute in meinem Hotelzimmer auf mich gewartet. Ich wusste in dem Moment, als ich den Türknauf berührte, dass er irgendwo war, aber ehe ich weglaufen konnte, riss er die Tür auf und packte mich.«

Ein mörderischer Ausdruck trat in Calebs Augen, die dunkel wie Gewitterwolken waren.

»Das heißt, du bist seit anderthalb Jahren auf der Flucht?«

Sie schüttelte den Kopf. »Nein. Er wartete. Erst als ich dachte, ich wäre über die Qual hinweg, die mit dem Aufspüren seines Opfers verbunden gewesen war, setzte er sich mit mir in Verbindung. Er rief mich an. Ich weiß nicht, woher er meine Nummer hatte. Damals hatte ich einen festen Wohnsitz, aber keinen Festnetzanschluss, sondern nur ein Handy. Er fing an, mich zu quälen. Er erzählte mir, was er mit mir machen würde, dass mein Tod nicht schnell vonstattengehen würde, dass ich ihn am Ende anflehen würde, mich umzubringen, damit Elend und Schmerz ein Ende hätten.«

»So ein Mistkerl!«, fluchte Caleb.

Er kam aus der Hocke und begann, am Fußende ihres Bettes auf und ab zu gehen. Dann blieb er kurz stehen, drehte sich zu ihr um und schaute sie wieder an. Er fuhr sich mit zitternder Hand durchs Haar und legte sie dann frustriert in den Nacken.

»Ich habe dich aus deinem Versteck vertrieben«, stellte er mit grimmiger Miene fest. »Du hast meinetwegen die Hütte in den Bergen verlassen, weil du Angst hattest, andere könnten dich aufspüren, nachdem es mir gelungen war.«

Ramie wollte ihn nicht anlügen, auch wenn er sich dann vielleicht besser gefühlt hätte. Doch in ihrer Stimme schwangen weder Zorn noch Feindseligkeit mit. Sie machte einfach nur eine Feststellung. »So lange wie dort war ich vorher an keinem Ort. Ich glaube, es war das einzige Mal, dass es ihm nicht gelang, mich aufzuspüren, oder zumindest trat er nicht in Erscheinung. Aber wenn ich recht habe und er tatsächlich übersinnliche Fähigkeiten besitzt, hätte er es herausbekommen. Er genießt das Jagdfieber. Er ist süchtig danach. Er ist auf Trophäen aus. So wie Jäger oder Angler, die Bestenlisten führen, und wenn einer alte Leistungen übertrumpft, ist das ein Moment des Triumphes, ein Adrenalinschub, der mit nichts zu vergleichen ist. Er liebt es, mich zu quälen. Er möchte mich in dem Glauben wiegen, ich hätte ihn abgeschüttelt, um dann plötzlich wieder aufzutauchen, wenn ich es am wenigsten erwarte. Er will, dass ich leide. Ich bin seine Jagdtrophäe«, wisperte sie. »So eine Trophäe, die Jäger ausstopfen und an die Wand hängen. Und ich bekäme den Ehrenplatz über dem Kaminsims.«

Er hockte sich wieder vor ihr hin, nahm ihre Hände und umschloss sie mit seinen Fingern. Dann sah er ihr tief in die Augen; man merkte ihm die Gewissensbisse an.

»Es tut mir leid«, erklärte er mit rauer Stimme. »Es tut mir so leid, Ramie. Ich wusste es nicht. Ich konnte doch nicht wissen, was es mit dir macht. Oder dass ich dich wieder in die Hände eines Mörders treiben würde.«

»Kannst du reinen Gewissens behaupten, nicht das Gleiche getan zu haben, *hättest* du es gewusst?«

Ihre Stimme erinnerte ihn an das Knistern von Eis nach einem Kälteeinbruch, obwohl es die so weit im Süden nur selten gab, und an das Knacken von Zweigen, die unter ihrer Schneelast brachen. Er wollte nicht zulassen, dass sie ihm wie Wasser durch die Finger entglitt. Er schloss seine Finger zu festen Fäusten, als wollte er verhindern, dass genau das passierte.

Er schloss die Augen und senkte den Kopf. »Nein. Der Himmel möge mir vergeben, aber nein, ich hätte alles getan, um meine Schwester zu retten. Ich weiß, dass du mich dafür hasst. Du hast jedes Recht dazu. Aber ich bin dir etwas schuldig, wie du selber gesagt hast, und ich bin fest entschlossen, diese Schuld abzutragen.«

»Ich hasse dich nicht«, widersprach sie mit leiser Stimme. »Ich mache dir nicht einmal Vorwürfe. Ich hätte an deiner Stelle das Gleiche für einen geliebten Menschen getan.«

»Wie kannst du mich nicht hassen, wenn ich doch fast für deinen Tod verantwortlich gewesen wäre? Ich hab dich gezwungen, den Missbrauch durch einen Psychopathen über dich ergehen zu lassen. Du magst mich vielleicht nicht hassen, Ramie, aber du kannst Gift darauf nehmen, dass ich mich selber für das hasse, was ich getan habe.«

Sie streckte die Finger aus und strich ihm sanft übers Gesicht, ehe sie ihre Hand an seine Wange legte. Er zuckte sichtlich zusammen, und ihm stockte der Atem. Ihm war nicht einmal die kleinste Regung anzumerken, und sie hatte das Gefühl, dass er sogar das Atmen eingestellt hatte.

Wärme schoss durch ihre Hand und ihren Arm, ehe sie sich wie ein Buschfeuer in ihrer Brust ausbreitete. Entsetzt ihn so vertraulich berührt zu haben, riss sie ihre Hand weg. Aber er griff danach und legte sie wieder sanft an seine Wange. Er bedeckte sie mit seinen Fingern, sodass sie sie nicht wegziehen konnte.

»Verzweiflung lässt uns das Undenkbare tun. Wie kannst du dich dafür hassen, deiner Schwester geholfen zu haben? Was nützt es deiner Schwester, dass du dich selber hasst? Lass sie niemals spüren, dass du bedauerst, was du getan hast, denn es hat sie vor dem sicheren Tod bewahrt. Ich bin mir sicher, sie ist dankbar, dass du ihr das Leben gerettet hast.«

»Sie ist dir dankbar«, brummte Caleb. »Du bist diejenige, der sie ihr Leben verdankt.«

»Dass du mir Zuflucht gewährst, ist Lohn genug, wenn du in meiner Schuld zu stehen glaubst.«

»Darauf kannst du zählen«, schwor er. »Du kommst mit zu mir nach Hause, Ramie. Ich habe nach Toris Entführung zusammen mit meinen Brüdern eine Sicherheitsfirma gegründet. Ich habe mir geschworen, nie wieder ohne die geeigneten Mittel dazustehen, um die Sicherheit meiner Familie zu gewährleisten. Wir stellen nur die Besten ein.«

»Ich brauche die Besten«, erklärte sie nachdrücklich mit leiser Stimme. »Denn er ist immer nur einen Schritt hinter mir. Egal wo ich hingehe. Egal was ich tue. Und bis man ihn zur Strecke gebracht hat, werden alle Frauen, die er tötet, auf mein Konto gehen. Ich kann nicht länger mit dieser Schuld leben.«

Caleb stieß einen leisen Fluch aus und schob seine Hand unter ihr Kinn, das er mit den Fingern umfasste. Er sah ihr tief in die Augen.

»Ich werde dich beschützen, Ramie. Ich verspreche nichts, das ich nicht halten kann.«

8

Caleb beobachtete den Aufruhr der Gefühle in Ramies rauchgrauen Augen. Ihre Pupillen waren leicht geweitet, sodass die Augen in ihrem zarten Gesicht riesig wirkten. Sie war dünn. Vielleicht sogar zu dünn, denn nichts rundete ihr Antlitz um Wangen und Augen. Ihre Schultern waren schmal, und die Schlüsselbeine traten hervor, sodass der Bereich zwischen ihnen und ihrem Hals eingefallen wirkte.

Er konnte ihre Handgelenke umfassen, und sie fühlte sich so zerbrechlich an. Als würde sie einfach entzweigehen, wenn man sie nicht mit äußerster Behutsamkeit behandelte. Und trotzdem war sie atemberaubend schön. Nicht der Typ Frau, zu dem er sich normalerweise hingezogen fühlte, trotzdem spürte er die Anziehung. Die Vorstellung, dass ein anderer Mann ihr Schaden zufügen könnte, versetzte ihn in Wut, die noch weit über die Tatsache hinausging, dass eine Frau nie von einem Mann misshandelt werden sollte. Er spürte eine persönliche Verantwortung, als wäre sie *seine* Frau und ein anderer Mann hätte sie angefasst.

Die Vorstellung, dass sie sich die Schuld daran gab, dass er noch auf freiem Fuß und auf der Jagd nach neuen Opfern war, machte ihn fertig. Nur der Himmel wusste, wie viele es gab, von denen keiner wusste oder die niemals gefunden werden würden. Er würde alles in seiner Macht Stehende tun, um dafür zu sorgen, dass sie sich von der lächerlichen Vorstellung freimachte, schuld daran zu sein, dass einer unter tausend Verbrechern sich dem Zugriff der Polizei entzogen hatte.

Er hielt inne und runzelte die Stirn, als er darüber nachdachte, was er sich gerade geschworen hatte. Ja, er schuldete ihr viel, und ja, er würde für ihre Sicherheit sorgen und dafür, dass ihr nie wieder etwas passierte. Aber was war mit der gewaltigen Aufgabe, dass sie sich von ihren Schuldgefühlen befreite?

Es war arrogant von ihm anzunehmen, er würde in der Lage sein, ihr etwas anderes als noch mehr Schmerz, mehr Bedauern zu bringen. Aber wenn es ihm vergönnt wäre, ihr ein bisschen Ruhe und Frieden zu schenken, etwas, das sie aus der Hölle erlöste, die sie jeden Tag durchmachte, würde er sogar Berge versetzen, um das zu erreichen.

Wieder huschte ein finsterer Ausdruck über sein Gesicht, als er das getrocknete Blut und den blauen Fleck ansah, der sich an ihrem Kinn und um den Mund herum gebildet hatte. Er ließ ihre Hände los und legte sie behutsam in ihren Schoß, ehe er wieder hochkam. Er hob einen Finger.

»Nicht bewegen. Ich bin gleich wieder da.«

Die Angst, die daraufhin in ihren Augen aufblitzte, ließ in ihm aufs Neue die Wut auf den Mistkerl entstehen, der ihr die letzten anderthalb Jahre das Leben zur Hölle gemacht hatte.

»Ich gehe nicht raus«, erklärte er ruhig. »Ich will nur ins Badezimmer und einen Waschlappen holen, damit ich das Blut abwaschen und sehen kann, wie schlimm er dich erwischt hat.«

Ihre Hand schoss nach oben, und ein leicht verwirrter Ausdruck trat in ihren Blick, als hätte sie gar nicht mehr an die Verletzung gedacht. Sie zuckte zusammen, als sie den blauen Fleck berührte, und er streckte den Arm aus, um ihre Hand nach unten zu drücken, womit er ihr stillschweigend befahl, die Wunde nicht anzufassen und sich dadurch noch mehr Schmerzen zu bereiten.

Er ging ins Badezimmer und drehte den Hahn auf. Als heißes Wasser kam, hielt er den Waschlappen darunter und wrang ihn aus. Ramie sah erleichtert aus, als er wieder aus dem Badezimmer trat, als hätte sie wirklich befürchtet, er wäre verschwunden. Er hasste den Ausdruck der Furcht in ihrem Blick. Er wünschte sich, er könnte ihn, wie das Blut, das er ihr abwischen wollte, aus ihren Augen vertreiben. Aber er wusste, egal wie häufig er versuchte, sie mit seinen Beteuerungen zu beschwichtigen, es würde noch dauern, bis sie ihm vertraute. Plötzlich gab es nichts Wichtigeres für ihn, als dass sie ihm vertraute. Warum eigentlich? Er wusste es nicht genau.

Es konnte damit zusammenhängen, dass er der festen Überzeugung war, alle Schulden sollten zurückgezahlt werden, wie hoch sie auch sein mochten. Und Ramie hatte wegen seiner Handlungsweise vor einem Jahr gewaltig gelitten. Es gab keine Möglichkeit, das jemals wieder gutzumachen, aber er würde alles tun, um zumindest einen Teil der Schuld abzutragen, die auf ihm und seiner Familie lastete.

Aber das war nicht der einzige Grund, dass er hier war, Hunderte von Meilen von seiner Familie entfernt, von seiner Schwester, die immer noch seine seelische Unterstützung brauchte. Tori war immer noch unendlich schwach und zart … nur ein Schatten ihres früheren lebhaften, selbstbewussten, vitalen Ichs. Dieser Mistkerl hatte ihr all das genommen, und Caleb hatte Angst, dass sie diese Eigenschaften niemals zurückgewinnen würde. Allein dafür hätte Caleb ihn umbringen können … abgesehen davon, dass *zwei* Frauen durch ihn gelitten hatten.

Wie bei seiner Suche nach Ramie würde er auch hier nicht eher ruhen, bis er den Entführer seiner Schwester gefunden und der Justiz übergeben hatte. Zwar hätte Caleb den Mistkerl viel lieber mit eigenen Händen umgebracht, doch der Tod wäre eine viel zu geringe Strafe für ihn. Caleb wollte, dass jeder Tag die Hölle für ihn war und er noch lange lebte – hinter Gittern.

Caleb kniete sich wieder vor Ramie hin, die sich keinen Zentimeter von der Stelle gerührt hatte, während er im Badezimmer war. Er machte sich vorsichtig daran, das getrocknete und verkrustete Blut abzuwaschen, und fluchte leise, als sie zusammenzuckte.

»Tut mir leid. Ich wollte dir nicht wehtun.«

Sie schüttelte den Kopf. »Ist schon in Ordnung. Du hast mir nicht wehgetan.«

Er wollte wegen der kleinen Lüge nicht mit ihr streiten. Er hatte gesehen, wie ihre Augen vor Schmerzen geflackert hatten. Er achtete darauf, noch vorsichtiger zu sein, während er die letzten Reste Blut wegwischte.

Als er fertig war, lehnte er sich zurück und umfasste ihr Kinn, wobei er ihren Kopf ein bisschen zur Seite neigte, sodass mehr Licht auf ihr Kinn fiel und er die Wunde besser untersuchen konnte.

»Es ist nicht ganz so schlimm, wie ich befürchtet hatte«, meinte er. »Hätte er dir den Kiefer gebrochen, wäre die Schwellung viel größer. Trotzdem musst du aufpassen und mir sofort Bescheid sagen, wenn du weiter Schmerzen hast, damit wir dich zum Röntgen bringen können.«

Sie errötete verlegen und wandte den Blick ab.

»Ich kann mir eine Röntgenuntersuchung nicht leisten«, sagte sie leise. »Ich habe keine Krankenversicherung, und ich habe seit … seit *ihm* … nicht mehr gearbeitet. Er hat mir alles genommen. Mein Zuhause. Meinen Job. Meinen Seelenfrieden. Ich habe mich keinen einzigen Tag mehr gut gefühlt, seitdem ich die unwiderrufliche Verbindung zu ihm hergestellt habe. Er hat mir … alles genommen«, flüsterte sie. »Ich hatte noch ein paar Dollar in der Tasche, aber die sind jetzt auch weg. Ich musste meine Handtasche, meinen Ausweis … einfach alles zurücklassen, als ich aus dem Hotel weglief. Und jetzt habe ich nichts mehr. Ohne Papiere existiere ich nicht mal mehr. Es ist, als hätte er bereits bekommen, was er haben will – meinen Tod.«

Calebs Laune erreichte einen neuen Tiefpunkt. Er wurde von mörderischer Wut gepackt. Es genügte nicht, was ihr bereits angetan worden war – sie wurde verfolgt, gejagt wie ein Tier und mit dem eigenen Tod verhöhnt –, auch ihre früheren Leiden ließen ihn vor Wut rasen.

»Du wirst dir nie wieder wegen Geld oder deiner Krankenversicherung Gedanken machen müssen.«

Er war überrascht, dass er in der Lage war, zwischen den fest zusammengebissenen Zähnen Worte hervorzustoßen und dass sich seine Wut nicht in ihnen zeigte.

Erstaunt hob sie den Blick, und ihre Wangen färbten sich tiefrot. »Ich brauche deine Almosen nicht, Caleb. Du schuldest mir nichts. Ich schaffe das allein. Das habe ich immer.«

Sein Temperament ging mit ihm durch, ehe er sich zurückhalten konnte. »Du bist kein verdammter Wohlfahrtsfall. Ist dir eigentlich klar, wie viel Geld du für das verlangen könntest, was du tust? Dass die Familien der Opfer jede Summe bezahlen würden, um ihre geliebten Angehörigen zurückzubekommen?«

Sie machte vor Entsetzen große Augen. »Das würde ich niemals tun! Das würde ja auf *Erpressung* hinauslaufen. *Ja, klar, ich spüre Ihr Kind, Ihre Frau, Ihre Mutter, wen Sie wollen auf, aber, tja, das kostet Sie eine Kleinigkeit. Meine Fähigkeit kommt Sie teuer zu stehen*. Weißt du eigentlich, wie … geldgierig … ich dann wäre? Ich könnte mir selber nicht mehr in die Augen sehen, nähme ich Geld an, das mit Tod und Gewalt besudelt ist. Schon die Vorstellung ist abstoßend!«

»Also leidest du schweigend. Allein. Keiner ist da, der dich tröstet, während die Opfer wieder im Schoß der Familie und im Kreise ihrer Lieben sind. Wen hast *du*, Ramie? Wer sammelt die Scherben auf, wenn dich der Schlag trifft und du zerbrichst? Mir ist auch klar, dass Geld kein Allheilmittel ist, aber es kann das Leben leichter machen. Und alles ist besser, als gerade so über die Runden zu kommen, von der Hand in den Mund zu leben und ständig auf der Flucht vor einem geistesgestörten Irren zu sein, der dich nach und nach vernichten will, bis nichts mehr von dir übrig und deine Flucht zu Ende ist.«

Sie sah ihn niedergeschlagen an und verriet ihm auch ohne Worte, dass er einen Nerv getroffen hatte. Er hätte sich am liebsten selber geohrfeigt. Seine Worte hatten sie verletzen müssen. Sie hatten ihr mit aller Klarheit vor Augen geführt, wie gefährlich ihre Situation war. Und er sah etwas in ihren Augen, bei dem er am liebsten die Faust gegen die Wand geschlagen hätte.

Das Eingeständnis ihrer Niederlage.

Sie hatte aufgegeben und die Hoffnungslosigkeit ihrer Situation akzeptiert. Verflucht noch mal … das war doch nicht seine Absicht gewesen. Er hatte sie nur wissen lassen wollen, dass sie nicht mehr allein war, dass sie jemanden hatte, an den sie sich wenden konnte. Doch wenn sie ihre Niederlage hinnahm, hatte sie keine Hoffnung mehr, und Hoffnung war etwas, was sie mehr denn je brauchte. Er wollte ihr einen sicheren Hafen bieten.

Was hatte sie gesagt? Sie brauchte eine Zuflucht. Er würde unter allen Umständen dafür sorgen, dass sie alles bekam, was sie brauchte. Und was ihre Weigerung anging, keine »Almosen« annehmen zu wollen? Nun, damit würde sie sich abfinden müssen, denn er würde nichts dem Zufall überlassen, wenn es um ihren Schutz, ihr Wohlergehen und die finanzielle Unterstützung ging. Ob es ihr nun gefiel oder nicht, sie stand jetzt unter seiner Obhut und seinem Schutz. Und das erstreckte sich auf alle Bereiche – nicht nur ihr körperliches Wohlergehen.

Und er wollte, dass sie ihm vertraute, dass sie ihm glaubte, dass er zu seinem Versprechen stand; denn wenn er eine Zusage machte, dann hielt er diese *immer* ein. Es würde Zeit brauchen, bis sie ihm vertraute und glaubte, dass er sie nicht hintergehen würde. Er wusste, dass er nicht heute damit rechnen konnte und auch nicht morgen. Aber er war fest entschlossen, langsam, aber sicher ihr kostbares Vertrauen zu gewinnen.

Er wollte jemand sein, auf den sie sich verlassen konnte; vielleicht sogar die eine Person, die sie nicht im Stich ließ. Es kam für ihn nicht infrage, dass er sich unter die anderen Menschen einreihte, die sie enttäuscht hatten, wodurch sie die *Fähigkeit* verloren hatte, einem anderen Menschen ihr Vertrauen zu schenken.

Das würde sich jetzt ändern.

Sein Pilot stand bereit, denn er hatte nicht vor, auch nur eine Sekunde länger als nötig hierzubleiben, wo die Gefahr eines erneuten Angriffs bestand, nachdem er und Ramie sich für eine Vorgehensweise entschieden hatten. Dass er entschlossen war, sich ihrer anzunehmen, bedeutete nicht, dass er sie über seine Pläne im Dunkeln ließ. Er hatte zwar nicht die Absicht, ein Nein als Antwort zu akzeptieren, aber er würde ihr zumindest den Respekt zollen, den er ihr schuldete, und sie über alles informieren.

Denn sie fürchtete sich vor dem Unbekannten, und er wusste, dass sie immer noch mit sich rang, ob sie glauben sollte, dass er die Fähigkeit besaß, sie zu beschützen. Sie konnte schließlich nicht ahnen, dass er alle ihm zur Verfügung stehenden Mittel nutzen wollte – was immer es kosten mochte –, um alles in seiner Macht Stehende zu tun, um ihre Sicherheit zu gewährleisten.

»Hast du überhaupt irgendetwas?«, fragte er vorsichtig angesichts ihrer stolzen Verlegenheit.

Trotzdem wurde sie erneut rot, die Scham verdunkelte ihre grauen Augen.

»Nein«, wisperte sie. »Alles, was ich besaß, befand sich in dem Hotelzimmer. Und ich ließ meine Handtasche fallen, als ich weglief, denn ich wollte nicht, dass mich irgendetwas bei meiner Flucht behinderte.«

»Das war schlau«, meinte er ernst. »Du hast genau das Richtige getan. Nichts ist wichtiger als dein Leben.«

Offensichtlich überrascht von seiner Bemerkung, sah sie ihn mit großen Augen an, sodass ihm mehrere Flüche auf der Zunge lagen, doch er hielt sich zurück. Man konnte meinen, dass es für sie etwas völlig Neues war, so wichtig genommen zu werden.

Hatten die Leute, denen sie geholfen hatte, denn nie ihre Dankbarkeit zum Ausdruck gebracht? War ihnen – genau wie ihm – nicht klar gewesen, was sie durchmachte, wenn sie in den kranken Geist eines Mörders eintauchte? Wie konnte die Vorstellung, dass ihr Leben nichts wert war, so tief bei ihr verwurzelt sein?

»Da du nicht packen musst, können wir umso schneller aufbrechen«, stellte er fest.

Wieder sah sie ihn verwirrt an. »Wo gehen wir hin?«

»Nach Hause, Ramie. Ich bringe dich nach Hause.«

Resignation und Trauer traten in ihren Blick. »Ich habe kein Zuhause.«

»Jetzt hast du eins. Ich nehme dich zu mir nach Hause mit … *dort* ist jetzt dein Zuhause. Ich achte auf strikte Sicherheitsvorkehrungen, seit Tori entführt wurde. Ich dachte natürlich, dass ich schon vor ihrer Entführung ausreichend Sicherheitsvorkehrungen getroffen hatte, aber damit lag ich ja offenbar vollkommen falsch. Meine Firma stellt die besten Leute ein, die man für Geld bekommen kann. Aber diese Leute sind jeden einzelnen Penny wert, wenn sie dafür sorgen, dass meiner Familie – und dir – nichts passiert.«

Wieder sah Ramie ihn verblüfft an. »Als ich dich anrief, um dich um Hilfe zu bitten, Caleb, habe ich nicht mit so etwas gerechnet. Ich erwarte ganz gewiss nicht, dass du mich zu dir mit nach Hause mitnimmst. Ich dachte nur, du könntest mir vielleicht ein bisschen Schutz anbieten.«

»Genau das habe ich ja vor«, erklärte er ruhig. »Bei mir Zuhause ist deine Sicherheit gewährleistet. Das ist der sicherste Ort für dich. Bei mir Zuhause herrschen höhere Sicherheitsstandards als in Fort Knox.«

Er lächelte bei den letzten Worten und hoffte, die Stimmung etwas zu heben, indem er mit seiner Übertreibung den scheinbar ständigen traurigen Ausdruck in ihren Augen vertrieb. Allerdings hatte er nur ein wenig übertrieben, denn auf einen normalen Menschen mussten seine Sicherheitsmaßnahmen extrem überzogen wirken. Aber er wollte um jeden Preis verhindern, dass jemand in sein Haus oder die Nähe seiner Familie gelangte. Das sollte nie wieder passieren.

Sein Lohn war ein winziges Lächeln, und er war fasziniert von dem Grübchen, das sich auf einer Wange bildete. Er hatte sie noch nie lächeln gesehen. Sogar dieses Andeutung eines Lächelns veränderte ihr Gesicht völlig. Es ließ einen Teil der Erschöpfung verschwinden, die sich in ihre Züge eingegraben zu haben schien, und sie sah plötzlich so jung aus, wie sie war.

Aber was hätte sie in den vergangenen anderthalb Jahren auch zum Lächeln bringen können? Und auch davor hatte sie, seitdem sie sechzehn war, ständig mit dem Bösen zu tun gehabt. War sie schon als Teenager so ernst gewesen wie als Erwachsene? Es war hart, fröhlich genug zu sein für ein Lächeln, wenn man sich jede Sekunde fragen musste, ob man im nächsten Augenblick tot sein konnte.

Er fügte der immer länger werdenden Liste der Dinge, die er für Ramie tun wollte, hinzu, sie wieder zum Lächeln zu bringen. Sie sollte lachen können und Freude am Leben haben, statt immer nur an ihr Überleben zu denken. Das Leben bestand zwar aus Höhen und Tiefen, aber ihres hatte nur Tiefen ohne ausgleichende Höhepunkte gesehen. Es gab nicht viele Menschen, die so etwas überlebten, aber was er bisher von ihr gesehen hatte, sagte ihm, dass sie – wenn schon nichts anderes – so doch eine Überlebenskünstlerin war. Sie war viel stärker, als sie sich selber eingestand. Ein normaler Mensch wäre unter dem Druck, dem sie jahrelang ausgesetzt gewesen war, längst zusammengebrochen – oder hätte aufgegeben und es dem Mörder leicht gemacht, ihn aufzuspüren. Ein anderer Mensch hätte längst akzeptiert, dass sein Tod unausweichlich war. Egal was Ramie sagte oder auch nur denken mochte, Caleb wusste, dass sie nicht dazu in der Lage war aufzugeben.

Doch dann schwand ihr Lächeln wieder und ein besorgter Ausdruck legte sich über ihr Gesicht. »Ich kann nicht für immer bei dir bleiben. Ich kann mich nicht für immer verstecken. So ein Leben will ich nicht führen. Da ziehe ich den Tod vor, statt mich jeden Morgen zu fragen, ob das wohl der letzte Sonnenaufgang ist, den ich erlebe. So kann man nicht leben.«

Kummer schwang in jedem ihrer Worte mit. Ihr Seelenschmerz war so deutlich erkennbar, als hätte sie ein Schild um den Hals getragen. Am liebsten hätte er sie in die Arme genommen, um ihr ein bisschen Trost zu spenden. Aber sie schien vor Berührungen zurückzuschrecken, und er wollte nichts tun, wodurch sie sich in seiner Gegenwart unwohl gefühlt hätte.

Trotzdem wollte er wissen, ob sie Angst vor ihm hatte. Denn sollte sie fürchten, er könnte ihr irgendwie wehtun, würde ihn das außerordentlich belasten.

»Ramie, warum hast du Angst davor, dich von mir berühren zu lassen?«, fragte er sanft.

Er schlug bewusst einen entspannt fragenden Tonfall an, statt abwehrend zu klingen oder durchblicken zu lassen, dass ihn ihre Angst vor ihm reizte. Sie hatte genug Grund, vor Männern Angst zu haben. Sie hatte in den Köpfen das Schlimmste gesehen, was sein Geschlecht zu bieten hatte.

Sie hob eine schmale Schulter. »Ich mag von niemandem berührt werden. Es ist ein Automatismus, Körperkontakt zu meiden; denn wenn mich jemand berührt, sehe ich seine dunkelsten Geheimnisse. Ich sehe und spüre das Böse in ihnen. Nie das Gute. Wenn ich auch Freude, Liebe oder Zufriedenheit oder überhaupt irgendwas Positives spüren könnte, wäre das was anderes, und ich wäre dann vielleicht in der Lage, mit dem Bösen klarzukommen, das die Seelen der Menschen besudelt. Aber meine Gabe ist der schlimmste Fluch, den es gibt, denn ich sehe nur das Böse, das die Menschen verbergen wollen.«

Caleb runzelte die Stirn, und ein unangenehmes Gefühl breitete sich in seinem Nacken aus. »Und als ich dich berührt habe? Was hast du da gespürt?«

Er wusste, dass er jetzt doch reserviert klang, obwohl er entschlossen gewesen war, genau das zu vermeiden. Doch das Wissen, dass jemand Dinge erkannte, die eigentlich niemand über ihn wissen konnte, bereitete ihm Unbehagen. Er wollte nicht, dass sie Zugang zu seinen Gedanken hatte. Er war ein rücksichtsloser Mensch, wenn es um den Schutz seiner Familie ging, und im Berufsleben war er genauso skrupellos. Es war gut möglich, dass diese Charakterzüge ihn für Ramie zur Unperson machten.

»Ich bin keine Gedankenleserin«, erklärte sie müde, als hätte sie ungeachtet ihres Leugnens erkannt, was ihm gerade durch den Kopf gegangen war. »Es ist schwer zu erklären. Es sind keine richtigen Gedankengänge, die ich wahrnehme, sondern Dinge, die ich *fühle*, ohne genau *Bescheid zu wissen*. Ich sehe Dinge. Ereignisse. Handlungen. Es ist nicht so, dass ich die Gedanken von Menschen lese. Ich spüre Emotionen – negative Emotionen, keine positiven. Vielleicht käme ich besser damit zurecht, wenn ich auch mal das Gute in den Menschen spüren könnte. Vielleicht hätte ich dann keine so zynische Einstellung gegenüber dem Wesen des Menschen und seinem Hang zum Bösen oder irgendwie Unmoralischen. Wenn du dich dadurch besser fühlst oder zumindest nicht meinst, von mir verurteilt zu werden, kann ich dir sagen, dass ich bei dir nichts Böses gespürt habe. Nur Entschlossenheit. Und das ist ja keine schlechte Eigenschaft. Zumindest meiner Einschätzung nach nicht. Aber die Meinung, die ich von dir habe, sollte eigentlich keine Rolle spielen. Ich bedeute dir nichts, und was ich denke, sollte dir egal sein.«

Caleb presste die Lippen aufeinander, denn ihre Meinung spielte sehr wohl eine Rolle für ihn, was vielleicht gar nicht mal so gut war. Aber plötzlich gab es nichts Wichtigeres für ihn, als dass sie ihn trotz seiner Gedanken für einen guten Menschen hielt, dass sie irgendwann in der Lage sein würde, ihm zu vertrauen.

»Deine Gabe ist also nicht unfehlbar. Ich bin kein guter Mensch, Ramie. In der Tat bin ich dazu in der Lage, jemanden ohne zu zögern umzubringen, wenn ich meine, er könnte eine Bedrohung für die Menschen sein, die ich liebe.«

»Aber verstehst du denn nicht?«, fragte sie mit sanfter Stimme. »Jemanden vor Bösem zu bewahren ist nicht böse. Es macht dich nicht zu einem schlechten Menschen, wenn du jemanden bestrafen willst, der deine Familie bedroht. Ich habe bei dir nur eiserne Entschlossenheit gespürt, aber um das zu erkennen, muss ich nicht mal in deinen Kopf hineinsehen. Es steht dir ins Gesicht geschrieben. Ich sehe es in deinen Augen. Man braucht meine Gabe – oder meinen Fluch – nicht, um zu erkennen, wie entschlossen du bist.«

»Aber du hattest gesagt, du könntest gewalttätige Gedanken wahrnehmen. Und meine Gedanken sind eindeutig gewalttätig.«

Sie lächelte. Es war erst das zweite Lächeln, mit dem er beschenkt wurde, und es raubte ihm den Atem, weil er einen Blick auf die wahre Ramie erhaschte, bevor der Fluch sie auf einen Weg geführt hatte, von dem es kein Zurück gab.

»Was ich wahrnehme, ist der wahre Charakter von Menschen. Du magst zwar gewalttätige Gedanken haben – an Vergeltung, Rache, sogar Mord –, aber das spiegelt nicht dein wahres Ich wider und wie du wirklich bist. Man könnte sagen, dass meine Gabe das wahre Wesen einer Person enthüllt. Manche Menschen sind von Grund auf böse. Andere sind von Natur aus gut, auch wenn sie unter Umständen manchmal gegen ihren Charakter handeln. Ich besitze einfach die Fähigkeit, hinter die Fassade und in die Seele von Menschen zu schauen, und während Taten und Worte manchmal etwas anderes sagen, ist die Seele unveränderlich. Manche Menschen sind in der Lage, ihren wahren Charakter unter Kontrolle zu behalten, während andere sich den finsteren Abgründen ihrer Seele bereitwillig ergeben … sie sogar willkommen heißen.«

Während sie so ruhig über ihre unglaubliche Gabe sprach, als würde sie über das Wetter reden, hatte er Schwierigkeiten, etwas so Unfassbares zu begreifen. Nicht dass er ihr nicht glaubte oder ihre Gabe infrage stellte, ihm war einfach nicht klar gewesen, wie weit ihre Fähigkeiten gingen. Unwissend, wie er war, hatte er angenommen, dass sie nur ein Schwarz-Weiß-Bild wahrnahm, wenn sie etwas berührte, das dem Opfer gehörte, und dadurch in die Lage versetzt wurde, es aufzuspüren. Er war nicht auf den Gedanken gekommen, dass ihre Fähigkeiten eine tiefere, fast spirituelle Ebene besaßen. Denn nur Gott war es bestimmt, das wahre Gesicht eines Menschen zu sehen. Nur Gott wusste, was in der Seele eines Menschen vorging.

Erst jetzt verstand Caleb, warum sie so ein einsames Leben führte. Sie war eine Einsiedlerin, die sich von Menschen fernhielt. Wie sollte sie je in der Lage sein, sich vor anderen zu schützen? Wüssten alle vom Ausmaß ihrer Gabe, würde sie sich ständig in Gefahr befinden. Menschen würden morden, um die Wahrheit über sich zu vertuschen. Kein Wunder also, dass er nur sehr wenig über sie hatte herausfinden können.

Er hatte sie für egoistisch gehalten, als er damals so panisch versucht hatte, ihren Aufenthaltsort ausfindig zu machen, um Tori zu retten. Er hatte gemeint, sie wäre egoistisch, weil sie untergetaucht war und sich geweigert hatte, jenen zu helfen, die verzweifelt nach ihren Liebsten suchten.

Was für ein Mistkerl er gewesen war. Jetzt, da er wusste, was es sie jedes Mal kostete, ein Opfer aufzuspüren, war ihm schleierhaft, wie sie es überhaupt so lange hatte tun können.

Doch da er jetzt wusste, dass er ihr mit seiner Berührung nicht schadete, zog er sie behutsam in seine Arme, achtete aber sorgsam auf Anzeichen von Zurückweisung. Doch er stieß auf keinerlei Widerstand. Sie schmolz in seinen Armen dahin und barg ihr Gesicht an seiner Brust.

Ihre Atemzüge waren eher ein verkrampftes Keuchen, und ihre Brust hob und senkte sich an seiner. Schnell riss er sich von ihr los und lehnte sich zurück, weil er in Sorge war, eine weitere Panikattacke bei ihr ausgelöst zu haben. Doch was er dann sah, bestürzte ihn mehr als das, was er zunächst angenommen hatte.

Sie weinte. Ein herzzerreißendes, lautloses Schluchzen. Tränen rannen über ihre Wangen und hinterließen feuchte Rinnsale auf ihrer Haut. Ein letzter Schutzwall schien eingerissen worden zu sein, und eine schlichte Geste wie eine tröstende Umarmung hatte sie die Fassung verlieren lassen.

»Ich weiß nicht, ob ich überhaupt noch gesund bin. Ich fühle mich … zerbrochen«, erklärte sie unter Tränen, die umso schneller zu strömen schien, je länger sie sprach. »Ich weiß nicht, ob mir überhaupt noch jemand helfen kann oder sollte. Die Person, die mich verfolgt, ist ein Soziopath. Er denkt sich nichts dabei, wenn er jemanden umbringt, von dem er meint, er sei ihm beim Erreichen seines Ziels im Weg. Jeder in meiner Nähe ist in Gefahr. Und ich kann nicht zulassen, dass deine Schwester diese Hölle noch einmal durchmacht. Nicht meinetwegen.«

»Vergiss aber nicht, dass sie der Hölle *deinetwegen* entkommen ist.«, sagte er sanft.

Sie verstummte, da sie seiner Feststellung kaum widersprechen konnte.

»Und was ist sein Ziel, Ramie? Du sagtest, er würde jeden umbringen, der ihm beim Erreichen seines Ziels im Weg ist.« Obwohl Caleb eine ziemlich klare Vorstellung hatte, wollte er, dass Ramie es bestätigte. Obwohl er es wusste … Es war eine dumme Frage.

»Ich«, wisperte sie. »Ich bin sein Ziel. Und bis er mich hat, werden andere Frauen schrecklich leiden … *meinetwegen*. Wie kann ich mich selber in Sicherheit bringen, wenn ich weiß, dass andere Frauen sterben müssen, weil er meiner nicht habhaft werden kann? Wie kann ich weiterleben, während *das* auf meinem Gewissen lastet? Dass er erst dann aufhören wird, andere unschuldige Opfer zu quälen und zu töten, wenn er endlich das hat, was er die ganze Zeit wollte? *Mich*.«

9

Caleb starrte sie mit einer Mischung aus Entsetzen und Fassungslosigkeit an. »Du kannst nicht wirklich glauben, dass der Tod seiner früheren Opfer und möglicher zukünftiger Frauen, die er foltern könnte, dir zuzuschreiben ist. Du bist doch nicht dumm, Ramie. Du musst doch erkennen, wie verrückt diese Annahme ist.«

Sie wirkte verärgert über seine Bemerkung. Ihre Wangen liefen rot an, und in ihren Augen blitzte ein ungeduldiger Ausdruck auf, als würde er einfach nicht begreifen, worum es ging. Oh ja, er hatte verstanden, aber es ergab so überhaupt keinen Sinn für ihn.

Ihre Finger schlossen sich zu Fäusten, und sie presste eine Faust auf ihren Oberschenkel. Sie wiederholte die Bewegung, während sie sprach.

»Wäre er nicht so auf mich fixiert und wäre es nicht so schwierig, mich zu fassen zu kriegen, wäre er auch nicht so erpicht auf sein nächstes Opfer. Je länger ich ihn auf Abstand halte, desto frustrierter wird er und sucht sich Ersatz. Denn ich bin die einzige Frau, die es schafft, ihm immer wieder zu entkommen. Das liegt nicht daran, dass ich schlauer bin als er, oder es immer wieder irgendwie schaffe, ihn auszutricksen. Ich habe einfach nur Glück gehabt. Aber mein Glück wird nicht ewig halten. Und in einem Winkel meines Herzens wünsche ich mir, dass er mich zu fassen bekommt, denn ich weiß genau, dass er mit mir zur Hölle fährt.«

»Das ergibt überhaupt keinen Sinn«, sagte er und brachte

damit zum Ausdruck, was er auch vorher schon gedacht hatte. »Am liebsten würde ich dich schütteln. Was du da sagst, ist das Dümmste, was ich jemals gehört habe. Du bist nicht verantwortlich für die Taten eines Verrückten. Du bist nicht verantwortlich dafür, dass er seine Opfer foltert, erniedrigt und schließlich umbringt. Meinst du ernsthaft, dass er damit aufhört, wenn er dich hat? Gütiger Himmel, er würde sich für unbesiegbar halten, wenn es ihm gelänge, die Frau zur Strecke zu bringen, die sich als seine größte Herausforderung erwiesen hat. Und ich würde darauf wetten, dass das der Grund ist, warum er so besessen von dir ist. Weil er die anderen Opfer leicht in die Finger bekommen hat. Sie stellen keine Herausforderung für ihn dar. Er genießt die Jagd auf dich und die Tatsache, dass sie sich als so schwierig erweist. Er wird nur noch selbstgefälliger werden, wenn es ihm gelingen sollte, dich umzubringen. Er wird glauben, er wäre unbesiegbar … er wäre Gott in seinem eigenen verdrehten Universum. Denn wie sollte es ihm nach dir misslingen, sein nächstes Opfer zur Strecke zu bringen? Er ist von dir besessen, weil du zu seinem Heiligen Gral geworden bist.«

Er wusste, dass er einen Punkt gemacht hatte. Ramie runzelte nachdenklich die Stirn. Sie bewegte die Hand nicht mehr, sondern drückte die Faust fest auf ihren Schenkel. Sie kaute an ihrer Unterlippe und stieß einen Seufzer aus, um dann die Augen zu schließen, während Erschöpfung und Anstrengung ihr Gesicht zeichneten.

»Darüber, was er machen wird, nachdem er mich zu fassen bekommen hat, habe ich nie nachgedacht.«

Sie nickte langsam, als sie die Augen wieder öffnete und den Blick in die Ferne richtete, ehe sie weitersprach.

»Aber stimmt, du hast recht. Ich glaube auch, dass er es noch schlimmer treiben würde. Er würde dreister und selbstbewusster vorgehen, wenn es ihm erst einmal gelungen wäre, mich endgültig zu erledigen. Ich bin ein Stachel in seinem Fleisch. Keiner war je so nah daran, ihn zu fassen oder herauszufinden, wo er sich aufhält. Und es scheint keine Verbindung zwischen seinen Opfern zu geben. Keine äußeren Übereinstimmungen, keine Ähnlichkeiten im Charakter. Nichts. Es gibt nur den Wunsch zu foltern und zu erniedrigen, sodass seine Opfer sich am Ende den Tod *wünschen*.«

»Weißt du, wie er heißt? Sind dir irgendwelche Details bekannt, anhand derer man ihn identifizieren könnte?«

Sie warf ihm einen ungeduldigen Blick zu. »Meinst du nicht, dass ich ihn längst aufgespürt hätte, wenn ich etwas mehr über ihn wüsste? Ich würde ihn selber umbringen und zum Teufel mit den Konsequenzen, wenn er dadurch von der Erde verschwinden würde. Ich würde bereitwillig den Rest meines Lebens im Gefängnis verbringen, wenn keine Frau mehr diese Folterqualen über sich ergehen lassen müsste.«

Er runzelte die Stirn. Nicht nur wegen der Überzeugung, die in ihrer Stimme mitschwang, sondern auch weil er nicht verstand.

»Aber deine Angaben waren so genau, als du mir sagtest, wo ich meine Schwester finden würde, obwohl der Entführer entwischen konnte. Aber das hing mit dem unglücklichen Zeitpunkt zusammen. Die Polizei stürmte das Haus, als der Entführer es gerade für einen Moment verlassen hatte. Bei den vielen Polizisten, die das Haus umstellt hatten, musste er sie ja bei seiner Rückkehr bemerken.«

»Er ist nicht wie die anderen«, erklärte sie erschöpft. »Ich habe dir ja schon gesagt, dass ich glaube, er könnte auch übersinnliche Fähigkeiten besitzen, aber wahrscheinlich hältst du mich für verrückt.«

Caleb hob eine Hand. »Ich halte dich nicht für verrückt. Ich habe schon an deine Fähigkeiten geglaubt, ehe ich dich kennenlernte.« Er zögerte, ehe er weiterredete, denn die übersinnlichen Fähigkeiten seiner Schwester waren ein streng gehütetes Familiengeheimnis. Aber er spürte, dass es dazu beitragen würde, Ramies Vertrauen zu gewinnen, wenn er den ersten Schritt tat.

»Tori besitzt übersinnliche Fähigkeiten. Deshalb fiel es mir auch nicht schwer, an deine zu glauben. Aber auch wenn ich nicht bereits an dich geglaubt hätte, gab es die Tatsache, dass du in allen Fällen, bei denen du geholfen hast, zu hundert Prozent richtig lagst.«

Ramie riss die Augen auf. »Deine Schwester hat übersinnliche Fähigkeiten?«

»Ja, mehr oder weniger. Aber lass uns noch einmal darauf zurückkommen, warum du meinst, der Typ, der dich verfolgt, könnte übersinnliche Fähigkeiten haben.«

Ramie krabbelte vom Bett herunter, als könnte sie es nicht eine Sekunde länger ertragen, still zu sitzen. Sie tat es ihm nach und begann nun selber auf und ab zu gehen, mit vor Konzentration angespannten Gesichtszügen.

»Es gibt keine andere logische Erklärung.« Sie gab ein sprödes Lachen von sich, das jeder Heiterkeit entbehrte. »Was dir in Bezug auf meine Fähigkeiten nicht klar ist – eines von vielen Dingen, die du nicht verstanden hast –, ist, dass meine Verbindung zu Opfer und Täter sich nicht sofort wieder auflöst.«

Caleb spürte, dass er bleich wurde, als alles Blut aus seinem Gesicht wich. »Was heißt das?«

»Das heißt, dass meine Verbindung sowohl zum Mörder als auch zum Opfer erhalten bleibt. Manchmal stundenlang. Manchmal sogar tagelang. Und im Falle des Mannes, der mich verfolgt, ist die Verbindung sogar überhaupt nicht mehr abgerissen.«

»Gütiger Himmel«, flüsterte er, »dann währt deine Qual ja

weit über das hinaus, was du anfangs erlebst. Wie in Gottes Namen überlebst du das?«

Sie zuckte die Achseln, als wäre das keine große Sache, aber Caleb wusste es besser. Er hatte erlebt, wie lange Tori gebraucht hatte, um auch nur ansatzweise zu ihrem früheren Ich zurückzufinden. Und sie hatte ein ganzes Jahr später immer noch mit den Nachwirkungen zu kämpfen. Ramie hatte das nicht nur einmal durchgemacht wie die Opfer, denen sie half, sondern bei jedem Opfer aufs Neue. Und jetzt erzählte sie ihm, dass die Verbindung nicht abriss, wenn sie sich von dem Gegenstand löste, mit dessen Hilfe sie den Aufenthaltsort eines Opfers lokalisierte?

Allein der Gedanke war unerträglich. Wie hatte sie das die ganze Zeit aushalten können, ohne darunter zusammenzubrechen? Allem Anschein nach war ihr genau das vor achtzehn Monaten passiert. Und kurz darauf war Caleb aufgetaucht und hatte sie wieder in die Hölle zurückgestoßen, der sie so verzweifelt zu entkommen versuchte.

Das war der Moment, in dem er begriff, was sie ihm *nicht* erzählt hatte. Entsetzt zog er die Augenbrauen hoch.

»Du bist immer noch mit ihm verbunden.«

Sie schloss die Augen und nickte langsam. »Ich sollte vielleicht besser sagen, dass er mit mir verbunden ist, denn offensichtlich bin ich nicht in der Lage zu erkennen, wo er sich aufhält. Der Himmel weiß, dass ich es versucht habe. Irgendwie zapft er mein Gehirn an. Deshalb meine ich, dass er übersinnliche Fähigkeiten oder zumindest außersinnliche Wahrnehmung besitzt. Wie ließe sich seine unheimliche Gabe sonst erklären, mir ständig auf den Fersen zu bleiben? Und dann noch diese Träume …«

Sie schüttelte den Kopf und presste die Lippen aufeinander, als sie verstummte.

»Was für Träume?«, fragte er.

»Er ist in meinen Träumen. Aber ich glaube nicht, dass es richtige Träume sind. Ich halte sie für real. Seine Realität. Das ist seine Art, mich zu quälen, indem er es mir unmöglich macht, mich zu erholen und zu vergessen. Ich wache nachts schweißgebadet und mit einem Herzschlag von über hundert Schlägen in der Minute auf. Deshalb habe ich so häufig Panikattacken. Er tut mir das an. Da bin ich mir sicher.«

Sie verzog das Gesicht, während sie seine Reaktion auf ihre Worte zu ergründen versuchte. Dachte sie, er würde ihren Ahnungen keine Bedeutung beimessen? Oder dass er an ihrem Verstand zweifelte? Nichts von beidem stimmte. Er glaubte ihr voll und ganz.

»Er lebt wie ein Schatten in meinem Kopf. Er ist da und doch wieder nicht. Seine Gegenwart ist nicht immer gleich stark spürbar. Nur wenn er ein neues Opfer ausgewählt hat und will, dass ich sehe, was er ihr antut. Daraus zieht er seine perverse Freude. Indem er mir zeigt, dass er nicht zu stoppen ist und ich nicht die Macht besitze, ihm das Handwerk zu legen. Er will, dass ich leide. Das ist ihm gelungen«, gestand sie mit schmerzerfüllter Stimme, die Caleb die Tränen in die Augen trieb, weil sie so gelitten hatte und immer noch litt.

Denn der Mistkerl jagte und tötete weiter, während er Ramie dicht auf den Fersen war. Er ließ sie an den Schmerzen und der Qual seiner Opfer teilhaben, da er wusste, dass Ramie alles so mitfühlte, als würde sie es selber erleiden. Je mehr Caleb über ihre Fähigkeiten und das kranke Hirn des Mannes erfuhr, der sie verfolgte, desto betroffener war er. Seine Angst um sie wurde immer größer, und er begann an seiner eigenen Fähigkeit, für ihre Sicherheit sorgen zu können, zu zweifeln.

»Wie konntest du wissen, dass er in deinem Hotelzimmer war?«, fragte er neugierig. »Wenn du nicht mit ihm, sondern er mit dir verbunden ist, müsste er sich dir dann nicht unbemerkt nähern können? Kann er nicht kontrollieren, was du von ihm siehst?«

Sie nickte. »Meistens schon. Heute ist er mir näher gekommen denn je. Vielleicht hat er mich aber auch die ganze Zeit über nur beobachtet und mit mir gespielt. Und als ich die Türklinke zu meinem Zimmer berührte, war sein Abdruck darauf. Mich erfasste eine schwarze Woge aus Hass und Gewalt, sodass ich taumelte. Ich war so erschüttert, so verängstigt, dass er die Tür aufreißen und mich packen konnte, ehe ich in der Lage war zu fliehen. Ich konnte mich zwar gegen ihn wehren und flüchten, aber erst nachdem er mir das hier verpasst hatte«, sagte sie und rieb sich abwesend den blauen Fleck am Kinn.

Calebs Miene wurde noch finsterer, aber er versuchte, seine Reaktion im Zaum zu behalten, damit sie nicht aufhörte zu reden. Er musste genau wissen, womit sie es zu tun hatten, und durfte nicht ausrasten; damit würde er ihr nur unnötig Angst machen.

»Du hältst mich nicht für verrückt, wenn ich sage, dass er in meinen Träumen zu mir spricht, und denkst nicht, dass es nur meine Ängste sind, die sich in meinem Unterbewusstsein verselbständigen?«, fragte sie mit unsicherer Stimme.

»Ramie, zum hundertsten Mal, ich halte dich nicht für verrückt. Angesichts der übersinnlichen Fähigkeiten meiner Schwester, die du offensichtlich auch besitzt, wäre es der Gipfel der Heuchelei, irgendetwas von dem, was du erzählst, anzuzweifeln. Man kann wohl davon ausgehen, dass es – höchstwahrscheinlich sogar – noch mehr Menschen mit außergewöhnlichen Fähigkeiten gibt.«

Sie zögerte und fuhr sich mit der Zunge über die Lippen, als bereitete sie sich auf das vor, was sie sagen wollte. »Was für eine Fähigkeit besitzt deine Schwester?«

Er konnte sich kaum weigern, es ihr anzuvertrauen, wenn er ihr Vertrauen und ihre Bereitschaft wollte, alles von sich zu erzählen. Auch wenn er damit den heiligen Schwur brach, den er, seine Brüder und Tori geschlossen hatten.

»Sie hat Visionen … von der Zukunft … was sich zutragen wird. Die Bedeutung ihrer Visionen ist nicht immer ganz klar. Manchmal weiß sie erst, was sie bedeuten, wenn sie sieht, was passiert. Das alles bereitet ihr Kummer, weil sie immer glaubt, sie könnte verhindern, dass schlimme Dinge passieren.«

»Das muss schrecklich frustrierend für sie sein«, stimmte sie ihm zu; Mitgefühl schwang in ihrer Stimme mit. Der schmerzerfüllte Blick ließ ihre rauchgrauen Augen dunkler erscheinen, als würden Schatten der Vergangenheit ihre Gedanken verdüstern.

»Zumindest muss sie nicht den Schmerz und die Tragödien anderer durchmachen. In der Hinsicht hat sie Glück … nicht wie du, die zusammen mit jedem Opfer leidet, dem du hilfst. Du siehst alles. Du *spürst* alles.«

Sie stieß einen langen Seufzer aus und ließ sich wieder auf die Bettkante sinken. Man sah ihr an, dass sie sich geschlagen gab. »Was sollen wir tun?«, flüsterte sie. »Ich hätte dich nie um Hilfe bitten dürfen. Ich bringe dich und deine Familie in unglaubliche Gefahr. Denn er wird sich in seinem Bestreben, meiner habhaft zu werden, von nichts aufhalten lassen. Ein Leben bedeutet ihm nichts. Er vernichtet alles, was sich ihm in den Weg stellt, wie lästige Fliegen.«

»Doch, es war gut, dass du mich um Hilfe gebeten hast«, widersprach er. »Und ich werde dir helfen, Ramie. Ich werde dich beschützen. Das hat nichts mit dem zu tun, was ich und meine Familie dir schulden. Ich werde nicht zulassen, dass eine unschuldige Frau – egal wer – ein Schicksal erleidet, dass schlimmer ist als der Tod.«

Ein Hoffnungsschimmer erhellte das stürmische Grau ihrer Augen. Sie sah ihn an, als hätte sie Angst, das Unglaubliche zu glauben.

»Du kannst mir vertrauen«, sagte er. »Du hast mich berührt … du weißt, wie ernst es mir ist. Du weißt, dass ich nicht böse bin. Also weißt du auch, dass ich dir niemals wehtun würde.«

»Das weiß ich.«

»Dann schlage ich vor, dass wir uns in Bewegung setzen, und zwar schnell. Er ist nicht weit entfernt, und wenn die Verbindung zwischen ihm und dir existiert, wird er wissen, dass du noch in der Nähe bist. Je länger wir hierbleiben, desto mehr Gelegenheit geben wir ihm, dich zu finden.«

Vor Angst und Panik fing sie wieder an zu zittern. Schultern und Hände bebten. Also nickte sie nur zustimmend.

Caleb griff nach seinem Handy und tätigte mehrere Anrufe. Mit dem ersten überzeugte er sich davon, dass der Pilot das Flugzeug wieder aufgetankt hatte und jederzeit starten konnte. Dann rief er Antonio an und bestellte ihn nach oben, damit sie beide Ramie auf dem Weg vom Zimmer zum wartenden Auto in ihre Mitte nahmen.

Als er alle Anrufe erledigt hatte, streckte er seine Hand nach Ramie aus. Das war das Zeichen aufzubrechen. Sie atmete tief durch, schob die Finger in seine Hand und ließ sich von ihm aufhelfen.

»Bist du bereit?«, fragte er.

Entschlossen nahm sie die Schultern zurück und nickte. »Ich bin bereit.«

»Dann los«, sagte er.

10

Ramie musterte Caleb von ihrem Platz im Flugzeug aus. Er wirkte angespannt und schien sich nicht wohlzufühlen. Aber erinnerte sie ihn nicht auch ständig daran, was seiner Familie vor einem Jahr widerfahren war? Sie fühlte sich schrecklich, dass sie alles wieder nach oben spülte. Aber sie hatte wirklich Angst. Sie wusste, dass ihr allmählich die Zeit ausging und ihr Verfolger seines Spiels müde wurde und dass er endlich zum großen Finale seiner kranken Fantasien über ihre Ermordung kommen wollte.

Nein, sie konnte nicht erkennen, was er im Einzelnen dachte, aber wenn er in ihren Geist eindrang, spürte sie seine Frustration, seine Ungeduld. Aus diesem Grund wusste sie auch, dass er eine Verbindung zu ihr hergestellt hatte, über die sie keine Kontrolle besaß. Er war immer da, im tiefen Schatten, im hintersten Winkel ihres Bewusstseins. Er lebte, um ihr das Leben zur Hölle zu machen, damit sie jede Sekunde des Tages sowohl wach als auch in ihren Träumen Angst hatte.

Nie zuvor hatte sie etwas Ähnliches erlebt. Normalerweise war sie diejenige, die das Böse aufspürte, es fühlen konnte … und den Schmerz des Opfers. Aber keiner hatte sich je so in ihrem Geist festgesetzt. Nie zuvor hatte sie eine derartige Hilflosigkeit – und Resignation – erfahren wie jetzt.

Er kontrollierte sie. Nicht physisch. Sondern mental.

An jenem Tag, als sie geholfen hatte, sein Opfer aufzuspüren, als sie in seinen Geist eingedrungen war, hatte er sich an sie geklammert. Die Rollen waren vertauscht worden, denn normalerweise war sie diejenige, die in den Kopf von jemand anderem eindrang.

Wie weit reichten seine übersinnlichen Fähigkeiten? Hatte er seine Opfer in der Vergangenheit auf diese Weise kontrolliert? War er nur deshalb in der Lage gewesen, sie zu ködern, indem er ihren Geist kontrollierte? Und war er ihretwegen so frustriert, weil sie sich nicht so leicht lenken ließ wie seine anderen Opfer? Betrachtete er sie deshalb als seine größte Herausforderung? Den höchsten zu erreichenden Triumph?

Und dann kam ihr ein entsetzlicher Gedanke. Er hatte sie so leicht aufspüren können, wie ihr das bei anderen Menschen gelang. Wenn er es zukünftig auf Calebs Schwester abgesehen hatte, die bereits so unvorstellbar Schreckliches durchgemacht hatte? Wenn er nun Caleb oder seine Brüder verfolgte? Brachte sie alle in eine fürchterliche Gefahr?

»Worüber denkst du gerade nach?«, wollte Caleb wissen.

Sie hob den Kopf und sah, dass er sie musterte und dabei die Stirn runzelte.

»Du siehst zu Tode erschrocken aus.«

»Was, wenn ich nun Schmerz und Tod in dein Haus bringe? Zu deiner Familie und den Menschen, die du liebst?«, wisperte sie. »Du bringst deine Schwester, deine Brüder und dich *selber* in Gefahr, indem du mir hilfst. Ich bin eine ständige Erinnerung daran, was deine Schwester hat erleiden müssen. Ist sie überhaupt seelisch darauf vorbereitet? Gibt es keinen sicheren Ort fern von dir und deiner Familie, wo du mich unterbringen könntest?«

Es war offensichtlich, dass ihm nicht gefiel, was sie sagte, aber einer von ihnen musste schließlich realistisch bleiben. Sie wusste es zu schätzen, dass er so schnell auf ihren Hilferuf reagiert und Schritte unternommen hatte, um sie zu beschützen.

Aber wenn er ihr half, bedeutete das nicht zwangsläufig, dass er sich einmischen musste.

Sie beugte sich mit ernster Miene vor. »Denk doch mal darüber nach, Caleb. Du hast keine Ahnung, zu was er fähig ist. Du hast weder gesehen noch gespürt, was er mit seinen Opfern getan hat. Ich schon. Ich lebe jeden Tag mit der Erinnerung daran und weiß, dass er für mich noch Schlimmeres geplant hat. Ich könnte es nicht ertragen, wenn du oder deine Familie Schaden nehmen würden. Oder er es herausfände, dass er mir Schmerzen zufügen würde, indem er dir etwas tut.«

Caleb streckte den Arm aus und legte seine Hand auf ihre. Wärme strömte ihren Arm hinauf und erfüllte sie mit heißer Glut. Sie riss ihre Hand weg und war schockiert, dass sie … Verlangen spürte. Schon im Hotelzimmer hatte sie so reagiert, es aber nicht als das erkannt, was es war. Nachdem sich der Aufruhr in ihrem Innern seitdem ein wenig gelegt hatte, konnte sie jetzt erkennen, dass vom ersten Moment an, als er den Raum betreten hatte, etwas mit ihr geschehen war.

Angesichts seiner Reaktion merkte sie, dass auch ihm nicht entgangen war, dass etwas zwischen ihnen knisterte. Ihr Zurückweichen ließ ihn die Stirn runzeln, trotzdem zog er seine Hand weg und legte sie wieder in seinen Schoß.

»Ich brauche dein Vertrauen, Ramie. Aber ich verstehe, dass es dir in deiner Situation schwerfällt, jemandem zu vertrauen. Denn du siehst das Schlechte in den Menschen. Aber nachdem du mich berührt hast und nichts Böses entdecken konntest, hoffe ich, dass du mir ein wenig vertrauen kannst. Zum gegenwärtigen Zeitpunkt ist der beste Aufenthaltsort für dich mein Zuhause, wo ich für deine Sicherheit sorgen kann. Mir stehen Sicherheitsvorkehrungen zur Verfügung, die die meisten Regierungseinrichtungen nicht haben.«

Ihr zweifelnder Blick ließ ihn seufzen. »Davon abgesehen möchte ich dich bei mir haben. Seit einem Jahr ist nicht ein Tag vergangen, an dem ich nicht an dich gedacht hätte. Nicht nur wegen der Schuldgefühle oder der Reue angesichts dessen, was ich dir angetan habe. Es gibt etwas zwischen uns … etwas, das über eine flüchtige Bekanntschaft hinausgeht. Du hast es gespürt. Und es wäre mir lieb, wenn du mir vertrauen würdest und wir sehen könnten, was sich zwischen uns entwickelt.«

Sie sah ihn schockiert an. Redete er etwa über eine potenzielle Beziehung? Er konnte doch unmöglich meinen, was sie gehört zu haben glaubte. Zum einen ging sie keine Beziehungen ein. Das war undenkbar, da sie in anderen immer das Schlimmste spürte.

Außerdem kannten sie einander überhaupt nicht. Das Einzige, was sie verband, war eine in Blut und Gewalt getauchte Erinnerung, eine Verbindung, die sie nicht gewollt hatte, aber gezwungen worden war zu ertragen. Das war gewiss nicht die Basis, auf der sich eine Beziehung entwickeln konnte – und schon gar nicht mit ihr.

Doch zumindest in einem Punkt hatte er recht. Sie hatte ihn berührt, war bis in seine Seele vorgedrungen und hatte nichts Böses in ihm entdeckt. Aber bedeutete das auch, dass sie ihm vertrauen konnte? Dass sie alle Vorsicht fahren lassen und ihm einen Blick auf ihr wahres Ich gewähren durfte? Sollte sie ihm erlauben, ihren sorgfältig errichteten Schutzwall zu überwinden und in ihre Seele zu schauen?

Manchmal hatte sie das Gefühl, sich vor Jahren verloren zu haben. Vielleicht hatte sie ja auch nie wirklich gelebt. Sie war nicht in der Lage, Beziehungen zu führen. Wem könnte sie etwas bedeuten, wer sollte sie lieben, verdreht, wie sie war, und mit dem Ballast, den sie mit sich herumschleppte? Man musste schon ein Masochist sein, um sich auf ihr Chaos einzulassen.

»Ich kann keine Beziehung führen«, erklärte sie mit leiser, verlegener Stimme. »Ich habe zu viele Probleme, bei denen die meisten Männer sich nicht gerade darum reißen, mir den Hof zu machen.«

Er warf ihr einen unruhigen Blick zu, und man sah ihm seine Ungeduld an.

»Ich bin nicht die meisten Männer, Ramie. Aber ich weiß doch auch nicht, wohin das führen wird. Ich habe nicht auf alles eine Antwort. Ich weiß nur, dass irgendetwas mit mir geschieht, wenn ich dich ansehe, wenn ich dich berühre. In meinem Innern zieht sich alles zusammen, und plötzlich gibt es nichts Wichtigeres, als in deiner Nähe zu sein. Ich habe keine Erklärung dafür. Du ahnst nicht, was das in mir auslöste, als mir klar wurde, zu was ich dich gezwungen habe … dass du hast durchmachen müssen, was meine Schwester erlitten hat. Allmächtiger. Das hat mich das ganze letzte Jahr belastet. Zu wissen, dass ich einer Unschuldigen wehgetan habe, indem ich meine Schwester rettete. Du bist wirklich die Letzte, die es verdient hat, was ich dir angetan habe.«

Sie wandte den Blick ab, und Tränen begannen, in ihren Augen zu brennen. Warum konnte sie nicht einfach so normal sein wie jeder andere? Sie hatte nicht um ihre Gabe – ihren Fluch – gebeten. Manchmal wünschte sie sich, dass eine geistige Überlastung eintreten und eine Art Kurzschluss in ihrem Kopf dafür sorgen würde, dass sie nicht mehr in der Lage war, das Böse aufzuspüren.

Aber das war egoistisch. Hatte Caleb ihr nicht am Anfang vorgeworfen, dass sie egoistisch sei, weil sie nicht bereit war, bei der Suche nach seiner Schwester zu helfen? Aber sie konnte nicht ewig so weitermachen. Nicht wenn jedes einzelne Opfer in ihrem Kopf hell brannte und sie keine Möglichkeit hatte, sich ihrer schrecklichen Erinnerungen zu entledigen.

Und dann noch ihre Träume. Allmächtiger, diese Träume. Da war nicht nur dieser Wahnsinnige, der sie sogar im Schlaf verfolgte, sondern auch all die anderen … ein endloser Strom aus Blut, Schmerz und Tod. Wann würde das endlich aufhören? Würde es *je* aufhören?

Hilflos erwiderte sie Calebs Blick und wusste nicht, was sie sagen sollte. Wie sie auf seine leidenschaftlich vorgetragene Erklärung reagieren sollte. Wollte er nur ihre Absolution für das, was er als seine Sünde gegen sie betrachtete? Trieben ihn nur Schuldgefühle?

»Ich werde dich nicht drängen, Ramie«, sagte Caleb mit leiser Stimme. »Ich will nur die Chance haben, dir zu beweisen, dass es etwas zwischen uns geben könnte, das sich lohnt zu ergründen. Wir haben uns nicht unter idealen Voraussetzungen kennengelernt, aber das bedeutet nicht, dass wir keine Zukunft haben könnten.«

»Ich bin gebrochen«, presste sie hervor. »Tief im Innern. Ich weiß nicht einmal, ob ich überhaupt in der Lage bin zu lieben oder jemanden auch nur zu mögen. Ich habe keine Vorstellung davon, was ein Paar tut, das sich liebt. Wie es sich verhalten soll. Ich kenne nur Gewalt und Tod. Das sind Dinge, die ich verstehe. Ein normales Leben, eine normale Beziehung? Diese Dinge kann ich dir nicht geben. Und das liegt nicht daran, dass ich es nicht wollte. Ich würde alles darum geben, genießen zu können, was andere Menschen für selbstverständlich halten: Glück, Liebe, Verabredungen. Ich weiß nicht, wie man sich in Gesellschaft oder in vertrauteren Situationen verhält. Warum zum Teufel willst du dich auf so etwas einlassen?«

Er rutschte von seinem Sitz und kniete sich vor sie, sodass sie auf Augenhöhe waren. Dann legte er seine Hand um ihren Nacken, zog sie näher zu sich heran und drückte seine Lippen auf ihre.

Die Berührung war wie ein elektrischer Stromschlag für sie. Begehren stürmte auf sie ein … Lust … all die Dinge, die sie noch nie erlebt hatte. Es war überwältigend. Sie hatte keine Ahnung, wie sie reagieren sollte.

Es stellte sich heraus, dass sie es gar nicht zu wissen brauchte. Caleb übernahm die Führung, strich mit der Zunge über ihre Lippen und verlockte sie dazu, sie zu öffnen. Kaum war das geschehen, schob er seine Zunge in ihren Mund und strich mit ihr auf erregende Weise über ihre Zunge.

Hungrig labte er sich an ihrem Mund und vertiefte den Kuss immer mehr, bis sie keine Luft mehr bekam. Sie legte die Hände an seine Brust, um ihn wegzustoßen, doch dann verharrten ihre Finger auf der Mauer aus warmen Muskeln.

Sengende Glut verbrannte ihre Hände, mit denen sie normalerweise den Geist von anderen Menschen anzapfte. Doch jetzt spürte sie nur sein ebenso großes Begehren und die Entschlossenheit, sich nicht von ihr zurückweisen zu lassen. Ihre Finger krümmten sich und bohrten sich in sein festes Fleisch. Noch nie hatte sie etwas so genossen wie diese Berührung durch einen anderen Menschen.

Sie merkte, dass sie angefangen hatte, ihn mit bebenden Fingerspitzen zu liebkosen. Sein ganzer Körper straffte sich und verriet ihr wortlos, dass er ihre Berührungen genauso sehr genoss, wie es ihr gefiel, ihn zu berühren.

Sie sollte ihn wegstoßen. Er war gefährlich für sie. Das wurde ihr sofort klar. Er besaß die Macht, sich mit ihr in einer Weise zu verbinden, zu der noch kein anderer Mann in der Lage gewesen war. Die Frage war bloß, ob sie das wollte. Wollte sie die Chance auf Normalität erhalten? Dinge, die sie sich immer verwehrt hatte? Verlangen. Sex. Flirten. Intimität. *Spaß*.

Aber egal was der Verstand ihr sagte, ihr Herz sprach etwas anderes. Statt ihn wegzustoßen und die allmählich wachsende

Bindung zwischen ihnen zu durchtrennen, schmiegte sie sich fester an ihn und reagierte vorsichtig auf den Vorstoß seiner Zunge, indem sie ihm mit ihrer entgegenkam.

Als er sich schließlich von ihr löste, sah er sie unter halb gesenkten Lidern begehrlich an. Sofort fühlte sie sich seiner Berührung beraubt, die Wärme, die sie in seiner Umarmung gefunden hatte, verschwand und wurde vom kalten Hauch der Einsamkeit ersetzt. Etwas, das sie bisher nie gestört hatte. Ihr ganzes Leben lang war sie immer allein und für sich gewesen. Doch durch Caleb fragte sie sich jetzt zum ersten Mal, was das Leben noch für sie bereithalten mochte.

Er legte sanft eine Hand an ihre Wange und zwang sie, ihn anzusehen. Seine Augen schimmerten ernsthaft und warm, und aus seinem Blick strahlte ihr die Wahrheit entgegen.

»Lass mich doch selber entscheiden, worauf ich mich einlasse«, erklärte er mit fester Stimme. »Ich bin ein großer Junge. Ich kann ziemlich viel auf mich nehmen, wenn ich etwas will.«

Sie musterte ihn, ohne auf seine leidenschaftliche Erklärung zu reagieren. Sie hatte das Gefühl, auf einem Hochseil zu balancieren. Ein falscher Schritt, und sie würde Tausende von Metern in die Tiefe stürzen. Sie war plötzlich ganz benommen und holte tief Luft. Ihr war klar, dass sie sich sehr vorsichtig bewegen musste.

»Und was genau willst du?«, wisperte sie.

»Dich, Ramie. Ich will dich.«

11

Ramie war immer noch nicht an wärmeres Wetter gewöhnt. Es verwirrte sie, dass es in Oklahoma im Oktober immer noch so heiß war. Sie hatte sich immer in kühleren, trockeneren Gegenden aufgehalten. In Colorado hatte es ihr gefallen, selbst wenn ihr klar gewesen war, dass sie einen Winter in der baufälligen Hütte, in der Caleb sie aufgestöbert hatte, nicht hätte überstehen können.

Deshalb war sie jetzt, als Caleb sie aus dem Flugzeug führte, das außerhalb von Houston gelandet war, nicht auf die unangenehm feuchte Hitze vorbereitet. Die schwüle Luft traf sie wie ein Schlag. Sie fand sie erdrückend, und das Atmen fiel ihr schwer.

Als sie nicht weiterging, um zumindest zu versuchen, tief Luft zu holen, blieb auch Caleb stehen. Seine Hand legte sich fester um ihren Arm, und er sah sie besorgt an.

»Was ist los?«, wollte er wissen.

Sie schenkte ihm ein schwaches Lächeln. »Es ist Oktober.«

Ein verwirrter Ausdruck huschte über sein Gesicht, und sein Blick wurde noch besorgter. Wahrscheinlich dachte er, dass sie endgültig den Verstand verloren hatte.

»Müsste es nicht eigentlich kühler sein?«, fuhr sie fort. Die feuchte Wärme machte sie immer noch leicht benommen. »Man bekommt kaum Luft.«

»Dann sollten wir schnell zum Auto laufen«, meinte er, ohne auf ihre Bemerkungen über das Wetter einzugehen. »Hier draußen zu stehen ist nicht gut für dich.«

Er drängte sie weiterzugehen, und glücklicherweise wurde sie von viel kühlerer, trockener Luft empfangen, sobald sie in den Wagen stiegen. Die Klimaanlage lief auf vollen Touren, und sie seufzte erleichtert.

Caleb setzte sich neben sie und gab dem Fahrer Anweisungen, wohin er sie bringen sollte, kaum dass er die Tür zugezogen hatte. Sie sah aus dem Fenster, als sie losfuhren, nahm ihre Umgebung aber gar nicht richtig wahr. Sie hörte, dass Caleb mehrere Anrufe machte, von denen einer offenbar einem seiner Brüder galt, aber nicht einmal davon nahm sie richtig Notiz.

Sie hätte es nicht für möglich gehalten, aber sie musste wohl eingeschlafen sein, denn plötzlich wurde sie von Caleb sanft wachgerüttelt.

»Ramie, wir sind zu Hause«, sagte er.

Sie kam verschlafen hoch und schüttelte, während sie sich umschaute, die Benommenheit ab. Sie wusste nicht, was sie erwartet hatte, aber alles wirkte so – normal.

Sie traten in die Sonne, und Caleb führte sie zur Haustür. Der Wagen hatte in einer kreisrunden Auffahrt direkt vor dem Haupteingang des luxuriösen Hauses angehalten, das sich weitläufig über das Gelände erstreckte.

Um sie herum sah sie nur Bäume. Keine anderen Häuser. Das Anwesen wirkte einsam und abgeschieden, doch Ramie dachte nur, dass es zu viele Ecken gab, wo Eindringlinge sich verstecken konnten. Wie sollte man an so einem Ort mitbekommen, wenn sich jemand anschlich?

Unbehagen machte sich in ihr breit, und sie fragte sich, ob es dumm gewesen war, Caleb Devereaux ihr Vertrauen zu schenken. Sie hatte aus einem Gefühl der Panik heraus reagiert. In dem Moment war sie zu nichts anderem in der Lage gewesen. Aber nachdem ihre anfängliche Panik sich gelegt hatte, befürchtete sie, einen Riesenfehler gemacht zu haben.

»Ramie?«

Sie merkte, dass sie stehen geblieben war und sich gegen den Versuch wehrte, sie ins Haus zu führen. Sie grub die Absätze in den Boden und riss sich von ihm los. Angst erfasste sie, und sie bemerkte die Anzeichen einer bevorstehenden Panikattacke.

»Hier ist es nicht sicher«, gelang es ihr mit gepresster Stimme hervorzustoßen. »Es ist zu einsam. Zu abgeschieden. Woher soll man wissen, ob sich nicht jemand im Wald versteckt?«

Vor ihren Augen begann alles zu verschwimmen, und obwohl sie kaum noch Luft bekam, stieß sie einen unterdrückten Fluch aus. Sie hatte genug von ihrem Gejammer. Normalerweise war sie nicht nah am Wasser gebaut. Aber seit Caleb wieder in ihr Leben getreten war, schien sie kaum noch etwas anderes zu tun, als zu heulen. So ein emotionales Chaos war wirklich das Letzte, was sie jetzt brauchen konnte. Ihre Selbstkontrolle reichte gerade noch aus, um nicht den Verstand zu verlieren.

Umso größer ihr Entsetzen, als Caleb nicht einmal mit ihr diskutierte. Er versuchte gar nicht erst, sie zu überzeugen, sondern nahm sie einfach auf die Arme und legte entschlossenen Schritts den restlichen Weg bis zur Haustür zurück. Sie öffnete sich, während sie sich näherten, und Caleb trug sie an einem Mann vorbei, bei dem es sich nur um einen seiner Brüder handeln konnte.

»Caleb, halt«, keuchte sie. »Setz mich ab. *Bitte*.«

Er reagierte noch nicht auf ihre Worte, sondern trug sie weiter in ein großzügig geschnittenes Wohnzimmer, in dem zwei große Sofas, ein Zweisitzer und zwei Sessel standen. Er setzte sie auf dem Zweisitzer ab, packte ihre Schultern und zwang sie, ihn anzusehen.

»Tief einatmen, Ramie.«

Er war nicht mehr so sanft wie zuvor, nicht so verständnisvoll. Er wirkte verärgert. Ungeduldig. Der Schlafmangel ließ ihn verhärmt aussehen.

Scham kam in ihr hoch. Sie wusste, dass sie undankbar klang … und misstrauisch.

»Reiß dich zusammen«, befahl er kurz. »Du darfst jetzt nicht zusammenbrechen. Du bist in Sicherheit. Atme endlich, verdammt noch mal.«

Seine Worte waren wie ein Peitschenknall und holten sie in die Realität zurück. Ruhe kam über sie, und das Dröhnen in ihren Ohren ließ nach. Er drückte ihr einen kühlen Waschlappen in die zitternden Hände, und sie vergrub ihr Gesicht darin, während sie tief Luft holte.

Als sie den Waschlappen schließlich wieder herunternahm, sah sie, dass zwei Männer mit undurchdringlicher Miene hinter Caleb standen.

Na toll. Bei der ersten Begegnung mit seiner Familie hatte sie sich gleich als Nervenbündel erwiesen.

»Wieder gut?«, fragte Caleb mit deutlich sanfterer Stimme.

Sie nickte und schloss die Augen vor Verlegenheit.

»Ramie, hör auf«, sagte er mit leiser Stimme. »Es gibt nichts, dessen du dich schämen müsstest.«

»Was macht sie hier?«

Ramies Blick schoss zur Tür in Richtung der betroffen klingenden weiblichen Stimme und sah dort eine junge Frau, die Ramie voller Entsetzen anstarrte. Ihre Stimme klang schrill, fast hysterisch.

Auch ohne dass man sie Ramie vorgestellt hätte, wusste sie, wer es war. Ramie erkannte sie auf Anhieb. Tori Devereaux. Calebs Schwester. Eine Frau, in deren Kopf Ramie gewesen war. Eine Frau, mit der Ramie gelitten hatte.

»Du hast gesagt, du würdest ihr helfen, nicht, dass du sie

herbringen würdest«, rief Tori mit immer schriller werdender Stimme. »Was macht sie hier? Sie soll nicht hier sein. Du musst dafür sorgen, dass sie wieder geht.«

Tori liefen die Tränen übers Gesicht, während sie Ramie voller Scham anstarrte. Ramie schloss die Augen, denn sie ertrug es nicht, Tori auch nur eine Sekunde länger anzuschauen.

Es war offensichtlich, dass Toris Ausbruch für ihre Brüder unvorbereitet kam. Und ehe sie reagieren konnten, drehte Tori sich auch schon um und rannte davon.

Caleb sah aus, als wäre er von einem Fausthieb in den Magen getroffen worden. Seine beiden Brüder wirkten genauso bestürzt.

»Ich sehe nach ihr«, sagte einer der Brüder mit leiser Stimme.

Er verließ den Raum, sodass Ramie mit Caleb und dem anderen Bruder zurückblieb. Ramie kannte die Namen der Familienmitglieder, konnte sie aber nicht zuordnen. Caleb war der Älteste, Beau und Quinn seine jüngeren Brüder und Tori das Nesthäkchen.

Sie nahm an, dass es Quinn war, der jetzt nach Tori sah, und Beau, der zweitälteste Devereaux, geblieben war. In dem Moment, als Beau der Grund für Toris Ausbruch klar geworden war, hatte ein abweisender Ausdruck sein Gesicht erfasst. Er sah Ramie an, als wäre sie ein unerwünschter Eindringling. Sie konnte ihm schlecht einen Vorwurf daraus machen.

»Es tut mir leid«, erklärte Caleb offensichtlich bestürzt.

Ramie schüttelte den Kopf. »Du brauchst dich nicht zu entschuldigen. Ihre Reaktion überrascht mich nicht.«

Beau runzelte die Stirn. »Warum sagst du das? Du klingst ja so, als hättest du damit gerechnet.«

Ramie sah ihn unverwandt an und sprach mit ruhiger Stimme. »Weil ich es weiß. Weil ich alles gesehen habe. Weil ich, abgesehen von ihr und ihrem Entführer, die Einzige bin, die weiß, was sie durchgemacht hat. Du und deine Brüder, ihr habt es nicht gesehen. Ihr wisst nur, was sie euch erzählt hat oder zu erzählen bereit war. Es ist ihr peinlich, und sie schämt sich, weil ich sie in ihrem schlimmsten Moment gesehen und alles miterlebt habe. Man kann schwerlich erwarten, dass sie da den roten Teppich für mich ausrollt. Denn solange ich hier bin, werde ich sie ständig an alles erinnern, was sie so krampfhaft zu vergessen versucht. Und sie kann sich bei mir nicht damit trösten, dass ich ja wie ihre Brüder nicht alles weiß.«

»Gütiger Himmel«, stöhnte Caleb und fuhr sich mit der Hand durchs Haar. »Ich habe nie auch nur in Erwägung gezogen …«

»Ich verschwinde besser«, erklärte Ramie und erhob sich abrupt von dem Sofa, auf dem sie gekauert hatte. »Es ist offensichtlich, dass ich nicht hier sein sollte. Ich schade ihr damit. Ich hätte dich nicht anrufen sollen. Es tut mir leid.«

»Da bin ich anderer Meinung«, erklärte Beau schroff und überraschte sie mit seiner Antwort. So wie er sie seit Toris Ausbruch angesehen hatte, war Ramie davon ausgegangen, dass er sie nicht schnell genug wieder loswerden konnte. »Ich glaube, dass du hier bist, ist genau das, was Tori braucht. Du hast recht. Wir wissen nicht, was sie durchgemacht hat. Wir können es nicht einmal ansatzweise erfassen. Aber du schon. Und nein, es wird ihr nicht gefallen, aber wir verhätscheln sie und packen sie seit einem Jahr in Watte. Wir haben ihr damit einen Bärendienst erwiesen, obwohl wir natürlich nur ihr Bestes wollten. Vielleicht ist es an der Zeit, sie nicht mehr mit Samthandschuhen anzufassen.«

»Die Familie hat Ramie schon genug ausgenutzt«, erklärte Caleb mit eisiger Stimme. »Das werde ich ab jetzt nicht mehr zulassen. Weder als Beistand für Tori noch für sonst irgendetwas. Ich habe versprochen, für ihren Schutz und ihre Sicherheit zu sorgen, und deshalb wird sie bleiben. Aber nicht damit sie zu Toris Heilungsprozess beiträgt.«

Der Nachdruck, mit dem Caleb sprach, schien Beau zu überraschen. Seine Augen wurden schmal, als er zwischen Caleb und Ramie hin und her schaute.

»Sie wird mich hassen«, meinte Ramie mit ruhiger Stimme. »Sie wird es nicht ertragen, sich im selben Raum wie ich aufzuhalten. Denn jedes Mal, wenn sie mich anschaut, wird sie wissen, was ich weiß, dass ich Dinge weiß, die sie versucht zu vergessen. Dinge, von denen sie niemandem etwas erzählt hat. Sie wird mich mit jedem Atemzug hassen.«

»Schön«, fuhr Beau auf. »Zumindest ähnelt sie dann wieder einem Menschen. Im Moment würde ich mich über jede Gefühlsäußerung von ihr freuen. Sogar über Hass oder Wut. Alles nur nicht die Apathie, die die Seele meiner Schwester seit einem Jahr auffrisst. Du verdienst ihren Zorn nicht, Ramie. Aber es ist das erste Mal, dass sie überhaupt wieder so etwas wie Leben gezeigt hat. Das letzte Jahr hat sie wie in Trance verbracht, und ich und meine Brüder mussten hilflos mit ansehen, wie sie jeden Tag ein bisschen mehr starb. Wenn sie etwas fühlt, weil du hier bist, will ich nicht, dass du wieder gehst.«

Caleb schüttelte den Kopf. Seine Verzweiflung – und sein Kummer – war fast greifbar. »Deshalb habe ich sie nicht hergebracht. Wir sind ihr etwas schuldig. Wir alle sind ihr etwas schuldig. Da draußen ist ein Verrückter unterwegs, der sie seit anderthalb Jahren verfolgt. Gestern hätte er sie beinahe erwischt. Sie ist nicht hier, um eine Art Sandsack für Tori zu spielen. Wir schulden ihr mehr als das. Deshalb werdet ihr, du und Quinn, Tori von Ramie fernhalten.«

Beau gab keinen Ton von sich und presste die Lippen zu einem schmalen Strich zusammen. Caleb legte eine Hand auf

Ramies Schulter und drückte sie sanft aufs Sofa zurück. Dann drehte er sich wieder zu Beau um.

»Ramie hält es hier nicht für sicher. Die Abgeschiedenheit bereitet ihr Sorgen. Der Wald. Sie glaubt, wir würden gar nicht merken, wenn jemand da draußen ist.«

Ramie konnte erkennen, dass Calebs Worte Beau überraschten. Er schaute Ramie an, als wollte er Calebs Einschätzung bestätigt wissen.

»Ehe wir Ramie also ihr Zimmer zeigen, wo sie sich endlich ausruhen kann«, fuhr Caleb fort, »werden du und ich ihr beweisen, dass es nichts gibt, worüber sie sich Sorgen machen müsste.«

12

Ramies Kopf sank schwerelos aufs Kissen, ihre Augen schlossen sich. Sie hatte das Gefühl, vom Bett verschluckt zu werden, als würde es sie in seine tröstenden Arme ziehen. Sie blendete alles aus, bis auf das Gefühl von Sicherheit und Wohlbehagen.

Denn wenn sie zuließe, an irgendetwas anderes zu denken, würde sie die mühsam aufrechterhaltene Kontrolle über ihren Verstand wieder verlieren.

Caleb und Beau hatten sie in einen Raum im Erdgeschoss geführt, der mit Elektronik und Überwachungsbildschirmen gefüllt war. Jeder Winkel des Hauses wurde in Echtzeit abgebildet. Überall auf dem Grundstück waren Sensoren angebracht, die sofort meldeten, wenn sich jemand dem Haus näherte. Es brauchte nur jemand den Wald, der das Haus umgab, zu betreten, und schon wurde Alarm ausgelöst.

Ebenfalls im Erdgeschoss des Hauses befand sich ein Schutzraum. Er war feuersicher, uneinnehmbar und mit genug Wasser und Essen gefüllt, um eine Naturkatastrophe zu überstehen – oder einen Angriff von Zombies.

Sie unterdrückte das Lachen, das plötzlich in ihr aufsteigen wollte. Weder an ihrer Situation noch an einer so albernen Vorstellung, einen Zombieangriff zu überstehen, war irgendetwas komisch. Auch wenn der Zombieangriff irgendwie passte.

Entscheidend an der ganzen Geschichte war, dass das Haus nicht eingenommen werden konnte, nicht einmal von einem durchgeknallten, gemeingefährlichen Verrückten. Nicht der leiseste Seufzer würde Caleb und seinen Brüdern entgehen.

Eigentlich sollte sie das beruhigen, trotzdem wälzte sie sich im bequemsten Bett, in dem sie je gelegen hatte, hin und her und war nicht in der Lage, sich so weit zu entspannen, dass sie einschlafen konnte. Egal wie häufig sie sich sagte, dass sie hier in Sicherheit war, sie vermochte die Furcht nicht abzulegen, die ihr ständiger Begleiter geworden war.

Herz und Verstand waren nicht miteinander im Einklang, was die Angst, dem Wahnsinn zu verfallen, noch verstärkte.

Verschlimmert worden war das Ganze dadurch, dass sie Toris Schluchzen gehört hatte, als sie auf dem Weg zu ihrem Zimmer mit Caleb an ihren Räumen vorbeigekommenen war. Es bereitete Ramie großen Kummer und Schmerz, dass sie mit ihrer Gegenwart solch einen emotionalen Aufruhr ausgelöst hatte. Sie machte Tori keinen Vorwurf aus ihrer Reaktion, als diese mit der Wahrheit über das, was man ihr angetan hatte, konfrontiert worden war. Es war nicht schlimm, zu verdrängen. Jeder hatte seine eigene Art, mit Problemen umzugehen und seine Situation zu meistern. Auch Ramie hatte im Laufe der Jahre lernen müssen, mit ihrer Lage zurechtzukommen. Es mochte zwar nicht die beste Art sein, mit einer Tragödie nach der anderen fertigzuwerden, aber sich gegen die albtraumhaften Erfahrungen abzuschotten war für sie die einzige Möglichkeit zu überleben.

Irgendwann würden die Mauern anfangen zu bröckeln, und alles, was sie unterdrückt hatte, würde wie ein Geysir hervorbrechen, aber bis dahin würde sie es weiter auf diese Weise versuchen. Genau wie Tori. Es war nicht ihre Aufgabe, Calebs Schwester zu heilen. Auch wenn sie es wollte, wüsste sie nicht, wo sie damit anfangen sollte.

Mit immer noch geschlossenen Augen legte sie eine Hand auf ihre Stirn und rieb sie erschöpft, um zumindest zu versuchen, die schreckliche Anspannung und den entsetzlichen

Schmerz in ihren Schläfen zu lindern. Wann würde sie nicht mehr weglaufen? Würde ihre Flucht jemals zu Ende gehen, und würde sie jemals ein ganz normales, langweiliges Leben führen, nach dem sie sich so verzweifelt sehnte?

Wenn du meinst, dass du vor mir in Sicherheit bist – dass du je in Sicherheit sein wirst –, bist du eine sehr dumme Frau. Es gibt keinen Ort, an dem ich dich nicht finden werde. Und wenn es so weit ist, wirst du leiden. Du wirst mich anflehen, dich zu töten, und vielleicht, wenn du ein gutes Mädchen bist, werde ich gnädig sein und dich schnell umbringen.

Ramie richtete sich abrupt im Bett auf, ihr Schrei zerriss die Stille, die über dem Raum gelegen hatte. Ihr Blick raste durch die Dunkelheit, und ihre Augen passten sich schnell an. Sie rechnete förmlich damit, ihn neben dem Bett stehen zu sehen – eine Armeslänge entfernt von ihr.

Sie hätte aufspringen und wegrennen sollen, aber sie war wie gelähmt und nicht in der Lage, sich zu bewegen oder zu atmen. Entsetzen erfasste sie, bis sie es fast körperlich wahrnahm, als hätte sich tatsächlich eine Hand um ihre Kehle gelegt.

Als die Tür aufgestoßen wurde, schrie sie wieder, strampelte die Decke weg und stürzte sich auf der anderen Seite aus dem Bett. Mit einem lauten Krachen landete sie auf dem Boden, Schmerz zuckte durch ihren Kopf. Sie stemmte sich mit beiden Händen vom Boden hoch, bereit, um ihr Leben zu kämpfen.

Sie hatte gewusst, dass sie hier nicht sicher war. So dumm, dumm, dumm!

Sie wandte den Kopf wie ein wildes Tier, ihre Nasenflügel flatterten, als sie ihre Fluchtmöglichkeiten abschätzte. Er stand in der Tür! Dann wurde der Raum plötzlich von Licht geflutet, sodass sie einen Moment lang geblendet war.

Aus der Ferne hörte sie jemanden ihren Namen rufen, und ihr Blick raste durch den hell erleuchteten Raum, als sie verzweifelt zu ergründen suchte, von wo die Stimme kam. Starke Hände schlangen sich um ihre Oberarme, und sie schlug um sich, als ihr Selbsterhaltungstrieb erwachte. Sie war noch nicht bereit zu sterben.

»Caleb, was zum Teufel ist hier los?«

Ramies Blick ging zur offenen Tür, und sie sah Beau Devereaux nur mit Boxershorts angetan dort stehen. Er wurde zur Seite gedrängt, als Quinn auftauchte, der besorgt und erschöpft aussah.

»Gütiger Himmel, das wird Tori nicht gerade weiterhelfen«, stieß er hervor.

Ramie schaute auf, und der Schleier des Entsetzens fiel langsam von ihr ab. Caleb hockte nur einen Meter von ihr entfernt auf dem Boden. Sein Haar war zerzaust, die Augen blutunterlaufen. Wie Beau hatte auch er nur Boxershorts an, und es war offensichtlich, dass er durch ihren Schrei aus dem Schlaf gerissen worden war.

Sie schloss die Augen, als sie heftige Scham überkam und die Furcht ersetzte.

»Geht wieder ins Bett«, befahl Caleb seinen Brüdern. »Ich mach das hier. Schaut nach Tori, ob bei ihr alles in Ordnung ist.«

Ramie hielt den Atem an, als Calebs Brüder sich langsam zurückzogen. Beide runzelten die Stirn, und die Verärgerung war ihnen deutlich anzusehen. Man merkte ihnen an, wie wenig erfreut sie über ihre Anwesenheit waren. Egal was Beau vorhin gesagt haben mochte, es war offensichtlich, dass er seine Worte bedauerte.

Die Tür wurde leise zugezogen, und Calebs Brüder verschwanden. Sie merkte, dass sie die Fingernägel in ihre Handinnenflächen gebohrt hatte. Sie zwang ihre Hände, sich zu entspannen, dabei schloss sie die Augen, denn sie wollte Caleb nicht anschauen und in seiner Miene die gleichen Emotionen sehen, die in Beaus und Quinns Gesichter geschrieben gewesen waren.

»Ich bin nicht verrückt«, flüsterte sie. »Das bin ich nicht.«

Sie merkte nicht, wie sie ihre Faust immer wieder auf den Oberschenkel hieb. Genauso wenig nahm sie die Tränen wahr, die ihr lautlos über die Wangen liefen.

Schließlich konnte sie ein leises Schluchzen nicht mehr unterdrücken. Es war ein schrecklicher Laut, den sie nie wieder von sich geben wollte. Denn er klang zu sehr nach Niederlage.

»Ich bin nicht verrückt«, sagte sie wieder, dieses Mal bestimmter, um Caleb herauszufordern, ihr zu widersprechen und sie zu verurteilen.

Caleb kam langsam aus der Hocke hoch. Er streckte die Arme nach ihr aus, hob sie auf und legte sie wieder aufs Bett. Dann kam er zu ihr, streckte sich neben ihr aus und schloss sie in seine Arme.

Sie holte tief Luft, sein Duft hüllte sie ein. Sie atmete ihn ein. Fast schien es, als würden in diesem Moment alle Teilchen eines Puzzles zusammenfinden.

»Ich glaube nicht, dass du verrückt bist«, raunte Caleb an ihrem Ohr. »Aber ich würde gern wissen, was passiert ist. Normalerweise fürchtest du dich nicht so schnell, Ramie. Etwas muss dich in Angst und Schrecken versetzt haben, dass du so gellend geschrien hast.«

Sie machte große Augen und sah ihn mit offenem Mund überrascht an, als hätte nun er den Verstand verloren.

»Ich fürchte mich nicht so schnell? Hast du dir das gerade eben ausgedacht, um mich zu beruhigen, mir den Kopf zu tätscheln und mir zu sagen, was für ein braves Mädchen ich war?«

»Ich bin mir nicht sicher, wie die richtige Antwort auf diese Frage lautet, deshalb wiederhole ich einfach, was ich eben schon gesagt habe: Du fürchtest dich normalerweise nicht so schnell.«

Ramie schnaubte und wischte sich die feuchten Wangen an dem flauschigen Kissen ab, auf dem ihr Kopf längst ruhen sollte, wäre da nicht dieser Psychopath, der sie verfolgte und terrorisierte.

»Ich habe Angst«, erklärte Ramie ohne den geringsten theatralischen Anflug. Sie stellte es fest, so wie sie eine beliebige Tatsache festgestellt hätte, zum Beispiel, dass der Himmel normalerweise blau ist, an manchen Tagen aber auch grau oder sogar schwarz oder weiß gesprenkelt.

Sein Ton klang gereizt, dennoch zog er sie weiter fest an sich und schenkte ihr damit Geborgenheit. Ein inniges Gefühl stieg in ihr auf, und sie erkannte es als das, was es war: grenzenlose Erleichterung. Denn solange Caleb sie in den Armen hielt, würde nichts und niemand ihr etwas antun können.

»Vor was hast du Angst, Ramie?«, fragte er sanft. »Wir haben dir unser Überwachungssystem gezeigt. Wir haben der US-Armee ein paar ihrer besten Männer abgeworben. Das sind Männer, die den durchschnittlichen Typen auf der Straße genau wie den Kerl, der dich verfolgt, wie Kindergärtner aussehen lassen.« Er redete unbeirrt weiter und lenkte sie von der Panikattacke ab, die sie eben durchgemacht hatte.

Er gab ihr Zeit. Sie sollte mit dem, was sie so in Angst und Schrecken versetzt hatte, von alleine kommen, ohne dass er es ihr einzeln aus der Nase zog. Wahrscheinlich hatte er erst vor Kurzem gelernt, solche Geduld zu beweisen. Bei Tori. Es hatte ihn und seine Brüder vermutlich frustriert, dass sie nicht redete, obwohl sie Antworten wollten. Und wer weiß, was passiert wäre, hätten sie Informationen aus den Bruchstücken von Toris Träumen gewinnen können, die sie in die Lage versetzt hätten, dem Täter auf die Spur zu kommen.

Ramie gähnte, und da rückte Caleb noch näher, um Kopfkissen zwischen ihren Rücken und das Kopfteil des Bettes zu stopfen. Dann zog er sie wieder an sich und hüllte sie in die tröstliche Wärme seines Körpers.

Sie fröstelte jetzt, seitdem Caleb die Tür zum Gästezimmer geöffnet hatte, das sich am anderen Ende des Flurs befand, wo die Räumlichkeiten der Geschwister lagen. Das Zimmer hatte ihr von Anfang an nicht gefallen. Es war zu kalt. Steril. In Wahrheit jagte es ihr sogar Angst ein.

Caleb fuhr mit den Lippen sanft über ihren Scheitel. »Was ist passiert, Ramie? Hattest du einen Albtraum?«

»Du wirst glauben – nein, wissen –, dass ich verrückt bin. Du wirst es genauso wissen, wie es auch mir allmählich klar wird«, wisperte sie.

Während sie Calebs Frage auswich, wurde es im Zimmer immer kälter. Ramie zitterte und klapperte nicht sehr attraktiv mit den Zähnen, aber im Moment war es ihr völlig egal, wie sie aussah. Sie wollte nur, dass ihr warm wurde.

»Du frierst dich ja zu Tode«, stellte Caleb fassungslos fest. »Bist du krank? Warum hast du denn nichts gesagt? Ich hätte einen Arzt rufen können, damit er nach dir sieht.«

Ramie winkte ab. »Ich bin nicht krank. Ich bin auch nicht verrückt. Das sind die beiden einzigen Dinge, die ich im Moment ganz genau weiß.«

»Worum ging es in dem Traum?«, hakte er nach, sodass es kein Ausweichen mehr gab.

»Es war kein Traum«, wisperte sie. »Ich war ja nicht mal eingeschlafen. Ich war müde und dachte, dass ich hier im besten Bett seit Monaten liege. Seit vielen, vielen Monaten. Ich lag da, starrte die Decke an und versuchte, innerlich zur Ruhe zu kommen. In meinen Schläfen pochte Kopfweh, sodass ich mir die Stirn rieb und mich zu entspannen versuchte, als plötzlich …«

»Als plötzlich was, Ramie?«

Sie zögerte und fragte sich, wie weit sie sich Caleb anvertrauen sollte. Wie sehr sie ihm überhaupt vertrauen sollte. Wenn er sich nun gegen sie wandte? Wenn er nun irgendeinen kranken Deal im Sinn hatte, bei dem er Ramie als Geschenk verpackt und mit einer Schleife versehen auslieferte. Damit Tori für immer in Sicherheit war. Vielleicht wollten sie sie den Wölfen zum Fraß vorwerfen, damit die Familie nichts mehr mit der Sache zu tun hatte oder sie sich wegen eines Mannes Gedanken machen mussten, der schließlich von der Polizei gefasst wurde.

Er sah sie mit seinen strahlend blauen Augen durchdringend an. Manchmal konnte ihr Blick eisig sein, als könnten sie jemanden damit erfrieren lassen. Ihre Haut kribbelte. Als wäre ihr nicht bereits kalt genug.

Vielleicht spürte er, wie kalt ihr war, oder vielleicht merkte er es auch daran, dass das Bett mit ihr zitterte; denn er bedeckte sie beide mit der Decke und zog Ramie in seine Arme.

Seine Hitze versengte ihr die Haut und wärmte sie von innen. Es gefiel ihr nicht, dass ihr T-Shirt den Kontakt mit seiner Haut verhinderte. Sie schob die Hände zwischen ihre Körper und legte sie auf seine Brust. Dass er bei der Berührung ihrer kalten Hände zusammenzuckte, beachtete sie nicht. Allmählich entspannten sie sich, als noch mehr von seiner Wärme in ihren Körper drang.

Seine Lippen waren ihren verführerisch nah. Ihr Atem vermischte sich, und es war so still, dass sie seinen Herzschlag hören und unter ihren Fingerspitzen spüren konnte.

»Küss mich«, bat sie leise. »Lass mich vergessen.«

Zärtlich legten sich seine Lippen auf ihren Mund. Eine sanfte Berührung, die Wärme bis in ihr Herz strömen ließ.

»Was vergessen, Ramie? Du musst mit mir reden. Wenn ich

für deine Sicherheit sorgen soll, darfst du mich nicht im Dunkeln lassen.«

Der Bann war gebrochen, und die Kälte kehrte zurück. Ein Schauer kroch ihr über den Rücken. Sie griff nach der Decke, drehte sich auf den Rücken und zog sie bis ans Kinn. Blicklos starrte sie die Decke an, während Caleb neben ihr lag, und sein starker Körper ihre Flanke berührte.

»Er hat zu mir gesprochen«, sagte sie leise. »Ich bin nicht verrückt. Das ist weder mein Unterbewusstsein noch eine Projektion meiner Ängste oder Paranoia. Er ist mit mir verbunden. So gelingt es ihm immer, mich aufzuspüren. Dadurch weiß er, wo ich jetzt bin.«

Sie spürte, wie Caleb erstarrte. Sie wagte einen Blick aus dem Augenwinkel und sah, dass seine Gesichtszüge genauso angespannt waren wie alles andere an ihm. Was sie jedoch nicht sah, waren Zweifel an ihren Worten.

Erleichterung durchströmte sie, berauschte sie und machte sie fast benommen, als hätte man ihr Alkohol oder eine starke Droge verabreicht.

»Du glaubst mir«, meinte sie erstaunt. »Du glaubst mir tatsächlich.«

Er ließ seine große Hand über ihren Bauch gleiten, spreizte die Finger und fuhr dann wieder nach oben, bis seine Hand zart ihr Kinn berührte und es in seine Richtung drehte, sodass sie ihn ansehen musste.

Ernst und mit durchdringendem Blick schaute er sie an. Seine Augen strahlten jetzt dunkler und hatten nicht den sonst üblichen eisigen Schimmer. Sie wirkten warm. Zärtlich. Es war nicht der Blick, mit dem er einen Fremden bedenken würde oder jemanden, den er als Bedrohung oder als flüchtige Bekanntschaft betrachtete. Es war ein inniger Blick, und seine Miene strahlte Ernsthaftigkeit aus.

»Ich glaube dir, Ramie.«

Sie schloss die Augen und kämpfte diesmal nicht gegen die Tränen an, die sich brennend heiß über ihre Wangen ergossen. Er glaubte ihr.

»Was hat er zu dir gesagt?«, fragte Caleb gepresst.

Die Wut in seiner Stimme riss sie aus ihrem Gefühlsaufruhr. Sie wischte die Tränen hastig weg und wandte sich ihm dann langsam zu.

»Er weiß, wo ich bin. Oder zumindest weiß er, wie es hier aussieht. Er erklärte mir, dass es dumm von mir wäre, zu meinen, dass all die Sicherheitsmaßnahmen ihn davon abhalten würden, zu mir zu gelangen. Er sagte, es gebe keinen Ort, an dem er mich nicht aufspüren könne und dass mein Tod weder schnell noch gnädig sein werde, außer ich sei ein braves Mädchen, dann werde er mich unter Umständen schnell umbringen.«

Sie war kaum in der Lage, die Worte hervorzustoßen. Es fühlte sich an, als würde eine Tonne Beton auf ihre Brust drücken.

»Ich bin noch nicht bereit zu sterben, Caleb«, hauchte sie. »Ich dachte, ich wäre es. Ich hatte aufgegeben. Ich schäme mich, es zuzugeben, aber ich muss ehrlich zu dir sein. Ich hatte mich mit meinem Tod abgefunden. Fast dachte ich, dass ich dann endlich Frieden finden würde. Doch als ich mit dem Tod konfrontiert wurde, als er mich vor meinem Hotelzimmer zu fassen bekam, erkannte ich, dass ich mich wehrte. Ich lief weg. Ich gab nicht auf, sondern rief dich an, denn ich wusste, dass du meine einzige Hoffnung bist. Ich habe sonst niemanden. Keine Familie. Niemanden, dem ich etwas bedeute. Ich erkannte, dass ich noch nicht bereit war zu sterben. Egal was ich vorher gedacht haben mochte oder wie schwach und elend ich geworden bin. Und dass es keine Rolle spielt, dass ich nichts und niemanden habe, wofür es sich zu leben lohnt. Ich bin nicht bereit zu sterben.«

Calebs Hand strich über ihre Wange und verschwand dann in ihrem Haar, als er sie an sich zog, um sie zu küssen. Ihre Nasen stießen gegeneinander, während er nach dem besten Winkel suchte, und dann glitt seine Zunge genüsslich kostend über ihre.

Ihre lauten Atemzüge waren in der Stille des Raumes deutlich zu hören. Die einzigen Laute waren die schnellen Luftstöße, das leidenschaftliche Verschmelzen ihrer Münder und der raue Klang ihrer Atemzüge, während sie durch geweitete Nasenflügel atmeten.

Seine Hand glitt aus ihrem Haar zärtlich über ihren Hals zu ihrer Schulter, um sich dann unter ihren Arm über ihre Rippen zu schieben. Mit dem Daumen berührte er von unten ihren Busen, ehe seine Finger den dünnen Stoff ihres T-Shirts rafften und ihn Zentimeter um Zentimeter nach oben zogen, bis er den Saum zu fassen bekam.

Als er ihre nackte Haut berührte, stieß sie ein leises Stöhnen aus, das die Stille durchbrach. Einen Moment lang erstarrte sie, denn sie hatte Angst, dass sie den Bann damit aufs Neue gebrochen hatte, aber sein Griff wurde nur fester und besitzergreifender.

Seine flache Hand glitt um ihre Taille und legte sich auf ihren Rücken. Er drehte sie auf den Rücken und legte sich auf sie, ohne dass sich ihre Lippen eine Sekunde lang voneinander lösten. Er drückte sie heiß und hart in die Matratze, während sein Körper sich im Einklang mit ihrem Herzen über ihr bewegte. Sie schloss die Augen und gab sich der magnetischen Anziehungskraft zwischen ihnen hin. Das war eine andere Art von Verbindung, die von Anfang an zwischen ihnen bestanden hatte.

Mit den Händen erforschte sie seinen muskulösen Rücken, seine Schultern, ehe sie sich nach unten vortastete, wo seine

Taille schmal wurde. Ihre Berührungen ließen seine Muskeln zucken, und sein Atem beschleunigte sich.

Seine Erektion drückte gegen ihre Schenkel und rieb aufreizend über den dünnen Stoff ihres Höschens, wobei er gerade genug Druck auf ihre Klitoris ausübte, um sie zum Höhepunkt zu bringen.

Er nahm ihre Hände von seinem Körper, schob seine Finger zwischen ihre und drückte sie dann über ihrem Kopf aufs Bett. Ihre Hände waren weiter ineinander verschlungen, während sein Mund von ihren Lippen über ihre Wange zum Hals glitt, um ihr leise ins Ohr zu raunen: »Du hast jemanden, für den es sich zu leben lohnt, Ramie. Du hast mich.«

13

Als Ramie am nächsten Morgen erwachte, griff sie auf der Suche nach Caleb hinter sich, weil sie ihn zu ihrer Beruhigung brauchte. Sie runzelte die Stirn, als sie dort nichts fand, und drehte den Kopf, um einen Blick über die Schulter zu werfen.

Er war fort, und so wie es aussah schon länger. Auf dem Kissen oder der Matratze war kein Abdruck zu erkennen. War er, sobald sie eingeschlafen war, in sein Zimmer zurückgekehrt?

Sie zuckte zusammen, als sie sich so weit umdrehte, dass sie dem strahlenden Sonnenschein ausgesetzt war, der durch die Lamellen der Jalousie fiel. Die Sonne stand so hoch, dass es wohl schon später Vormittag war, und als ihr Blick zur Uhr neben dem Bett ging, fand sie die Bestätigung, dass es in der Tat schon sehr spät war.

Sie lag still da und dachte darüber nach, was in der Nacht vorgefallen war. Caleb hatte in ihrem Bett gelegen. Seine Arme hatten sie gehalten und ihr Trost und Geborgenheit gespendet. Die Nähe zwischen ihnen hatte sie ruhelos und nervös werden lassen. Die Erfüllung war ihr in einer Weise zuteilgeworden, wie sie es noch nie erlebt hatte.

Sie hatte keine Ahnung, was zwischen ihr und Caleb geschah, ob sie es nun wollte oder nicht. Einem anderen Menschen – einem Mann – so nah zu sein, war eine neue Erfahrung für sie. Eine, die ihr, wie sie festgestellt hatte, gefiel. Sehr sogar.

Sie schlug die Decke zurück und schwang die Beine über die Bettkante, um dann plötzlich innezuhalten. Wo sollte sie hin? Sie hatte nichts zu erledigen und konnte wohl kaum durch Calebs Haus streifen, als würde es ihr gehören.

Sollte sie einfach in ihrem Zimmer bleiben? Oder erwartete man von ihr, dass sie irgendwann herauskam?

Ihr knurrender Magen löste das Dilemma für sie. Sie war am Verhungern.

Sie schlurfte ins Badezimmer und drehte das Wasser in der Dusche an, wobei sie darauf achtete, dass es kühl genug aus der Brause kam, um sie richtig wach zu machen. Sie keuchte, als sie sich unter den Duschstrahl stellte. Die Wassertemperatur brachte ihre Sinne auf Trab, und wie sie gehofft hatte, ließ die Kälte einen Teil der Benommenheit, die ihren Geist umnebelt hatte, von ihr abfallen.

Sie wusch sich rasch die Haare und seifte sich ein, um nicht allzu lange unter der Dusche zu stehen. Dann wickelte sie sich ein Handtuch um den Kopf und schlang sich ein zweites um den Körper, ehe sie ins Schlafzimmer zurückging.

Sofort wurde sie von eisiger Kälte empfangen, die sie sogar noch mehr frösteln ließ als die Dusche. Warum war es so verdammt kalt in diesem Schlafzimmer? Im Rest des Hauses war es doch nicht so kalt.

Ich bin da.

Sie hörte auf zu atmen und regte sich nicht mehr, während sich eine Gänsehaut bildete, die innerhalb kürzester Zeit jedes Härchen an ihrem Körper senkrecht aufrichtete. Sie schüttelte den Kopf. Nein. Sie würde sich von ihm nicht verunsichern lassen.

Schnell zog sie sich an und rubbelte noch einmal ihr feuchtes Haar, ehe sie das Handtuch aufs Bett warf und den Raum fast fluchtartig verließ.

Als sie den Flur betrat, hüllte sie Wärme ein. Sie atmete tief ein und saugte die viel wärmere Luft in ihre Lunge. Sie brachte schnell einen so großen Abstand wie möglich zwischen sich und den schrecklichen Raum. Erst als sie die Treppe halb hinunter war, zwang sie sich, einigermaßen ruhig zu wirken, auch wenn sie sich wie ein Nervenbündel fühlte.

Gestern hatte sie den Räumlichkeiten im Erdgeschoss nicht viel Aufmerksamkeit geschenkt. Mit einiger Klarheit erinnerte sie sich nur an den Raum, in dem die Überwachungsmonitore standen. Der war ihr bis in alle Einzelheiten im Gedächtnis geblieben.

Sie wusste, dass das Wohnzimmer rechter Hand lag, und bog am Fuß der Treppe nach links ab. Als sie den Flur entlangging, kam sie am Sicherheitsraum und am Schutzraum vorbei, ehe sie schließlich in die Küche gelangte. Als sie zögernd durch die Tür trat, schaute Tori, die am Küchentisch saß, auf und funkelte sie mit zornigem Blick an.

Tori sprang wortlos auf, stieß dabei ein Glas um und ging weg, während Caleb mit angespannten Zügen zurückblieb.

»Sie will mich nicht hier haben«, erklärte Ramie unnötigerweise.

Caleb drehte sich zu ihr um, ohne ihr dabei in die Augen zu sehen. »Nein«, erwiderte er ruhig. »Das will sie nicht.«

»Ihr habt euch meinetwegen gestritten. Weil ich hier bin.«

Wieder war es unnötig, es auszusprechen. Trotzdem tat sie es, und sei es nur, um Caleb noch einmal vor Augen zu führen, welche Auswirkungen ihre Gegenwart hatte. Sie konnte nicht bleiben. Er konnte ein Versprechen ihr gegenüber nicht über das Wohl seiner Familie stellen. Keiner sollte sich jemals zu so einer Entscheidung genötigt fühlen.

Er nickte nur und bestätigte ihre Worte damit.

»Dann werde ich also gehen«, erklärte Ramie schlicht.

»Nein!«, stieß Caleb barsch hervor, seine Miene verfinsterte sich. »Du wirst nirgendwo hingehen. Das steht nicht zur Debatte.«

Sein heftiger Ausbruch ließ sie verwirrt zurückschrecken. »Ich hatte Hunger«, erklärte sie schließlich mit leiser Stimme, um das Thema zu wechseln.

»Natürlich. Es tut mir leid. Ich hätte was zu dir raufschicken sollen. Du solltest nicht runterkommen, um so empfangen zu werden«, sagte er und deutete in die Richtung, in die seine Schwester verschwunden war.

Sie konnte den Kummer, den sie in seiner Miene sah, nicht ertragen. Sie trat zu ihm, nahm seine Hände und schaute ihm tief in die Augen.

»Es ist nicht deine Schuld, Caleb. Du darfst dir deshalb keine Vorwürfe machen. Nicht ihretwegen und auch nicht meinetwegen oder wegen sonst irgendetwas. Und du solltest dich nicht zwischen einer Fremden und deiner Schwester entscheiden müssen.«

Seine Augen blitzten auf, und seine Wut griff auf sie über. Es war ein so flammender Zorn, dass sie seine Hände fallen ließ, um die Verbindung zu ihm zu unterbrechen.

»Du bist keine Fremde«, stieß er hervor. »Du bist kein Niemand, Ramie. Du bist jemand. Du bist wichtig. Für mich. Also hör auf, mir zu erzählen, wofür ich mich entscheiden soll oder nicht.«

»Ich will doch nicht … Es tut mir leid«, gab sie leise zurück.

Sie wandte sich ab. Ihr Herz schlug so schnell, dass es in ihren Ohren dröhnte. Sie hatte keine Ahnung, was sie sagen sollte, wie sie auf das reagieren sollte, was er gesagt hatte.

»Das ist alles?«, wollte er wissen. »Du entschuldigst dich … Für was eigentlich, Ramie? Was genau tut dir leid? Tut es dir leid, dass ich mir Sorgen um dich mache? Dass du nicht tot bist? Wofür entschuldigst du dich? Weißt du es überhaupt?«

Sie drehte sich wieder zu ihm um, legte eine Hand auf die Rückenlehne eines Stuhls und verharrte in dieser Haltung. »Ich weiß es nicht«, antwortete sie ehrlich. »Ich habe auf keine deiner Fragen eine Antwort. Auf jeden Fall versuche ich nicht, dich wütend zu machen, Caleb. Gott weiß, wie dankbar ich …«

Er hob eine Hand und streckte sie ihr so abrupt entgegen, als würde er ihre Worte buchstäblich zurückstoßen. »Ich will deine Dankbarkeit nicht. Spar sie dir. Und hör auf, dich ständig für alles Mögliche zu entschuldigen.«

»Aber was willst du *dann*?«, brach es aus ihr hervor. »Was *willst* du? Denn ich weiß es nicht und bin auch nicht gut in irgendwelchen Spielchen.«

Er stand plötzlich vor ihr und strahlte Hitzewellen aus. Sein Kiefer war angespannt, seine Gesichtszüge wie aus Granit gemeißelt. Er war stinksauer.

»Du begreifst es nicht, nicht wahr?«

»Was? Was begreife ich nicht?«, schrie sie ihn an. »Was soll ich begreifen? Denn ich weiß es einfach nicht! Ich weiß nur, dass ich einer Familie, die schon zu viel durchgemacht hat, noch mehr Kummer und Leid bringe.«

Sie verstummte, als ein Schluchzen in ihr aufstieg und ihr die Kehle zuschnürte, ehe es abscheulich aus ihr hervorbrach. Ihre Schultern zuckten, und sie bedeckte mit beiden Händen ihr Gesicht.

Caleb atmete tief durch, dann lag sie plötzlich in seinen Armen. Sie vergrub das Gesicht an seiner Brust und schlang die Arme um seine Taille. Sie klammerte sich an ihn, als wäre er der einzige Anker in einem schweren Unwetter.

»Was begreife ich nicht?«, flüsterte sie an seiner Hemdbrust.

»Denn ich habe das Gefühl, die Situation ganz richtig einzuschätzen.«

Er griff nach ihren Schultern und schob sie zurück, sodass sie einander in die Augen sehen konnten.

»Dass ich *dich* will.«

Sie starrte ihn stumm an, während seine Worte den dichten Schleier aus Einsamkeit und Verzweiflung zerrissen. Sie verharrte regungslos, bis sie merkte, dass sie den Atem angehalten hatte und ihn nun mit einem langen Seufzer wieder ausstieß.

»Was du nicht begreifst ist, dass ich dich will«, wiederholte Caleb. »Was du nicht begreifst ist, dass die Vorstellung, dich in den Händen eines grausamen Psychopathen zu sehen, mich entsetzt. Was du nicht begreifst ist, dass du mir wichtig bist. Und was du außerdem nicht begreifst ist, dass ich dich auf keinen Fall aus meinem Leben verschwinden lasse, wie sehr meine Schwester es auch hassen mag, dass du hier bist. Und das hat nichts damit zu tun, dass ich oder meine Familie dir etwas schulden, oder mit irgendwelchen Verpflichtungen, die ich vielleicht vor einem Jahr eingegangen bin. Es hat nichts damit zu tun, dass du Tori gerettet hast. Ich lasse dich nicht gehen, weil ich will, dass du bleibst. Ich sehe, dass du nie jemanden hattest, der um dich gekämpft hat, Ramie. Aber jetzt hast du jemanden. Du hast *mich*.«

»Keiner hat mich jemals gewollt«, sagte sie leise. »Man wollte das, was ich kann, wozu ich dank meiner Gabe fähig war, aber niemals mich selbst. Kannst du dir vorstellen, wie sich das für mich anfühlt?«

Calebs Miene wurde weich, seine Augen dunkel, doch nicht aus Mitleid, was ihr den Rest gegeben hätte, sondern weil er sie verstand.

»Wir sind gar nicht so verschieden, wie du meinst«, erklärte er. »Ich bin ein Devereaux, und die Leute – Frauen – wollen, was sie mit diesem Namen verbinden. Geld, Macht, Prestige. Aber sie wollen nicht mich. Sie wollen Caleb.«

Die Erkenntnis traf sie wie ein Schlag, und ihre Wangen begannen vor Verlegenheit zu brennen. Sie war so mit sich selbst beschäftigt gewesen, hatte so in Selbstmitleid geschwelgt, dass sie außer ihren eigenen Problemen nichts mehr wahrgenommen hatte. Caleb hatte sie für selbstsüchtig und egoistisch gehalten, als er noch nicht gewusst hatte, was sie durchmachte, wenn sie ihre Fähigkeit einsetzte. Aber er hatte recht gehabt. Sie *war* selbstsüchtig. Und das war keine sehr erfreuliche Erkenntnis.

Ihr ganzes Leben lang hatte sie mit dem Schlimmsten gerechnet und sich darauf eingestellt. Nie hatte sie um mehr gekämpft. Nie hatte sie mehr erwartet. Wie konnte sie hoffen, mehr zu bekommen, wenn sie es nicht einforderte?

Sie hatte so viel Zeit damit verbracht, über die Ungerechtigkeit ihrer Lage zu lamentieren und was der armen kleinen ungeliebten Ramie alles widerfahren war. Sie hatte zugelassen, dass sie ihre Seele verloren hatte. Das war ihr nicht von jemand anderem zugefügt worden, sondern das hatte sie sich selbst angetan. Weil sie nicht stark gewesen war. Weil ihr nie der Gedanke gekommen war, mehr zu verlangen, als man ihr zugestanden hatte, oder nach dem Glück zu suchen, statt bloß darauf zu warten, dass es ihr wie durch ein Wunder in den Schoß fiel. Stattdessen hatte sie sich zehn Jahre lang in ihrem eigenen Unglück gesuhlt.

Doch jetzt stand jemand vor ihr, der beteuerte, sich etwas aus ihr zu machen. Es lag ihm nichts an ihren Fähigkeiten. Er bat sie um nichts. Sie wäre dumm, würde sie fortgehen, auch wenn es bedeutete, ihn und seine ganze Familie in Gefahr zu bringen. Vielleicht konnten sie den Kampf gemeinsam aufnehmen.

»Ich will dich«, sagte sie sanft. »Dich, Caleb. Ich will dich. Es ist mir egal, wie du mit Nachnamen heißt.«

14

Caleb starrte Ramie an. Er sah Furcht und Verletzlichkeit in ihren Augen und staunte, welche Kraft es sie gekostet haben musste, sich ihm zu öffnen. Er sah auch Zweifel, und sie wirkte besorgt, was nicht unbedingt die Reaktion war, die ein Mann im Gesicht der Frau sehen wollte, mit der er intim werden wollte. Aber Ramie war nicht wie die meisten anderen Frauen. Die meisten Frauen hatten die Welt nicht durch Ramies Augen gesehen.

Er griff nach den Händen, die seine eben gerade fallen gelassen hatten, und ihm war klar, dass sie es getan hatte, um die Verbindung zu ihm zu unterbrechen. Aber er war jetzt ruhiger und wollte, dass sie wusste, sie hatte von ihm nichts zu befürchten.

Sie zitterte, als er sie wieder in seine Arme zog, und ihr Körper schmiegte sich weich und gefügig an seine Brust. Ihr Haar war immer noch ein wenig feucht. Es duftete nach Geißblatt.

Er wollte mit ihr ins Bett. Jetzt sofort. Er wollte den ganzen Tag damit verbringen, sie zu lieben, um ihr ohne unzulängliche Worte zu zeigen, dass das Band zwischen ihnen stärker wurde.

Stattdessen strich er ihr beruhigend über den lockigen Scheitel, damit sie sich daran gewöhnte, von jemandem angefasst zu werden. Von einem Mann, der nicht die Absicht hatte, ihr wehzutun. Ihm kam der Gedanke, dass Ramies einzige sexuelle Erfahrung die erniedrigenden Verbrechen gewesen sein mochten, die an so vielen Frauen, denen Ramie geholfen hatte, begangen worden waren.

Wenn das der Fall war, würde er äußerst behutsam vorgehen müssen. Er durfte nichts überstürzen und sie nicht zu einer körperlichen Nähe drängen, zu der sie noch nicht bereit war. Ja, er wollte, dass sie in der Lage war, sich auf ihn zu verlassen und ihm zu vertrauen. Aber er wollte nicht als seelischer Anker für sie herhalten, als Mittel zur Bewältigung ihrer Probleme, da er viel mehr von ihr wollte.

Er hauchte einen Kuss auf ihren Scheitel, während er weiter ihren Rücken und Nacken streichelte und immer wieder durch ihr widerspenstiges lockiges Haar fuhr. Er genoss es, sie einfach im Arm zu halten, sie bei sich in seinem Haus zu haben und zu wissen, dass sie in Sicherheit war und nicht allein und schutzlos, während jeder Atemzug ihr letzter sein könnte. So konnte man nicht leben … und gewiss auch nicht sterben.

Gott sei Dank hatte sie ihn angerufen. Ansonsten würde er immer noch nach ihr suchen oder, schlimmer noch, sie könnte ihrem Verfolger in die Hände gefallen sein und würde jetzt unbeschreibliche Qualen erleiden.

Er schloss die Augen und atmete tief durch, um sie nicht wieder mit einer Woge seiner Wut zu überwältigen.

In diesem Haus herrschten ohnehin zu viel Wut und Feindseligkeit. Caleb wäre nie darauf gekommen, warum Tori sich so gegen Ramies Anwesenheit wehrte. Erst nach Ramies Erklärung hatte er es verstanden.

Er hasste es, sich so hilflos zu fühlen. Wenn er seiner Schwester nachgab, würde Ramie leiden. Sie konnte sterben. Sie *würde* sterben. Aber wenn er stur blieb, riskierte er einen Bruch mit Tori, der sich unter Umständen nie wieder kitten ließ.

»Ich möchte, dass du um dein Recht, hier zu sein, kämpfst«, murmelte er.

Sie versteifte sich und sah ihn mit ihren bekümmerten grauen Augen an, die viel zu groß für ihr Gesicht schienen.

Augen, die so viel Gewalt und Schmerz gesehen hatten, dass eigentlich mehrere Leben dafür nötig gewesen wären.

»Ich weiß, dass das, worum ich dich bitte, nicht leicht ist«, fuhr er fort. »Du hast Toris Feindseligkeit nicht verdient, und auch nicht, dass meine Brüder dich ansehen, als wärst du hier unerwünscht. Aber *ich* bitte dich zu bleiben. Für mich. Und du schuldest mir nichts. Nur der Himmel weiß, wie viel ich *dir* schulde. Und trotzdem bitte ich dich darum.«

»Was genau soll ich denn sein?«, fragte sie mit rauer Stimme. »Freundin? Geliebte?«

»Ja und abermals ja«, erwiderte er ruhig. »Und noch mehr. Viel mehr. Aber dahin werden wir irgendwann kommen. Fürs Erste möchte ich, dass wir Freunde sind … und irgendwann ein Liebespaar. Und danach? Was immer du willst. Was du brauchst. Ich hoffe bei Gott, dass ich in der Lage bin, dir zu geben, was du brauchst.«

»Und was ist mit dem, was du brauchst?«

Er sah sie einen Moment lang, von ihrer Frage aus dem Gleichgewicht gebracht, an. Was er brauchte? Er brauchte vieles. Dinge, über die er keine Kontrolle hatte. Für einen Mann, der es gewöhnt war, alle Aspekte seines Lebens unter Kontrolle zu haben, war es beängstigend, diese Kontrolle plötzlich nicht mehr zu besitzen. Es gab ihm das Gefühl, schwach zu sein, und das zu einem Zeitpunkt, da seine Familie seine Kraft mehr denn je brauchte.

»Ich brauche dich«, antwortete er schließlich. »Ich brauche das Gefühl, dass Tori nachts wieder schlafen kann, dass meine Brüder aufhören, sich wegen dem, was ihr angetan wurde, Vorwürfe zu machen. Ich brauche das Wissen, dass die Monster, die dich und Tori terrorisiert haben, festgenommen und bestraft werden. Ich brauche vieles, aber das Einzige, was in meiner Macht steht, bist du und dass du Bestandteil meines

Lebens bist. Also gib mir zumindest das. Gib mir wenigstens das.«

»Okay«, sagte sie kaum hörbar. »Ich werde bleiben. Ich werde es versuchen. Ich bin schon so lange auf der Flucht, dass ich nichts anderes mehr kenne, Caleb. Ich weiß nicht, wie es ist, ein normales Leben zu führen. Lass mich nicht wieder weglaufen. Ich brauche das Gefühl, dass du an mich glaubst, auch wenn ich selbst nicht an mich glauben kann.«

Er drückte ihre Hand und führte die andere Hand an ihrem Arm nach oben, um ihre Schulter zu umfassen, sie zu stützen und seinen Willen und seine Entschlossenheit auf sie zu übertragen. Dann beugte er sich über sie, drückte seine Lippen auf ihre Stirn und atmete ihren Duft ein.

»Ich werde nicht zulassen, dass du wieder wegläufst, Ramie. Nie wieder. Ich will dich hier bei mir haben, und wenn du wegzulaufen versuchst, werde ich dich einfach wieder einfangen.«

Er beobachtete, wie ihr allmählich klar wurde, was seine Worte bedeuteten, und sah den schockierten Ausdruck in ihren Augen, aber auch Hoffnung. Vielleicht kam er langsam an sie heran. Er wünschte es sich so sehr.

»Und jetzt besorgen wir dir etwas zu essen«, erklärte er. »Nachdem du was Anständiges gegessen hast, werden wir uns mit meinem Ermittler-Team zusammensetzen, damit wir eine Vorstellung davon bekommen, womit wir es zu tun haben.«

15

Es war eine beängstigende Vorstellung für einen Gejagten, zum Jäger zu werden. Ramie war die ganze Zeit auf der Flucht gewesen, hatte immer versucht, nicht gefasst zu werden, doch jetzt ging sie zum Angriff über. Sie machte sich daran, den Mann zu verfolgen, der sie tot sehen wollte. War es verrückt einzuwilligen, an einem Ort zu bleiben? Sollte sie nicht lieber ständig in Bewegung beiben und ihrem Verfolger immer einen Schritt voraus sein?

Abwesend rieb sie sich die Oberschenkel. Der Stoff ihrer Jeans war ausgeblichen und abgetragen. An einigen Stellen hatten sich Löcher gebildet, ein Look, für den Leute beim Kauf einer neuen Hose viel Geld bezahlten. Bei Ramie war es dagegen nur die Folge chronischen Geldmangels, der sie daran hinderte, neue Kleidung zu kaufen.

»Ramie?«

Calebs Stimme drang in ihr Bewusstsein, und sie drehte schuldbewusst den Kopf in seine Richtung. Sie konnte den immer stärkeren Druck einer sich anbahnenden Panikattacke spüren, doch sie war entschlossen, ihr vor den Leuten, die Caleb angeworben hatte, um ihren Peiniger zur Strecke zu bringen, nicht nachzugeben und auszuflippen.

»Entschuldige. Könntest du deine Frage wiederholen?«

Caleb seufzte, ohne ärgerlich auszusehen. Er wirkte vielmehr verständnisvoll. Dann setzte er sich neben sie aufs Sofa und verschränkte seine Finger mit ihren, weil er bemerkt hatte, dass sie kurz davor stand, die Fassung zu verlieren. Vielleicht konnte sie so einen Teil seiner Entschlossenheit aufnehmen.

»Kannst du den Mann beschreiben, der dich angegriffen hat?«, fragte Caleb.

Ihr fiel überhaupt nichts ein. Sie zog die Stirn in Falten, und die Haut um ihre Augen straffte sich, während sie sich mit aller Kraft darauf konzentrierte, aus den Bruchstücken ihrer Erinnerung ein Bild ihres Verfolger heraufzubeschwören.

»Es wäre hilfreich, wenn wir eine Zeichnung von ihm anfertigen könnten«, meinte die Frau, die sich ihr als Eliza vorgestellt hatte. »Wenn wir sein Bild überall aufhängen, werden wir ihn früher oder später aufstöbern.«

Ramie schluckte, ihr Mund war staubtrocken. War er jetzt irgendwo da draußen, schaute in ihren Kopf und sah, was sie sah, hörte, was sie hörte? Brachte es etwas, ihm Fallen zu stellen, wenn er von ihnen wusste, weil er ständig in ihr Innerstes blickte?

Deshalb durfte sie gar nichts wissen.

Sie sprang von der Couch auf, als ihr diese Erkenntnis kam. Sie wirbelte zu Caleb herum, um es ihm zu erklären, als er auch schon nach ihrem Arm griff und sie verwirrt ansah.

»Ich darf nichts wissen«, sprudelte sie heraus. »Denn was ich weiß, weiß er auch. Also muss man mich außen vor lassen. Ich darf absolut nichts über die Pläne wissen, die zu seiner Ergreifung führen können.«

»Wow, langsam«, sagte Dane Elliot, einer von Calebs Sicherheitsspezialisten, und hob beschwichtigend die Hände.

Er wollte, dass sie sich beruhigte. Er hielt sie für hysterisch. Für dumm. Endlich hatte sie es erfasst.

»Er ist die ganze Zeit da«, erklärte sie und sah nacheinander alle an, die sich im Raum befanden. »Er ist psychisch mit mir verbunden – als hätte man jemanden auf der Schulter sitzen.

Er hat ungehindert Aussicht auf alles. Er sieht alles, was ich sehe. Sie verstehen, dass es eher schadet, wenn wir uns gemeinsam Vorgehensweisen überlegen und Pläne schmieden, weil er dann mitbekommt, was wir vorhaben.«

Caleb stieß einen Fluch aus, und leises Gemurmel lief durch den Raum. Wahrscheinlich dachten alle, sie hätte den Verstand verloren. Sie hatte keine Ahnung, was Caleb ihnen über sie erzählt hatte. Ob sie wussten, dass übersinnliche Fähigkeiten im Spiel waren.

»Ich bin raus. Tut mir leid«, flüsterte sie.

Sie drehte sich um und floh aus dem Raum. Eine unsichtbare Hand umklammerte ihren Hals, würgte sie und verhinderte, dass Sauerstoff in ihre Lunge gelangte. Das Böse lastete so schwer auf ihrer Brust, dass sie darunter zu zerbechen glaubte.

Sie stolperte in das Badezimmer im Erdgeschoss und drehte den Kaltwasserhahn des Waschbeckens auf. Sie spritzte sich Wasser ins Gesicht, stützte sich mit den Ellbogen auf und bedeckte das Gesicht mit beiden Händen, während das Wasser weiterströmte.

Sie fasste sich an den Hals und versuchte, sich aus dem unsichtbaren Klammergriff, der ihr die Luftzufuhr abschnürte, zu befreien. Die Enge, die sie spürte, vermittelte den Eindruck, als würde sie jemand würgen.

»Ramie? Geht's dir gut? Was zum Teufel ist hier los?«, wollte Caleb wissen.

Er griff um sie herum und drehte das Wasser ab, ehe er ihre Schulter packte und sie leicht schüttelte. Sie hielt eine Hand hoch, damit er aufhörte, und versuchte mühsam, Worte durch ihre zugeschnürte Kehle zu pressen.

»Ich muss lernen, ihn zu schlagen«, stieß sie hervor. »Ich muss mich vor ihm verschließen. Ich muss schneller merken, wenn er da ist, und dann in der Lage sein, ihn auszusperren. Aber vielleicht ist er ja auch die ganze Zeit da. Ich weiß es nicht. Warum weiß ich das nicht?«

»Ist er jetzt da?«, fragte Caleb und sah sie an.

Fast war es, als würde er in ihrem Innern nach dem Verfolger suchen. In ihren Augen, ihrem Gesicht, als ob sie eine gespaltene Persönlichkeit war, sodass die Hälfte ihrer Gedanken einem kranken Irren gehörten, der Jagd auf Frauen machte. Vielleicht dachte er aber auch, sie wäre besessen. Schließlich war es nicht so, dass sie irgendeine Erklärung abgegeben hätte.

Sie konnte den Abscheu – oder die Sorge – in seinem Blick nicht ertragen.

»Du glaubst doch, dass ich verrückt bin«, flüsterte sie. »Vielleicht bin ich es tatsächlich.«

»Nein, ich halte dich nicht für verrückt«, erwiderte Caleb mit einer Mischung aus Verärgerung und Erschöpfung. »Ich will nur wissen, mit wem ich gerade rede, ob du es bist oder dieses Arschloch, das versucht, dich umzubringen.«

»Er ist nur ein Beobachter«, versuchte Ramie zu erklären. Aber wie erklärte man jemandem das Unerklärliche? »Man muss es sich wie ein kleines Fenster vorstellen, durch das er in meinen Kopf schauen kann. Er kann sehen, was ich sehe, hören, was ich höre. Er spürt, was ich spüre. Deshalb hat er mir letzte Nacht auch gesagt, dass ich hier nicht sicher sei … dass all deine Sicherheitsvorkehrungen ihn nicht davon abhalten werden, zu mir zu gelangen. Er weiß alles.«

»Wie geht das?«, fragte Caleb. »Ist es früher schon passiert? Kannst du ihn daran hindern?«

»Ach Gott, glaubst du, ich hätte es nicht versucht? Meinst du, ich will ihn die ganze Zeit in meinem Kopf haben? Sodass ich rund um die Uhr angreifbar bin?«

»Natürlich nicht«, besänftigte Caleb sie. »Aber es muss doch eine Möglichkeit geben, ihn daran zu hindern. Wir müssen daran arbeiten, wie du deine Gedanken kontrollieren kannst, wie du deinen Geist dazu bringst, ganz leer zu werden. Das ist ein Therapieansatz, dem Tori gefolgt ist, als sie jünger war. Das war einer unserer Versuche, gegen ihre Visionen vorzugehen. Irgendwie habe ich das Gefühl, dass das bei dir mehr bringen wird, als es bei Tori der Fall war.«

Sie spürte ihren Puls als schmerzhaftes Pochen in den Schläfen. Es fühlte sich so an, als würde ihr Kopf jeden Moment explodieren. Ihr Blutdruck war wahrscheinlich in unermessliche Höhen geklettert.

Sie rieb sich abwesend die Stirn, während sie versuchte, ihre Gedanken zu ordnen. Seine Erklärung klang logisch. Aber wie sollte man seine Idee umsetzen? Sie war nicht darauf vorbereitet, einen mentalen Angriff abzuwehren. Sie hätte nie gedacht, dass sie für so etwas empfänglich sein könnte. Sie war immer diejenige gewesen, die in den Geist anderer Menschen eingedrungen war und sich darin breitgemacht hatte. Aber sie konnte noch immer nicht steuern, wie lange so eine Verbindung erhalten blieb.

Vielleicht tat ihr Verfolger ja nichts anderes. Er konnte nicht jederzeit nach Belieben in ihren Geist eindringen, sondern er hatte herausgefunden, wie er verhindern konnte, dass die Verbindung unterbrochen wurde. Während ihre Verbindung zu Opfer und Täter früher nach Stunden oder manchmal auch erst nach Tagen abgebrochen war und mentaler Stille Platz gemacht hatte, war das Band zu ihm immer intakt geblieben. Es war wie im Märchen von Hänsel und Gretel mit ihrer Spur aus Brotkrumen. Sie hatte, seit die Verbindung vor anderthalb Jahren hergestellt worden war, diese sprichwörtliche Spur überall hinterlassen.

»Ramie?«

Ramie hob verwirrt den Kopf und sah Eliza in der Tür stehen.

Eliza schaute Caleb an. »Darf ich kurz unter vier Augen mit Ramie sprechen?«

Caleb runzelte die Stirn und warf einen fragenden Blick in Ramies Richtung. Als Ramie nickte, verließ Caleb den Raum.

»Ich warte draußen«, teilte Caleb ihr ruhig mit.

Ramie musste schlucken, als Caleb aus ihrem Blickfeld verschwand. Ihr gefiel nicht, wie abhängig sie von ihm geworden war und dass sie sich nur sicher fühlte, wenn er in Sichtweite war.

»Sie müssen uns helfen, diesen Kerl zur Strecke zu bringen«, erklärte Eliza mit fester Stimme.

Ramie schüttelte den Kopf. »Sie haben es nicht verstanden. Ich bringe sie in Gefahr. Alle. Caleb, seine Familie. Tori.«

Eliza sah sie mit durchdringendem Blick an. »Das Einzige, was ich verstehe, ist, dass sich da draußen ein Ungeheuer in Menschengestalt herumtreibt, ein Mann, der Jagd auf Frauen macht. Und Sie sind die Einzige, die ihm das Handwerk legen kann.«

Ramie schloss die Augen, um Eliza nicht mehr sehen zu müssen … um nichts mehr sehen zu müssen, während sie ihren Geist zu leeren versuchte. Ein gähnend großes schwarzes Loch. Das musste sie werden.

»Er hat sich eine weitere Frau geschnappt«, informierte Eliza sie mit gefasster Stimme.

Ramie riss die Augen auf. »Was sagen Sie da?«

»Wir glauben wenigstens, dass es so ist«, korrigierte Eliza sich. »Alles weist darauf hin. Entweder das oder wir haben es mit einem grausig guten Nachahmungstäter zu tun.«

Ramies Herzschlag beschleunigte sich zu einem ohrenbetäubenden Dröhnen in ihren Ohren. Nein. Oh Gott, nein.

Sie merkte erst, dass sie laut sprach, als der Klang ihrer gequälten Stimme an ihr Ohr drang. Sie hob den Blick zu Eliza und wusste, dass sie nur eine Wahl hatte.

Entschlossenheit verdrängte Furcht und Verzweiflung. Sie würde ihn nicht gewinnen lassen. Sie würde nicht zulassen, dass er jeden Aspekt ihres Lebens bestimmte.

Eliza hatte recht. Ramie war die Einzige, die in der Lage war, ihn zur Strecke zu bringen, und die den Schmerz und die Qual ungezählter Frauen beenden konnte. Es war an der Zeit aufzuhören, das Opfer zu sein, und sich zu wehren.

Es gab keine Möglichkeit, die Erinnerungen an den Schmerz auszulöschen, den sie und die anderen Frauen hatten erleiden müssen. Aber sie konnte dafür sorgen, dass nicht noch mehr Frauen durchmachen mussten, was andere ertragen hatten.

Ruhe kam über sie. Ein schmerzhaft-süßer innerer Friede breitete sich in ihr aus. Mit festem Blick sah sie Eliza an und beobachtete, wie deren Augen groß wurden, als ihr dämmerte, was Ramie vorhatte.

»Können Sie mir etwas besorgen, das dem Opfer gehört hat?«, fragte Ramie.

16

Caleb hörte Ramies Worte im Flur, wo er stand, und es packte ihn eine so heftige Furcht, dass er fast den Boden unter den Füßen verlor.

»Nein!«

Seine Reaktion erfolgte umgehend. Er stürzte ins Badezimmer zurück, wo Ramie und Eliza standen, und schüttelte den Kopf, während er Ramie die volle Wucht seines wütenden Blicks spüren ließ.

»Nur über meine Leiche«, stieß Caleb hervor. »Denk nicht mal dran. Eliza, wenn Sie das versuchen, sind Sie gefeuert. Ihr Job ist es, Ramie zu beschützen, und nicht sie noch mehr Qualen auszusetzen.«

Elizas Lippen wurden schmal, aber sie blieb stumm. Stattdessen sah sie Ramie eindringlich an, als erwartete sie von ihr, dass diese Caleb Einhalt gebot.

Ramie blickte gehetzt. Ihre Lippen zitterten, ihre Nasenflügel flatterten. Sie wirkte wie ein in die Enge getriebenes Tier. Als rechnete sie damit, angegriffen zu werden.

»Ich muss es tun, Caleb«, erklärte sie mit tonloser Stimme; ihrem erschöpften Blick war die Resignation anzusehen.

»Nein«, widersprach Caleb mit Nachdruck. »Das musst du nicht. Warum solltest du dich wieder solchen Qualen aussetzen?«

Eine Träne rollte lautlos über ihre Wange. Ihr Blick war trüb, als sie ihn ansah.

»Ich muss es tun«, wiederholte Ramie. »Und das weißt du,

Caleb. Es gibt keine andere Möglichkeit. Eliza hat recht. Ich bin die Einzige, die diesen Kerl zur Strecke bringen kann.«

Caleb explodierte vor Wut, und sein Zorn richtete sich gegen Eliza. »Es stand Ihnen nicht zu, sie in diese Richtung zu drängen! Dafür wurden Sie nicht eingestellt. Ich ziehe Sie von diesem Fall ab. Sie und Dane, alle beide. Verschwinden Sie!«

Ramie sah, wie Elizas Lippen noch schmaler wurden und dass an ihrer Wange ein Nerv zuckte. Sie biss sich auf die Lippe, als wollte sie etwas sagen, hielte es aber zurück. Etwas an Eliza ließ sie zögern. Sie war ihr nicht wie eine unverschämte, gefühllose Frau vorgekommen, die über Leichen ging und nur an ihren Job dachte.

»Ach, sagen Sie es doch, Eliza«, ermutigte Ramie sie. »Wenn er Sie ohnehin feuert, haben Sie doch nichts zu verlieren, wenn Sie Ihre Meinung sagen, oder? Und Dane sollte auch mal was dazu sagen, damit er nicht nur mit Ihnen untergeht.«

Ramies Bemerkung, dass er mit Eliza untergehen würde, gefiel Dane nicht, aber gleichzeitig war offensichtlich, dass Eliza seine Unterstützung genoss. Er stand als Beistand hinter ihr. Er und Eliza sahen Ramie an, doch dann schüttelte Dane den Kopf.

»Es ist nicht Ramie, die wir überzeugen müssen, Lizzie«, sagte er mit leiser, freundlicher Stimme. »Sie ist auf unserer Seite. Caleb ist es, der unsere Köpfe will.«

Etwas über Eliza lernte Ramie im Schnelldurchlauf: Sie war nicht der Typ Frau, der sich herauskomplimentieren ließ und zu Demutsgesten bereit war. Jedenfalls nicht, wenn sie sicher wusste, dass ihr Lösungsweg besser war.

Eliza ging auf Caleb los. Dane folgte ihr auf dem Fuße, wobei Ramie allerdings den Eindruck bekam, dass er Eliza nicht so sehr beistehen, sondern Caleb vor der Wucht von Elizas Zorn schützen wollte.

Eliza hob einen Finger vor Calebs Nase, sodass dieser zurückwich, bis er mit dem Rücken an der Wand stand.

»Erzählen Sie uns nicht, dass man Menschen nicht zwingen soll, gegen ihren Willen zu handeln. Oder haben Sie Ihren Besuch bei Ramie St. Claire vergessen, bei dem Sie ein Nein nicht gelten ließen und sie anschließend in den Abgrund gestoßen haben? Toris Abgrund, um genau zu sein. Also zwei Frauen, die denselben Angriff erdulden, der aber nur von einem Mann ausgeht und als ein einziger Fall gelten muss. Bestimmt können wir den Mistkerl für das drankriegen, was er Tori angetan hat. Wir haben Beweise, DNA-Spuren. Wir schnappen den Kerl. Es ist nur eine Frage der Zeit. Aber in Bezug auf das, was er Ramie angetan hat, können wir absolut nichts tun«, wetterte Eliza.

»Das ist unwichtig«, warf Ramie leise ein. »Solange er seine gerechte Strafe erhält, spielt es keine Rolle, für wen oder was er bestraft wird.«

»Und können Sie damit leben, Ramie?«, fragte Dane sanft, »dass es keine Gerechtigkeit für das geben wird, was er Ihnen angetan hat?«

»Ich habe mein ganzes Leben lang damit gelebt. Nichts hat sich verändert. Keiner kennt das Ausmaß meiner Fähigkeiten. Alle sind aufgeregt, weil sie plötzlich wieder Hoffnung haben, und sehen nicht, was sie zurücklassen. Also können sie auch nicht *wissen*, dass mehr als eine Frau gelitten hat.«

»*Ich* weiß es«, brüllte Caleb. »Ich weiß ganz genau, was dir angetan wird, und ich lasse nicht zu, dass du es noch einmal durchmachst. Es ist erniedrigend. Entwürdigend. Keine Frau sollte gegen ihren Willen, ohne ihr Einverständnis oder ihr Wissen dermaßen kranke Fantasien über sich ergehen lassen müssen!«

Ramie schüttelte entschieden den Kopf, und zum ersten Mal kam Leben in ihre Augen. »Aber dieses Mal geschieht es *mit* meinem Willen und meinem Einverständnis, Caleb. Ich habe vor, mich zu wehren. Das hätte ich schon vor Monaten tun sollen. Stattdessen habe ich jedes Mal vorsichtig um die Ecke geblinzelt, um ihm ja nicht in die Arme zu laufen. Das ist kein Leben. Ich kann so jedenfalls nicht weitermachen.«

Verzweiflung klang aus ihren Worten. In diesem Moment, da sie ganz aus sich herauskam, sah er hinter ihre Schutzmauern, die man nur als einsturzgefährdet bezeichnen konnte. Sie war am Ende ihrer Kraft. Als er sie hierher gebracht hatte, war das Unausweichliche in ihrer Vorstellung nur aufgeschoben worden. Ihr Tod … und dann Frieden.

»Es muss einen anderen Weg geben«, widersprach Caleb hartnäckig. »Einen, bei dem du nicht wieder durch die Hölle gehen musst. Denk daran, wie dir dabei geschieht, Ramie. Du wärst nach einem unvorstellbaren Trauma geschwächt und schutzlos. Und dann würde er zuschlagen. Wenn du am Tiefpunkt bist. Verletzlich. Nicht in der Lage, dich zu wehren.«

»Es gibt nur eine Sache, die ich nicht kann und nicht tun werde: mir Ohren und Augen zuzuhalten, damit ich nicht mitbekomme, dass da draußen jemand ist, der meinetwegen schrecklich leiden muss. Dein Gewissen könnte das vielleicht verkraften. Ich kann das nicht. Ich bin anders. Ich weiß, was ich in den Jahren davor durchgemacht habe. Als ich begann, der Polizei beim Aufspüren der Opfer zu helfen, als Teenager, der verzweifelt versuchte, seinen Platz in dieser Welt zu finden. Meine einzige ›Familie‹ waren meine Pflegeeltern, und du kannst mir glauben, dass die wenig Interesse an einem Mädchen hatten, das Killer aufspüren konnte. Sie hatten Angst vor mir. Aber sie nahmen mich wegen des Unterhalts auf, den sie für mich bekamen. Sie statteten mich immer nur mit dem Notwendigsten aus. Zwei Garnituren Kleidung. Eine Jacke, wenn es kalt wurde. Flip-Flops für wärmeres Wetter und Stiefel mit Socken für die kalte Jahreszeit. Nichts davon passte richtig, denn meine Pflegeeltern besorgten meine Sachen immer bei Wohlfahrtsverbänden. Aber ihren eigenen Kindern kauften sie alles. Nichts war gut genug für sie. Eine meiner Pflegeschwestern werde ich nie vergessen«, sagte sie mit schmerzerfüllter Stimme. »Sie hieß Becky. Ein süßes kleines Ding. Sie war mehrere Jahre jünger als ich, und sie begriff nicht, dass ich nicht zur Familie gehörte. Sie war traurig, dass ich nie wie die anderen Geschenke bekam.«

»Allmächtiger«, murmelte Caleb. »Ich will den Rest gar nicht hören. Hör auf, Süße. Tu dir das nicht an. Es spielt keine Rolle.«

»Ich will es aber hören«, warf Eliza mit sanfter Stimme ein und ignorierte Calebs wütenden Blick.

Ramie redete mit gleichmütiger Stimme weiter, als würde sie eine Geschichte erzählen, mit der sie überhaupt nichts verband.

»Meine Pflegemutter machte mir unmissverständlich klar, dass ich nicht ihre leibliche Tochter und keine richtige Schwester war. Für meinen Pflegevater stellte sich diese Frage nicht einmal, denn für ihn existierte ich einfach nicht. Er redete nur dann von mir – nicht *mit* mir –, wenn der Unterhaltsscheck sich verspätete. Dann stürmte er durchs Haus und lamentierte, was für eine Last es wäre, ein weiteres hungriges Maul stopfen zu müssen, während ihre Kinder Kleidung benötigten, nicht das Straßenkind, das der Polizei Lügen erzählte, damit man Mitleid mit ihm hatte.«

»Verdammt«, fluchte Caleb. Er sah Dane und Eliza wütend an, weil sie Ramie dazu gebracht hatten, über ihre schmerzhafte Kindheit zu sprechen. Es kam ihm vor, als würden sie einen Verband abreißen, sodass die Wunde darunter wieder zu bluten anfing.

Ramie wühlte alte Verletzungen und Enttäuschungen auf. Ihr Blick ging in die Ferne, ihr Blick flackerte noch einmal kurz, ehe das Licht darin erlosch.

»Becky verschwand auf dem Heimweg von der Schule. Manchmal gingen wir zusammen nach Hause, obwohl sie das eigentlich nicht durfte. Aber sie hielt dann meine Hand und lächelte zu mir auf. Ich war so viel älter als sie, trotzdem schien sie entschlossen, sich um mich zu kümmern. Es erstaunte mich immer wieder, dass etwas so Gutes aus etwas so Bösem hatte erwachsen können, denn Becky war wirklich lieb. Sie hatte nichts von meinen Pflegeeltern oder ihren Geschwistern. Es war ein kalter Tag, deshalb ging ich schnell, obwohl ich es nicht eilig hatte, nach Hause zu kommen. Sobald ich zur Tür hineinkam, packte der Vater mich bei den Schultern und fügte mir mit seiner Kraft blaue Flecken zu. Ich bin immer klein gewesen für mein Alter.«

Calebs und Elizas Mienen verfinsterten sich, und ein zorniger Ausdruck legte sich darüber. Dane schüttelte den Kopf und brummte irgendetwas Unverständliches. Er sah genauso wütend aus wie die anderen.

»Ich wusste, dass alles nur gespielt war, verstand aber zuerst nicht, was er getan hatte oder warum. Er stieß Anschuldigungen hervor. Er erzählte der Polizei, ich hätte Becky bedroht, und man glaubte ihm. Natürlich taten sie das.«

Sie brach ab und sagte eine ganze Weile nichts. Von ihrem Erlebnis zu erzählen hatte offensichtlich einen der Dämonen der Vergangenheit geweckt.

»Er glaubte nicht an meine Fähigkeiten. Wenn er das getan hätte, wäre er bemüht gewesen, seine Gedanken zu verbergen. Es war abscheulich. Ich erlitt einen Schock. Mir war klar, dass ich, egal was passierte, so weit wie möglich von dem Bösen in diesem Haus fliehen musste.«

»Hat er dir etwas getan?«, fragte Caleb mit drohend klingender Stimme.

Ramies Kopf kam mit einem Ruck hoch, und sie sah ihn

überrascht an. »Das spielt jetzt keine Rolle mehr, Caleb. Das liegt zehn Jahre zurück. Ich bin nicht mehr der verängstigte Teenager von damals.«

»Nein, jetzt sind Sie eine verängstigte Erwachsene«, meinte Eliza sanft.

Man sah deutlich, wie Ramie schluckte, aber sie wies Elizas Behauptung nicht zurück. Sie wirkte durchgefroren, und ihre Hände zitterten.

»Ramie?«, fragte Caleb leise. »Was ist dann passiert? Was war mit Becky passiert?«

»Er berührte mich«, würgte Ramie hervor. »Nicht sexuell. Sondern er packte mich bei den Schultern und spielte der Polizei den verzweifelten Vater vor, der befürchtete, das durchgeknallte Pflegekind könnte seiner Tochter etwas angetan haben. Und ich konnte sehen, was er wollte … seine kranken, abartigen Fantasien, die er heraufbeschwor. Er hatte keine Ahnung, dass ich alles, was er mit mir machen wollte, in dem Moment, als er mich berührte, in aller Deutlichkeit vor Augen sah. Als würde es wirklich passieren. Ich spürte den Missbrauch, als wäre er bereits passiert.«

»Ich bringe ihn um«, stieß Caleb mit solcher Wut hervor, dass die Luft um ihn herum zu brennen schien.

»Was war mit Becky passiert?«, ließ Eliza nicht locker.

Ihre Stimme war gespannt wie eine Klaviersaite, sie riss Ramie zuerst aus ihrer Erstarrung und ließ sie dann in sich zusammensacken. Vor Wut begannen Calebs Nasenflügel zu flattern. Er hob eine Hand, um das Ganze zu beenden, doch Dane schüttelte den Kopf.

»Warten Sie«, sagte Dane ruhig.

Ramie stand mit erstarrten Gesichtszügen still wie eine Statue da. Caleb griff nach ihrer Hand, doch sie zuckte bei der Berührung zusammen. Ihre Finger waren eiskalt, und Gänsehaut breitete sich auf ihrem Arm aus, sodass alle Härchen zu Berge standen. Sie entriss ihm ihre Hand, als hätte er sie verbrannt, und rieb sich die Stelle, wo er sie berührt hatte, als hätte er sie verletzt.

»Es gab einen Polizisten, der so wirkte, als hätte er sich nicht sofort ein Urteil über mich gebildet und mich für schuldig befunden. Er verhielt sich ruhig und beobachtete den Vater. Und mich. Ich glaube, er wusste es oder hatte zumindest einen Verdacht. Er trennte mich von meinen Pflegeeltern und sagte ihnen, er müsste mich verhören. Als wir allein waren, erzählte er mir, dass er Nachforschungen über mich angestellt hatte. Und dass er der Meinung sei, ich könnte dabei helfen, Becky zu finden. Er sagte, dass er dafür sorgen würde, mich in einer anderen – einer guten – Pflegefamilie unterzubringen, wenn ich dabei helfen würde, Becky zu finden.«

»Er hat Sie *erpresst*«, stieß Eliza aufgebracht hervor.

»Du warst einverstanden«, stellte Caleb grimmig fest.

Ihm drehte sich fast der Magen um, während er mit Eliza und Dane Blicke tauschte. Er sah in ihren Gesichtern, dass auch ihnen klar war, welchen Fortgang die Geschichte genommen hatte. Und es machte ihn krank. Er würde alles tun, um Ramie vor ihrer Vergangenheit zu beschützen, aber ändern konnte er sie jetzt nicht mehr. Der Schaden war angerichtet. Vielleicht würde sie sich nie wieder davon erholen.

Ramie nickte langsam. »Ja, ich war einverstanden. Natürlich war ich einverstanden. Ich musste doch beweisen, dass ich nichts mit ihrem Verschwinden zu tun hatte.«

Sie schloss die Augen. Man sah ihr den Schmerz an. Sie schwankte, und Caleb legte seine Hand um ihren Oberarm, um sie zu stützen. Dieses Mal zuckte sie nicht zusammen. Er musste mehr auf seine Gedanken achten und durfte ihr nicht mit seinen Empfindungen wehtun.

»Beckys Vater sagte, er hätte ihren Schulranzen auf einem Weg gefunden, den sie immer von der Schule aus nahm. Er hätte ihn gefunden, nachdem sie nicht nach Hause gekommen war und er begonnen hatte, sich Sorgen um sie zu machen. Er glaubte kein bisschen an meine Fähigkeiten, sonst hätte er mir den Schulranzen nie gegeben. Er nannte mich eine Betrügerin, die sich die Verzweiflung von Eltern, die ihr Kind zurückhaben wollten, zunutze machte. Ich brauchte die Schultasche gar nicht zu berühren, um zu wissen, dass er etwas Schreckliches getan hatte. Der Polizist wusste es auch. Und trotzdem war ich nicht auf das vorbereitet, was ich sah. Ich nahm den Schulranzen und musste mich übergeben. Ich konnte überhaupt nicht mehr aufhören zu würgen.«

Ramie verstummte. In ihren Augen stand ein gehetzter Ausdruck, und sie schluckte krampfhaft, als wollte sie verhindern, dass sie sich aufs Neue übergeben musste.

»Was haben Sie gesehen?«, drängte Eliza sie sanft weiterzusprechen.

Ramie fuhr sich mit der Zunge über die Lippen. Sie war leichenblass, das Zittern war stärker geworden. Eliza hielt einen Waschlappen unter kaltes Wasser, wrang ihn aus und drückte ihn an Ramies Gesicht. Elizas Hand lag auf Ramies Schulter, ihre ganze Haltung strahlte etwas Mütterliches aus, obwohl zwischen den beiden Frauen kein großer Altersunterschied bestand.

Es dauerte eine Weile, bis Ramie sich wieder gefasst hatte. Sie atmete ein paarmal tief durch, und ihre Brust hob und senkte sich dabei krampfhaft, als versuchte sie, ihrer Übelkeit Herr zu werden. Dann sank sie auf den Toilettensitz und rieb sich mit beiden Händen das Gesicht.

»Meine Angst, seinen Namen zu nennen, war zu groß. Es entsetzte mich, was er vielleicht mit mir tun könnte. Aber der

Polizist wusste Bescheid. Er nahm mich beiseite, sodass der Vater nichts hören konnte, und fragte im Flüsterton ›Wo?‹. Ich sagte ihm, wo man meine Stiefschwester finden würde, aber ich wusste, dass sie zu spät kommen würden. Er hatte sie zum Sterben zurückgelassen, und ich hatte sie nicht rechtzeitig retten können. Manchmal frage ich mich, ob sie nur deshalb lang genug am Leben geblieben war, damit die Öffentlichkeit erfuhr, was er getan hatte. Sie war so jung, so gut. Wie konnte es möglich sein, dass sie aus etwas so Bösem hervorgegangen war?«

Caleb schob eine Hand in Ramies Haar und kniete sich vor sie hin. Er drückte die Lippen auf ihren Scheitel und kümmerte sich nicht darum, dass Eliza und Dane neben ihnen standen.

»Es tut mir so leid, Süße.«

Sie schlang die Arme um seinen Hals und klammerte sich an ihn. Er beugte sich vor, berührte ihre Stirn mit seiner und legte die Arme behutsam um ihren schlanken Körper.

»Ich muss es tun, Caleb«, hauchte sie. »Nicht nur für mich, sondern auch für dich … für Tori. Für die Frau, die leidet, während wir über ihr Schicksal diskutieren. Ich muss es tun. Ich werde nie wieder in den Spiegel sehen können, falls sie stirbt und ich nichts unternommen habe, um ihr zu helfen.«

Er schloss die Augen, da er wusste, dass sie recht hatte, es gleichzeitig aber kaum ertragen konnte. Er drehte den Kopf, um zu Eliza und Dane aufzuschauen, die immer noch in der Tür standen.

»Machen Sie den Anruf«, befahl er kurz angebunden.

»Das heißt dann wohl, dass wir nicht gefeuert sind«, murmelte Eliza, während sie sich an Dane vorbeidrängte und im Flur verschwand.

17

Ramie hockte mit verlorenem Blick auf der Sofakante. Sie rieb mit den Händen immer wieder über ihre Hosenbeine, um schließlich die Arme um sich zu schlingen und die Finger in ihr Fleisch zu bohren.

Sie merkte nicht, wie sie vor und zurück schaukelte und unendlichen Kummer ausstrahlte. Caleb fühlte sich machtlos. Er konnte sie nicht vor dem bewahren, was sie vorhatte.

Ihre Lippen wurden schmal, und ein fragender Ausdruck trat in ihre Augen. Ihr Blick fand Eliza.

»Wie konnten Sie wissen, dass es ein weiteres Opfer gibt?«

Caleb runzelte die Stirn, als er sah, dass Eliza Dane einen schnellen Blick zuwarf und beide das Gesicht verzogen.

»Das ist eine gute Frage«, meinte Caleb leise. »Ich glaube, Sie scheinen zu vergessen, wer Ihren Gehaltsscheck unterschreibt.«

»Er verhöhnt Sie«, erklärte Eliza unverblümt. »Er wollte, dass Sie es wissen und versuchen, ihn aufzuspüren. Das Opfer ist seine Nachricht an Sie.«

Calebs Herzschlag beschleunigte sich vor Sorge. »Sie wird es nicht tun. Sind Sie verrückt geworden? Er stellt ihr eine Falle. Ramie, du kannst das nicht machen.«

»Wann hat er es mitgeteilt?«, fragte Ramie. »Wie hat er es mitgeteilt? Woher wissen Sie, dass er es ist?«

Dane verzog das Gesicht. »Heute Morgen. Er hat bei der Polizei in Houston angerufen und eine Nachricht für Sie hinterlassen.«

Ramie sah Dane schockiert an.

»Deshalb wollte ich ein Phantombild von seinem Gesicht anfertigen lassen«, sagte Eliza. »Um es in den Zeitungen zu veröffentlichen und ins Internet zu stellen. Die Leute sollen es sehen. Houston ist eine große Stadt. Wir wissen nicht einmal, ob er sich hier aufhält, nur dass er die Polizeiwache in der Innenstadt angerufen und denen gesagt hat, man solle Ramie St. Claire wissen lassen, dass sie sich nicht für immer vor ihm verstecken könnte, dass er auf sie warte und bis dahin jemand anders gefunden hätte, der ihn unterhalten würde.«

»Detective Ramirez wollte, dass Ramie in die Stadt kommt«, berichtete Dane. »Wir erklärten ihm, dass wir hier bei Ihnen sind und der Täter versuchen würde, Sie herauszulocken.«

»Sie müssen ihn in seinem eigenen Spiel schlagen, Ramie«, sagte Eliza und sah sie mit durchdringendem Blick an.

Ramie drehte den Kopf langsam in Calebs Richtung und sah ihn fragend an. Es war nicht die Frage, ob sie es tun sollte oder nicht, sondern ob er bei ihr war und auf sie warten würde.

Er saß neben ihr und schob seine Hand über ihr Bein, um ihre Finger zwischen ihren Knien zu fangen. Er drückte sie beruhigend, obwohl Zuversicht das Letzte war, das er empfand.

Er hatte seit dem Tag, als Tori entführt worden war, nicht mehr so viel Angst gehabt und keine derartige Hilflosigkeit gespürt. Er war nicht daran gewöhnt, so wenig Macht oder Kontrolle über seine Umgebung zu haben. Er hatte immer bestimmt, wo es lang ging, doch seit einem Jahr war alles anders.

»Ich werde hier sein, Ramie«, sagte er leise. »Ich gehe nirgends hin. Aber du musst mir etwas versprechen.«

»Was?«, fragte sie, ohne den Blick von seinem Gesicht abzuwenden.

»Ich weiß nicht, wie ich ausdrücken soll, was ich denke, weil ich nicht wirklich verstehe, wie deine Fähigkeit funktioniert.

Aber versprich mir, dass du dich zurückziehst, wenn etwas schiefläuft. Bleib nicht bei ihm. Komm zu mir zurück.«

Sie holte tief Luft. »Ich werde es versuchen.«

Ihm gefiel nicht, wie unsicher sie klang … und wie ängstlich. Ihre Stimme zitterte, und ihre Lippen bebten leicht. Sie zog die Unterlippe zwischen die Zähne und kaute nervös darauf herum.

Er strich mit dem Daumen über ihre zarten Lippen. Dann beugte er sich vor und hauchte einen Kuss auf ihren Mund.

»Ich werde die ganze Zeit hier sein.«

Ramie schloss die Augen, Erleichterung breitete sich auf ihren Zügen aus. Sie beugte sich nach vorn und legte ihre Stirn an seine. Er umfasste ihr Gesicht mit beiden Händen und hob den Kopf, um ihr noch einen Kuss auf die Stirn zu drücken.

Mehrere Minuten lang saßen sie so, während ihr Atem sich vermischte. Er strich ihr übers Haar, um sie zu trösten oder vielleicht auch sich selbst.

»Was zum Teufel ist hier los?«

Caleb drehte sich um und sah Quinn in der Tür stehen. Er hatte Beau im Schlepptau, der sich jetzt neben ihm aufbaute. Beide trugen finstere Mienen zur Schau, und Beaus Blick schoss zwischen Caleb und Ramie hin und her. Sein ärgerlicher Ausdruck vertiefte sich noch, als spürte er die bedrückte Stimmung im Raum.

»Caleb?« sprach Beau ihn an. »Ich komme gerade von Tori. Sie ist sehr aufgeregt. Du solltest zu ihr nach oben gehen und mit ihr reden.«

Caleb spürte, wie sich Ramie neben ihm versteifte, und stieß einen unterdrückten Fluch aus. Beau und Quinn wollten Ramie nicht hier haben. Nicht wenn sie Tori beunruhigte. Aber er würde auf keinen Fall zulassen, dass sie die Last alleine trug.

Vor allem nicht, wenn sie wieder in den Geist von Opfer und Täter eindrang.

Eliza stand auf und verschränkte die Arme vor der Brust, während sie zwischen Ramie und Calebs Brüder trat, um sie gegen deren Missbilligung abzuschirmen.

»Die Polizei von Houston ist da«, sagte Dane in diesem Moment, während er auf sein Handy sah. »Sie müssen sie durch die Sicherheitskontrolle lassen.«

Ramie schien neben Caleb noch kleiner zu werden.

»Was zum Teufel will denn die Polizei von Houston hier?«, fragte Quinn. »Wir befinden uns hier doch gar nicht im Stadtbereich.«

»Ramie hat der Polizei ihre Unterstützung zugesagt«, erklärte Caleb mit ruhiger Stimme. »Lass sie durch.«

Beaus Augen wurden schmal, er musterte Ramie schweigend. Schließlich glitt sein Blick wieder zu Caleb. »Wenn es so verdammt hart für sie ist, warum hat sie dann zugestimmt, es wieder zu tun?«

Caleb konnte aus dem Augenwinkel erkennen, wie Ramies Nasenflügel flatterten. Ihre Finger schlossen sich zu Fäusten, und sie sah zu Boden, während sie so leise atmete, dass er gar nichts hörte.

Schließlich hob sie den Kopf, und Eliza trat zur Seite. Sie sah Beau durchdringend an, bis dieser den Blick abwandte.

»Ich schätze, du kannst beurteilen, wie hart es für mich ist«, meinte sie gelassen.

»Ich geh zur Tür«, sagte Quinn und trat zurück.

»Du musst dich zurückhalten, Beau. Du und Quinn«, erklärte Caleb ärgerlich. »Tori ist nicht das einzige Opfer.«

»Das ist seltsam. Ich bin mir ziemlich sicher, dass Ramie nicht einmal in der Nähe des Ortes war, an dem Tori festgehalten wurde. Vielleicht hast du ja vergessen, was Priorität hat, aber Quinn und ich nicht«, erwiderte Beau gleichermaßen wütend.

»Aufhören! Alle beide!«, fuhr Eliza barsch dazwischen. »Sie ist kein Stück Fleisch, um das sich zwei Hunde balgen. Und Beau, Tori ist nicht die einzige Frau, die gelitten hat. Es gibt da draußen viele andere, und Ramie will, dass allen Gerechtigkeit widerfährt. Auch Ihrer Schwester.«

Ramie schenkte Eliza einen dankbaren Blick. Ihr Kiefer war angespannt, und sie wollte nicht einmal Caleb anschauen. Doch ehe Caleb versuchen konnte, Ramie zu besänftigen, kam Quinn ins Wohnzimmer zurück. Zwei Männer folgten ihm.

Ramie wurde blass, sie schloss die Augen. Ihre Hände, die in ihrem Schoß lagen, zitterten, und Caleb ließ seine Finger über ihr Handgelenk gleiten, ehe sie sich um ihre Faust schlossen.

»Dieses Mal bist du nicht allein, Ramie«, beruhigte er sie.

18

Ramie bekam feuchte Hände, und auf ihrer Oberlippe bildeten sich Schweißperlen. Sie schnappte wie ein Fisch an Land nach Luft, die Brust wurde ihr eng, und jeder Atemzug brannte wie Feuer in ihrer Lunge.

Sie konnte es nicht fassen, dass sie sich bereit erklärt hatte, das noch einmal durchzumachen. Obwohl sie sich geschworen hatte, es nie wieder zu tun. Jetzt kam sie sich so vor, als sollte sie bei einer Monstrositätenschau auftreten.

Aber zumindest würde sie den Ton angeben. Kein anderer würde bestimmen, was geschah.

Ihr Kiefer war so angespannt, dass ihr die Zähne wehtaten. Es gelang ihr kaum zu nicken, als die beiden Detectives sich vorstellten. Caleb war ungeduldig und nicht in der Stimmung, das Prozedere unnötig in die Länge zu ziehen. Er fuhr sich mit der Hand übers Haar und rieb sich den Nacken, während er den Männern zuhörte, die von dem Telefonanruf des Mannes sprachen, der Ramie verfolgte.

Sie blendete die Stimmen aus. Höhnisches Gelächter hallte durch ihren Kopf, und sie war nicht sicher, ob sie sich das nur einbildete oder er sich tatsächlich auf ihre Kosten lustig machte.

Als sie merkte, dass alle im Raum Anwesenden dachten, dass sie hier und jetzt eine Verbindung zu dem Killer herstellte, während alle zusahen, schüttelte sie den Kopf. Einer der Detectives hielt ihr eine kleine Handtasche hin und erwartete anscheinend, dass sie sie nahm. Doch sie weigerte sich und sah die Tasche an, als wäre sie eine Schlange. Sie wusste, dass sie in dem Moment, in dem sie sie berührte, in einen Abgrund gezogen würde, aus dem sie dieses Mal vielleicht nicht wieder herauskommen könnte.

»Ramie?«, sprach Eliza sie sanft an. »Sagen Sie mir, wie Sie es machen wollen. Sie bestimmen, wie es ablaufen soll.«

Ihr Mund wurde trocken, und als sie schluckte, tat es ihr im Hals weh. Sie nickte zustimmend, bewegte sich aber nicht auf den Detective zu, der die Tasche hielt. Es klebte Dreck daran.

Und Blut.

Sie starrte die Handtasche an, und vor Angst drehte es ihr den Magen um.

Caleb schlang die Arme um sie und kehrte den anderen den Rücken zu, sodass sie vor deren Blicken geschützt war. Er drückte die Lippen auf ihren Scheitel. Seine Arme umschlangen sie, stark – unerbittlich.

Sie stand schweigend da, nahm seine Kraft in sich auf und bereitete sich innerlich auf den Ansturm vor. Sie wappnete sich, löste sich von Caleb und sah die beiden Detectives an.

»Nicht hier«, sagte sie mit leiser Stimme. »Geben Sie sie Caleb. Ich mache es oben.«

Detective Ramirez wechselte einen Blick mit seinem Kollegen und räusperte sich. »Das ist ein Beweisstück. Ich würde es lieber nicht aus den Augen lassen.«

»Wollen Sie sie finden?«, fragte Ramie ihn unverblümt.

Beau und Quinn trugen beide den gleichen widerwilligen Ausdruck zur Schau, aber sie würde sich von ihnen nicht beschämen lassen. Sie musste stark sein. Rücksichtslos. Sonst würde sie das hier niemals überstehen.

»Alles raus«, befahl Caleb.

Eliza zögerte und sah Ramie an. »Möchten Sie, dass ich bleibe?«

»Nein«, erwiderte Ramie ruhig. »Nur Caleb. Er hat es schon vorher gesehen. Er weiß, was ihn erwartet.«

Caleb zuckte zusammen, und in seinen dunklen Augen stand Reue. »Gehen Sie«, sagte er mit gepresster Stimme. »Ich werde mich um sie kümmern.«

»Ich würde gern alles aufnehmen«, meldete Detective Briggs sich zu Wort.

»Auf gar keinen Fall«, sagte Caleb, ehe Ramie dieses Ansinnen zurückweisen konnte. Sie war entsetzt und schockiert. Es wäre das Letzte, dass man sie in ihrem verletzlichsten Moment filmte und das Video möglicherweise an die Öffentlichkeit gelangte. Es brauchte nur zu den Medien durchzusickern, und schon würde sich das Video rasend schnell über YouTube und Facebook verbreiten.

Kälte senkte sich über sie, wie schon oben im Gästezimmer, in das sie auf keinen Fall zurück wollte. Sie biss die Zähne zusammen. Alle würden sie für verrückt oder krank halten. Draußen mussten es über dreißig Grad sein. Im Oktober. Wie konnte man so eine Hitze so lange aushalten?

Caleb bemerkte ihr Frösteln, und sein Blick glitt über die Gänsehaut, die ihren Arm bedeckte. Er runzelte die Stirn und bedeutete den anderen noch einmal, den Raum zu verlassen.

»Geht es dir gut?«, fragte er leise. »Vielleicht solltest du es doch lieber lassen.«

»Ich will es einfach hinter mich bringen«, presste sie zwischen zusammengebissenen Zähnen hervor.

Ihr Kopf begann heftig zu schmerzen. Übelkeit stieg in ihr auf, und dabei hatte sie noch nicht einmal eine Verbindung hergestellt.

»Schnell, bitte«, wisperte sie.

Caleb erteilte den anderen schroff Anweisungen. Ramie löste sich von ihm und sank auf die Couch. Vorgebeugt starrte sie auf den Boden. Seine Hand glitt über ihre Schulter zu ihrem Nacken, wo er ihr Haar zusammennahm und dann darüberstrich.

Sie hob den Blick und sah die kleine Tasche, die er in der Hand hielt. Sie starrte sie an, während sie den Atem anhielt und sich fragte, welche Schrecken sie barg.

Caleb ging vor ihr in die Hocke, reichte ihr die Tasche aber noch nicht. Sie fuhr sich mit den Händen immer wieder über die Beine und spürte den Stoff der abgetragenen Jeans unter ihren Fingerspitzen.

Sie holte tief Luft, griff vorsichtig nach der Tasche, dann hüllte sie Dunkelheit ein. Sie fiel mit schwindelerregender Geschwindigkeit, und Schreie hallten in ihren Ohren wider, so laut, dass sie fast taub wurde.

Der Geruch von Blut war überwältigend. Metallisch. Er brannte in ihrer Nase und vereinnahmte ihre Sinne. Sie wusste mit absoluter Sicherheit, dass es für dieses Opfer zu spät war. Die Frau hatte nie eine Chance gehabt.

Ein Bewusstseinsfetzen huschte durch Ramies Kopf. Das Opfer dachte, es sei bereits tot und die plötzliche Wärme in seinem Geist ein Engel. Ramie ließ die sterbende Frau in dem Glauben und versuchte, sie auf die einzige Weise zu trösten, die ihr zur Verfügung stand.

»Ich werde ihn nicht davonkommen lassen«, wisperte sie der Frau zu. »Der Gerechtigkeit wird Genüge getan werden.«

»Danke«, hauchte die Frau.

Ramies Geist explodierte, und Dunkelheit hüllte sie ein. Das Böse war so stark und einnehmend wie ein schwarzes Loch.

»Ich habe auf dich gewartet«, murmelte er. »Ich habe mir bis zu deiner Ankunft die Zeit vertrieben. Aber jetzt bist du ja da …«

»Nein!«, schrie Ramie, als die Augen der Frau glasig wurden und sie starb.

Sein Lachen hallte durch ihren gequälten Geist. Wo war sie? Warum war sie nicht längst zurück? Das Opfer war tot, also gab es auch keine Verbindung mehr zu Ramie.

»Ich werde sie weiter sammeln«, flüsterte er mit samtweicher Stimme. »Du kannst mich nicht aufhalten. Aber du könntest dich mir ausliefern. Für die anderen. Du würdest mich bei Laune halten, Ramie. Sie können das nicht. Sie sind alle so schwach. Sie geben so schnell auf.«

»Ich werde dich umbringen«, zischte sie.

Er lachte wieder, und sie spürte, wie er ihr mit den Fingerspitzen über die Haut strich. Angewidert versuchte sie zurückzuweichen, versuchte, das Band, das sie miteinander verknüpfte, zu zerreißen.

In ihrem Kopf rauschte das Blut, pulsierte dröhnend durch ihre Halsschlagadern, während sie sich wehrte.

Schmerz überfiel sie. Sie konnte nicht mehr atmen. Blut … so viel Blut. Es war überall, es besudelte ihre Hände, ihre Kleidung. Sie richtete den Blick auf die Frau, auf das Blut, das aus ihrem immer noch warmen Körper strömte.

»Ramie! Ramie! Verdammt, komm zu mir zurück!«

Jemand rief ihren Namen … aus weiter Ferne. Dann ging ein Ruck durch ihren Körper, und sie merkte, dass sie aufgehört hatte zu kämpfen und langsam von Caleb weggezogen wurde und unerklärlicherweise starb.

Sie wurde geschüttelt. Caleb schrie, dass sie nicht gehen sollte. Kalt. Ihr war so schrecklich kalt.

Sie schwebte beschwingt – so leicht. Flatternd hoben sich ihre Lider, und sie sah in das Gesicht des Todes. Er war seltsam schön … nicht wie der Dämon, den sie sich immer vorgestellt hatte. Er wirkte freundlich, mit kunstvoll gemeißelten Zügen.

Seine Zähne blitzten. Vollkommen gerade Zähne, die unglaublich weiß waren. Das war kein Mann, der mit der Masse verschmolz. Er würde überall Aufmerksamkeit erregen. Wie war es nur möglich, dass er so lange nicht gefasst worden war?

»Die Leute sehen, was sie sehen wollen, Ramie«, knurrte er, und sein Atem strich heiß über ihr Gesicht. Er neigte den Kopf in diese und in jene Richtung und fuhr mit einem Finger sachte ihren Kiefer entlang. Sein Lächeln war sanft … zärtlich. Er strahlte Genugtuung und Triumph aus. Sie blinzelte und schloss dann die Augen, um in ihrem Innern nach der Kraft zu suchen, sich zu wehren.

Sie hob die Lider, und ihr Blick tauchte in seine atemberaubend blauen Augen ein.

»Zur Hölle mit dir«, erwiderte sie kalt.

Er sah sie wutentbrannt an und taumelte zurück. Plötzlich war sie frei und der Druck fort. Als wäre sie unter Wasser gezogen worden, um im nächsten Moment nicht mehr festgehalten zu werden. Sie schoss nach oben und kam wieder zu Bewusstsein – zurück zu Caleb.

Sie schlug die Augen auf und sah sich Auge in Auge Caleb gegenüber. Seine Hände umfassten ihr Gesicht, während er ihr heiser zurief, zurückzukommen und den Mistkerl nicht gewinnen zu lassen.

»Ramie?«

Sie atmete geräuschvoll aus, sackte in sich zusammen, entglitt seinem Griff und stürzte zu Boden. Schwach und verletzlich lag sie da. Die Beine hatte sie an die Brust gezogen, und ein krampfhaftes Zittern hatte ihren Körper erfasst.

Die anderen stürmten in den Raum. Ihre stampfenden Schritte ließen den Boden erzittern. Caleb beugte sich mit geschlossenen Augen über sie.

»Oh Gott, Ramie. Ich dachte, ich hätte dich verloren«, flüsterte er.

»Ist es das, was du ihr damals angetan hast?«

Der schockierte Ausruf ließ Ramies Blick nach oben zucken. Sie sah Tori, deren Gesicht immer wieder vor ihren Augen verschwamm. Sie stand zwischen ihren Brüdern und wirkte verängstigt und entsetzt. Sie leistete Abbitte mit ihrem Blick.

»Hattest du ihr das angetan, als sie dir sagte, wo du mich finden würdest?«, fragte Tori.

Caleb schob seine zitternden Hände unter Ramies Schultern und zog sie vom Boden hoch in seine Arme. Er drückte ihr Gesicht an seine Brust und keuchte dabei vor Anspannung. Seine Finger krallten sich in ihr Haar und strichen es glatt, während er ihren Scheitel küsste.

»Ja, genau das habe ich ihr angetan«, erklärte Caleb erschöpft. »Gott stehe mir bei, aber das habe ich getan.«

Ramie lag schlaff an seiner Brust. Ihr fehlte die Kraft, aufrecht zu sitzen. Sie konnte nicht einmal die Augen öffnen. Ein schier endloser Strom von Tränen lief über ihre Wangen. Ein Schluchzen stieg in ihr auf und entlud sich an seiner Brust.

»Wissen Sie, wo sie ist?«, wollte Detective Ramirez wissen. »Waren Sie in der Lage, sie aufzuspüren?«

»Weine nicht, Ramie«, flüsterte Caleb. »Bitte, weine nicht. Ich halte dich. Du bist in Sicherheit.«

»Sie ist tot«, presste Ramie hervor. »Er hat sie umgebracht, sobald ich die Verbindung hergestellt hatte. Darauf hatte er nur gewartet.«

Detective Ramirez stieß einen Fluch aus. Eliza kniete sich neben Ramie und Caleb. Mitgefühl zeichnete ihr Gesicht.

»Wo, Ramie? Können Sie uns sagen, wo sie ist? Lassen Sie sie nicht umsonst gestorben sein. Wenn Sie uns sagen können, wo wir sie finden, schnappen wir ihn vielleicht.«

Ramie beschrieb benommen, mit monotoner Stimme den Ort. Das eben Erlebte hatte alles Leben aus ihr gesaugt.

Beaus Blick hing an Ramie, seine Miene verriet etwas wie Reue. Quinn legte einen Arm um Tori, die zitterte und wie Ramie lautlos weinte. Die beiden Frauen sahen einander an, und kurz entstand ein Band zwischen ihnen, ehe Tori tief bekümmert den Kopf abwandte. Sie rannte aus dem Zimmer, und Quinn stieß einen Fluch aus.

»Wie konntest du ihr das antun?«, ging er Caleb an. »Das ist ja wohl das Letzte, was Tori hier in ihrem eigenen Haus gebrauchen kann.«

Ramie ließ den Kopf sinken und wandte den Blick von Calebs Brüdern ab. Erschöpfung übermannte sie, und sie ließ sich in die schwarze Leere treiben. In der Stille gab es Frieden. Sie sehnte sich danach und warf sich ihr in die Arme. Sie war müde, und die Gegenwart hielt zu viel Schmerz bereit.

Also ließ sie sich einfach treiben und vom Dunkel vereinnahmen.

Caleb spürte, wie Ramies Körper erschlaffte. Angst packte ihn und ließ ihn den Kopf verlieren.

»Sie hat was Besseres verdient«, zischte Caleb. »Was auch immer sie deiner Meinung nach getan hat, sie verdient es nicht, von dir abgeurteilt zu werden. Ich habe sie in die Hölle geschickt, um Tori zu retten. Das wird immer zwischen uns stehen. Und jetzt hat sie es wieder getan, weil sie der einzige Mensch ist, der dieses kaltblütige Monster aufhalten kann. Was stimmt mit dir nicht, dass du eine Frau so erbärmlich behandelst? Was hat sie denn getan? Sie hat doch nur versucht zu überleben, ohne den Verstand zu verlieren.«

Quinn machte bei Calebs Ausbruch große Augen. Beau runzelte die Stirn, und Schuldgefühle stimmten ihn milder.

»Ist sie am Leben?«, fragte Beau voller Unbehagen.

Die beiden Detectives wirkten beunruhigt und gingen zu Ramie. Doch Caleb schlang die Arme um sie und schirmte sie ab.

»Was zum Teufel ist hier drinnen passiert?«, wollte Detective Briggs wissen.

»Ich war nah dran, sie zu verlieren. Das ist passiert«, erwiderte Caleb wütend. »Los, finden Sie das Opfer. Machen Sie schon. Finden Sie ihn, damit Raimie in Sicherheit ist. Ich will nicht, dass sie umsonst gelitten hat.«

Detective Ramirez hatte bereits sein Handy am Ohr und bellte Befehle.

»Lassen Sie mich einen Blick auf sie werfen, Caleb«, sagte Dane ernst. »Atmet sie?«

Calebs Hand schob sich in ihr Haar. Er presste die Lippen an ihre Schläfe, sodass er den beruhigenden Hauch ihres Atems an seinem Hals spüren konnte.

»Sie lebt«, erklärte er mit gepresster Stimme. »Ich bringe sie nach oben.«

Caleb drückte sie ein bisschen fester an sich. Dann steuerte er mit der kostbaren Last auf seinen Armen die Treppe an. Ihr bleiches Gesicht ruhte an seiner Brust. Sein Herz raste, denn die Angst hatte ihn immer noch im Griff.

Er hatte den größten Teil seines Lebens ohne Angst verbracht. Erst vor einem Jahr war er verletzlich geworden, als er erkannt hatte, was es bedeutete, jede Minute in Angst leben zu müssen. Er hasste die Angst. Sie war etwas Lähmendes, das er nicht gebrauchen konnte. Doch mit der Hinwendung zu einem anderen Menschen war die Erkenntnis gekommen, dass er den Rest seines Lebens mit dieser Angst leben würde, denn es gab ein paar Dinge, die sich seiner Kontrolle entzogen.

Er trug Ramie in sein Schlafzimmer und legte sie vorsichtig auf sein Bett. Ihre Hände und Füße waren wie Eis, und ihre Haut so kalt, dass sie einen bläulichen Schimmer hatte. Er schlug die Überdecke zurück, ehe er sich neben sie legte, ihren Körper an sich zog und ihr seine Wärme gab.

Die ganze Zeit rührte sie sich kein einziges Mal, und sie atmete so leicht, dass er sich immer wieder davon überzeugen musste, dass sie überhaupt noch Luft holte.

Was sollte er tun? Er hatte sich in seinem ganzen Leben noch nie so hilflos gefühlt. Es gab auf der ganzen Welt nicht genug Geld, um das Problem zu lösen. Geld hatte ohnehin schon lange jeden Wert für ihn verloren. Es war nur etwas, das das Leben angenehmer machen konnte. Aber ganz gewiss ließen sich damit nicht alle Probleme lösen, und es schützte auch nicht vor Kummer, Schmerz und Leid.

Er atmete den Duft ihres Haars ein, schloss die Augen und fragte sich, was zum Teufel er tun sollte, damit *ihr* Schmerz verging.

Sie murmelte etwas Unverständliches und schmiegte sich noch fester in seine Arme. Die kleine Geste schenkte ihm ein gewisses Maß an Trost. Er entspannte sich und ließ zu, dass eine wohltuende Lust heiß durch seinen Körper schoss.

Er würde da sein, wenn sie erwachte, denn sie sollte nicht allein und verängstigt zu sich kommen. Egal wie lange sie schlief, er würde da sein und sie halten, wenn sie zu ihm zurückkam.

19

Es war fast zwei Uhr morgens, als Ramie sich endlich rührte. Caleb hatte den ganzen Nachmittag und Abend angespannt neben ihr gelegen und sich Sorgen gemacht, dass sie so lange bewusstlos war. Als er spürte, dass sie sich bewegte, straffte er sich und sah auf die Uhr, die neben seinem Bett stand. Er hatte nur ganz kurz geschlummert.

Ein leises kummervolles Wimmern kam über ihre Lippen. Sofort legte er eine Hand an ihre Wange, neigte den Kopf und drückte seine Lippen auf ihre. Sie erstarrte. Er konnte förmlich sehen, wie es in ihrem Kopf arbeitete. Sie erinnerte sich an die Qualen, die sie durchgemacht hatte, und wusste, wo sie jetzt war.

Lautlose Schluchzer erschütterten ihren Körper. Es brach ihm das Herz, wie fertig und hoffnungslos sie klang.

»Du bist nicht allein, Ramie«, wisperte er an ihrem Ohr.

»Er hat sie umgebracht. Oh Gott, Caleb. Er hat sie *umgebracht*. Er hat sie als Köder für mich benutzt.«

»Schsch, Süße. Es ist nicht deine Schuld.«

Ihre Finger bohrten sich in seine Brust, und sie drückte die Lippen gegen seinen Hals. Er spürte, wie nass ihre Wangen waren, und küsste eine der Tränenspuren weg.

»Bring mich dazu zu vergessen«, flehte sie mit brechender Stimme. »Bitte. Ich kann es nicht ertragen. Ich sehe sie die ganze Zeit, und denke, dass ich sie im Stich gelassen habe.«

Caleb schüttelte sie leicht und rutschte dann ein bisschen nach unten, sodass er auf Augenhöhe mit ihr kam und sie entrüstet ansehen konnte. »Du hast sie nicht im Stich gelassen, Ramie. Wenn du Schuldzuweisungen vornehmen möchtest, dann gegen die richtige Person … diesen kranken Mistkerl, der dich verfolgt.«

Er rieb unter dem T-Shirt ihren Rücken bis hinauf zum Hals. Schließlich glitten seine Finger nach vorn zu ihrem Bauch und von dort nach oben, bis er ihre Brust umfasste.

Seine Lippen saugten ihr Schluchzen und ihren Atem auf, um ihr alles in einem leidenschaftlichen Rausch zurückzugeben. Sein Daumen strich über die Spitze ihrer Brust, bis sie als harte, steife Knospe hervortrat. Ihr Arm glitt um seine Taille, um sich an ihm festzuhalten. Ihre Hand drückte sich mit weit gespreizten Fingern auf seinen Rücken, als er sie unter sich schob und mit der rechten Hand ihr T-Shirt nach oben schob.

Seine Haut stand in Flammen … voller Sehnsucht und Verlangen, sie zu berühren und zu streicheln. Noch nie zuvor war er so geduldig und sanft gewesen. Er war sich nicht sicher, ob sie überhaupt wusste, worum sie ihn gebeten hatte, und er wollte sie auf keinen Fall ausnutzen. Er wollte ihr Zeit geben, Nein zu sagen, ihre Meinung zu ändern, doch dann fragte er sich, ob er vielleicht an ihrer Stelle Nein sagen sollte, ob sie ihn nicht hassen würde, wenn er mit ihr schlief.

»Ramie, Schatz.«

Ihre Lippen glitten wie ein Hauch über seinen Hals zu seinem Ohr, wo sie an seinem Läppchen knabberte, sodass ihm köstliche Schauer über den Rücken liefen.

»Sag mir, dass du es willst«, krächzte er. »Sei dir ganz sicher. Ich hab schon genug getan, damit du mich hasst.«

»Ich hasse dich nicht«, wisperte sie. »Ich verstehe dich, du musst nichts weiter erklären, Caleb. Mir ist so kalt. Sorg dafür, dass mir warm wird.«

Mit dem Knie schob er ihre Beine auseinander und rieb dabei über den dünnen Stoff ihres Höschens. Sie erbebte, als er die Finger unter das Bündchen, zwischen die weichen Lippen schob. Sie war feucht, aber noch nicht genug, um ihn aufzunehmen.

Er zog ihr das T-Shirt über den Kopf und kämpfte dann mit seinem eigenen Hemd, wobei ihre Hände ihm immer wieder in die Quere kamen, weil sie ihrerseits versuchte, es ihm auszuziehen. Seinem Begehren haftete etwas Drängendes an, auch wenn er sich um Zurückhaltung bemühte. Er wollte sie nicht mit seiner Lust überwältigen. Er wollte nicht, dass sie etwas tat, das sie hinterher bedauerte. Gleichzeitig verlangte es ihn mit einer nie gekannten Verzweiflung nach ihr.

Es war hart für ihn, sein Begehren zu kontrollieren. Er war es nicht gewöhnt, sich irgendetwas zu versagen. Das hatte er noch nie tun müssen.

Aber Ramie war etwas Besonderes. Sie war so zart. Er berührte sie, als wäre sie etwas Kostbares und Zerbrechliches, während sein Mund über ihre samtweiche Haut strich. Ihr süßer Geschmack füllte seinen Mund. Seine Zunge zuckte um ihre Brustspitzen, und als sein Mund an ihnen saugte, richteten sie sich zu harten Knospen auf. Sie keuchte, bäumte sich auf und drängte sich noch fester an ihn.

»Bitte, Caleb«, flehte sie.

Es sollte mit dem Teufel zugehen, wenn sie ihn jemals um etwas bitten musste, das er ihr zu geben fähig war.

»Du musst dir sicher sein, Ramie, ehe ich in dich eindringe. Dass es das ist, was du willst. Ich kann sofort aufhören. Du musst nur Nein sagen.«

Sie legte die Finger auf seine Lippen und regte sich plötzlich nicht mehr unter ihm.

»Ich brauche dich.«

Die schlichte Eleganz ihrer Worte ließ ihn wanken. Es schwang so viel Verletzlichkeit darin mit. Er war schmerzhaft steif, und doch hatte er es sich versagt, sie zu nehmen. Um sie zu schützen und ihr nicht wehzutun. Er hatte ihr schon genug wehgetan. Das reichte für zwei Leben. Er würde es niemals vergessen können. Ganz gleich, ob sie es konnte oder nicht.

Er hauchte Küsse auf ihre Brust und glitt immer tiefer, während sich seine Hände zu ihrem Höschen bewegten und es ihr auszogen. Sie drückte den Rücken durch und kam halb vom Bett hoch, sodass er das Kleidungsstück mühelos über ihre Beine ziehen konnte. Ihre Schenkel öffneten sich, und er atmete ihren Duft ein, während sein Körper vor unermesslichem Verlangen pochte.

Er brannte darauf, von ihr zu kosten, und fuhr mit der Zunge von ihrem Schoß zum Zentrum ihrer Lust. Sein ganzer Körper spannte sich an, als sie vor Leidenschaft keuchte. Ihre Finger griffen in seine Haare, sodass er blieb, wo er war, während er in ihrem Schoß schwelgte und sich daran labte.

Er musste sie haben. Er stand gefährlich nah davor zu kommen und war dabei noch nicht einmal in sie eingedrungen. Der Sehnsuchtstropfen ließ die Spitze seines Schwanzes glänzen. Er drang vorsichtig ein, um sie zu dehnen und auf seinen Körper vorzubereiten.

Er sollte ihr mehr Zeit geben, warten, bis sie bereit war, aber er merkte, dass er immer tiefer in sie eindrang, während er ihr überraschtes Keuchen mit dem Mund aufsaugte.

Der Laut, den sie von sich gab, als sie ihn in sich spürte, und die Woge, die ihn plötzlich überrollte, hätten ihn beinahe auf der Stelle kommen lassen. Er biss die Zähne zusammen, zwang sich zur Zurückhaltung und verharrte, den ganzen Körper angespannt, am Eingang ihres Schoßes.

»Jetzt«, stieß sie hervor. »Jetzt, Caleb, bitte.«

Er stieß zu und tauchte mit einem Stoß in sie ein. Sie schrie auf, und sein Mund verschmolz mit ihrem, während er in ihrem Innern verharrte und die sanften Zuckungen genoss, die ihn massierten. Sie umklammerte ihn feucht und heiß wie eine samtige Faust. Sie nahm ihn gierig auf und zog ihn noch tiefer in sich hinein.

Er gab ihrem Drängen nach, in seinen Ohren rauschte es immer lauter. Er schloss die Augen, als die Farben um ihn herum explodierten und sich sein ganzer Körper anspannte. Er begann immer fester und härter zuzustoßen und steigerte damit die Lust ins Unerträgliche. Die Empfindungen waren so intensiv und lustvoll, dass er zwischen zusammengebissenen Zähnen einen Wehlaut von sich gab.

Sie war nachgiebig, und ihr Körper schmiegte sich herrlich warm und weich an ihn. Sie stieß einen leisen Seufzer aus und begann zu keuchen. Ihre Finger gruben sich in seine Schultern, und sie bäumte sich auf, während ihr Schrei durch die Stille hallte.

Er griff in ihr Haar und zog ihren Kopf nach hinten, während er gierig wie ein Süchtiger ihren Mund verschlang. Ein unendlich heftiges Verlangen hatte ihn gepackt, raste sein Rückgrat hinauf und strömte wie eine starke Droge durch seine Adern.

Wieder stieß er zu, tauchte tief in sie ein und verharrte dort, während seine Hüften sich gegen ihre pressten und ihre Becken sich im Gleichklang miteinander bewegten. Wie durch einen Nebel wurde ihm klar, dass er kein Kondom übergezogen hatte, ja, noch nicht mal daran gedacht hatte, und jetzt war es zu spät. Sein Höhepunkt brach sich Bahn, wie eine Feuersbrunst, der er hilflos ausgeliefert war.

Sie vergrub das Gesicht an seinem Hals und klammerte sich an ihn, während ihr Körper wild zuckte, als die Erlösung wie eine Woge über sie hinwegging.

Er hatte noch nie etwas so Schönes erlebt, hatte noch nie etwas so Kostbares in Händen gehalten. Er flüsterte immer wieder ihren Namen, so sehr überwältigte es ihn, dass sie gemeinsam zum Höhepunkt gekommen waren.

Seine Bewegungen wurden langsamer. Er konnte nicht genug von ihr bekommen. Er war auch nach dem Höhepunkt noch schmerzhaft hart und genoss die leisen Zuckungen, die noch durch seinen Körper liefen wie Wellen ans Meer. Er zog sie fest an sich und drehte sich auf den Rücken.

Sie lag entspannt auf ihm, und ihr Haar fiel wie ein Vorhang über seine Brust. Er nahm ihr Gesicht in beide Hände und hielt es fest, um sie besser küssen zu können. Ihre Zungen begegneten einander wie eben noch ihre Leiber. Heiß und nass schlangen sie sich umeinander.

Sie ließ den Kopf sinken, bis ihre Stirn seine Brust berührte und ihr Scheitel an seinem Kinn entlangstrich. Er war immer noch tief in ihr und spürte, wie ihr Schoß sich auch jetzt noch rhythmisch zusammenzog und so den letzten Tropfen seines Samens aufnahm.

In seinem ganzen Leben hatte er sich noch nie so befriedigt gefühlt, hatte aber keine Ahnung, wie sie sich in diesem Moment fühlte.

Er griff in ihr Haar, zog leicht daran und löste seinen Griff wieder, um über die weichen Locken zu streichen. Ihre Brust hob und senkte sich, ihr Körper lag entspannt auf ihm. Sie war warm und weich, so überaus zart und weiblich. Er konnte dem Drang nicht widerstehen, sie zu berühren und die Finger über ihre helle Haut gleiten zu lassen.

Wo auch immer er sie berührte, bildete sich Gänsehaut, sodass sich die Härchen auf ihrer Haut aufrichteten. Er drückte den Mund auf ihren Hals und knabberte zärtlich an ihr.

»Habe ich dir wehgetan?«, fragte er leise.

Sie gab erst einen fragenden Laut von sich und schüttelte dann den Kopf, wobei sie leicht gegen sein Kinn stieß. »Ich wusste gar nicht, dass es so sein kann«, meinte sie erstaunt. Ihre Stimme klang ein bisschen heiser, und sie hob den Kopf, sodass sie ihm in die Augen schauen konnte.

Er ließ beide Hände über ihren schlanken Rücken nach unten gleiten und umfasste dann ihren süßen Po. Sie lag mit gespreizten Beinen auf ihm, und ihr Schoß pulsierte immer noch bebend um seinen Schwanz, was sein Körper nur wie die Ahnung leichter Stromschläge wahrnahm.

Seine Hand kam auf ihrem sanft gerundeten Po zur Ruhe. »Ich habe kein Kondom benutzt. Es tut mir leid. Ich habe mich noch nie so hinreißen lassen.«

Ein Beben lief durch ihren Körper, aber sie reagierte nicht sofort. Ihr Schoß zog sich nass um ihn zusammen, und er spürte, dass er wieder hart wurde. Er hatte beim ersten Mal kein Kondom benutzt, aber es sollte mit dem Teufel zugehen, wenn er diesen Fehler noch einmal machte.

Vorsichtig drehte er sich mit ihr auf die Seite. Sie schmiegte sich an ihn und schloss die Augen, als er sich aus ihrer feuchten Hitze löste. Sofort fühlte er sich leer und ihrer Wärme beraubt.

»Du musst hungrig sein«, meinte er. »Du hast seit dem Frühstück nichts mehr gegessen.«

Sie schüttelte sich leicht. »Ich glaube, ich könnte nicht mal dann was essen, wenn ich Hunger hätte.«

»Du kannst es dir nicht erlauben, Mahlzeiten ausfallen zu lassen«, stellte er fest. »Du musst besser auf dich achtgeben, Ramie. Wenn du es nicht tust, werde ich es übernehmen.«

»Hat man sie gefunden?«, fragte Ramie leise. »Hat man ihn gefasst?«

Calebs Muskeln spannten sich an, und sein Arm legte sich schützend fester um sie. »Man hat sie gefunden. Und nein, er wurde noch nicht gefasst.«

Sie atmete hörbar aus und konnte dann kaum wieder richtig Luft holen.

»Er wird weiter morden«, meinte sie mit schmerzerfüllter Stimme. »Er will mich. Er wird mich gegen zukünftige Opfer austauschen wollen.«

»Nein!«, rief Caleb, und Angst erfasste ihn. »Denk das nicht einmal. Es wird keinerlei Austausch geben. Keine Absprachen, keine Verhandlungen mit einem Wahnsinnigen. Du bleibst hier bei mir. Wo ich weiß, dass du gut aufgehoben bist.«

»Ich kann mich nicht bis in alle Ewigkeit verstecken«, protestierte sie.

»Nein?«, entgegnete er herausfordernd. »Mir stehen Möglichkeiten zur Verfügung, die du dir gar nicht vorstellen kannst. Ich werde dafür sorgen, dass er niemals an dich rankommt.«

»Aber um welchen Preis? Wie viele Frauen müssen denn noch sterben, weil er von mir besessen ist? Vielleicht sollten wir mit der Polizei über einen Deal sprechen. Eine Vereinbarung, und ihm geben, was er will.«

Panik schnürte ihm die Kehle zu. Er hielt sie so fest umklammert, dass er ihr bestimmt irgendwo die Blutzufuhr abdrückte. Er zwang sich dazu, sich zu entspannen, aber die Wut brannte weiter in ihm.

»Es wird keine Deals geben«, erklärte er schroff.

»Das ist nicht deine Entscheidung.«

»Nicht? Da täuschst du dich. Zumindest einer von uns muss vernünftig sein, und das bist du gerade offensichtlich nicht. Du bist nicht mehr allein, Ramie. Und ich werde auf keinen Fall zulassen, dass du dich wie ein Opferlamm einem Psychopathen auslieferst, der deinen Tod will. Darüber wird nicht verhandelt. Und wenn ich dich an dem verdammten Bett festbinde, werde ich das tun und dabei keinerlei Gewissensbisse haben.«

»Was sollen wir denn dann machen?«, fragte sie frustriert. »Ich kann so nicht leben, Caleb. Ich kann immer noch das Blut riechen, ich spüre es an meinen Händen und erinnere mich an den Moment, in dem er sie umgebracht hat. Für ihn ist das Ganze so etwas wie ein Schachspiel. Er kalkuliert kühl und genießt den Tod. Er ist in seinem Universum ein Gott, und nichts wird ihn aufhalten.«

Er gab ihr einen Kuss auf die gerunzelte Stirn und versuchte, sie aus ihren trüben Gedanken zu reißen. »Du würdest mit deinem Tod niemanden retten.« Ihr stockte der Atem, als er erbarmungslos fortfuhr. »Glaubst du wirklich, dass er dann mit dem Morden aufhören würde? Er wird diesen Rausch weiter brauchen und immer nach einer noch größeren Herausforderung suchen.«

Sie seufzte bekümmert. »Er ist wahrscheinlich schon auf der Jagd nach dem nächsten Opfer. Er wird mich weiter quälen, bis er bekommt, was er will.«

»Es ist mir egal, was er will«, fuhr Caleb auf, sein Arm legte sich fester um sie. »Ich werde dich ihm weder aushändigen noch zulassen, dass man dich als Köder für eine Falle benutzt. Wir werden eine andere Lösung finden.«

»Es gibt keine andere Lösung«, erwiderte sie ruhig. »Du weißt es, ich weiß es, und Eliza und Dane auch. Selbst die Polizei weiß es. Was meinst du, wie lange sie es noch hinnehmen, dass ein Verrückter Frauen umbringt, anstatt mich als Köder zu benutzen?«

»Wenn ich dich außer Landes bringen muss, werde ich auch das tun«, stieß Caleb zwischen zusammengebissenen Zähnen hervor. »Darüber werde ich nicht mit dir diskutieren, Ramie.«

Sie sackte in sich zusammen und seufzte dann erschöpft. »Wir können das nicht machen, Caleb. Das ist verrückt.«

Er runzelte die Stirn und war kurz davor, vor Hilflosigkeit zu knurren. »Wir haben das bereits besprochen. Ich habe dich gebeten zu bleiben, um dein Recht zu bleiben zu kämpfen. Mit mir. Für mich. Solltest du nicht auch bereit sein, Opfer zu bringen, wenn ich es bin?«

Ramie stützte sich auf die Ellbogen und zog sich die Decke über den Busen. »Zu jedem anderen Zeitpunkt hätte ich Ja gesagt. Wenn wir uns früher begegnet wären. Vielleicht hätten wir dann eine Chance gehabt. Aber so wie es jetzt ist, kann es unmöglich funktionieren. Was für eine Art Leben würden wir führen, wenn ich mich bis in alle Ewigkeit verstecken muss, weil ich nicht bereit bin, einem Killer die Stirn zu bieten? Ich würde deine Familie nur daran erinnern, was Tori zugestoßen ist.«

»Hör auf«, fuhr er sie an. »Ich habe doch nicht gesagt, dass ich auf alles eine Antwort habe. Aber ich glaube, dass du es wert bist, dass ich um dich kämpfe. Ich werde dich nicht aufgeben.«

»Gütiger Himmel, Caleb, es ist doch nicht so, als würde ich dich nicht wollen oder nicht bereit wäre, um dich zu kämpfen. Ich versuche nur, dir verständlich zu machen, was für ein Leben das wäre. Und zwar nicht nur für dich, sondern für deine ganze Familie. Ich kann mich nicht die nächsten fünfzig Jahre verstecken.«

»Ich kann nicht erkennen, warum das nicht gehen soll«, stieß Caleb hervor.

Sie ließ den Kopf auf seine Brust fallen und drückte ihre Stirn gegen seine Haut. Er holte tief Luft und schob eine Hand in ihr Haar, um ihr gedankenverloren den Nacken zu massieren.

»Ich habe Gefühle für dich, wie ich sie noch nie für eine andere Frau gehabt habe. Und ich will herausfinden, wohin das alles führt. Ich weiß nur, dass ich dich nicht aufgeben will. Nicht für Tori oder meine Brüder, und ganz gewiss nicht für einen gemeingefährlichen Verrückten. Wie ich schon sagte, ich habe nicht auf alles eine Antwort. Aber das bedeutet nicht, dass ich einfach aufgebe und dich wie eine Art Jungfrauenopfer ausliefere.«

Sie sah ihn schweigend an. Er konnte sehen, dass sie über seine Worte nachdachte und verwirrt war.

»Nimm es einfach hin«, sagte Caleb. »Du wirst es mir nicht ausreden können, und du wirst mir nicht sagen, was ich für dich fühle oder nicht fühle. Also findest du dich besser damit ab, dass ich in dieser Sache, ob es dir nun gefällt oder nicht, stur bleiben werde. Jetzt werde ich nach unten gehen und uns etwas zu essen machen. Dann gehen wir wieder ins Bett, und morgen setzen wir uns dann mit Dane und Eliza zusammen, um alles zu besprechen. Und noch eine Sache, Ramie«, sagte er und zog an ihrem Haar, sodass sie ihn anschauen musste. »Gewöhn dich schon mal an mein Bett, denn darin wirst du von jetzt an immer schlafen.«

20

Tori richtete sich keuchend im Bett auf. Das Herz schlug ihr bis zum Hals, sie fühlte sich ganz schwach. Sie wälzte sich aus dem Bett. Die Bilder waren noch ganz frisch und lebendig in ihrer Erinnerung. Sie konnte immer noch den Schuss hören, das Blut riechen und das Gesicht ihres Peinigers sehen, als er die Waffe auf sie richtete.

Sie ging ins Badezimmer und spritzte sich kaltes Wasser ins erhitzte Gesicht. Dann hob sie den Kopf, sah mit gehetztem Blick in den Spiegel und zuckte zusammen, als sie feststellte, wie bleich und ausgemergelt sie aussah.

Es war jetzt ein Jahr her. Es war an der Zeit weiterzumachen, ohne ständig Angst vor ihrem eigenen Schatten haben zu müssen. Es war an der Zeit, wieder zu leben.

War der Traum eine Vision oder nur ein Albtraum gewesen? Alles war zu real, die Bilder zu scharf gewesen, um bloß ein Traum zu sein. Träume ergaben normalerweise keinen Sinn, sondern waren nur bunt durcheinander gewürfelte Bilder und Sequenzen.

Sie verharrte einen Moment regungslos und zog konzentriert die Augenbrauen zusammen. Sie hatte den Ort, an dem der Schuss gefallen war, nicht erkannt. Er befand sich eindeutig nicht hier oder in einer ihr bekannten Gegend.

Es konnte nicht schwer sein, den Ort zu meiden, wenn es eine Zukunftsvision war. Sie verließ das Haus ohnehin nie. Sie hatte viel zu viel Angst, nach draußen zu gehen, ob nun allein oder in Begleitung. Aber vor allem allein.

Was war aus ihrem Leben geworden? Wer war sie geworden? Sie kannte das Mädchen, das ihr aus dem Spiegel entgegensah, nicht mehr. Sie fühlte sich wie betäubt und leblos. Verängstigt und eingeschüchtert. Weit entfernt von der Frau, die sie vor einem Jahr gewesen war, ehe sie die Hölle hatte durchmachen müssen.

Wie schaffte Ramie das? Wie ertrug sie es, das immer wieder über sich ergehen zu lassen? Tori zuckte innerlich zusammen, als sie sich daran erinnerte, wie wütend und unhöflich sie auf Ramie reagiert hatte. Aber die Vorstellung, dass jemand ihre Schande miterlebt hatte, war mehr, als sie ertragen konnte. Ramie St. Claire war großes Unrecht geschehen, doch Tori war nicht in der Lage, das Mitgefühl aufzubringen, das sie der zierlichen Frau gegenüber hätte nachgiebiger werden lassen.

Sie stand noch lange im Bad, ehe sie schließlich in ihr Schlafzimmer zurückging. Sie schlüpfte unter die Decke und zog sie bis ans Kinn. Zitternd und mit revoltierendem Magen lag sie da.

Eine Stunde später gab sie es auf. Ein Abstecher in die Küche wäre ein willkommener – und notwendiger – nächtlicher Patrouillengang. Etwas, wovon sie ihren Brüdern nie etwas erzählt hatte. Doch zwischen ihren Wachgängen oder denen ihrer Männer im Haus und draußen gab es noch die Streife, die Tori absolvierte, auf der sie Markierungen so versetzte, dass sie merken würde, wenn sich jemand daran zu schaffen machte. Ihre Brüder würden sie für klinisch verrückt halten, wenn sie wüssten, wie besessen sie von der Vorstellung war, jemand könnte ins Haus eindringen und sie erneut entführen. Sie verbarg viel vor ihren Brüdern. Und dies war nur ein weiterer Punkt auf einer langen Liste der Dinge, von denen sie nichts wissen mussten, weil sie sich dann nur noch mehr Sorgen machen würden, als sie es ohnehin schon taten.

An Schlaf war heute Nacht nicht mehr zu denken. Wie in so vielen anderen Nächten des vergangenen Jahres würde sie wach liegen, die Decke anstarren und versuchen, die Tür zu den Dingen zu verschließen, die sie vergessen wollte.

Zumindest würde sie etwas essen und einen Kaffee trinken, denn eine Hungerattacke mitten in der Nacht würde niemanden irritieren.

So gern sie die Vergangenheit hinter sich gelassen und sich irgendwo verkrochen hätte, hasste sie es doch, allein zu sein. Sie wollte nur nicht, dass man ständig ihre Seele unter die Lupe nahm und zu wissen glaubte, was sie brauchte oder wollte. Die hatten ja alle keine Ahnung.

Sie wollte einfach nur normal sein und sich mit Dingen beschäftigen, mit denen sich junge Frauen beschäftigten: dem ersten Job nach dem College, dem Wissen, endlich auf eigenen Beinen zu stehen, eine eigene Wohnung zu haben und alle Entscheidungen selbst zu treffen.

Nur dass Tori sich mit ihren dreiundzwanzig Jahren nicht mit solchen Dingen beschäftigte – was allerdings nicht bedeutete, dass sie nicht gelegentlich darüber nachdachte.

21

Ramie schlug träge die Augen auf, seufzte und streckte sich neben Caleb wie eine Katze. Ihr Kopf war angenehm entspannt und leer. Kein Anflug von Gewalt und Tod. Nur herrliche Ruhe. Vielleicht hatte sie das Caleb zu verdanken. Sie hatte ihm gesagt, er solle sie vergessen lassen, aber im Grunde hatte sie nicht geglaubt, dass jemand ihre Qualen lindern könnte.

»Guten Morgen«, murmelte Caleb und drückte die Lippen auf ihre Stirn.

Sein Arm legte sich um sie und zog sie an seine Seite. Sie ließ die Finger über seinen straffen Bauch und die harten Brustmuskeln gleiten, bis ihre Hand über seinem Herzen lag und sie den beruhigenden gleichmäßigen Schlag an ihrer Haut spürte.

»Guten Morgen«, erwiderte sie.

»Ich muss für ein paar Stunden weg«, sagte er mit einem entschuldigenden Ton in der Stimme. »Ich muss mich um ein paar Dinge kümmern. Ich habe einen Termin bei meinem Anwalt, um Geschäftsunterlagen zu unterzeichnen. Aber ich werde so schnell wie möglich zurück sein.«

»Leg dein Leben meinetwegen nicht auf Eis«, erklärte sie mit fester Stimme. »Und gefährde deine Firma nicht, indem du rund um die Uhr den Schatzsitter für mich spielst.«

»Es tut mir leid, dir mitteilen zu müssen, Schatz, dass mein Leben deinetwegen bereits auf Eis liegt.«

Auch wenn seine Worte sie zunächst bestürzten, sorgte seine entschlossen klingende Stimme dafür, dass sich freudige Wärme in ihr ausbreitete. Sie schloss die Augen und gab sich

Tag- und Wunschträumen hin. Sie wusste zwar, dass es dumm – und gefährlich – war, sich Hoffnung auf ein normales Leben zu machen, denn ihr Leben würde niemals normal sein, aber dadurch wurde ihre Sehnsucht danach nicht kleiner.

»Ich werde mich mit dem Phantombildzeichner zusammensetzen, während du weg bist«, erklärte Ramie leise.

Ihre Angst davor, sein Gesicht zu Papier zu bringen, war lächerlich, aber der Gedanke daran entsetzte sie trotzdem.

Caleb drückte sie an sich. »Du kannst auch warten, bis ich wieder zurück bin, damit ich dabei bin, wenn du mit dem Phantombildzeichner redest.«

Sie schüttelte den Kopf. »Nein, das sollte so schnell wie möglich passieren. Eigentlich hätte es sogar längst erledigt sein sollen. Wenn ich mich nicht so hysterisch aufgeführt hätte, wäre es vielleicht sogar möglich gewesen, sein letztes Opfer zu retten.«

»Stopp«, befahl Caleb schroff. »Lass deine Gedanken nicht schon wieder in diese Richtung abschweifen, Ramie. Du trägst keine Schuld an dem, was passiert ist, und ich erlaube es dir nicht, auch nur daran zu denken, geschweige denn es auszusprechen.«

Doch Caleb mochte davon noch so überzeugt sein, Ramie empfand nicht dieselbe Gewissheit wie er. Sie hasste es, sich so ohnmächtig zu fühlen. Sie hasste es, dass sie nichts tun konnte, um den Mörder daran zu hindern, sich sein nächstes Opfer zu suchen. Nur der Himmel wusste, wie viele Frauen er bereits umgebracht hatte.

Aber sie blieb stumm, denn sie wollte nicht mit Caleb streiten, wenn er sie so entschlossen von jeder Schuld freisprechen wollte.

Caleb zog sie an sich und beugte sich über sie, um sie zu küssen. »Ich werde jetzt unter die Dusche gehen, damit ich schnell loskomme und genauso schnell wieder zurück bin. Eliza und Dane werden bis zu meiner Rückkehr bei dir bleiben. Wegen Tori oder meinen Brüdern brauchst du dir keinen Kopf zu machen. Dane hat Anweisung, dich von ihnen fernzuhalten.«

Ramie biss sich auf die Unterlippe, um nicht auf seine Worte zu reagieren. Sie waren nicht verletzend gemeint, aber wie sollten sie nicht so wirken, wenn die Menschen, die ihm am wichtigsten waren, wollten, dass sie verschwand?

Sie fuhr mit den Lippen über seine Brust und umarmte ihn fest. »Beeil dich«, sagte sie. »Ich vermiss dich jetzt schon.«

Das war die Wahrheit. Das Wissen, dass er nicht da sein und sie beschützen würde, gab ihrer Angst neue Nahrung. Aber sie musste sich zusammenreißen, damit sie helfen konnte, einen Psychopathen hinter Gitter zu bringen.

Sie rollte sich aus dem Bett und zog dabei das Laken mit sich. Als sie stand, schlang sie es locker um sich, denn sie wurde sich plötzlich ihrer – und seiner – Nacktheit bewusst. Er stemmte sich ebenfalls hoch und kam aus dem Bett, sodass sie seine Erektion sah, die nichts damit zu tun hatte, dass es Morgen war.

Sie zog den Stoff fester über ihrem Busen zusammen, als er ums Bettende herumging und vor ihr stehen blieb. Er streckte die Hand aus und zog an dem Laken, bis sie es schließlich losließ. Es rutschte zu Boden, und Calebs sengender Blick glitt über ihre Haut.

Er griff nach ihren Schultern und zog sie an sich. Seine Wärme war wie ein Schock an ihrer kühlen Haut. Mit seinen großen Händen strich er über ihren Rücken und umfasste dann besitzergreifend ihren Hintern.

»Ich dachte, du müsstest los«, wisperte sie.

»Muss ich auch. Aber wir müssen beide duschen … Warum schlagen wir nicht zwei Fliegen mit einer Klappe?«

Ein Beben lief durch ihren Körper, und ihr Herzschlag beschleunigte sich. Seine Lippen fanden ihre in hitziger Leidenschaft. Er schob die Hände in ihr Haar und zog ganz leicht daran, sodass ihr Kinn sich ihm perfekt entgegenhob.

Er schob sie rückwärts in Richtung Badezimmer, wobei seine Lippen nicht eine Sekunde lang von ihr abließen. Sobald sie im Badezimmer waren, tastete er nach dem Lichtschalter, ehe er sie hochhob und auf die Ablagefläche zwischen den Waschbecken setzte.

Als er das Wasser in der Dusche andrehte, streckte sich sein Schwanz steif nach seinem Nabel. Er kehrte zu ihr zurück, und seine Erektion drückte sich gegen ihren Bauch, als er sie wieder in die Arme nahm.

Sie seufzte leise und ließ den Kopf auf seine Schulter sinken. Dadurch bot sie ihm ihren verletzlichen Hals dar. Er strich mit den Lippen darüber, ehe sein Mund zu ihrem Ohrläppchen glitt und daran knabberte. Dann hob er sie wieder hoch. Sie schlang die Beine um seine Taille. Caleb hielt sie mit einem Arm fest, während er die freie Hand unter den Wasserstrahl hielt, um die Temperatur zu überprüfen.

Zufrieden stieg Caleb in die Dusche und setzte Ramie ab, wobei ein Arm weiter fest um sie geschlungen blieb, während er mit der anderen Hand nach dem Duschgel griff.

Er seifte sie von Kopf bis Fuß ein, wobei er sie so ausgiebig streichelte und massierte, dass sie vor Verlangen fast verging. Sie war bis an die Grenze des Erträglichen erregt und sehnte sich voller Inbrunst nach ihm. Heißer Dampf stieg auf und überzog ihre Haut mit taufeiner Feuchtigkeit, ehe er sie wieder unter die Dusche schob, um den Seifenschaum abzuspülen.

Keine fünf Minuten später drehte Caleb das Wasser ab. Innerhalb von Sekunden war er aus der Dusche raus, setzte sie erneut auf die Ablage zwischen den Becken und schob in einer fließenden Bewegung seine Erektion zwischen ihre Schenkel.

Er drang tief ein. Lustvolle Schauer zuckten durch ihren Körper. Sie warf den Kopf nach hinten und stieß gegen den Spiegel, der hinter ihr an der Wand befestigt war. Ihr Haar klebte nass an ihrem Körper, als sie ihre Brüste nach vorn schob, damit er sie mit seinem Mund fand.

Ihre Hände griffen nach unten und schlossen sich um die Kante. So hatte sie ein wenig Halt, während er weiter in sie stieß. Doch dann löste er sich plötzlich mit einem leisen Fluch von ihr. Sein Gesicht war vor Anspannung verzerrt. An seinen Schläfen traten die Adern hervor, und er holte keuchend Luft, wobei sich seine Brust vor Anstrengung rasch hob und senkte.

»Hör nicht auf!«, keuchte sie. »Gütiger Himmel, Caleb, du kannst doch jetzt nicht aufhören!«

»Ich hab *schon wieder* das Kondom vergessen«, knurrte er. »Gib mir eine Minute.«

Es erschien ihr wie eine Ewigkeit, ehe er eine der Schubladen aufriss und dann an einer der Packungen zerrte. Er hantierte kurz zwischen seinen Beinen und spreizte ihre Schenkel dann wieder.

Er tauchte in sie ein, und sie stöhnten. Sie schlang beide Arme um seinen Hals und zog seinen Kopf nach unten, um ihn zu küssen. Hatte es jemals einen Mann wie Caleb in ihrem Leben gegeben? Noch nie hatte sie eine solch überwältigende Leidenschaft voll lustvoller, reiner Begierde erlebt.

»Himmel, was machst du bloß mit mir, Ramie«, stieß er zwischen zusammengebissenen Zähnen hervor. »Du lässt mich alles andere vergessen, sodass ich nur noch in dir sein und dich nie wieder verlassen will.«

Sie ließ ihren Mund an seiner Wange entlang nach unten gleiten und knabberte dann zärtlich an seinem Hals, was ihn am ganzen Körper erschauern ließ. Sie atmete die berauschende Mischung aus Mann und Seife tief ein.

Er schob seine Hände unter ihren Hintern und hob sie an, wobei sich seine Finger in ihr Fleisch bohrten und sie unwiderruflich in Besitz nahmen. Ihr Schoß zog sich um ihn zusammen, hielt ihn fest und zog ihn sogar noch tiefer in sie hinein.

»Du lässt mich alles vergessen«, wisperte sie.

Er knurrte vor Lust, als ihre Nägel scharf über seinen Rücken fuhren. Er wurde noch größer in ihr und stieß immer härter und schneller zu, bis nur noch das Klatschen von Fleisch auf Fleisch zu hören war.

Der Spiegel war von der heißen Dusche und ihren schnellen Atemzügen beschlagen. Sie lehnte sich zurück und ließ den Kopf wieder gegen das Glas sinken. Sie packte seine Unterarme, als der Höhepunkt näher kam und sich jeder Muskel in ihrem Körper bis zum Äußersten anspannte.

Ihre Erlösung riss sie so mit, dass alles vor ihren Augen verschwamm und sie das Gefühl hatte, außerhalb ihres Körpers zu schweben. Sein Name strömte wie Perlen über ihre Lippen, und Mal um Mal hauchte sie ihn, während auch er seinem Orgasmus entgegentrieb.

Sein Körper zuckte an ihrem. Er hielt sie fast schmerzhaft fest, während sie tiefe Ruhe überkam, denn sie fühlte sich in seinen Armen geborgen.

Er keuchte und seine Brust hob und senkte sich, während beide wieder zu Atem zu kommen versuchten.

Er strich ihr das feuchte Haar aus der Stirn und küsste die freigelegte Stelle.

»Du bist vermutlich noch nicht bereit, es zu hören, Ramie, aber ich bin nicht *dabei*, mich in dich zu verlieben … ich *habe* mich bereits in dich verliebt.«

Sie erstarrte und hielt den Atem an, während er sich weit genug zurücklehnte, um ihr in die Augen sehen zu können. Panik erfasste sie, und sie hatte ihre Zunge nicht mehr im Zaum. Würde er ärgerlich sein, weil sie nicht dieselben Worte fand? Dass die Vorstellung, geliebt zu werden und zu lieben, sie in Angst und Schrecken versetzte?

Sie war vom Tod gezeichnet. Sie konnte sich emotionale Verwicklungen nicht leisten, weil so etwas nur in Kummer und Leid enden würde. Sie wollte nicht, dass Caleb sie liebte, denn es würde ihm wehtun, wenn ihr etwas passierte.

»Caleb …«

Sein Name war alles, was sie über die Lippen brachte. Zärtlich drückte er einen Finger auf ihre Lippen.

»Nicht«, sagte er. »Es ist schon gut, Ramie. Ich kann warten, bis du bereit bist. Du sollst nur wissen, dass du geliebt wirst und nicht allein bist. Für den Moment ist das genug.«

22

Endlich war seine Beute in Reichweite. Langsam breitete sich ein Lächeln voller Genugtuung auf seinem Gesicht aus, als er beobachtete, wie Caleb Devereaux das Gebäude betrat, in dem er seine Geschäfte führte. Besonders erheiterte ihn das neu gegründete Sicherheitsunternehmen. Meinte dieser Devereaux ernsthaft, seine Sicherheitsexperten könnten es mit seinem überragenden Genie aufnehmen?

Er schüttelte leise kichernd den Kopf und kauerte sich dann hin, um darauf zu warten, dass Devereaux das Haus wieder verließ. Er war ein geduldiger Mann, und Geduld wurde belohnt. Immer. Schon die Bibel sagte, dass Geduld eine Tugend sei.

»Ich hole dich, Ramie«, raunte er in einem leise singenden Tonfall.

Sein Kopf war voller Bilder von Ramie St. Claire, die dafür bestraft wurde, dass sie ihn bei seinen Bestrebungen gestört hatte. Es war seine Pflicht, die Schwachen und die Sünder vom Antlitz der Welt zu entfernen. Doch dann hatte Ramie die Ermittler auf ihn losgelassen. Sie hatte ihn wertvolle Zeit gekostet. Er hatte sich zurückziehen und neu organisieren, sich unauffällig verhalten und alle in einem falschen Gefühl der Sicherheit wiegen müssen. Alle dachten, er hätte mit den Säuberungen aufgehört, aber in Wahrheit hatte er sich nur eine Auszeit genommen.

Er lachte wieder. Eine Auszeit von der Sünde. Der Klang der Worte gefiel ihm.

Ramie St. Claire galt nicht seine ganze Aufmerksamkeit. Er

war in der Lage, sich mit verschiedenen Dingen gleichzeitig zu befassen, wenn es um neues Blut ging. Jemand Neues wartete auf ihn. Voller Vorfreude fuhr er sich mit der Zunge über die Lippen und rieb sich die Hände.

Sobald er die Sache hier erledigt hatte, würde er sich um seine neueste Eroberung kümmern. Ramie würde sich zweifellos freuen, dass er sich ein anderes Opfer gesucht hatte, bedeutete es doch, dass sie noch nicht an der Reihe war. Aber bald. Sehr bald würden alle Teile zusammenpassen, und Ramie würde dann für ihre Sünden bestraft werden.

Er war sofort da, als er sah, dass Caleb Devereaux das Geschäftsgebäude verließ. Seine Nasenflügel bebten, und seine Augen wurden schmal. Humpelnd und in dreckiger, zerrissener Kleidung setzte er sich in Bewegung. Nichts an seiner gegenwärtigen Erscheinung ließ seine wahre Identität vermuten. Er war vorsichtig und wusste, dass er schlauer war als die anderen. Sie würden ihn nicht finden.

Sein Herzschlag beschleunigte sich, und er war wie trunken vor Erregung, als Caleb Devereaux sich näherte. Caleb sah ihn nicht. Männer wie Caleb sahen die vom Glück weniger begünstigten nie. Er schaute an anderen vorbei, als existierten sie in seiner privilegierten Welt nicht. Seine Kurzsichtigkeit würde ihn teuer zu stehen kommen.

Im genau abgepassten Moment stolperte er und fiel vor Devereaux zu Boden. Ein Arm flog nach oben, als versuchte er, sich zu fangen. Seine Finger legten sich um Devereaux' Arm, als er mit einem Knie zu Boden ging.

»Sir, alles in Ordnung mit Ihnen?«, fragte Devereaux mit besorgter Stimme.

Devereaux' Reaktion löste ein überraschtes Kribbeln bei ihm aus. Er blinzelte und richtete seine Aufmerksamkeit wieder auf die vor ihm liegende Aufgabe.

Devereaux half ihm auf, während seine Hand dessen Handgelenk umklammert hielt.

»Brauchen Sie ärztliche Hilfe?«, wollte Devereaux wissen, während er ihn fragend ansah.

Er schüttelte den Kopf und krächzte: »Nein. Danke, Sir. Sie sind sehr freundlich. Aber mir geht's gut. Ich bin nur gestolpert. Entschuldigung, dass ich Sie belästigt habe.«

»Sie haben mich nicht belästigt«, erwiderte Devereaux freundlich.

Dann beobachtete er überrascht, wie Devereaux in seine Brieftasche griff und mehrere Zwanziger hervorholte. Er hielt ihm das Geld hin und drängte ihn, es anzunehmen.

Noch besser. Jetzt hatte er etwas, das sich in Devereaux' Besitz befunden hatte und mit seinen Fingerabdrücken übersät war.

»Ich wünsche Ihnen einen gesegneten Tag«, sagte er zu Devereaux mit einer rauen Stimme, die so alt klang, wie er gegenwärtig aussah. Dann drehte er sich um und schlurfte davon, wobei er sorgfältig darauf achtete, die Erscheinung eines alten, obdachlosen Mannes aufrechtzuerhalten. Ein Lächeln spielte um seine Lippen, Adrenalin strömte durch seine Adern und versetzte ihn in eine euphorische Stimmung, die nur überboten werden konnte, wenn Ramie St. Claire ihm endlich auf Gedeih und Verderb ausgeliefert war.

23

»Die Augen stimmen nicht«, sagte Ramie, vor Frustration tat ihr bereits der Kopf weh.

Sie rieb sich mit einer Hand übers Gesicht und schloss kurz die Augen. Sie zwang sich, sich zu entspannen und sich auf die Gesichtszüge ihres Verfolgers zu konzentrieren. Doch jedes Mal, wenn sie versuchte, sich daran zu erinnern, hatte sie nur ein verschwommenes Bild vor Augen.

Ihr Kopf dröhnte, und je stärker sie versuchte, seine Gesichtszüge heraufzubeschwören, desto größer wurden ihre Schmerzen. Es fühlte sich so an, als könnte jederzeit ein Blutgefäß in ihrem Gehirn platzen, wenn sie so weitermachte.

»Brauchen Sie eine Pause?«, fragte Dane.

Die Sorge um sie war ihm deutlich anzumerken, als sein Blick über sie glitt. Angesichts seiner Reaktion musste sie davon ausgehen, dass sie ziemlich mitgenommen aussah. Aber wenn sie nur halb so schlimm aussah, wie sie sich fühlte, traf der Ausdruck *wandelnde Leiche* auf sie zu.

»Wir könnten eine Pause machen«, meinte Eliza sanft. »Vielleicht ein bisschen frische Luft schnappen. Oder möchten Sie vielleicht etwas trinken?«

»Mein Kopf«, stöhnte sie, und der Schmerz, der während der zwei Wörter in ihrem Kopf explodierte, überwältigte sie fast. Sie nahm den Kopf zwischen beide Hände und drückte die pochenden Schläfen.

»Was ist los?«, fragte Dane. »Was ist mit Ihrem Kopf?«

»Migräne.« Das war alles, was sie herausbringen konnte oder

wollte. Ihre Stimme dröhnte so laut in ihren Ohren, dass selbst die drei Wörter, die sie von sich gegeben hatte, sich anfühlten, als hätte sie sie geschrien.

Eliza warf einen besorgten Blick in Danes Richtung.

»Haben Sie Kopfschmerztabletten?«, fragte Dane. »Oder sollen wir einen Arzt rufen, damit er nach Ihnen sieht?«

Ramie zog die Stirn kraus. Ein Lid begann zu zucken, was eine der vielen Folgen der Migräne war. Helles Licht oder Sonnenschein würden das Zucken nur noch verstärken.

»Ärzte machen keine Hausbesuche, und wenn wir zur Notaufnahme fahren, werde ich dort stundenlang warten müssen. So oder so würde es noch länger dauern, bis wir ein Phantombild veröffentlichen können, das ihm zumindest annähernd ähnlich sieht. Bei seinem nächsten Opfer zählt jede Sekunde.«

Dane zuckte die Achseln. »Ärzte machen sehr wohl Hausbesuche, wenn es sich um das Zuhause von Caleb Devereaux handelt.«

»Natürlich«, brummte Ramie und fing an, sich mit den Fingerspitzen die Schläfen zu massieren. »Ich hab Medikamente, aber ich benutze sie nur ganz selten, weil ich nicht mehr regelmäßig zum Arzt gehe. Schließlich kann ich nicht einfach in die Notaufnahme oder eine Notfallpraxis marschieren und Migränetabletten verlangen. Jetzt habe ich gar keine mehr, aber alles andere habe ich ja auch verloren, als ich in Oklahoma vor meinem Verfolger geflohen bin.«

»Ich werde Tori um eine Tablette für Sie bitten«, sagte Dane mit weichem Blick und sanfter Stimme.

Sie fragte sich, wie schrecklich sie wohl tatsächlich aussah und klang, dass Dane und Eliza sie mit Samthandschuhen anfassten. Als ihr dann aber klar wurde, was er gesagt hatte, runzelte sie die Stirn und schüttelte den Kopf. Das Allerletzte, was sie wollte, war Tori zu behelligen. Es war für alle Seiten besser, wenn Tori von allem nichts mitbekam und in ihrem Schlafzimmer blieb.

»Ihr Arzt begann vor einem Jahr, ihr die Tabletten zu verschreiben, weil sie unerträgliche Kopfschmerzen bekommt, wenn sie Visionen hat oder träumt. Sie könnten Sie ein bisschen müde machen, aber das wäre ja nicht weiter schlimm«, meinte Dane eindringlich. »Ich kann mir vorstellen, dass Ihnen ein bisschen Ruhe guttun würde, statt ständig unter Dampf zu stehen.«

Als er zu Ende gesprochen hatte, stand er vom Sofa auf und wandte sich an den Phantombildzeichner, der das Bild geduldig immer wieder überarbeitet hatte, wenn von Ramie falsche Hinweise gekommen waren.

»Machen Sie fünf Minuten Pause. Ich hole ihr inzwischen etwas gegen die Kopfschmerzen. Es hat im Moment keinen Sinn, sie weiter zu bedrängen. Ein paar Minuten werden keinen Unterschied machen, wenn er sich bereits seinem nächsten Opfer zugewandt hat.«

Höhnisches Gelächter hallte durch Ramies Kopf, und sie presste die Augenlider zusammen, während ihre Hände, die auf ihrem Schoß lagen, haltlos zitterten. Sie würde sich von ihm nicht aus dem Gleichgewicht bringen lassen. Er war nicht *wirklich* da.

Der Schmerz wurde stärker, der Druck wurde so groß, dass es sich anfühlte, als würde etwas in ihr in tausend Stücke zerspringen. Als würde jemand ihren Schädel durchbohren.

Zu spät …

Der Gedanke kam ihr plötzlich, und sie fragte sich, ob dadurch nur ihre tiefsitzende Angst zum Ausdruck kam oder ob der Mörder vielleicht doch mit ihr verbunden war und so mit ihr kommunizierte.

Natürlich bildete sie es sich nicht ein. Sie war ja nicht schwachsinnig, und in der vorletzten Nacht, als er ihr gesagt hatte, sie würde nirgends vor ihm sicher sein, hatte es nicht den geringsten Zweifel geben können. Sie war kein hysterischer Mensch, obwohl sie auf alle, die sie heute sahen, wie eine Irre wirken musste.

Dane wartete nicht auf ihre Zustimmung, sondern verließ einfach den Raum.

Als er nach ein paar Minuten noch nicht wieder da war, sah Eliza verwirrt auf die Uhr. Sie wippte ungeduldig mit dem Fuß und sah gleich darauf Ramie entschuldigend an.

»Ich weiß, wie schwer das für Sie sein muss, Ramie. Oder vielleicht weiß ich es auch nicht. Ich will nicht herablassend erscheinen, indem ich zu wissen behaupte, was Sie durchmachen. Aber ich kann mir zumindest vorstellen, wie verängstigt Sie sein müssen. Und mir ist eigentlich auch klar, dass ich an Ihrer Stelle nicht den Mut gehabt hätte, das alles durchzustehen.«

Ramie lachte schrill. Der Laut fühlte sich an, als würde man mit Stahlwolle über ihre Haut reiben.

»Verängstigt? Definitiv. Mutig? Nein, nicht mal ansatzweise. Wäre Caleb nicht gewesen, würde ich mich immer noch verstecken und versuchen, meine Spuren zu verwischen, und jeden Tag beten, dass er nicht mein letzter sein möge. Wäre ich mutig …«, begann sie verächtlich.

Dann hielt sie inne und schluckte, weil sie einen Kloß im Hals hatte. Dann sah sie Eliza direkt an.

»Wäre ich mutig, würden die Frauen, die er umgebracht hat, um mich in die Finger zu kriegen, noch am Leben sein. Wäre ich mutig, hätte ich mich schon viel früher zur Wehr gesetzt, statt mich wie ein verängstigtes Kind zu benehmen und den Kopf in den Sand zu stecken.«

Sie hob die Hand, als Eliza etwas entgegnen wollte.

»Sparen Sie sich den Atem«, sagte Ramie, die ihrer Erschöpfung kaum mehr Herr wurde. »Ich habe das nicht gesagt, damit

Sie mich bemitleiden oder mir widersprechen und sagen, es wäre nicht meine Schuld gewesen. Und ich erwarte keine Bestätigung. Mein Verstand sagt mir, dass man mich für die Taten anderer nicht zur Verantwortung ziehen kann. Aber gleichzeitig denke ich, dass er vielleicht längst im Gefängnis säße, wenn ich versucht hätte, ihm entgegenzutreten, statt das letzte Jahr immer nur wegzulaufen und nach ihm Ausschau zu halten. Vielleicht hätte man ihn gefasst, vielleicht wäre er sogar tot. Dann wären all die Frauen, die er umgebracht hat, noch am Leben und mit ihren Familien, ihren Kindern zusammen und …«

»Oder vielleicht wären Sie auch tot, und er würde immer noch frei herumlaufen, nach seinem nächsten Opfer Ausschau halten und Unschuldigen das Leben nehmen, weil niemand da ist, der ihm das Handwerk legt. Es gibt viele Unwägbarkeiten, Ramie. Viele Spekulationen und Hypothesen. Sie vergessen, dass Sie sehr vielen Opfern das Leben gerettet haben. Sie haben Tori vor dem sicheren Tod bewahrt. Nur wenige Stunden, bevor er sie hatte umbringen wollen, konnte man sie befreien. Und dann all die anderen, denen Sie geholfen haben. Sie wären alle tot, wenn Sie nicht eingegriffen hätten. Sehen Sie diejenigen, die Sie gerettet haben, nicht die, bei denen es Ihnen nicht gelungen ist.«

In dem Moment kam Dane zurück. Er hatte eine Flasche Wasser in der Hand und wirkte angespannt. Seine Augen funkelten vor Zorn, und Ramie sah, dass Elizas Augenbrauen fragend nach oben gingen. Offensichtlich hatte sie das Gleiche wie Ramie bemerkt. Ramie musste ihn nicht anfassen, um zu wissen, dass er sauer war.

»Was ist los?«, fragte Ramie.

Dane reagierte nicht auf ihre Frage, sondern hielt ihr nur das Medikament hin. Ramie musterte es misstrauisch, da sie wusste, dass sie davon in einer Stunde kaum mehr ansprechbar sein würde. Sie reagierte auf alle Medikamente, die ihren Bewusstseinszustand auch nur leicht veränderten, höchst empfindlich.

Wenn sie Medikamente genommen hatte, war sie am verletzlichsten. Sie hatte ihre Gedanken dann nicht mehr unter Kontrolle und alle Schutzmechanismen waren außer Kraft gesetzt. Aus früheren Erfahrungen wusste sie, dass Erinnerungen und Träume an frühere Opfer freigesetzt wurden und sie nicht in der Lage sein würde zu kontrollieren, in welche Richtung ihre Gedanken abglitten. Sie zitterte, ihre Haut kribbelte, und die Haare standen ihr zu Berge.

»Nehmen Sie die Tablette, Ramie«, drängte Dane.

Obwohl er überhaupt nicht bedrohlich wirkte und wegen ihrer Geräuschempfindlichkeit mit gedämpfter Stimme sprach, konnte sie seine Entschlossenheit spüren, sie zum Einnehmen der Tablette zu bewegen. Sie ließ seufzend zu, dass er sie in ihre Hand fallen ließ, doch nachdem er ihr auch die Wasserflasche gereicht hatte, zögerte sie.

Sie wurde von Emotionen überflutet. Die Stärke der Eindrücke, die durch eine winzige Pille ausgelöst wurde, überraschte sie. Aber Tori – und Dane – hatten sie berührt, und so übertrugen sich Rückstände ihrer anscheinend wütenden Begegnung auf Ramie.

Dane musterte sie mit scharfem Blick, als er ihre Reaktion bemerkte. Seine Lippen wurden schmal, als er merkte, was passiert war, und es gefiel ihm nicht. Seine unterdrückten Flüche hörte sie kaum.

»Ehe Sie sauer werden, begreifen Sie bitte, dass es höchste Zeit ist, sie nicht länger zu verhätscheln und sie stattdessen in die reale Welt zurückzuholen, wo sich nicht alles nur um eine Person dreht«, sagte Dane.

Es war offensichtlich, dass Tori und Dane sich wegen irgendetwas gestritten hatten. Ihretwegen? Dass sie etwas gegen die durch seelische Anspannung ausgelöste Migräne brauchte und gegen den psychischen Druck so vieler Seelen, die an ihr zerrten und Gerechtigkeit für das verlangten, was ihnen angetan worden war?

Diese Vorstellung gab ihr den nötigen Antrieb, sich der vor ihr liegenden Aufgabe zu stellen. Wenn alle Tori für unvernünftig und starrsinnig hielten, was mussten sie dann von ihr denken? Tori hatte mehr Grund, wütend zu sein als Ramie. Zwar hatte Ramie das gleiche Schicksal erlitten, trotzdem war es etwas völlig anderes, wenn man es am eigenen Leib erlebte und nichts dagegen tun konnte. Außerdem gab es den Umstand, dass es so schwierig gewesen war, Ramie aufzuspüren, und sie eigentlich nicht bereit gewesen war zu helfen, sondern Caleb die gewünschten Informationen erst gegeben hatte, nachdem er sie zur Mithilfe gezwungen hatte.

Sie nahm die Tablette und verzog beim Schlucken das Gesicht. Sie hatte Tabletten nie gut hinunterbekommen und behalf sich auch als Erwachsene damit, sie zu zerstoßen und in ein bisschen Wasser aufzulösen.

Sie musste noch mehrmals einen Schluck aus der Flasche nehmen, ehe sie sie ganz heruntergespült hatte. Dann lehnte sie sich zurück und richtete den Blick erneut auf die Zeichnung. Sie traute sich nicht zu, sich in einer Stunde noch an Details zu erinnern, deshalb musste sie das jetzt erledigen. Jede Minute, die der Täter frei herumlief, war eine weitere Minute, die sein Opfer Unvorstellbares durchmachen musste.

Das Schlucken der Tablette hatte einen schneidenden Schmerz durch ihren Schädel zucken lassen. Ihr Magen hob sich, sie atmete tief durch die Nase ein, um die Übelkeit unter Kontrolle zu bekommen. Sie hatte das Gefühl, als würden winzig kleine Risse ihren Schädel wie ein Spinnennetz überziehen, sodass es überall splitterte und knackte, während sich das Muster unter ihren Haaren fortsetzte.

Sie schwankte gefährlich, und ihr Magen bäumte sich erneut auf. Sie schluckte hektisch, um die Tablette im Magen zu behalten.

Dane fluchte. »Das reicht jetzt. Sie schafft es nicht. Das kann nicht gut für sie sein, und Caleb wird mich vierteilen, wenn wir sie weitermachen lassen.«

Der Phantombildzeichner wirkte überrascht, zuckte aber die Achseln, als wäre es ihm egal, ob sie weitermachten oder nicht, und das ärgerte Ramie. Es war absurd, und das wusste sie auch. Doch der unselige Zeichner war nun einmal zufälligerweise ein Ventil, um ihre Wut abzulassen, und ihr Kessel stand kurz vorm Platzen.

Wut war annehmbarer als Angst. Wut schwächte sie nicht, sondern machte sie leichtsinnig und aggressiv, als sie ihren Zorn herausließ.

Die Gleichgültigkeit des Zeichners ärgerte sie über die Maßen und gab ihr das Gefühl, als würden die Frauen, denen so Schlimmes angetan worden war, niemanden interessieren – oder dass sie wegen jeder von ihnen durch die Hölle gegangen war. Sie fühlte sich unbedeutend, als würde sie gar nicht wahrgenommen, genau wie die anderen Frauen, die man vergessen hatte, ein weiteres Opfer in einer traurigen, ständig anwachsenden Statistik.

»Wollen Sie wirklich das nächste Opfer auf Ihr Gewissen laden?«, fragte sie mit eisiger Stimme und sah den Zeichner durchdringend an. Sie musterte ihn mit kaltem Blick, bis er schließlich anfing, sich unbehaglich auf seinem Stuhl zu winden. Zumindest hatte er den Anstand, ein wenig zerknirscht zu schauen, doch ihrem herausfordernden Blick wich er aus. Sie gab einen angewiderten Laut von sich und blickte zu Dane auf.

»Wir hören dann auf, wenn wir ein Ergebnis haben, und keine Minute früher.«

Eliza griff nach Ramies Hand und drückte sie, um sie so schweigend zu unterstützen. Ramie zuckte zusammen und wappnete sich gegen die Flut von Emotionen. Eliza sah sie schockiert an und zog sofort ihre Hand zurück, als hätte sie einen kurzen Moment lang nicht mehr an Ramies Fähigkeit gedacht, Menschen nur durch eine Berührung zu durchschauen, und hätte Geheimnisse, die sie nicht preisgeben wollte.

Ramie behielt ihre Gesichtszüge sorgfältig unter Kontrolle und zwang sich, sich nichts anmerken zu lassen angesichts der Flut brodelnder Wut, die sich hinter Elizas beherrschter Fassade verbarg.

Ramies Sinneswahrnehmungen wurden überlastet. Ihre Pupillen zogen sich zusammen und weiteten sich nach ein paar Wimpernschlägen wieder, als würde man an einer Stelle stehen, an der eine Lawine abging, und wissen, dass es kein Entkommen gäbe. Stattdessen wartete man darauf, unter der weißen Wand aus Schnee begraben zu werden.

»Fass sie nicht an«, zischte Eliza.

Ramie nahm an, dass ihre Worte an Dane gerichtet waren, der Anstalten gemacht hatte, die Hand nach ihr auszustrecken, um sie zu stützen.

»Nein«, zischte Ramie. »Bitte, fassen Sie mich nicht an.«

Sie zog sich innerlich zusammen und verdrängte den schwindelerregenden Ansturm von Emotionen so weit wie möglich aus dem Zentrum des seelischen Aufruhrs. Sie schloss die Augen und zog die Knie bis ans Kinn. Dann wiegte sie sich vor und zurück, um die scharfen Kanten, die sich in ihren Geist gebrannt hatten, wieder zu glätten.

Mehrere Minuten lang verharrte sie in dieser Bewegung, während ihre Stirn die Knie berührten und ihre Arme fest um die Beine geschlungen waren, sodass niemand im Raum mehr an sie herankam. Es war eine Schutzhaltung, die ihr indes nie etwas gebracht hatte, denn den mentalen Ansturm, dem sie immer wieder ausgesetzt gewesen war, konnte sie damit nicht abwehren.

Sie atmete mehrmals tief durch, fest entschlossen, ihre Gedanken wieder unter Kontrolle zu bringen. Sie wollte auf keinen Fall, dass Caleb sie in diesem Zustand antraf. Er konnte nicht immer wieder ihre Einzelteile aufsammeln und für sie zusammensetzen. Sie musste lernen, selber damit fertigzuwerden. Ihr früherer Schutzmechanismus – Verdrängung – stand ihr jedenfalls nicht mehr zur Verfügung.

Sie wusste zu viel. Sie verstand viel zu gut, welche Konsequenzen es hatte, wenn sie die Augen schloss und die Wirklichkeit aussperrte. Ihr Verhalten hatte weitreichende Auswirkungen. Frauen starben. Familien wurden zerstört. Kinder sahen einer Zukunft ohne Mutter entgegen.

»Die Augen sind falsch«, flüsterte Ramie endlich. »Der Nasenrücken müsste breiter und flacher sein, die Augen weiter auseinander und in den Winkeln runder.«

Danes Augen leuchteten respektvoll auf. Sie konnte seine Anerkennung spüren, während er schweigend danebenstand und alles beobachtete. Elizas Miene entspannte sich, als sie den Blick wieder auf den Zeichner richtete.

Als der Zeichner ihr den nächsten Entwurf vorlegte, legte Ramie die Stirn in Falten. Sie musterte das Gesicht und suchte nach Hinweisen für das Böse. Aber er wirkte normal. Überdurchschnittlich. Wie schon zuvor sah sie ihm in die Augen und war betroffen, wie gut aussehend und liebenswürdig er wirkte. Es gab hinter der glatten Fassade keinerlei äußere Hinweise für das Abgründige.

»Das ist er«, würgte sie hervor.

24

Als Caleb das Wohnzimmer betrat, blieb er wie angewurzelt stehen, die Brieftasche aus Leder entglitt ihm und landete mit einem lauten Klatschen auf dem Boden. Das einzige andere Geräusch kam von Ramie. Sie versuchte, ihre Selbstbeherrschung wiederzufinden und stoische Ruhe an den Tag zu legen, was alles nur noch schlimmer machte, weil sie auf verlorenem Posten kämpfte. Sie gab leise Laute von sich, wie die eines verwundeten Tieres. Sie hatte die Arme fest um die angezogenen Beine geschlungen und verbarg ihr Gesicht. Sie schaukelte vor und zurück. Die Knöchel ihrer Finger, die sich in ihre Arme bohrten, traten weiß hervor. Sie würde sich blaue Flecken zufügen.

Calebs Blick flog durch den Raum. Er bemerkte die ernsten Mienen von Dane und Eliza und die Verwirrung des Zeichners. »Was ist passiert?«, wollte er wissen.

Ohne auf eine Antwort zu warten, durchquerte er den Raum und ging vor Ramie in die Hocke.

»Ramie?«, sagte er mit sanfter Stimme.

Ihre Haltung verriet Zerbrechlichkeit. Sie hob nicht einmal den Kopf, ihr Gesicht blieb unsichtbar. Ihr Haar war zerzaust, die Knie verdeckten ihre Augen.

Caleb wirbelte zu Dane und Eliza herum, die beide angespannt und besorgt wirkten.

Er stieß ein leises Knurren aus, das tief aus seiner Brust kam. »Was haben Sie mit ihr gemacht?«

»Sie hat den Mörder identifiziert«, erklärte Eliza mit leiser

Stimme. »Der Zeichner hat ihn genau getroffen; wir können das Bild jetzt über die entsprechenden Kanäle verbreiten und hoffentlich wird ihn dann irgendwo jemand erkennen.«

Calebs Blick wanderte zu der Zeichnung auf dem Couchtisch vor dem Zeichner. Er runzelte die Stirn und betrachtete mit zusammengekniffenen Augen das Bild des Mörders.

Er sah wie der letzte Mensch aus, der zu solch abscheulichen Taten fähig wäre, aber war das nicht bei den meisten Serienmördern so? Er erinnerte sich an berühmte Fälle, in denen die Täter ein Abbild durchschnittlicher Wohlanständigkeit gewesen waren. Äußerlich wies nichts auf die Bösartigkeit ihrer Verbrechen hin.

»Ich habe ihr eine von Toris Schmerztabletten gegeben«, sagte Dane. »Sie hatte eine höllische Migräne, und ich hatte Angst, sie würde mir noch umkippen. Wenn es ihr nicht bald besser geht, muss sie noch eine nehmen. Sie hat große Schmerzen gehabt und braucht Erholung.«

Caleb holte tief Luft und drehte sich wieder zu Ramie um. Er konnte sie schwerlich ins Krankenhaus oder in eine Privatklinik bringen. Er würde sie auf keinen Fall nach draußen lassen und sie damit irgendeiner Gefahr aussetzen. Solange sie hierblieb, in der uneinnehmbaren Festung, die er und seine Brüder errichtet hatten, war sie sicher.

»Wenn es ihr nicht bald besser geht, werde ich einen Arzt herbestellen.«

Dane nickte. »Das habe ich ihr auch gesagt, aber ich habe das Gefühl, dass sie mir nicht geglaubt hat. Sie leben in einer Welt, die ihr fremd ist. Sie hat so spartanisch gelebt, dass sie es nicht anders kennt. Ihr Reichtum und die Mittel, die Ihnen zur Verfügung stehen, Ihre Beziehungen und Ihre Macht verwirren sie. Falls ihr die Dimensionen Ihrer Welt überhaupt klar sind.«

Caleb griff nach Ramies Hand und massierte vorsichtig ihre Finger, um die Blutzirkulation wieder in Gang zu bringen.

»Es ist auch deine Welt, Ramie. Vielleicht war sie es nicht, aber jetzt ist sie es wieder.«

Sie hob den Kopf und sah ihn mit gehetztem Blick an. Die Starrheit ihrer Züge erschreckte ihn. Sie widersprach seiner Bemerkung nicht, bestätigte sie aber auch nicht. Sie sah ihn nur mit leerem Blick an, als wollte sie die Konsequenzen seines stillen Schwurs erfassen.

Dann überrumpelte sie ihn damit, dass sie die Arme um seinen Hals schlang und von der Couch zu ihm auf den Boden rutschte. Sie drückte das Gesicht an seine Brust, und er konnte spüren, wie sie haltlos zitterte.

Er strich ihr übers Haar und sagte nichts, denn er spürte, dass sie nur Ruhe brauchte und Trost.

»Er war hier«, wisperte sie so leise, dass nur Caleb es hören konnte. Aber auch er musste sich anstrengen, um zu verstehen, was sie sagte. Als ihm klar wurde, was ihre Worte bedeuteten, gefror ihm das Blut in den Adern.

Er schob sie behutsam weg und hob ihr Kinn, sodass er ihr ins Gesicht sehen konnte.

»Was meinst du damit, Ramie?«

»Ich habe ihn gehört.«

Man hörte ihrer Stimme Ohnmacht und Verzweiflung und auch eine gewisse Ungeduld an. Sie wusste, dass ihr Verfolger niemals aufgeben würde. Er hatte höchste Geduld bewiesen, indem er die Verfolgung in die Länge zog und sie wie eine Marionette, die ihrem Puppenspieler gehorchen musste, an seinen Fäden tanzen ließ.

Er wartete auf den Tag, an dem sie einen fatalen Fehler machte.

»Ich kann so nicht weitermachen. Ich will nicht mehr so leben … ständig auf der Flucht. Ich will, was jeder will. Eine Familie. Freunde. Ich bin mein ganzes Leben lang allein gewesen; ich will nicht bis an mein Lebensende allein bleiben.«

Caleb legte eine Hand an ihre Wange und strich ihr das Haar hinters Ohr. »Du wirst nie wieder allein sein, Schatz. Du hast jetzt mich. Und meine Familie.«

Sie zuckte bei der Erwähnung seiner Familie zusammen. Seine Familie würde nie ihre sein. Sie erfuhr zu viel Schmerz und Ablehnung von seinen Leuten. Ramie würde sie immer daran erinnern, was Tori widerfahren war. Das ließ sich durch nichts auslöschen. Tori und Ramie würden ihre seelischen Wunden ihr ganzes Leben lang mit sich herumschleppen.

»Ramie, sieh mich an«, sagte er mit fester Stimme.

Instinktiv gehorchte sie, ehe sie es sich anders überlegen und verschüchtert den Blick abwenden konnte. Er sah ihr tief in die Augen, und man merkte ihm an, wie ernst es ihm war. Es lag auch ein bittender Ausdruck in seiner Miene. Die Bitte um Verständnis. Er war hin- und hergerissen. Zum einen war er seiner Familie treu ergeben, zum anderen hatte er sich, als er geschworen hatte, Ramie zu beschützen, eine weitere Loyalität auferlegt.

»Meine Familie ist deine Familie. Mit allen Fehlern, Nachteilen und Mängeln. Es sind keine herzlosen Menschen. Wir leiden immer noch unter den Folgen von Toris Entführung. Und ich bin immer noch entsetzt, wozu ich dich damals gezwungen habe. Sie brauchen einfach Zeit. Das ist zwar nicht fair, weil du nichts getan hast, um dir ihre Missbilligung zuzuziehen, aber mit der Zeit wird sich ihre Sichtweise ändern. Im Moment schlagen meine Brüder um sich und sind voller Schuldgefühle, weil sie meinen, Tori im Stich gelassen zu haben. Es ist inakzeptabel, dass sie ihren Zorn an dir auslassen.

Das Gleiche gilt für mich. Ich stehe kurz davor, dich um die Chance zu bitten, meine Worte wiedergutzumachen.«

Ihr Herz zog sich schmerzhaft zusammen, und ihr Atem beschleunigte sich. Ihr Puls fing an zu rasen, während sie in die tiefblauen Augen schaute, deren Blick wie ein weicher Pinsel über ihre Haut strich. Pinselstrich für Pinselstrich auf der Suche nach Perfektion.

»Und lass mich noch etwas klarstellen«, fuhr er fort, ohne auf ihre Antwort zu warten, die er vielleicht auch gar nicht hören wollte. »Ich will nicht, dass du ihn aufspürst. Das setzt dich einer viel zu großen Gefahr aus, und ich will dich nicht verlieren.« Sie legte die Fingerspitzen auf seine Lippen und brachte ihn so zum Schweigen.

»Wie es sich auch anfühlen mag, er ist nicht in der Lage, mich zu erreichen … jedenfalls nicht telepathisch. Ich erinnere mich nur jedes Mal, wenn mich die Panik überkommt. Er benutzt die Verbindung zwischen ihm und mir, um mir Angst zu machen und mich einzuschüchtern. Er will, dass ich einen fatalen Fehler mache. Aber das werde ich nicht zulassen. Es hat mich viel zu viel Zeit gekostet, alles zu durchschauen und erst mal nachzudenken, statt blind zu reagieren, denn wenn sich für ihn die Gelegenheit ergeben hätte, mir etwas anzutun, hätte er das längst getan. Ohne mir dessen bewusst zu sein, habe ich ihm mit meinen überstürzten und panischen Aktionen immer wieder in die Hände gespielt.«

Caleb wirkte überhaupt nicht froh über die Überzeugung, mit der sie das alles vorbrachte. Ausnahmsweise klang sie mal überzeugend und vorausschauend und nicht wie das wandelnde Chaos, das sie sonst immer zu sein schien. Er fuhr sich aufgewühlt mit einer Hand durch das kurz geschnittene Haar.

Ehe er widersprechen konnte, schob sie ihre Hand in seine und drückte sie fest. Es war das erste Mal, dass sie ihm Trost spendete. Sie staunte darüber, dass sie ihn im Gegensatz zu anderen berühren konnte, ohne unerträgliche Schmerzen zu erleiden. Sie musste stark sein und sich Rückgrat zulegen, statt sich wie jämmerlich verunglückte DNA zu fühlen. Aus welchem Grund auch immer hatte der Allmächtige ihr eine besondere Gabe mitgegeben. Eigentlich ging ihr diese Vorstellung zu weit, aber sie hatte nun einmal diese Fähigkeit, und es war an der Zeit, sie zu ihrem Vorteil einzusetzen.

»Er sagte *zu spät* irgendwann heute, als Dane meinte, *ein paar Minuten würden keinen Unterschied machen, wenn er sich bereits seinem nächsten Opfer zugewandt hätte*.«

Calebs Augen wurden vor Entsetzen groß, ehe sie sich verdunkelten, als er zwischen Dane und Eliza hin und her blickte.

»Er hat sein nächstes Opfer bereits gefunden«, sagte Ramie leise. »Oder zumindest hat er sich ein neues Ziel ausgesucht. Ich nehme an, er ist jetzt da draußen und verfolgt eine nichts ahnende Frau. Vielleicht ist er bereits dabei, seinen Plan in die Tat umzusetzen. Wenn er seiner Vorgehensweise treu bleibt, wird er sich melden. Er wird wollen, dass ich es weiß. Und er wird mich weiter strafen, indem er sich ein Opfer nach dem anderen holt, bis ich schließlich daran zerbreche.«

Caleb schüttelte den Kopf und presste die Lippen zu einem schmalen Strich zusammen.

»Du wirst nicht zerbrechen«, erklärte er. »Das ist der Punkt, in dem er sich irrt, und hoffentlich ist das der Punkt, an dem er einen Fehler macht, indem er dich weiter verfolgt.«

Ein halbherziges Lächeln zuckte um ihre Mundwinkel.

»Ich wünschte, ich wäre so überzeugt wie du, dass ich nicht zerbreche.«

»Ich werde nicht zulassen, dass du zerbrichst«, erklärte er sanft und drückte beruhigend ihre Hand. »Du wirst dir nie wieder Gedanken darüber machen müssen, dass keiner dich liebt.

Wenn ich ein Wörtchen mitzureden habe, wirst du nie wieder allein sein.«

Die Überzeugungskraft in seiner Stimme, die Liebe, die Wärme und die Sorge, die sie in seinen Augen sah, gaben ihr neues Selbstvertrauen.

Er ließ seinen Mund mit ihrem verschmelzen, ohne sich darum zu kümmern, dass noch andere im Raum waren. Es war ein außerordentlich zarter Kuss. Als wäre sie das Kostbarste auf der Welt. Sie seufzte an seinem Mund, und er atmete den Hauch ein, ehe sie ihn zurücknehmen konnte. Caleb erstarrte, als jemand diskret hüstelte. Er drehte sich um und warf dem Zeichner einen vernichtenden Blick zu.

»Sie können jetzt gehen«, sagte Caleb schroff. »Wenn die Zeichnung fertig ist, kann Dane Sie ja nach draußen bringen. Wir kümmern uns um den Rest.«

Der Zeichner kam, als könnte er es gar nicht erwarten, aus Calebs Haus zu verschwinden. Er schob Block und Stifte in eine Tasche und eilte zur Tür, ohne darauf zu warten, dass Dane ihm den Weg wies.

Caleb richtete den Blick wieder auf Ramie und strich mit dem Daumen über ihren Wangenknochen. Seine Berührung war Balsam für ihre blank liegenden Nerven.

»Er wird sich wieder melden, genau wie beim letzten Mal«, sagte Ramie. »Dieses Mal rechnen wir damit, also sollten wir schneller reagieren. Vielleicht gibt uns das die Möglichkeit, ihn aufzuspüren, ehe es zu spät ist.«

Caleb fluchte, und ihre Hand löste sich aus seiner, ehe er im Wohnzimmer zwischen ihr und Eliza hin und her ging.

»Hier kommt er nicht an sie ran«, sagte Eliza. »Dies hier ist der beste Ort, wenn sie eine Verbindung zu dem Killer aufbaut.« Sie zögerte kurz und richtete den Blick dann auf Ramie. »Ich habe inzwischen über übersinnliche Fähigkeiten recherchiert. Die meisten stellen allerdings nur Hypothesen auf, da es keine dokumentierten Fälle von Telepathie oder übersinnlicher Wahrnehmung gibt, doch ein Forscher stellt die Theorie auf, dass es möglich sei, in den Geist eines anderen einzudringen und so eine permanente Verbindung herzustellen. Was – und da werden Sie mir wohl beide zustimmen – genau das ist, was unser Killer mit Ramie gemacht hat.«

»Worauf wollen Sie hinaus?«, fragte Caleb.

Ramie blieb stumm und dachte über Elizas Worte nach. Sie hatte eine klare Vorstellung davon, worauf die Frau hinauswollte, und es machte sie wütend, dass sie selber noch nie an diese Möglichkeit gedacht hatte. Aber sich mit ihren Fähigkeiten auseinanderzusetzen bedeutete in gewissem Maße auch, sie zu akzeptieren, und dazu war Ramie nie auch nur ansatzweise bereit gewesen. Sie hatte ihr ganzes Leben lang gegen die Dämonen gekämpft, die sie jetzt unter Umständen retten würden.

»Ich will darauf hinweisen, dass zwischen ihm und Ramie wohl eine mentale Verbindung besteht, die er nutzt, um in ihren Kopf zu schauen und ihr Informationen zu entziehen – und dass sie das Gleiche bei ihm tun könnte.« Eliza ließ Caleb nicht aus den Augen und machte sich ohne Zweifel Gedanken darüber, wie er auf ihren Vorschlag reagieren würde. Doch statt eines wütenden Ausbruchs drehte er sich um und sah Ramie fragend an.

»Kannst du das?«, fragte er skeptisch.

»Ich weiß es nicht«, erwiderte sie ehrlich. »Ich habe es nie versucht. Ich habe es nie versuchen wollen. Ich bin in der Lage, eine mentale Verbindung zum Opfer herzustellen, indem ich etwas berühre, das dem Opfer gehört hat. Also müsste es auch möglich sein, auf die gleiche Weise in seinen Kopf einzudringen.«

Caleb holte tief Luft und schüttelte den Kopf. »Und das ist der Haken an der Sache. Du kannst ihn nicht aufspüren, wenn du nichts hast, was ihm gehört hat.«

»Nicht so schnell«, warf Eliza leise ein.

Caleb hob ruckartig den Kopf und runzelte fragend die Stirn, als er Eliza anschaute.

Eliza spielte mit einem Stift, den der Zeichner vergessen hatte, und zog dann das Phantombild näher an sich heran, um es aufmerksam zu mustern.

»Ich weiß nicht, was für einen Effekt das auf sie haben wird«, meinte Eliza nach kurzem Zögern. »Schließlich haben wir keine Fallbeispiele oder Forschungsergebnisse, um uns abzusichern. Alle Diskussionen und Spekulationen drehen sich um hypothetische Szenarien und stellen eigentlich nur die Frage nach dieser speziellen übersinnlichen Gabe, während wir ja tatsächlich wissen, dass es sie gibt, auch wenn es keinen Beweis dafür gibt. Aber gesetzt den Fall, sie sucht den Tatort auf? Wenn er sein übliches Vorgehen beibehält, wird er einen Gegenstand, der dem Opfer gehört hat, am Tatort zurücklassen. Damit lädt er Ramie ein, ihn zu verfolgen, oder fordert sie eher noch dazu heraus. Das wiederum bedeutet, dass er dort gewesen ist und dort *irgendetwas* berührt haben muss. Keiner ist so vorsichtig, überhaupt keine Spuren zu hinterlassen. Und Ramie braucht ja nicht mal einen konkreten Gegenstand. Um an Informationen zu gelangen, genügt es ihr, jemanden zu berühren oder etwas, das jemand zuvor angefasst hat.«

»Ich werde Ramie auf keinen Fall der Gefahr aussetzen, auch nur in die Nähe des Mörders zu kommen«, erklärte Caleb und schüttelte vehement den Kopf. »Und nicht nur das … denken Sie nur daran, was für Auswirkungen es auf sie haben wird, wenn sie sowohl mit dem Mörder als auch dem Opfer verbunden ist! Sie würde alles miterleben, was dem Opfer angetan wird, und Folter, Schmerz und Tod auch noch durch die Augen des Mörders sehen. Als würde sie das Opfer selbst umbringen. Das können wir ihr nicht aufbürden. Daran würde sie zugrunde gehen.«

Wie ruhig sie über ihren Seelenfrieden und ihren Geisteszustand oder deren Nichtvorhandensein redeten. Sie wusste, dass Caleb, was sie anging, nur das Beste im Sinn hatte, nämlich ihre Sicherheit, aber sie wusste auch, dass sie womöglich keine andere Möglichkeit hatte, das Ungeheuer zur Strecke zu bringen.

Statt Furcht wurde sie von Erregung, fast schon einer gewissen Vorfreude erfasst.

Ihre Stimme klang kräftig und überzeugend, und sie fühlte sich zum ersten Mal in ihrem Leben voller Tatkraft. Plötzlich keimte Hoffnung in ihr auf, an die zu glauben sie sich bisher verwehrt hatte.

»Caleb, es könnte funktionieren.«

Caleb drehte sich, offensichtlich überrascht, zu ihr um. Sie zuckte zusammen, als sie merkte, wie sehr es ihn schockierte, dass sie eine andere Vorgehensweise wählte als Vermeidung oder Flucht. Ein Verhalten, das sie im Laufe der letzten anderthalb Jahre perfektioniert hatte. Dass er sie jetzt so fassungslos anstarrte, war ein Beweis dafür, was für ein Feigling sie gewesen war.

»Nein«, entgegnete er schließlich. »Denk nicht mal darüber nach, Ramie. Es gibt tausend Dinge, die dabei schiefgehen können. Das Risiko gehe ich nicht ein. Ich werde nicht zulassen, dass du dich einer so großen Gefahr aussetzt oder dein Leben für jemand anderen hergibst.«

»Es ist eine gute Idee, und das weißt du auch«, widersprach sie ihm. »Wenn es hier um jemand anderen ginge als mich … wenn dein Sicherheitsunternehmen den Auftrag bekäme, jemanden wie mich zu schützen, würdest du nicht zögern, weil du wüsstest, dass du erstklassigen Schutz gewährleisten kannst. Angriff ist die beste Verteidigung, oder? Es ist an der Zeit, dass ich aufhöre wegzulaufen und stattdessen anfange, ihn so zu jagen, wie er mich all die Monate verfolgt hat. Mit so etwas rechnet er wahrscheinlich nicht. Bestimmt kennt er meine Vorgehensweise in- und auswendig. Solange er meint, mein Verhalten voraussagen zu können, sind wir im Vorteil.«

»Das ist Irrsinn«, stieß Caleb hervor.

»Ich halte es für besser, wenn wir meinen Geisteszustand hier nicht zum Thema machen«, erwiderte sie trocken.

Caleb zuckte zusammen, ein entschuldigender Ausdruck huschte über sein Gesicht.

»Sie wäre nie allein oder ohne Bewachung«, warf Dane von der Tür des Wohnzimmers aus ein. Er kam herein und stellte sich neben Caleb, während er ihn musterte, um abschätzen zu können, in welcher Stimmung er sich gerade befand. »Der Mörder wäre dumm, wenn er an den Tatort zurückkehrte. Davon abgesehen wird er nicht wissen, dass sie da ist.«

Caleb schüttelte den Kopf, seine Augen sprühten Funken. »Von wegen, er wird nicht wissen, dass sie da ist. Er hat doch Zugang zu Ramies Gedanken und kann ihre Umgebung sehen. Dann wird er genau wissen, wo sie ist und was sie gerade tut. Wir könnten auch gleich eine Zielscheibe auf ihre Stirn kleben und sie an einen Baum binden.«

»Und das ist der Punkt, an dem wir ins Spiel kommen«, sagte Eliza mit beschwichtigender Stimme. »Wir setzen unsere besten Leute auf die Sache an. Wir sorgen dafür, dass alle neuralgischen Punkte gesichert sind. Sie geht rein, schaut, ob sie irgendwas Nützliches findet, und dann sind wir auch schon wieder draußen und können hoffen, dass wir den Mistkerl festnageln, ehe er eine weitere Unschuldige umbringt.«

»Ich bin einverstanden«, erklärte Ramie mit fester Stimme.

Sie erhob sich von der Sofakante, blieb aber stehen, als sie gefährlich wankte. Sie stöhnte frustriert, weil sich alles um sie drehte. Die Wirkung der Tablette, die Dane ihr gegeben hatte, setzte jetzt erst ein. Ihr war schwindelig, der Vorschlaghammer in ihrem Kopf war zu einem dumpfen Schmerz im Hinterkopf geworden.

»Alles in Ordnung mit dir?«, fragte Caleb besorgt.

»Es geht mir gut, Caleb«, versicherte sie ihm. »Ich glaube, es ist nur die Tablette, die jetzt zu wirken anfängt.«

Caleb sah sie mit besorgter Miene an. »Ich glaube, du solltest dich einen Moment hinlegen. Es ist ja klar, dass du so viel Ruhe wie möglich brauchst, wenn wir es auch nur in Erwägung ziehen, diesen hirnverbrannten Plan in die Tat umzusetzen und dich auf dieses Ungeheuer loslassen.«

Sie sah ihm tief in die Augen und ging dann auf ihn zu. Sie schob ihre Finger zwischen seine und drückte sie, um ihn ein wenig zu beruhigen.

Man merkte ihm die Anspannung an. Seine Gedanken waren in Aufruhr, und er war voller Angst. Sie konnte spüren, wie sehr er sich davor fürchtete, dass etwas schiefgehen würde und sie den höchsten Preis dafür zahlen müsste.

»Ich muss es tun, Caleb, und das weißt du auch. Mir gefällt die Vorstellung kein bisschen, mich in einen Sumpf aus Angst, Schmerz, Blut und Gewalt zu stürzen, aber wenn ich ihn nicht aufhalte, wer tut es dann? Die Polizei sagt immer, dass er es irgendwann vermasselt und einen Fehler macht, aber dieser Typ hat noch nie einen Fehler gemacht und wird es auch nicht tun. Er ist die gefährlichste Art Mörder. Kalt, berechnend, geduldig und methodisch vorgehend. Und wenn es fünf Jahre dauert oder gar zehn, wird er auf den Moment warten, in dem ich einen Fehler mache oder nicht wachsam genug bin. Und ich will die nächsten fünf oder zehn Jahre nicht ständig hinter mich schauen und von meiner Angst steuern lassen. Ich schäme mich, dass ich so lange gebraucht habe, um zu dieser Erkenntnis zu gelangen. Viele Frauen mussten sterben, um mich zu diesem Punkt zu bringen, aber mit diesem Wissen werde ich leben müssen. Aber ihn zur Strecke zu bringen wird die Last, die ich mit mir herumtrage, ein bisschen leichter machen.«

Calebs Züge wurden weich, auch sein Blick war nicht mehr ganz so hart. »Schatz, du kannst nicht alle retten.«

Er strich ihr Haar zurück und nahm ihr Gesicht in beide Hände. Seine Augen strahlten in einem so tiefen Blau, dass sie das Gefühl hatte, in einem Ozean zu ertrinken. Sie strahlten vor Liebe, aber es lag auch ein Anflug von Furcht darin. Er hatte Angst um sie. Er hatte Angst, dass er sie verlieren könnte.

»Ich habe auch Angst, dich zu verlieren«, hauchte sie. »Erkennst du es denn nicht? Du machst dir Sorgen um mich und darum, was passiert, wenn ich ihm wieder in die Hände falle, aber ich mache mir Sorgen, dass du, Tori oder deine Brüder, ja, selbst Dane und Eliza den Preis für meine Sicherheit bezahlen könnten. Dieser Kerl ist unbarmherzig und skrupellos. Mord und Tod erheitern ihn. Er ist von seiner Überlegenheit überzeugt, und deshalb ist er auch so besessen von mir; mich hat er nicht schlagen können, und ich bin ihm viel zu nahe gekommen. Das ist für ihn der schlimmste Affront.«

»Unglaublich«, meinte Eliza fast fassungslos. »Sie haben den Nagel auf den Kopf getroffen. Sie haben Wort für Wort das Gleiche gesagt, was über sein Profil im FBI-Bericht steht.«

»Wir müssen das Phantombild an die Polizei und die Medien weiterleiten«, sagte Dane. »Je eher wir die Öffentlichkeit warnen und die Wahrnehmung dafür schärfen, dass sich im

Großraum Houston ein Serienmörder aufhält, desto schneller können wir ihn seiner gerechten Strafe zuführen. Vielleicht haben wir ja auch Glück und fassen ihn, ehe er sich das nächste Opfer schnappt.«

»Kümmern Sie sich darum«, sagte Caleb. »Ich bringe Ramie nach oben, damit sie sich ausruht, bis ihre Kopfschmerzen besser sind.«

25

»Ist jetzt der Moment, in dem ich sage *Tut mir leid, Liebling, aber ich hab schreckliche Kopfschmerzen*?«, fragte Ramie mit schläfriger Stimme.

Sie gähnte so herzhaft, dass ihr Kiefer knackte, ehe sie die Wange wieder auf Calebs nackte Brust legte und sich müde in seine Arme schmiegte. Er lachte leise und streichelte dabei ihren schmalen Rücken.

Ihre Haut war weich wie Seide. Sie zu berühren, sie in seinen Armen zu halten und in seinem Bett zu haben, war das reinste Vergnügen für ihn. Er drehte den Kopf so weit, dass er die Lippen an den Haaransatz an ihrer Stirn drücken konnte.

»Ich werde es dir für dieses Mal durchgehen lassen«, sagte er amüsiert.

Er merkte plötzlich, dass ein paar gestohlene Augenblicke lang alles ruhig war. Richtig friedlich. Keine Störungen von außen. Geborgenheit umgab sie wie ein weicher Kokon.

»Wie geht es deinem Kopf?«, fragte er, während er mit den Fingern durch die Locken fuhr, die sich über ihre Schulter ergossen. »Schon besser?«

Sie gähnte wieder und nickte, wobei ihre Wange über seine Brust rieb.

Es gefiel ihm sehr, sie so warm, süß und zufrieden in seinen Armen zu halten. Dort gehörte sie hin, ob sie es einsah oder nicht. Er konnte ein sehr geduldiger Mann sein, wenn es sich lohnte, und Ramies Herz und Vertrauen zu gewinnen war alle

Geduld wert, die er aufbringen musste, um ihre zart keimende Beziehung zu festigen.

»Bist du sicher, dass du es willst, Ramie?«, fragte er in ruhigem Ton.

Trotzdem verharrte sie völlig regungslos, und nicht einmal ein Atemzug entrang sich ihren Lippen. Er begann wieder, ihren Rücken zu streicheln, um die plötzliche Anspannung zu lindern.

»Ja. Nein …« Sie verstummte und holte dann tief Luft. »Ja, verdammt noch mal. Nun ja, das ist nicht ganz richtig. Ich bin ja keine komplette Idiotin. Ich will es eigentlich nicht tun, aber ich habe keine andere Wahl. Ich muss es tun, so sieht es aus.«

»Du bist eine mutige, selbstlose Frau«, sagte er, und er meinte jedes Wort ernst.

Sie gab einen angewiderten Laut von sich. »Was hat es damit auf sich? Warum nennen mich plötzlich alle mutig? Eliza hat vorhin genauso eine lächerliche Bemerkung gemacht. Sehe ich etwa wie jemand aus, der keine Angst hätte? Ich bin starr vor Schreck«, erklärte sie, ihre Stimme wurde immer schriller.

Er versuchte, sie zu besänftigen, indem er sie streichelte und seine Hand über ihre sanften Rundungen gleiten ließ, aber sie war bereits außer sich.

»An mir ist nichts Kühnes oder Mutiges geschweige denn Besonderes«, entgegnete sie schroff.

Ihr Tonfall lud nicht dazu ein, ihr zu widersprechen, sondern sie traf eine Feststellung, von der sie selber überzeugt war. Er wünschte sich indes, sie könnte sehen, was er sah.

Es war nicht Verlangen oder Liebe, was ihn sie wie durch eine rosarote Brille sehen ließ. Unabhängig von ihrer Beziehung oder seinen Gefühlen für sie widersprach nichts an ihrem Handeln seiner Einschätzung ihres Charakters.

»Ich war mein ganzes Leben lang einsam und verängstigt«, erklärte sie, und Schmerz schwang in ihrer Stimme mit. »Ich war ständig auf der Flucht, habe mich ständig versteckt … vor mir selbst und vor dem, was ich bin. Ich habe genug von diesem Leben, Caleb. Und ehe du mit mir streitest, ob ich das nun machen soll oder nicht, solltest du in deine Überlegungen mit einbeziehen, dass ich *deinetwegen* nicht mehr der verängstigte, schwache Abklatsch einer Frau sein will, die ich so lange gewesen bin. Du bist der Grund, warum ich … *besser* sein will. Du hast etwas Besseres verdient. *Ich* verdiene etwas Besseres. Was zwischen uns ist und wo immer uns es hinführen mag, hat nur eine Chance, wenn ich mein Leben wieder unter Kontrolle bringe. Wie schön es klingen mag, dass du mich beschützen und dich um mich kümmern willst … was meinst du wohl, wie lange es dauern wird, bis du erkennst, auf was für einen schlechten Handel du dich eingelassen hat? Dass wir uns nicht auf Augenhöhe begegnen, sondern dass ich abhängig von dir bin und dich nur ausnutze. Du kannst nicht ernsthaft glauben, dass du mit einer Frau, wie ich sie eben beschrieben habe, glücklich werden könntest. Dafür bist du viel zu stark. Dein Charakter ist viel zu stark, um mit einer schwächeren Partnerin klarzukommen.«

Es lag so viel Abscheu und Selbstekel in ihren Worten, dass er unter deren Heftigkeit zusammenzuckte. Sie brodelte vor Wut und zitterte am ganzen Leib. Die Hand, die auf seiner Brust lag, hatte sich zur Faust geballt, an der die Knöchel weiß hervortraten.

So gern er getan hätte, was sie beschrieb, erkannte er gleichzeitig, wie unfair es ihr gegenüber wäre. Und ihrer Intelligenz und Entschlossenheit würde es auch nicht gerecht werden. Es war einfach seine Art aufzustehen, die Verantwortung zu übernehmen und sie in eine Kiste zu packen, wo sie sicher wäre.

Aber so konnte sie nicht leben. Er begann, ihre Frustration darüber, dass sie sich dem Siedepunkt näherte, allmählich zu begreifen. Vielleicht hatte sie ihn bereits erreicht.

Er verfügte über einen stark ausgeprägten Beschützerinstinkt. Nicht nur wenn es um Ramie ging, sondern auch in Bezug auf seine Familie. Die Vorstellung, sich zurückzulehnen und den festen Griff zu lockern, widersprach allem, was er war. Aber wenn er nicht lernte loszulassen, würde er Ramie wahrscheinlich verlieren.

Früher oder später würde sie seiner Kontrolle überdrüssig werden.

»Ich verstehe«, murmelte er. »Ich hab's begriffen, Ramie. Wirklich. Aber wir müssen uns darauf einigen, dass wir hinsichtlich deiner Meinung, du seist nicht stark oder mutig, nun mal unterschiedlicher Ansicht sind. Was das angeht, werde ich nicht nachgeben. Ich kenne niemanden, weder Mann noch Frau oder Kind, der alles so stoisch ertragen hätte wie du die letzten zehn Jahre.«

Sie hob den Kopf und sah ihn mit stürmisch bewegtem Blick an.

»Aber das ist es doch gerade, Caleb. Ich habe es *nicht* stoisch ertragen. Himmel, ich wünschte, ich hätte oder ich *könnte* es. Das Problem ist doch, dass ich *zu* viel empfinde. Ich nehme zu viel auf. Das hat mich häufiger an den Rand des Zusammenbruchs gebracht, als ich zählen kann. Und immer gerade dann, wenn ich denke, dass mein Leben einen Anflug von Normalität bekommt, werde ich wieder in eine Welt aus Schmerz, Tod und Elend zurückgeworfen.«

Er schob seine Hand in ihr Haar und streichelte sie besänftigend.

»Schsch, ich verstehe, Schatz. Hör auf, dich selber fertigzumachen. Das bringt doch nichts. Ich möchte mich viel lieber darüber unterhalten, dass du gerade gestanden hast, dass ich der Grund bin, warum du … besser werden willst«, sagte er.

»Ja, das stimmt. Du bist der Grund«, sagte sie leise. »Aber ich habe Angst zu träumen. Ich habe nie schöne Träume, Caleb. Nur schlimme. Nur einmal möchte ich etwas, das schön ist und wundervoll.«

Er schlang die Arme um ihre Taille und rollte sich mit ihr herum, sodass sie unter ihm zu liegen kam. Er presste voller Leidenschaft seine Lippen auf ihren Mund, und seine Zunge schwelgte in ihrer Wärme und ihrem Geschmack.

Als er den Kopf hob, lösten sich ihre Lippen voneinander und sie sahen einander tief in die Augen.

»Ich werde dir schöne Träume schenken, Ramie, und dich während der schlechten festhalten. Die guten Träume werden wir zusammen erleben.«

Sie sah ihn mit durchdringendem Blick fragend an, während sie zu erkennen versuchte, wie ehrlich sein Schwur gemeint war.

Dann wurde ihr Blick weich, die dunklen Schleier in ihren Augen lösten sich auf, und sie strahlte übers ganze Gesicht.

»Gute Träume erleben«, murmelte sie. »Das gefällt mir.«

Er senkte den Kopf, um ihren Mund wieder in Besitz zu nehmen. Während er sie küsste, glitt seine Hand unter ihr T-Shirt, streichelte ihren Bauch und wanderte dann nach oben zu ihren Brüsten. Er umfasste eine Brust und strich mit dem Daumen über die Spitze, sodass sie zu einer steifen Knospe aufblühte.

Er zog sie behutsam aus, entledigte sich seiner eigenen Kleidung und legte sich dann wieder auf sie.

»Ich möchte, dass du heute Nacht nur von mir träumst«, raunte er zwischen zwei Küssen. »Und dass du mit dem Gefühl einschläfst, geliebt und beschützt zu sein, denn ich liebe dich und werde dich immer beschützen, Liebste«.

Voller Sehnsucht nach seiner Wärme und seinen Berührungen wölbte sie sich ihm entgegen. Sie schlang die Arme um seine Schultern und erwiderte seinen Kuss voller Inbrunst und Leidenschaft.

»Ich brauche dich so sehr, Caleb«, flüsterte sie, unverhohlen sehnsüchtig.

»Ich brauche dich genauso sehr. Das musst du mir glauben, Ramie.«

»Das tue ich«, erwiderte sie mit vor Rührung angespannter Stimme. »Liebe mich. Zeige mir, was du für mich empfindest.«

Seine Küsse wurden noch leidenschaftlicher, noch drängender, während sein großer Körper sich über sie wölbte und mit dem Knie ihre Schenkel spreizte. Er senkte seinen dunklen Kopf auf ihre Brüste und reizte sie mit seiner Zunge, bis die Spitzen sich aufstellten und Gänsehaut ihren Brustkorb überzog.

Er küsste sie auf den Hals und saugte an ihrem Ohrläppchen, bis ein Schauer nach dem anderen durch ihren Körper floss. Er ließ keine Stelle ihres Leibes unberührt, und überwältigte sie mit seiner Liebe. Er nahm sich Zeit, damit sie ganz von seinem Begehren erfüllt wurde.

Als er sie umdrehte und an ihrem Nacken zu knabbern begann, um dann mit seiner Zunge an ihrem Rückgrat entlang nach unten zu fahren, stieß sie vor Überraschung einen unterdrückten Schrei aus und wurde von einem unkontrollierten Zittern erfasst. Er spielte mit ihren Pobacken, küsste und saugte sie im Kreuz.

Er griff nach einem Kissen und hob sie so weit an, dass er es unter ihr Becken schieben konnte. So wölbte sie sich ihm entgegen und bot ihm leichteren Zugang.

Er spielte eine Weile mit ihr und trieb sie mit seinen forschenden Fingern fast in den Wahnsinn. Mal streichelte er ihre feuchte Haut, um dann mit dem Daumen das pochende Zentrum ihrer Weiblichkeit zu massieren, ehe er einen Finger in sie hineinschob, um die empfindsamste Stelle von innen zu reizen.

Seine Zärtlichkeit blockierte jeden klaren Gedanken, ihre Finger bohrten sich in die Laken, während ein Sturm lustvoller Empfindungen über sie hinwegfegte.

Sie keuchte, als er sie anhob, um seinen Schwanz vor ihrem Eingang in Stellung zu bringen, ehe er langsam von hinten in sie eindrang. Er war jetzt viel größer und brauchte mehrere Anläufe, ehe er ganz in sie eintauchte.

Die Fülle, die sie spürte, ließ sie vor Lust stöhnen, während sie sich dehnte, um sich seiner Größe anzupassen. Er hielt inne, als er sich ganz in ihr versenkt hatte.

»Alles gut?«, fragte er mit angespannter Stimme.

»Ja, Himmel, ja! Bitte, hör nicht auf.«

»Das habe ich nicht vor«, stöhnte er.

Er zog sich ein bisschen zurück, um dann langsam wieder in sie einzudringen, was ihr ein neues Stöhnen entlockte. Sie brauchte mehr. So viel mehr. Sie wollte nicht, dass er sanft mit ihr umging. Sie wollte alles, was er geben konnte. Sie wollte nicht wie etwas Zerbrechliches von ihm behandelt werden.

Sie bäumte sich auf und versuchte ihm ohne Worte mitzuteilen, was sie wollte und brauchte.

Er reagierte auf ihr stummes Flehen und stieß härter und tiefer zu, bis ihr verzweifeltes Verlangen fast mit Händen zu greifen war.

Seine Finger gruben sich in ihre Hüften und hoben sie seinen Stößen entgegen. Er bewegte sich immer schneller und trieb sie beide an die Grenze des Wahnsinns.

»Ich will, dass du mit mir kommst, Ramie.«

»Ich bin bei dir!«, keuchte sie. »Bitte, Caleb, lass mich nicht warten. Ich bin da!«

Ihre Worte waren alles, was er gebraucht hatte, um die Zügel loszulassen. Er stieß immer fester in sie vor, sodass ihr ganzer Körper unter der Wucht seiner Leidenschaft bebte.

Sie zuckte unkontrolliert und stieß einen Schrei aus, als sie mit nie erlebter Heftigkeit den Höhepunkt erreichte. Er folgte ihr sofort, warf sich auf sie und bedeckte sie mit seinem Körper, sodass seine Wärme und Kraft sie mit liebevoller Gewalt in die Kissen pressten. Beide hatten sich verausgabt, ihr Keuchen erfüllte die Stille des Raumes.

Schließlich wälzte er sich von ihr, entfernte das Kondom und zog sie in seine Arme, während er sie streichelte und beide noch unter den Nachwirkungen der Erlösung bebten.

Er küsste ihre Stirn, ihre Augen, die Nase, die Wangen und schließlich ihren Mund. Dort verweilte er, schob die Zunge zwischen ihre Lippen, so viel sanfter als noch wenige Augenblicke zuvor.

»Ich liebe dich so sehr«, erklärte er mit sehnsuchtsvoller Stimme. »Ich hoffe, dass du mich eines Tages auch lieben kannst, Ramie. Aber ich bin bereit, so lange zu warten, wie es braucht, und werde dich niemals aufgeben. Ich werde bis in alle Ewigkeit auf dich warten, wenn es nötig ist.«

Sie schmiegte sich in seine Arme, vergrub das Gesicht an seiner Brust und wünschte sich mit aller Kraft, sie könnte es jetzt zu ihm sagen, da er so verletzlich klang. Aber sie wollte es erst aussprechen, wenn sie sicher war, gefestigt und … geheilt zu ihm zu kommen. Und ihm genauso viel zurückgeben konnte, wie er ihr seit jeher gegeben hatte.

Im Raum war es dunkel, und Tori konnte spüren, dass sie nicht allein war, aber sie hatte keine Ahnung, wo sie sich befand. Zu verängstigt, um auch nur einen Laut von sich zu geben, rollte sie sich zu einer Kugel zusammen und hoffte, dass man sie weder hörte noch sah.

Der Geruch von Blut brannte in ihrer Nase und überwältigte ihre Sinne, bis sie glaubte, sich übergeben zu müssen. Der Geruch von Blut war ihr allzu vertraut … besonders der ihres eigenen Blutes.

Sie presste eine Hand auf ihren Mund, als ihr Magen sich erneut hob. Sie holte lautlos tief Luft, schloss die Augen und versuchte, der Übelkeit durch ruhiges Atmen Herr zu werden.

Dann hörte sie ein Geräusch, ganz in der Nähe. Sie zwang sich, die Augen zu öffnen und den Blick langsam um sich schweifen zu lassen. Sie runzelte die Stirn, als sie merkte, dass sie ihre Umgebung nicht kannte. Blinzelnd richtete sie den Blick auf einen Schatten, der ein paar Meter von ihr entfernt war, und versuchte angestrengt zu erkennen, was oder wer mit ihr im Raum war.

Der Schatten kam näher. Als sie erkannte, dass es ihr Bruder war, stockte ihr der Atem. Mit schwindelerregender Geschwindigkeit raste Erleichterung durch ihren Körper. Oh Gott, sie hatte solch eine Angst gehabt. Aber Caleb war da. Er war bei ihr, und er würde nicht zulassen, dass ihr irgendjemand ein Leid antat.

Er kam einen Schritt näher und trat plötzlich aus dem Schatten. Ihr Herz machte einen schmerzhaften Satz, und ihr Mund öffnete sich zu einem stummen Schrei. Und der grauenvolle Anblick, der sich ihren Augen bot, ließ sie vor Entsetzen weiterschreien.

Caleb war von oben bis unten mit Blut besudelt. Es bedeckte seine Hände, lief in Strömen über seine Brust und tropfte von seinem Bauch. Seine Augen waren trüb und leer – seelenlose Abgründe voller Eis.

Tori schrie immer wieder. Das Entsetzen ließ sie nicht los, sondern marterte sie von innen und ließ sie vor Panik außer sich geraten. Sie schloss in dem angsterfüllten Versuch, den blutüberströmten Caleb nicht mehr sehen zu müssen, die Augen, doch sein Anblick schien sich schon in ihrem Kopf eingebrannt zu haben. Er stand ihr mit geschlossenen Augen genauso lebhaft vor Augen wie mit offenen.

Ihr Kopf ruckte vor und zurück, und sie merkte, dass jemand sie schüttelte und immer wieder ihren Namen rief.

»Tori! Tori, wachen Sie auf, verdammt noch mal!«

Sie wehrte sich gegen den Griff und stieß den anderen so fest zurück, dass sie nach hinten taumelte. Ihr Kopf knallte gegen das Kopfteil des Bettes, und sie sah Sterne. Der Schmerz riss sie aus ihrer Schockstarre, und sie verschwendete keine Zeit, sondern warf sich auf die andere Seite des Bettes, um herauszuspringen und um ihr Leben zu rennen.

Keiner würde sie je wieder zu fassen bekommen. Nie wieder. Eher würde sie sterben.

Als erneut starke Hände ihre Arme packten, holte sie aus und schlug mit der geballten Faust zu. Ein gedämpfter Fluch und der Schmerz, der durch ihre Knöchel zuckte, sagten ihr, dass sie einen sehr harten Kiefer getroffen hatte.

»Verdammt, Tori, wachen Sie endlich auf. Ich bin's doch nur, Dane, um Himmels Willen.«

Die Beine gaben unter ihr nach, sie sackte in sich zusammen und plumpste mit einem dumpfen Laut zu Boden. Wieder hörte sie jemanden fluchen, aber die Hände, die sie berührten, waren sanft und nicht bedrohlich.

Finger strichen ihr vorsichtig das Haar aus dem Gesicht, ehe warme Daumen die Tränen wegwischten, die stumm über ihre Wangen strömten.

Sie zuckte zusammen und stieß einen kehligen Laut aus,

während sie versuchte, fast wie ein Tier, das sich verkriechen wollte, auf dem Holzboden zurückzuweichen. Sie strich sich das Haar aus dem Gesicht, damit sie zumindest etwas sah, sodass sie sich verteidigen konnte.

»Fa-fassen Sie m-mich nicht an.«

Er ließ sie sofort los und hob gut sichtbar die Hände. Sie musterte ihn argwöhnisch, denn die Überreste der schrecklichen Vision trieben noch wie geisterhafte Nebelschwaden durch ihr Hirn. Es dröhnte in ihren Ohren, und sie blinzelte, um ihre Umgebung wieder klar sehen zu können.

»Ich werde jetzt das Licht anmachen, ja, Tori?«

Der besänftigende Tonfall seiner Stimme half ihr, sich zu beruhigen. Allmählich verzog sich der rote Nebel, und sie hatte nicht mehr Calebs blutüberströmten Körper vor Augen, sobald sie die Augen öffnete.

»Dane?«

Das Beben in ihrer Stimme ließ sie wie ein verängstigtes Mädchen klingen. Die erwachsenene Frau, die die Realität außerhalb ihrer privilegierten Welt gesehen hatte, in der sie seit dreiundzwanzig Jahren lebte, gab es nicht mehr.

»Ja, Tori, ich bin's, Dane. Sind Sie wieder okay?«

Tränen schossen ihr in die Augen, und sie schluchzte, als sie vor Erleichterung in sich zusammensackte.

»Oh Gott, Dane. Sie müssen nach Caleb sehen. Ich glaube, er ist tot.«

Dane zuckte zusammen, und seine Augen wurden schmal, sodass seine ohnehin strengen Gesichtszüge noch Furcht einflößender wirkten.

»Was sagen Sie da?«, fragte er schroff. »Reden Sie mit mir, Tori. Hatten Sie eine Vision?«

Sie riss die Augen auf und starrte Dane mit offenem Mund bestürzt an. »Wovon reden Sie?«, flüsterte sie.

»Ich weiß Bescheid«, erwiderte er. »Eliza auch. Aber sonst keiner; nicht einmal die anderen Sicherheitsexperten, die bei Ihren Brüdern angestellt sind, oder die Leibwächter. Jetzt sagen Sie mir, was passiert ist, Tori. Ist Caleb in Gefahr?«

Sie rieb sich mit beiden Hände das Gesicht. Ihre Augen brannten, als wären Sand und Staub in sie hineingeraten.

»Ich weiß es nicht«, antwortete sie frustriert. »Seit … ihm … kann ich nicht mehr zwischen Visionen und Albträumen unterscheiden, die von dem herrühren, was mir widerfahren ist. Oh Gott, ich dachte, ich hätte all das endlich hinter mir gelassen. Ich dachte, alles würde wieder in Ordnung kommen, aber jetzt hab ich das Gefühl, den Verstand zu verlieren. Letzte Nacht habe ich geträumt, jemand hätte mich erschossen. Und jetzt sehe ich im Traum einen mit Blut bedeckten Caleb.«

Dane zog Tori behutsam an seine Brust, als hätte er Angst, sie könnte wieder in Panik geraten und sich losreißen.

»Schsch, Tori. Sie sind nicht dabei, den Verstand zu verlieren. Sie haben Schreckliches durchgemacht, sowohl körperlich als auch seelisch. So etwas überwindet man nicht innerhalb einer Woche, eines Monats oder sogar eines Jahres. Das braucht seine Zeit, aber Sie werden es schaffen.«

»Sie glauben also an meine Fähigkeit?«, platzte sie heraus und sah ihn unter den Wimpern hervor an.

Dane hatte sie immer eingeschüchtert, und wenn sie ehrlich war, jagte er ihr sogar eine Heidenangst ein. Seine Züge waren so streng, fast schon brutal, dass er extrem gefährlich wirkte. Und ihm entging nie auch nur die geringste Kleinigkeit.

Außerdem hatte er sie nie wie eine beschädigte Ware behandelt. Wie alle anderen, denen sie das jedoch nicht vorwarf, weil sie diesem Verhalten Vorschub leistete. Denn so war es einfacher für sie. Solange sie den Eindruck vermittelte, sie könnte jederzeit zusammenbrechen, wurde sie von niemandem bedrängt. Keiner forderte mehr von ihr, als sie zu tun bereit war.

Nur Dane hatte sich nie darum gekümmert, ob er sie mit seinem Verhalten irritierte. Vielmehr hatte er kühl erklärt, sie sollte aufhören, sich wie eine verwöhnte Göre aufzuführen und Ramie wie eine Feindin zu behandeln. Ramie war nicht der Feind. Aber sie gehörte zu Toris Vergangenheit. Sie war der einzige Mensch, der genau wusste, wie nah Tori daran gewesen war, ihre Seele zu verlieren.

Wieder kam Scham hoch, und sie zuckte zusammen, als ihr die schrecklichen Tage von damals wieder ganz frisch vor Augen standen.

»Bitte, sehen Sie nach, ob es Caleb gut geht«, bat sie.

»Ihm geht es gut«, besänftigte Dane sie.

»Woher wollen Sie das wissen?«, fragte sie, und Zorn löste den Kummer ab, der sie eben noch erfüllt hatte.

»Weil er vor Stunden mit Ramie zu Bett gegangen ist«, erklärte Dane. »Alles ist ruhig. Auf diesem Anwesen macht keiner einen Schritt, ohne dass wir davon erfahren. Vertrauen Sie mir, wenn ich sage, dass es ihm gut geht.«

»Und wenn es nun eine Vision war?«, sagte sie leise und brachte damit ihre größte Furcht zum Ausdruck. »Wenn nun beides Visionen waren? Und sowohl Caleb als auch ich sterben müssen? Ich will nicht sterben, Dane. Vielleicht wollte ich das früher einmal, aber jetzt nicht mehr. Es jagt mir eine Heidenangst ein, dass ich sterben könnte, ehe ich irgendetwas aus meinem Leben gemacht habe. Ich habe noch nie etwas für mich selber tun müssen. Das hat mich eigentlich nie gestört … erst als ich erkannt habe, wie sehr meine Brüder mich beschützen und gegen alles abschirmen. Ist Ihnen klar, wie lächerlich es ist, dass ich nicht mal ins Kino oder in ein Restaurant gehen kann, ohne eine ganze Armee von Leibwächtern? Wer lebt denn so?«

»Ich weiß nur, dass zumindest heute Nacht keinem von Ihnen beiden etwas passieren wird«, stellte Dane nüchtern fest.

Aus irgendeinem Grund tröstete es sie, dass er nicht gesagt hatte, ihnen würde nie etwas passieren, sondern dass er nur von dieser Nacht gesprochen hatte. Hätte er irgendetwas anderes behauptet, wäre ihr klar gewesen, dass er sie nur beruhigen wollte.

Er war der Einzige, der sie nicht mit Samthandschuhen anfasste. Alle anderen schien entschlossen, sie auch vor dem kleinsten Ungemach zu beschützen, als wäre ihr geistiger Zustand so labil, dass der geringste Stress zu einem Nervenzusammenbruch führen könnte.

Und vielleicht stand sie tatsächlich kurz davor.

Wie hatte Ramie es geschafft, das immer wieder aufs Neue durchzumachen? Einmal war schrecklich genug. Tori war knapp mit dem Leben davongekommen, auch wenn sie Teile ihrer Seele dabei verloren hatte. Aber solche Abartigkeiten wieder und wieder durchzumachen? Wer zum Teufel war so selbstlos? Sie ganz sicher nicht.

Tori hatte sich Ramie gegenüber unfair verhalten. Das wusste sie und gestand es sich auch ein. Trotzdem konnte sie sich nicht dazu überwinden, Ramies Anwesenheit hier im Haus einfach hinzunehmen, denn Ramie erinnerte Tori zu sehr an all die Schmerzen, die sie vergessen wollte.

Tori blinzelte und wurde aus ihren Gedanken gerissen, als ihr plötzlich klar wurde, dass sie und Dane neben ihrem Bett auf dem Boden saßen und Laken und Daunendecke in wildem Durcheinander vom Bett herunterhingen.

Sie fühlte sich entblößt und verletzlich, ein Gefühl, das sie mehr als alles andere hasste. Aber sie wollte vor Dane auch nicht ausflippen und damit unmissverständlich klarmachen, dass ihr Geisteszustand an einem seidenen Faden hing.

»Es tut mir leid«, entschuldigte sie sich mit leiser Stimme. »Ich wollte Sie nicht wecken. Die Vision – der Traum oder was auch immer – hat mir Angst gemacht. Alles war so … *real*.«

»Sie müssen sich nicht entschuldigen.«

Das Zwischenspiel war vorbei. Dane stand auf und hielt ihr seine Hand hin, um ihr aufzuhelfen. Sie tat aber so, als würde sie sie nicht sehen und drehte sich um, um ein Laken über sich zu ziehen und sich so vor seinem Blick zu schützen.

»Geht es Ihnen jetzt wieder gut, oder möchten Sie, dass ich noch bei Ihnen bleibe? Wir können auch ins Wohnzimmer gehen, wenn Sie einen Raum vorziehen, in dem es heller ist.«

Sie runzelte die Stirn und schüttelte den Kopf. »Nein. Es geht mir gut. Wirklich. Sie sollten wieder zu Bett gehen. Bestimmt haben Sie morgen einen prall gefüllten Terminkalender. Danke.«

»Bitte schön«, erwiderte er nach kurzem Zögern.

Er schien sie zu mustern, vielleicht um herauszufinden, ob sie auch die Wahrheit sagte. Offensichtlich schien er überzeugt zu sein, dass es ihr gut ging, denn er ging zur Tür.

Dort angekommen drehte er sich, die Hand bereits auf der Klinke, noch einmal zu ihr um.

»Schlafen Sie gut, Tori. Versuchen Sie, niemanden in Ihren Träumen zu ermorden.«

Sie sah ihn mit offenem Mund an, als sie das amüsierte Funkeln in seinen Augen sah und den ironischen Unterton in seiner Stimme hörte.

Dane hatte Sinn für Humor. Wer hätte das gedacht?

Er schlug die Augen auf und sah mit leerem Blick zur Decke. Ohne ein Geräusch stand er auf und ging wie ein Roboter zum Schrank. Mit genau abgezirkelten, bedachten Bewegungen nahm er sich eine Jeans und eins der gebügelten und sauber gefalteten Polohemden heraus, um sich dann leise im Dunkeln anzuziehen.

Ein Anflug von Furcht stieg in ihm auf, verging jedoch gleich wieder, als er zum Bett zurückging. Er sah Ramie an und zögerte einen Moment, ehe er weiterwankte. Aus heiterem Himmel fuhr ein stechender Schmerz durch seinen Kopf. Er biss die Zähne zusammen, an seiner Wange zuckte ein Nerv.

Seine Schritte waren verhalten, als würde er sich dagegen wehren, den Raum – Ramie – zu verlassen. Zögernd trat er auf den Flur hinaus. Jenseits der Türschwelle blieben seine Schritte unsicher, aber je weiter er sich von Ramie entfernte, desto weniger spürte er den Sog, bis er sich schließlich ganz entspannt bewegte.

Er ging die Treppe hinunter und blieb unten stehen, um sich verstohlen umzuschauen.

Das Haus war in Schweigen gehüllt. Es war unheimlich still, als er sich zum Überwachungsraum begab, wo zahlreiche Monitore das Anwesen im Blick hatten.

Er tippte den Sicherheitscode ein, und eine Schiebewand aus Holz, die in die Wand eingebaut war, glitt zur Seite. Sobald er drin war, ging er zu den Überwachungsmonitoren am linken Ende des Raumes.

Sein Blick glitt über die mit Bildschirmen bedeckte Wand und blieb schließlich an dem Monitor hängen, nach dem er gesucht hatte.

Ein widerwilliges Lächeln, das sich irgendwie falsch anfühlte, kräuselte seine Mundwinkel und verzerrte seine Gesichtszüge zu einer Grimasse.

Hab dich …

Die Worte wisperten in seinem Kopf, aus der Ferne war ein triumphierendes Lachen zu hören.

Sein Magen zog sich zusammen, und eine böse Vorahnung

erfasste ihn. Seine Nackenmuskeln zogen sich wie unter Krämpfen zusammen. Die Augenlider senkten sich und begannen unwillkürlich zu zucken.

Falsch. Alles falsch. Und doch war er machtlos und musste dem inneren Zwang gehorchen, der von ihm Besitz ergriffen hatte. Sein Verstand gehorchte ihm nicht mehr.

Er focht in seinem Innern einen Kampf mit sich selbst aus. Sein eigener Wille lag begraben unter diesem Wesen, das er nicht kannte und von dessen Existenz er nichts gewusst hatte. Der andere schloss seine eiskalten Finger um sein Herz. Schweißperlen traten auf seine Stirn, und das Herz schlug ihm bis zum Hals. Der schweigende Kampf um sein Bewusstsein tobte erbarmungslos.

Er wurde in unterschiedliche Richtungen gezerrt. Sein Herz raste, und sein Atem war ein brennendes Keuchen, während Schweiß sein Gesicht bedeckte, den man im Schein der Monitore deutlich sehen konnte.

Schmerz fuhr durch seine Brust, als er schließlich dem Schaden, den er angerichtet hatte, den Rücken kehrte. Er verließ den Überwachungsraum so leise, wie er ihn betreten hatte.

Wenige Augenblicke später zog er sich leise aus. Dann schlüpfte er zu Ramie ins Bett und deckte sie beide zu.

Er empfand tiefe Bestürzung, während ein Teil von ihm im Triumph schwelgen und einschlafen wollte.

Sein Kiefer war so fest zusammengepresst, dass es schmerzte, an Hals und Schläfen zuckte sein Puls, seine Lider flatterten und senkten sich schließlich. In der Ferne ertönte wieder ein Lachen, wurde dann aber immer schwächer, bis es schließlich verklang und Caleb in einen unruhigen Schlaf fiel.

26

Caleb sah aus, als hätte er die ganze Nacht nicht geschlafen. Seitdem er und Ramie aufgestanden waren, war er still und in sich gekehrt. In der Küche herrschte angespanntes Schweigen, das sich wie ein Abgrund auftat.

Die Situation zehrte an allen. Dane und Eliza wirkten erschöpft. Tori war bleich und lustlos und saß schweigend am Frühstückstisch. Quinn und Beau saßen zu beiden Seiten von ihr, nahmen ruhig ihr Essen zu sich und waren mit ihren eigenen Gedanken beschäftigt.

Ramie seufzte und schob ihr Essen mit der Gabel auf dem Teller herum oder stach auf ihre Eier ein. Ihr Magen wollte sich bei der Vorstellung, etwas zu sich zu nehmen, umdrehen, und so spielte sie nur träge mit dem Besteck, während sie darauf wartete, dass das unangenehme Schweigen ein Ende nahm.

Ihre Gabel klapperte laut auf dem Teller, als Danes Handy klingelte. Sie hob den Kopf und hatte auf einmal einen Kloß im Hals. Dass sein Telefon klingelte, hieß noch lange nicht, dass etwas Schlimmes passiert war. Er bekam den ganzen Tag Anrufe. Als Calebs Sicherheitschef war es seine Aufgabe, dafür zu sorgen, dass alles reibungslos ablief. Niemand außer ihm erstattete Caleb Bericht, während alle ihm Meldung machten.

Dane verkrampfte sich, als er sah, wer anrief. Er versuchte, sich nichts anmerken zu lassen, doch Ramie sah, wie sein Kiefer mahlte, seine Frustration hing fast greifbar in der Luft.

Sie glitt zitternd von ihrem Stuhl und rückte instinktiv näher an Caleb heran, um sich bei ihm anzulehnen. Ein verräterisches Beben lief durch ihren Körper, und sie griff blindlings nach seiner Hand, während sie sich auf das Schlimmste gefasst machte.

»Das ist er«, sagte sie mit schwacher Stimmte und hob das Kinn, um Caleb anzusehen. Innerlich flehte sie ihn an, ihr zu sagen, dass sie Unrecht hätte, aber die Wahrheit war nicht zu leugnen. Was sie sogar in Calebs Augen erkennen konnte.

Vor Übelkeit zog sich ihr Magen zusammen, und sie schluckte krampfhaft. Der Albtraum wollte wieder von vorn losgehen.

»Er hat sich ein neues Opfer geholt, nicht wahr?«

Caleb legte einen Arm um Ramie, während er mit dem anderen nach ihrer Hand griff. So warteten sie darauf, was Dane ihnen zu eröffnen hatte. Ramie zitterte und bebte am ganzen Körper. Alle Farbe war aus ihren Wangen gewichen, die Augen in ihrem zarten Gesicht wirkten riesig.

Wie sollte er es über sich bringen, dass sie die Sicherheit seines Hauses verließ, während er keine Ahnung hatte, was sie am Tatort erwartete? Wenn es überhaupt einen Tatort gab.

Dane sprach mit leiser Stimme. Sein Gesicht war zu einer Maske wütender Konzentration verzogen. Er fluchte, worauf Caleb seinen Arm noch fester um Ramie schlang. Wenn er nicht aufpasste, hinterließ er blaue Flecken auf ihrer Haut. Er zwang sich dazu, sie nicht ganz so fest anzufassen, doch Ramie reagierte sofort und schmiegte sich wieder an ihn.

Er sagte nichts, sondern genoss es, sie im Arm zu halten.

Dane ließ das Telefon sinken. Er wirkte resigniert.

»Er wird dreister«, erklärte Dane grimmig. »Er hat wieder angerufen. Diesmal hat er der Polizei den Namen und die Adresse der Frau genannt. Dann bat er darum, Ramie St. Claire auszurichten, dass er bereit wäre, seinem neuesten Opfer gegenüber Erbarmen zu zeigen, wenn sie sich auf einen Deal mit ihm einlassen würde.«

Caleb spürte, wie Ramie erstarrte. Nur ihre flachen Atemzüge wiesen darauf hin, dass noch Leben in ihr war. Dann hob sie langsam das Kinn und suchte seinen Blick.

»Wir sollten los«, wisperte sie. »Jetzt, da wir noch ganz am Anfang sind, ehe er Zeit hat, seinen Plan auszuführen.«

Caleb hatte sich in seinem ganzen Leben noch nie so unsicher gefühlt. Es war deutlich erkennbar, dass er als Einziger dagegen war, dass Ramie jetzt ihrerseits eine Verbindung zu dem Mörder herstellen wollte.

Er sah zwischen Dane und Eliza hin und her und richtete seine Frage an die beiden.

»Wer steht uns zur Verfügung?«

Ramie wirkte verwirrt, und sie runzelte die Stirn über den besorgt blickenden Augen. Meinte sie denn, er würde sie ohne ausreichenden Feuerschutz – besser noch eine Armee, mit der man in ein kleines Land einmarschieren konnte – ins Ungewisse schicken?

»Ich habe ein Sechs-Mann-Team. Wenn Sie mehr Leute wollen, kann ich die auch besorgen. Aber in diesem Fall ist weniger mehr. Wir wollen nicht zu viel Aufmerksamkeit auf uns lenken, und wenn wir ein Dutzend Sicherheitsspezialisten, Eliza, mich, Sie und Ramie mitnehmen, werden wir bloß auffallen«, sagte Dane.

Caleb schwieg einen Moment, während er über die gegenwärtige Situation nachdachte. Er vertraute auf Danes Urteil … und auf Elizas im Grunde auch. Bisher hätte er sogar behauptet, dass er voll und ganz darauf vertraute, dass sie die Fähigkeit besaßen, jemanden zu beschützen.

Aber er war vorher auch nie persönlich betroffen gewesen. Erst bei Tori hatte er jemand anderen als sich selbst, Quinn oder Beau mit der Sache beauftragt, und auch da hatte er nur Dane und Eliza vertraut. Tori ging nicht viel aus, daher brauchte sie meist nur minimalen Schutz. Er runzelte die Stirn, als ihm klar wurde, wie selten Tori das Haus seit ihrer Entführung und Vergewaltigung verlassen hatte.

Die Preisfrage war, ob er seinem Millionen-Dollar-Team aus Sicherheitsexperten, die alle auf Personenschutz spezialisiert waren, zutraute, Ramie unter allen Umständen zu beschützen.

Er konnte sich aber auch damit verrückt machen, alles in Zweifel zu ziehen. Er sah Eliza an, die seinen Blick kühl erwiderte und von seinem offensichtlichen Zögern ganz unberührt schien.

Verflucht. Er hatte doch dafür gesorgt, dass er und seine Brüder nur die Besten eingestellt hatten. Beau hatte die meisten Einstellungen vorgenommen, aber jede Entscheidung war von Caleb und Quinn abgesegnet worden.

»Dane und Eliza, Sie beide übernehmen die Leitung bei der Sache.« Er hatte es Eliza gegenüber nie an Respekt fehlen lassen, indem er sich nur an Dane wandte. Sie war genauso kühl und besonnen wie Dane, wenn sie unter Beschuss geriet. Sie gaben ein hervorragendes Team ab, und beide waren geborene Anführer.

»Ich glaube fest daran, dass Sie beide dafür sorgen, dass Ramie nichts passiert«, erklärte er mit leiser Stimme. »Nehmen Sie alles mit, was Sie für notwendig erachten. Darum bezahle ich meinen Angestellten ein Gehalt und keinen Lohn für einzelne Aufträge. Ich will keine Leute, die einen Nebenjob annehmen, um sich etwas dazuzuverdienen. Ich will absolute Loyalität und Leute, die mir jederzeit zur Verfügung stehen.«

»Ihr wird nichts passieren«, sagte Dane.

Obwohl die Worte an Caleb gerichtet waren, sah er die ganze Zeit Ramie an, als versuchte er, sie genauso zu beruhigen wie Caleb.

Ramie nickte, um ihm zu zeigen, dass sie sein Versprechen zur Kenntnis genommen hatte, aber man sah, wie sie schluckte, und sie zitterte immer noch.

»Wann geht's los?«, fragte Caleb.

»Jetzt«, erwiderte Dane. »Detective Briggs möchte, dass wir uns mit ihm und Detective Ramirez dort treffen. Das verschafft uns ein bisschen mehr Zeit. Nicht viel, aber es könnte genauso viel sein, wie wir brauchen. Auf dem Revier ist keiner davon begeistert, Zivilisten Zutritt zu einem noch nicht gesicherten Tatort zu gewähren, aber mittlerweile ist man bereit, alle zur Verfügung stehenden Mittel auszuschöpfen.«

Unausgesprochen blieb dabei, dass höchstwahrscheinlich Zweifel am Wert von Ramies Fähigkeiten bestanden, auch wenn die beiden Detectives, die zu Caleb nach Hause gekommen waren, aus erster Hand erfahren hatten, wie genau Ramies Angaben zum Fundort gewesen waren.

Briggs und Ramirez glaubten vermutlich sogar an Ramies Fähigkeiten, aber sie waren nur zwei Detectives in einem Revier voller Skeptiker. Und die beiden Detectives gingen bestimmt nicht damit hausieren, dass sie etwas mit Ramies Besuch eines noch nicht gesicherten Tatorts zu tun hatten.

Caleb musste seine Hoffnung zügeln. Wie häufig fand die Polizei schon einen vollständig, genau nach Vorschrift abgesicherten Tatort vor? Meist hatten sich Angehörige des Opfers und besorgte Bekannte getummelt, ehe jemand überhaupt darauf kam, den Notruf anzurufen.

»Wer bleibt hier bei Tori?«, fragte Quinn. »Ich halte es für keine gute Idee, das Haus ungesichert zu lassen und so viele von unseren Männern mitzuschicken, Caleb.«

»Dane hat alles im Griff«, erwiderte Caleb ruhig.

Dann drehte er sich zu Ramie um, während die anderen sich auf die Abfahrt vorbereiteten. Er zog sie in seine Arme und achtete darauf, durch und durch ernst zu wirken, als er sie zu sich umdrehte, damit sie ihm ins Gesicht sah. Er nahm ihr Gesicht in beide Hände und strich mit den Daumen federleicht über ihre Wangenknochen.

»Versprich mir eins, Ramie. Versprich mir, dass du genau das tust, was man dir sagt. Versuch keine Heldentaten oder dergleichen. Verstanden?«

Sie rang sich ein kleinlautes Lächeln ab. »Aber wir haben doch schon besprochen, dass ich nicht sehr tapfer bin. Ich mag vielleicht nicht mutig sein, aber dumm bin ich auch nicht. Ich habe nicht die Absicht, irgendetwas zu tun, was mich oder irgendjemand anderen in Gefahr bringt.«

»Dann lassen Sie uns mal los«, drängte Dane.

27

Ramie zitterte, als sie vor einem überdimensionierten Wohnwagen vorfuhren, der aussah, als würde er gleich in sich zusammenfallen. Sie befanden sich nördlich von Houston, am Rand einer eher ländlichen Gegend, wo Häuser weit auseinanderstanden und die großen Weideflächen für die Viehhaltung genutzt wurden.

Sie hatten für die Fahrt fast eine Stunde gebraucht, obwohl der Ort Luftlinie her gar nicht so weit entfernt war. Der dichte Verkehr in der Gemeinde Woodlands hatte sie aufgehalten, und Ramie war der festen Überzeugung, dass der Killer das eingeplant hatte.

Nichts, was er tat, konnte für Zufall gehalten werden. Bei ihm war alles bis ins kleinste Detail durchdacht und jede Eventualität berücksichtigt.

Warum machte sie sich dann überhaupt die Mühe hinzufahren? Sie wusste doch bereits, dass es für das Opfer bereits zu spät sein würde und dass der Mörder nur mit ihr spielte, damit sie endlich dem Wahnsinn verfiel. Die Frauen, die er entführte, waren nur Werkzeuge, mit denen er sie, Ramie, quälte. Ihr einziger Fehler hatte darin bestanden, zum falschen Zeitpunkt am falschen Ort gewesen zu sein.

Der Mörder hätte niemanden ausgewählt, der eine Herausforderung für ihn darstellte, denn danach suchte er gar nicht. Er wollte leichte Beute, damit er schnell reagieren konnte und die Polizei Ramie hinzuziehen würde.

Im Grunde waren sie, Caleb, seine Sicherheitsleute, die

Stadt und die ansässige Polizei Marionetten, an deren Fäden er zog. Sie konnte sich nicht mal ansatzweise vorstellen, wie viele Leute bei der Jagd nach diesem Verrückten eingesetzt wurden, noch wie hoch der finanzielle und psychische Einsatz war.

Die beiden Detectives wirkten mitgenommen, als hätten sie mehrere Nächte hintereinander nicht geschlafen. Dane und die Männer, die unter seinem Befehl standen, sahen alle sehr entschlossen und hochkonzentriert aus. Eine erwartungsvolle Stimmung lag über der Gruppe, die im Vorgarten stand. Erst da bemerkte sie, dass alle sie erwartungsvoll anblickten.

Der Druck, unter dem sie stand, die Erwartungen und Ansprüche, die mit ihrer Person verknüpft waren, lasteten schwer auf Herz und Seele. Ihre Füße schlurften über den Boden, als sie auf den klapprigen Eingangsbereich des Wohnwagens zuging. Sie fühlten sich so schwer an, als wären sie in Blei gegossen.

»Soll ich einfach reingehen?«, fragte Ramie und sah verwirrt all die Leute an, die sie ihrerseits anstarrten.

Ihre Blicke hinterließen Spuren auf ihrer Haut. Sie wand sich unter den prüfenden Blicken. Sie hob den Kopf und bat Caleb stumm, ihr zu helfen. Erwarteten diese Leute von ihr, dass sie vor aller Augen eine Show abzog wie ein Affe im Zirkus? Das Ganze wirkte wie eine grausame Party auf sie, bei der sie ein widerliches Verbrechen aufklären sollte.

»Detective Briggs?«, sagte Caleb und erhob die Stimme, damit man ihn auch hörte. »Wenn Sie möchten, dass Ramie reingeht, müssen die anderen sich fernhalten, damit sie Raum zum Atmen hat. War schon die Spurensicherung im Wohnwagen? Kann sie gefahrlos hinein?«

Während er sprach, legte er seine Arme um Ramie, als wollte er sie vor dem schützen, was sich im Wohnwagen befand.

Detective Briggs nickte kurz. »Mir ist klar, dass wir Sie nicht darum bitten können, nichts anzufassen, da Ihre Gabe ja nur so Wirkung zeigt, aber wenn Sie sich auf das Nötigste beschränken, könnten wir später eventuell noch Fingerabdrücke und DNA sichern.«

Ramie wusste, dass in der Hinsicht nur eine schwache Hoffnung bestand. Der Mörder wurde immer gewiefter statt unvorsichtiger. Die meisten Serientäter wurden, überzeugt von ihrer Unbesiegbarkeit, mit der Zeit nachlässiger. Aber dieser hier nicht. Daher sah Ramie in ihm die furchterregendste Sorte Verbrecher, die sie sich vorstellen konnte. Was gab es Schlimmeres als einen Mann, den man weder aufspüren noch verhaften konnte? Der nach Gutdünken weiter morden und quälen konnte? Wie konnte man sich als Frau je wieder sicher fühlen, wenn so ein Mann frei herumlief? Es konnte ein Nachbar, ein Mitglied in der Kirchengemeinde, ein Lehrer oder sogar ein Pastor sein.

Die Möglichkeiten waren endlos, und Ramie wusste bereits, dass der Mörder völlig normal aussah. Oder sogar gut. Sauber und ordentlich. Mit einer geraden Haltung und akkurater Kleidung.

Die meisten Frauen würden die Erscheinung des Mannes als harmlos empfinden und dazu neigen, sich in seiner Gegenwart wohlzufühlen. Er hatte bestimmt ein charmantes und gefälliges Auftreten.

Was für eine Welt war das, wenn solche Ungeheuer sich in harmlosen Gewässern tummelten?

»Ich gehe mit ihr rein«, sagte Dane. »Einer von meinen Männern geht mit und einer von der ortsansässigen Polizei. Fassen Sie so wenig wie möglich an, Ramie. Diesmal wollen wir den Kerl für immer dingfest machen.«

Ramie nickte, aber vor Anspannung zitterte ihr Kinn.

»Nicht ohne mich«, presste Caleb zwischen zusammengebissenen Zähnen hervor.

Ramie drehte sich um und berührte leicht sein Handgelenk. »Es wird leichter sein, wenn du draußen bleibst. Ich muss mich konzentrieren. Es könnte ziemlich … schrecklich werden.« Sie verzog das Gesicht und sah ihn dann an. »Es würde dir nicht gefallen. Vielleicht würdest du stören oder eingreifen.«

»Verdammt richtig«, erwiderte er heftig. »In dem Moment, wo das den Bach runtergeht, werde ich dich sofort da rausholen.«

Sie schüttelte den Kopf. »Nein. Diesmal müssen wir ihn zu fassen bekommen. Ich muss unter die Oberfläche schauen. Ich muss mehr sehen, als er mich sehen lassen will, und die Dinge erkennen, die ihm entgangen sind. Das ist unsere einzige Chance, ihn zur Strecke zu bringen. Er ist zu schlau, um einen Fehler zu machen.«

Ehe er ihr weiter widersprechen konnte – und er würde auf keinen Fall lockerlassen –, drehte sie sich um und lief zu der baufälligen kleinen Treppe, die ein winziges Podest vor dem Eingang bildete.

Die unterste Stufe knackte, kaum dass sie ihren Fuß darauf gesetzt hatte. Reflexartig streckte sie die Hand nach dem Geländer aus, um nicht hinzufallen. Dane griff nach ihrem anderen Arm.

»Alles in Ordnung?«, fragte er.

Ein lautes Tosen hallte durch ihren Kopf, wie hundert Güterzüge mit siebzig Meilen pro Stunde auf Kollisionskurs. Sie schwankte erst und sank dann auf die Knie, wobei ihr Arm nach oben ausgestreckt war, weil sie sich immer noch an dem Eisengeländer festklammerte.

Eine chaotische Bilderflut stürmte auf sie ein und löste ein Blitzlichtgewitter in ihrem Kopf aus. Die Bilder waren chaotisch und verwirrend, ohne Sinn und Zusammenhang.

Die Angst hatte sie im Würgegriff. Nicht ihre Angst … sondern die des Opfers.

Und der Schmerz des Opfers.

Der Triumph des Mörders.

Die Freude und Genugtuung des Mörders.

Sie konzentrierte sich auf den Mörder und schob die hilflosen Schreie des Opfers um Hilfe und Gerechtigkeit bedauernd beiseite. Sie wusste genau wie beim letzten Opfer, dass es bereits zu spät war. Es hatte keinen Sinn, Kraft und Energie in dieser Richtung einzusetzen, wenn sie ihre Kraft dringend brauchte, um zu dem Verrückten durchzudringen, zu diesem überaus intelligenten, gerissenen Psychopathen.

Jedes Aufblitzen war wie eine Momentaufnahme, das den Verlauf des gesamten grauenerregenden Verbrechens dokumentierte. Sie nahm alles in sich auf, als würde sie ein Album mit Erinnerungsfotos durchblättern. Nur dass diese Bilder nicht dafür bestimmt waren, liebevoll aufbewahrt und in Erinnerung behalten zu werden.

Jeder einzelne Schritt, den der Mörder mit dem Opfer getan hatte, war dokumentiert, doch unter der dünnen Schicht verbarg sich etwas Schemenhaftes, das Ramie nicht richtig erkennen konnte. Sie konzentrierte sich stärker und versuchte, ein schärferes Bild zu erhalten.

Doch jedes Mal, wenn es so schien, als würde es ihr gelingen, hinter die sorgfältig errichtete Fassade zu schauen, zuckte ein Schmerz durch ihren Kopf und Übelkeit drohte sie zu überwältigen.

Es war ein Ablenkungsversuch. Trotz der Heftigkeit des Schmerzes und der überwältigenden Übelkeit entzündete sich ein Funke freudiger Erregung in ihr, der vom Mörder nicht zum Verlöschen gebracht werden konnte.

Während sie der makabre Anblick von Leid und Blut zuvor abgeschreckt hatte, wappnete sie sich jetzt und zwang sich weiterzugehen. Er verbarg etwas vor ihr. Einen seiner Gedanken? Was war es, das sie nicht sehen sollte?

Der Sieg rückte in greifbare Nähe, und das erfüllte sie mit einer Kraft, die sie nie in sich vermutet hätte.

Ihr Kopf schmerzte mittlerweile so heftig, dass sie Angst hatte, ein Blutgefäß könnte platzen. Sie vergrub das Gesicht in beiden Händen, rieb es und versuchte, sich wieder auf die verschwommenen Erinnerungen zu konzentrieren, die geschickt hinter den Bildern des blutigen Opfers verborgen waren, das um den eigenen Tod wusste.

Dann roch sie Blut. Spürte es an ihren Händen. Verwirrt runzelte sie die Stirn, denn es war nicht das, was sie sah. Es dauerte einen Moment, bis sie merkte, dass sie diejenige war, die blutete … aus beiden Nasenlöchern.

Der Druck in ihrem Kopf wurde immer größer. Der Schmerz allmählich unerträglich. Trotzdem weigerte sie sich, nachzugeben und sich zurückzuziehen. Nicht wenn sie so nah dran war. Bloß dass sie keine Ahnung hatte woran genau.

Ramie war fest entschlossen, bei diesem schweigend ausgetragenen Willenskampf nicht zu verlieren. Dieses Mal nicht. Sie würde nicht versagen.

Verdammt! Was war es, was er sie nicht sehen lassen wollte?

Und dann zerstoben die Bilder, die sein Geheimnis bargen, und jagten Scherben unerträglichen Schmerzes durch ihren Schädel. Warmes Blut strömte aus ihrer Nase, aber sie achtete nicht darauf, denn sie wusste nun, wonach sie gesucht hatte.

Sie bewegte sich nicht mehr und hielt sogar den Atem an, während sie darauf wartete, dass sich die Puzzleteilchen zusammenfügten. Sie verschmolzen miteinander und nahmen vor ihren Augen Gestalt an, bis die Teile ein einziges Bild ergaben.

Als würde ein Vorhang zurückgezogen werden und der Blick auf das Undenkbare freigegeben.

Allmächtiger!

»Nein!«, schrie sie. »Zurück! Alle zurück! Eine Bombe!«

28

Caleb erstarrte, als Ramies Schrei die Stille zerriss. Für den Bruchteil einer Sekunde schienen alle zu erstarren, absolute Ratlosigkeit stand in ihre Gesichter geschrieben.

Dann stürzten alle in unterschiedliche Richtungen davon, um sich in Sicherheit zu bringen. Entsetzt musste Caleb mitansehen, wie Ramie in ihrer Eile, die brüchige Treppe hinunterzugelangen, stolperte. Alles schien in Zeitlupe abzulaufen, als er mit heiserer Stimme ihren Namen rief, zu ihr rannte und verzweifelt versuchte, sich auf sie zu werfen.

Er packte ihr Handgelenk und riss sie an sich, ehe er sich umdrehte und mit ihr hinter den Hummer lief, mit dem sie zum Tatort gefahren waren. Dann ließ ein ohrenbetäubender Knall den Boden unter ihren Füßen erbeben.

Ein orangefarbener Feuerball explodierte, und seine Hitze versengte ihnen die Haut. Die Luft schien in Flammen zu stehen, und der Geruch von Rauch brannte erstickend in Calebs Luftröhre, sodass er unmöglich atmen konnte.

Trümmerteile fielen vom Himmel und prasselten wie ein Unwetter aus der Hölle auf die Autos und die schutzlos ausgesetzten Leiber nieder.

»Ramie!«, brüllte er.

Sie waren bei der Explosion voneinander getrennt worden. Der aufsteigende Qualm war so dicht, dass er sie nirgendwo sehen konnte. Panisch tastete er den Boden um sich herum ab. Sie war unter ihm zu Boden gegangen, aber bei der Explosion war er weggerissen und mindestens zwei Meter weiter geschleudert worden.

Er hörte jemanden husten, konnte aber nicht erkennen, wer es war.

»Caleb!« Das war Dane.

»Ich bin hier!«, schrie er zurück. »Ich kann Ramie nicht finden!«

»Hier«, krächzte Ramie.

Er folgte auf Händen und Knien dem Klang ihrer Stimme und fiel dann fast über sie. Heißer Zorn kam über ihn, als er sah, dass ein brennendes Stück Holz sie am Rücken erwischt hatte. Er hob es von ihr runter und drehte sie auf den Rücken.

»Ramie, dem Himmel sei Dank. Bist du okay? Verdammt, ich kann überhaupt nichts sehen!«

»Mir geht's gut«, erklärte sie mit schwacher Stimme. »Oder zumindest glaube ich das. Im Moment spüre ich eigentlich gar nichts.«

Der leicht benommene Klang ihrer Stimme beunruhigte ihn. Er wedelte mit der Hand und vertrieb damit den Qualm ein bisschen, ehe er die Hand auf ihre Stirn legte und den Kopf senkte, um sie besser sehen zu können.

»Beweg dich nicht«, bat er eindringlich. »Wir wissen nicht, wie schwer du verletzt bist.«

Verdammt, er hätte sie nicht so grob anfassen dürfen, als er sie auf den Rücken drehte, aber er hatte sich davon überzeugen wollen, dass sie atmete und noch am Leben war.

Als der Qualm sich langsam verzog, konnte Caleb sich ein besseres Bild der Umgebung machen und sah entsetzt, dass sich da, wo der Wohnwagen gestanden hatte, jetzt eine plane Ebene befand. Ein Auto, das zu dicht neben dem Wohnwagen gestanden hatte, lag umgestürzt auf der Seite. Überall lagen

Menschen. Das Ganze wirkte wie ein Schlachtfeld, wo eben ein Kampf stattgefunden hatte.

Bäume standen in Flammen. Das lange Gras um den Wohnwagen herum war durch die Wucht der Explosion platt gedrückt worden. Die Druckwelle hatte die Fenster der umstehenden Autos zu Bruch gehen lassen, und ein SUV war durch einen umstürzenden Baum seitlich gerammt worden.

»Ich brauche Hilfe!«, brüllte Eliza. »Hier liegt einer!«

»Sie helfen ihr!«, rief Caleb Dane zu. »Ich kümmere mich um Ramie!«

Wo zum Teufel waren all die anderen? Den Körpern am Boden ringsum war nicht anzusehen, wer verschont geblieben war und wen es erwischt hatte.

Aus allen Richtungen Stöhnen und Ächzen, dazwischen Flüche, als die Ersten sich zu regen begannen. Endlich hörte er erleichtert, wie Detective Ramirez Unterstützung und Krankenwagen anforderte und ihren Standort durchgab.

Detective Briggs kam auf Caleb, der bei Ramie kauerte, zugekrochen. Blut strömte aus einer Schnittwunde an seiner Stirn, auf seiner Wange bildete sich bereits ein riesiger blauer Fleck. Er spie Blut aus und fragte dann: »Geht's ihr gut?«

Caleb sah ihn aus schmalen Augen an. »Ich glaube, es geht ihr tausend Mal besser als Ihnen. Sie sollten sich hinlegen, Mann. Sie spucken Blut, sogar ich weiß, dass das kein gutes Zeichen ist.«

»Das kommt nur von einer aufgeplatzten Lippe«, erklärte Briggs angewidert. »Wir müssen diesen Kerl zur Strecke bringen. Hat der sich jetzt etwa vorgenommen, ein ganzes Polizeirevier zu erledigen?«

Caleb gab einen zustimmenden Laut von sich. Als er den Blick wieder auf Ramie senkte, begannen seine Hände zu zittern. Er berührte ihre Wange und tastete ihren Körper dann nach Verletzungen ab, um die man sich sofort kümmern musste.

Himmel, er hatte kurz davorgestanden, sie zu verlieren. Wenn sie nicht das Geländer angefasst hätte … Er schloss die Augen, weil er es nicht ertrug, dass seine Gedanken weiter in diese Richtung abdrifteten.

Sie wäre nicht als Einzige gestorben. Ihr war es zu verdanken, dass alle anscheinend wieder auf die Beine kamen.

Dane hockte sich neben Caleb und überprüfte mit einem Blick Ramies Zustand.

»Sie hat einen Schock«, stellte er grimmig fest. »Ich werde Lizzie bei den anderen helfen, damit die schweren Fälle als Erstes abtransportiert werden.«

Caleb nickte. Er stand selbst unter Schock. Er war einfach nicht in der Lage, seine zitternden Glieder unter Kontrolle zu bringen. Jedes Mal, wenn er versuchte, sie zu berühren, um sich davon zu überzeugen, dass sie lebte, musste er seine Hand wieder zurückziehen, denn mit seinen zuckenden Gliedern und einer unbeholfenen Bewegung lief er Gefahr, sie zu verletzen.

Sobald Dane verschwunden war, bewegten sich Ramies Augen, und sie drehte leicht den Kopf, um ihn anzusehen.

»Geh und hilf bei den anderen, Caleb«, hauchte sie. »Ich schwöre dir, mir geht's gut. Ich hab nicht mal Schmerzen.«

»Ich glaube, du bist schlimmer verletzt, als du glaubst«, erwiderte er grimmig. »Dein Gesicht ist voller Blut, aber ich kann nicht erkennen, woher es kommt.«

Sie blinzelte überrascht und hob dann eine Hand, um sich über Mund und Nase zu wischen. Nachdem sie das getan hatte, sah er, dass auch ihre Hände mit Blut bedeckt waren.

»Grundgütiger«, fluchte er. »Das war's. Du nimmst den ersten Krankenwagen.«

Sie schüttelte den Kopf, und er fluchte wieder, um im nächsten Moment ihr Gesicht in beide Hände zu nehmen, damit sie nicht noch einmal den Hals bewegte.

»Beweg dich nicht, Ramie«, befahl er. »Man kann noch nicht sagen, ob du eine Rückgratverletzung hast oder nicht.«

»Das kommt nicht von der Explosion«, erklärte sie mit lauterer und festerer Stimme.

Er sah sie verwirrt an. »Was kommt nicht von der Explosion?«

»Das Blut«, erklärte sie geduldig. »Das ist nicht davon.«

»Woher kommt es dann?«

»Nasenbluten«, erwiderte sie schlicht. »Der Schmerz war entsetzlich.« Sie verzog das Gesicht, als sie es sagte, als würde sie sich daran erinnern, wie schmerzhaft es gewesen war. »Ich musste mich wahnsinnig anstrengen, um hinter die Bilder zu schauen, die er mich nicht sehen lassen wollte. Ich hatte Angst, ich könnte einen Hirnschlag oder ein Aneurysma bekommen oder mein Kopf könnte durch den Druck platzen. Mein Kopf hat noch nie so sehr wehgetan. Ich begann, stark aus der Nase zu bluten. Ich muss dir den Rücken zugekehrt haben, sonst wäre es dir nicht entgangen. Und dann, als der Schmerz schließlich nicht mehr zu ertragen war, sah ich die Bombe durch seine Augen.«

Caleb stieß einen Fluch aus. »Das reicht jetzt. Du bist aus der Sache raus. Ich lasse nicht zu, dass du dein Leben noch einmal aufs Spiel setzt. Und es ist mir egal, wenn das bedeutet, dass du dich für den Rest deines Lebens verstecken musst. Zumindest hast du dann noch ein Leben. Du kannst das nicht fortsetzen, Ramie. Das wirst sogar du verstehen.«

»Ich hatte so große Angst, Caleb«, sagte sie benommen, und er merkte, dass sie seine Worte gar nicht mitbekommen hatte. »Ich dachte, alle müssten sterben.«

Das ließ ihn noch zorniger werden. Er kochte vor Wut, und seine Hände ballten sich zu Fäusten, weil er nicht das Risiko eingehen wollte, sie zu berühren und dadurch vielleicht zu verletzen.

Sie hatte nicht gesagt, dass sie Angst gehabt hätte, *sie* könnte sterben. Nein, ihre Sorge hatte allein den anderen gegolten. Seine Panik reichte für sie beide, aber wie sollte er sie dazu bringen, dass sie die gleiche Inbrunst an den Tag legte, wenn es um sie selber ging?

In der Ferne heulten Martinshörner, die immer näher kamen, bis sie Caleb laut in den Ohren schrillten. Er verschaffte sich kniend einen Überblick, um sicherzustellen, dass man sich um jeden kümmerte.

Als sie auf den Wohnwagen vorrückten, hatten die beiden Detectives die Führung übernommen, während Calebs Männer hinter Ramie geblieben waren. Mit Erleichterung stellte er nun fest, dass Detective Ramirez sich über einen seiner Polizisten beugte, der am Boden lag, doch gleich darauf gefror ihm das Blut in den Adern, als er merkte, dass der Mann, um den Ramirez sich kümmerte, sich nicht bewegte.

»Ramirez!«, rief Caleb. »Alles in Ordnung mit dem Mann?«

»Er atmet«, rief Ramirez zurück. Seine Stimme verriet Wut. »Er ist bewusstlos und blutet stark. Er wurde von mehreren Trümmerteilen getroffen.«

Caleb fluchte, sein Zorn wurde mit jeder Sekunde, die verging, größer. Sanitäter von drei Krankenwagen schwärmten über dem Gelände aus, während mehrere Polizeiwagen mit quietschenden Reifen nicht weit entfernt zum Stehen kamen.

»Caleb, wie geht es ihr?«, fragte Eliza und hockte sich neben ihm hin.

»Es geht mir gut«, meinte Ramie schwach. »Aber mein Kopf tut höllisch weh.«

Eliza sah sie voller Sorge an. »Sind Sie von etwas getroffen worden? Oder sind Sie auf etwas gestürzt?«

»Sie ist von nichts getroffen worden«, stieß Caleb zwischen zusammengebissenen Zähnen hervor. »Sie hätte beinahe dafür gesorgt, dass sie einen Hirnschlag erleidet, als sie das Bild der Bombe suchte, das hinter all dem Mist verborgen war, den er sie sehen lassen wollte.«

»So haben Sie es also herausgefunden«, murmelte Eliza. »Ich habe gesehen, wie Ihre Nase zu bluten anfing, aber ich wusste nicht, ob das normal ist oder nicht.«

»Nein, eigentlich nicht«, meinte Ramie schläfrig.

»Schatz, bleib wach«, rief Caleb aufgeschreckt.

Er tauschte einen besorgten Blick mit Eliza, die sich sofort daranmachte, Ramie von Kopf bis Fuß zu untersuchen.

»Es fällt schwer zu schlafen, wenn der Kopf so wehtut, nicht wahr?«, murmelte sie.

Caleb reckte den Hals und hielt nach einem Sanitäter Ausschau. Er machte sich immer größere Sorgen. Ramie brauchte dringend ärztliche Hilfe, ob sie das für notwendig hielt oder nicht.

»Dir ist doch klar, dass die mich für verrückt halten werden, wenn du mich einlieferst und erklärst, warum meine Nase blutet und mein Kopf wehtut«, sagte sie trocken.

»Schon möglich«, murmelte Eliza.

»Ich werde mich nicht daran hindern lassen, sie einzuliefern, nur weil sie dann erklären muss, warum sie Kopfschmerzen hat«, stellte Caleb schroff klar. »Wir müssen ja niemandem auf die Nase binden, dass sie sich den Kopf nicht bei der Explosion verletzt hat. Vielleicht ist sie ja doch getroffen worden. Das wissen wir doch gar nicht.«

Eliza hob beide Hände. »Ich werde mich nicht streiten. Das ist eine Sache zwischen Ihnen beiden. Aber es kann bestimmt nicht schaden, ihr ein Rezept gegen die Kopfschmerzen zu besorgen, nachdem sie sie vor Kurzem schon mal hatte.«

Ihm war der Gedanke zuwider, dass sie überhaupt litt. Und die Vorstellung, dass sich bis jetzt noch nie jemand um sie gekümmert hatte, wenn sie litt, war mehr, als er ertragen konnte.

»Es ist nicht normal, dass Kopfschmerzen Nasenbluten auslösen«, meinte er heftig. »Wenn sie nun eine Hirnblutung hat? Bei dem Schmerz, den sie beschreibt, und der mentalen Anspannung, unter der sie gestanden hat, könnte das durchaus sein.«

Eliza zuckte die Achseln, stand auf und winkte einen der Sanitäter heran.

»Da ist es wohl am besten, sie einzuliefern, und ihren Kopf durchchecken zu lassen«, sagte Eliza.

»Verräterin«, brummte Ramie.

Aus irgendeinem Grund brachte Caleb dieser leise Vorwurf völlig aus dem Gleichgewicht. Vielleicht weil sie so leichtfertig mit einer so schweren Lage umging. Was auch immer der Grund sein mochte, jedenfalls führte es dazu, dass er in sich zusammensackte und merkte, dass er keine Kraft mehr hatte.

Die Wirkung des Adrenalins, das noch vor wenigen Augenblicken dafür gesorgt hatte, dass er stark und konzentriert war, verging, und er fühlte sich zu alt und erschöpft, um aufzustehen.

Auch nachdem man Ramie auf ein Backboard gelegt und dann auf eine der Tragen gehoben hatte, blieb er mit zitternden Händen, wo er war.

»Kommen Sie, ich helfe Ihnen auf«, sagte Eliza mit sanfter Stimme. »Sie müssen mit Ramie ins Krankenhaus.«

Caleb hob den Blick zu Eliza, aber sein Magen revoltierte so sehr, dass er Angst hatte, er müsste sich an Ort und Stelle übergeben.

»Sie wäre beinahe gestorben«, flüsterte er.

»Wir wären alle beinahe gestorben«, verbesserte ihn Eliza. »Aber das sind wir nicht. Ramie hat uns rechtzeitig gewarnt.«

»Caleb? Wo bist du?«

Ramies ängstliche Frage sorgte dafür, dass er sich sofort in Bewegung setzte. Er ließ sich von Eliza aufhelfen, um sich nicht in die peinliche Situation zu bringen, vielleicht umzukippen. Dann ging er zur Trage und beugte sich über Ramie, um sie auf die Stirn zu küssen.

»Ich bin hier, Schatz. Jetzt lass uns ins Krankenhaus fahren und uns davon überzeugen, dass mit dir wirklich alles in Ordnung ist.«

29

Als Ramie endlich aus der Notaufnahme entlassen wurde, nachdem eine ganze Reihe von Tests durchgeführt worden war – unter anderem ein CT ihres Kopfes, auf dem Caleb bestanden hatte –, war sie erschöpft und spürte deutlich die Nachwirkungen des Schocks nach der Bombenexplosion.

Die einzigen Verletzungen, die sie erlitten hatte, waren ein paar Prellungen und das Gefühl, von einem Zug mitgeschleift worden zu sein. Sie fühlte sich wund und steif, und ihre Muskeln protestierten bei der kleinsten Bewegung.

Da es inzwischen in aller Frühe des nächsten Tages war, hielt Caleb bei einer rund um die Uhr geöffneten Apotheke, um ihr Rezept einzulösen. Ramie nahm an, dass er den armen Apotheker mit seinem Erscheinen zu Tode erschreckt hatte, weil er bereits wenige Minuten später wieder zurück war.

»Wahrscheinlich hält er dich für einen Drogenabhängigen, der seinen Stoff auf Rezept erhält«, meinte Ramie amüsiert, als sie weiterfuhren.

Er warf ihr einen finsteren Blick zu, brachte sie damit aber nur zum Kichern, was ihn noch mehr auf die Palme brachte.

»Schön, dass du das so witzig findest«, knurrte er. »Hast du schon vergessen, dass du heute, äh, gestern, na ja, egal, beinahe umgebracht worden wärst?«

»Aber ich bin nicht gestorben«, erwiderte sie sanft. »Und du hättest auch sterben können, aber ich reiß dir nicht den Kopf ab, weil du dich in Gefahr gebracht hast. Du weißt, dass du nicht hättest mitkommen müssen. Ich musste hin, aber du nicht.«

»So, jetzt reicht's. Hör auf!«, fuhr er sie an. Seine Stimmung war auf dem Nullpunkt. »Ich schwöre bei Gott, wenn du auch nur noch ein einziges Mal empfiehlst, dass ich dich deinem Schicksal überlassen soll und es mich nichts angeht, wo du hingehst oder in welche Gefahr du dich begibst, werde ich dich eigenhändig erdrosseln.«

»Ich habe nur darauf hingewiesen, dass ich es scheinheilig finde, wenn du sauer bist, weil ich hätte umkommen können, während du dich der gleichen Gefahr ausgesetzt hast«, erwiderte sie in mildem Tonfall.

»Ich bin nicht sauer. Okay, ich *bin* sauer«, brummte er. »Gib mir eine Auszeit. Ich hatte Angst, okay?«

»Genau wie ich«, nickte sie und streckte den Arm aus, um seine Hand zu drücken. »Hast du überhaupt eine Vorstellung davon, wie groß meine Panik war, als mir klar wurde, dass in dem Wohnwagen eine Bombe versteckt war, und ich nicht sicher sein konnte, ob ich es schaffen würde, alle rechtzeitig zu warnen?«

Er seufzte und hob ihre Hand an seinen Mund. Zärtlich drückte er die Lippen auf ihren Handrücken. »Ich weiß, Schatz. Es tut mir leid. Ich komm nicht so gut klar damit, wenn ich mich hilflos fühle, aber genauso fühle ich mich jetzt. Ich bin es nicht gewöhnt, dass andere über mein Glück, meine Empfindungen oder meine Entscheidungen bestimmen. Aber genau das tust du.«

»Ich tue was?«

»Du hast die Kontrolle über mein Glück, meine Empfindungen und meine Entscheidungen«, stellt er schonungslos fest.

»Aha, und das gefällt dem Kontrollfreak in dir wohl nicht, hm?«

Wieder warf er ihr einen finsteren Blick zu. »Es würde mir gefallen, wenn du endlich aufhören würdest, dich darüber lustig zu machen. Du bist nicht gerade eine große Hilfe.«

Sie lächelte ihn an und ignorierte seine finstere Miene. »Zumindest einer von uns darf nicht alles so ernst nehmen, sonst sitzen wir erst recht in der Klemme.«

Er fuhr durch das Tor am Ende der Auffahrt, und Ramie konnte sehen, dass alle Lichter im Haus brannten.

»Die haben wohl auf uns gewartet«, murmelte Ramie.

»Es passiert nicht jeden Tag, dass der Bruder beinahe in die Luft fliegt«, meinte Caleb trocken. »Dachtest du, die würden einfach ins Bett gehen und sich am Morgen alles von mir berichten lassen?«

»Man darf ja wohl noch hoffen«, murmelte sie vor sich hin.

Das Letzte, was sie jetzt wollte, war, Zielscheibe für die Wut und Missbilligung seiner Familie zu werden, weil Caleb ihretwegen beinahe den Tod gefunden hatte.

Caleb parkte den Wagen in der Garage und starrte kopfschüttelnd den Riss in der Windschutzscheibe an. Alle ihre Fahrzeuge waren durch die Explosion der Bombe beschädigt worden. Einer von Calebs Firmen-SUVs hatte durch einen umgestürzten Baum Totalschaden erlitten. Der gestrige Vorfall hatte ein empfindliches Loch in seinen Fuhrpark gerissen.

Sie stöhnte, als sie aus dem Wagen steigen wollte.

»Du bewegst deinen Hintern nicht vom Fleck«, befahl Caleb.

»Ich hoffe, dir ist klar, dass du an deinen Umgangsformen arbeiten solltest, Caleb«, brummte sie. »Würde es dir sehr schwerfallen, mich einfach mal um etwas zu bitten, statt es einfach zu befehlen?«

Er trat hinter sie, nahm sie auf den Arm und trug sie zur Haustür.

»Ich finde es aber viel befriedigender, Befehle zu brüllen.«

Sie schnaubte wenig damenhaft. »Ach ja? Ich weiß echt nicht, warum du noch Single bist.«

Im Haus blieb er stehen. Der finstere Ausdruck schien mittlerweile in sein Gesicht eingemeißelt zu sein.

»Ich bin kein Single«, knurrte er. »Und du ganz gewiss auch nicht.«

Sie zog eine Augenbraue hoch, als er in Richtung Wohnzimmer weiterging. »Ich nicht? Und du auch nicht?«

»Halt einfach den Mund, Ramie«, fuhr er sie scharf an.

Sie seufzte und entspannte sich in seinen Armen. Ihre Lippen zuckten, weil sie sich das Lachen verkneifen musste, denn hätte sie dem Drang nachgegeben, wäre er erstens noch wütender geworden und hätte sich zweitens gefragt, was eigentlich mit ihr los war, dass sie in so einem Moment noch lachen konnte.

Aber was konnte sie sonst tun? Die letzten anderthalb Jahre ihres Lebens waren eine Ansammlung von Beinahekatastrophen und schrecklichen Begebenheiten gewesen. Entweder lachte man, oder man fing an zu weinen, um nie wieder damit aufzuhören. Caleb würde sich vielleicht ärgern, wenn sie lachte, aber völlig durchdrehen, wenn sie hysterisch wurde und einen Weinkrampf bekam.

Es schien ihr von geringerem Übel, ihn zu ärgern, und, nun ja, ein bisschen aufzuziehen, amüsierte sie sich, denn der Mann hatte offenbar keinen Sinn für Humor. Sie hätte auch nicht gedacht, selber Humor zu haben, doch wie ließ es sich sonst erklären, dass sie es so amüsant fand, bei einer Bombenexplosion beinahe eingeäschert worden zu sein.

Er setzte sie aufs Sofa, und da erst bemerkte sie seine Geschwister – alle drei – am anderen Ende des Raumes. Sie wirkten erschöpft und sahen besorgt aus. Doch dann breitete sich Erleichterung auf Toris Gesicht aus. Das war der Moment, in dem Ramie aus irgendeinem Grund den Kampf mit ihrer Selbstbeherrschung verlor und zu lachen anfing.

»Was hat das jetzt zu bedeuten?«, fragte Beau.

»Hältst du das etwa für witzig?«, fuhr Quinn fassungslos dazwischen.

Caleb gab einen ärgerlichen Laut von sich, doch aller Zorn fiel von ihm ab, als er sie ansah.

»Verfluchter Mist«, murmelte er.

»Was ist los mit ihr?«, fragte Tori scharf. »Geht's ihr gut?«

»Nein«, erwiderte Caleb. »Das tut es nicht.«

»Sei nicht sauer, Caleb«, sagte Ramie mit einem seltsamen Hicksen in der Stimme. Es klang, als würde sie schlucken oder ein merkwürdiges anderes Geräusch von sich geben, das sie nicht einordnen konnte. »Ich muss lachen, sonst fange ich an zu weinen.«

»Schatz, du weinst doch schon«, sagte er sanft.

»Wirklich?«

Sie hob eine Hand an ihre Wange und stellte überrascht fest, dass sie feucht war. Jetzt konnte sie sich auch die seltsamen Geräusche erklären, die ihr aus Brust und Kehle drangen, und fand, dass sie *schluchzte*.

»Sie hat einen hysterischen Anfall«, meinte Beau unnötigerweise.

»Was dachtest du denn?«, fuhr Caleb ihn an.

»D-du m-musst wirklich lernen, d-dein T-temperament unter K-kontrolle zu bekommen, Caleb«, stieß sie stotternd zwischen einzelnen Schluchzern hervor.

Sie hatte das Gefühl, als würde ihr Brustkorb zusammengedrückt werden, sodass es fast wehtat. Ihr wurde schwindelig, und sie sah Sterne.

»Bringt ihr Wasser«, befahl Caleb, ohne sich dabei an jemand Bestimmten zu wenden.

Tori rannte aus dem Zimmer, und Caleb ließ sich auf einem Knie vor ihr nieder.

»Ach, Schatz«, sagte er, und aller Zorn und Unwille waren aus seinem Gesicht wie weggewischt. »Es geht mir gut«, versicherte er ihr, denn ihm war bewusst, was den hysterischen Anfall ausgelöst hatte. »Ich wünschte, du würdest dir um dein eigenes Wohlergehen so viel Gedanken machen, aber ich schlage dir einen Handel vor: Du kümmerst dich um mein Wohlergehen und ich mich um deins. Abgemacht?«

»Ab-abgemacht«, presste sie zwischen klappernden Zähnen hervor.

In dem Moment kam Tori mit einem Glas Wasser und reichte es Caleb. In ihren Augen stand Sorge, als sie Ramie anschaute.

Caleb riss die Papiertüte auf, die er in der Apotheke bekommen hatte, und zog eins der Pillenfläschchen heraus. Sie hatte keine Ahnung, was der Arzt in der Notaufnahme ihr verschrieben hatte. Caleb hatte alle Gespräche mit ihm geführt, weil sie selbst nicht in der Lage gewesen war, sich während ihres scheinbar unendlich langen Aufenthalts in der Notaufnahme zu konzentrieren.

»Kannst du die hier schlucken?«, fragte Caleb und hielt ihr eine kleine pfirsichfarbene Tablette hin.

»Was ist das?«

»Etwas, das dich beruhigt und schlafen lässt. Nimm es«, sagte er mit fester Stimme.

Er öffnete ihre Lippen und schob ihr die Tablette auf die Zunge. Sofort verzog sie das Gesicht und schreckte vor dem schrecklich bitteren Geschmack zurück.

»Ich bringe sie jetzt nach oben«, sagte Caleb über die Schulter. »Wir reden morgen. Ich habe keine Ahnung, was wir als Nächstes tun, aber ich will nicht, dass Ramie länger da reingezogen wird. Sie hätte heute sterben können.«

»Genau wie du«, sagte Beau leise.

Caleb sah Tori an, die bleich wie der Tod war und vor Angst große Augen hatte. Dann drehte er sich wieder zu Ramie um.

»Gib mir eine Sekunde, Süße.«

Er stand auf und streckte seine Arme nach Tori aus, die ihm entgegenflog und sich an seine Brust warf. Sie vergrub das Gesicht an seinem Hals, während er sie in den Armen hielt.

»Es geht mir gut, Tori«, besänftigte er sie. »Wir brauchen jetzt alle unseren Schlaf und morgen entscheiden wir, was getan werden muss.«

Ramie fühlte sich unbehaglich. Seine Worte klangen so unheilvoll. Als würde er etwas mit seinen Geschwistern besprechen wollen, das ihrer aller Leben verändern konnte.

»Wo sind Dane und Eliza?«, fragte Quinn scharf. »Gab es Verletzte auf unserer Seite?«

»Es geht ihnen gut«, erklärte Caleb. »Sie helfen bei den Aufräumarbeiten und beim Sammeln von Beweismaterial. Ich traue der Polizei nicht zu, dass sie uns wichtige Erkenntnisse übermittelt, deshalb habe ich dafür gesorgt, dass wir unsere Leute am Tatort haben.«

Er ließ Tori los und drückte noch einmal ihre Hand, ehe er sich ganz von ihr löste. Dann hob er Ramie vorsichtig hoch, wie ein Stück zerbrechliches Glas. Nach den Mienen der anderen zu urteilen, kam für sie jede Hilfe zu spät, nicht als Totalausfall betrachtet zu werden, sodass jetzt Caleb derjenige war, der seinen Verstand noch einigermaßen unter Kontrolle hatte.

Trotzdem konnte sie die Entschuldigung nicht zurückhalten, die ihr auf den Lippen lag. Sie sah erst Calebs Brüder und dann Tori an.

»Es tut mir leid«, sagte sie leise und wischte die dummen, endlosen Tränenströme von ihren Wangen. »Wenn ich gewusst hätte, wenn ich auch nur geahnt hätte, dass es für Caleb – und euch – so gefährlich werden und außer Kontrolle geraten könnte, hätte ich ihn nicht angerufen.«

Caleb erstarrte vor Wut. Seine Kiefermuskeln verkrampften sich, als er die Zähne zusammenbiss.

Beau sah sie lange an, ehe seine Miene sich entspannte und er sie entschuldigend anschaute.

»Ich bin froh, dass du es getan hast, Ramie. Ich glaube, mein Bruder braucht dich genauso sehr, wie du ihn brauchst. Man kann dir unmöglich die Untaten eines kaltblütigen Mörders vorwerfen.«

Ramie schenkte ihm ein zittriges Lächeln, obwohl sie ihn wegen der Tränen, die in ihren Augen standen, nur verschwommen sah. Wenn sie doch nur aufhören könnte zu weinen.

»Danke«, sagte sie ernst.

»Ich glaube, wir schulden dir alle eine Entschuldigung«, sagte Beau und bezog mit einem Blick seinen Bruder und seine Schwester ein. »Aber wir werden sie erst aussprechen, wenn du in einer besseren Verfassung bist.«

30

Caleb legte einen Arm um Ramies Taille und stieg mit ihr langsam die Treppe hinauf. Sobald sie oben angekommen waren, nahm er sie auf den Arm und trug sie den restlichen Weg bis zum Schlafzimmer.

Er beugte sich über das Bett, legte sie darauf ab und setzte sich dann auf die Bettkante, während er ihr einmal mehr die Tränen wegwischte, die ihr über die Wangen liefen.

»Wir geben ein schönes Paar ab, was?«, meinte er seufzend.

»Ich weiß nicht, warum ich nicht aufhören kann zu weinen«, sagte sie mit klappernden Zähnen.

Ihr Kinn zitterte, erneut flossen heiße Tränen über ihre Schläfen. Er beugte sich über sie und drückte einen Kuss auf ihre Stirn.

Wortlos begann er sie zu entkleiden, obwohl ihre Haut eiskalt und mit einer Gänsehaut überzogen war.

»Kalt«, beklagte sie sich.

»Ich weiß, Schatz. Gib mir nur eine Minute. Ich werde dich wärmen.«

Sie sagte nichts mehr, sondern versuchte nur hörbar, ein weiteres Schluchzen zu unterdrücken.

Als er sie ausgezogen hatte, legte er schnell seine eigene Kleidung ab, stieg zu ihr ins Bett und zog sie fest an seinen Körper, um sie zu wärmen.

Sie gab einen schläfrigen Seufzer von sich, um dann laut zu gähnen, während sie das Gesicht an seine Brust schmiegte. Er hoffte, dass die Tablette Wirkung zeigte und sie bald einschlafen würde.

»Caleb?«, wisperte sie.

»Was ist, Schatz?«

»Mir ist heute etwas klar geworden.«

»Ja? Was denn?«

Sie zögerte einen Moment, während ihre Wange auf seiner nackten Brust ruhte und ihr sanfter Atem über seine Haut strich.

»Dass ich dich liebe.«

Sein Herz setzte aus und schlug dann rasend schnell weiter.

Eine neue Flut von Tränen benetzte seine Brust.

»Ramie? Liebling, warum macht dich das so traurig?«, sagte er und hob ihr Kinn an. Ihre Augen glänzten feucht. Das war nicht unbedingt die Reaktion, die er sich erhofft hatte, nachdem sie so ein Geständnis ausgesprochen hatte. »Was ist los? Warum macht dich das traurig? Du musst doch wissen, wie glücklich es mich macht, dass du mich liebst.«

»Weil es mir Angst einjagt«, gab sie zu. »Wenn man niemanden liebt, kann man nicht verletzt werden. Aber ich könnte es nicht ertragen, wenn dir etwas zustoßen würde, Caleb. Ich habe noch nie jemanden geliebt, und ich muss dir sagen, dass es mir überhaupt nicht gefällt.«

Er lachte leise über ihren bekümmerten Tonfall. Dann zog er sie fest an sich. Er küsste ihren Scheitel und lächelte in ihr Haar.

»Da hast du recht. Es ist einfach furchtbar«, gab er immer noch grinsend zurück.

»Wenn ich nicht so schreckliche Schmerzen hätte, würde ich jetzt über dich herfallen, aber so wie es aussieht, werde ich wohl genau wie letzte Nacht sagen müssen ›Sorry, Liebling, aber ich hab Migräne‹.«

»Ich lasse dir das ausnahmsweise durchgehen.«

»Caleb?«

»Ja, Schatz?«

»Ich liebe dich wirklich.«

Er drückte sie wieder, denn er war nicht dazu in der Lage, den Drang zu unterdrücken, sie so fest wie möglich an sich zu ziehen.

»Ich liebe dich auch, Ramie.«

»Caleb?«

Er lachte leise. »Was, du Kobold?«

»Die Tablette, die du mir gegeben hast, macht mich ganz kirre im Kopf.«

»Das merke ich«, stellte er trocken fest. »Schlaf jetzt, Schatz. Ich werde da sein, wenn du wach wirst. Versprochen.«

»Ich habe Angst, die Augen zu schließen«, flüsterte sie.

»Warum?«, wollte er wissen.

»Weil ich fürchte, dass du nicht da bist, wenn ich aufwache, und alles nur ein Traum war.«

Wieder hob er ihr Kinn und senkte in einem leidenschaftlichen Kuss seinen Mund auf ihre Lippen. Einige Zeit tat er nichts anderes, als sie zu küssen. Es war kein unverhohlen sinnlicher Kuss, sondern ein süßer, unschuldiger Kuss, wie ihn Liebespaare tauschten, wenn sie einander trösten wollten, und das gefiel ihm.

»Fühlt sich das an wie ein Traum?«, fragte er kaum hörbar an ihrem Mund.

»Wenn das ein Traum ist, will ich nie wieder aufwachen.«

»Ich auch nicht, Liebling. Ich auch nicht.«

Schweigend hielt er sie weiter im Arm und streichelte ihren Rücken. Sie seufzte zufrieden und entspannte sich. Er streichelte sie, bis er sicher war, dass sie schlief.

Lange nachdem sie in einen tiefen, traumlosen Schlaf gesunken war, lag Caleb an ihren weichen Leib geschmiegt wach da.

»Sorge dafür, dass den Menschen, die ich liebe, nichts passiert«, flüsterte er. »Das ist alles, worum ich jemals bitten werde.«

31

Die Explosion erschütterte das ganze Haus und riss Caleb aus tiefem Schlaf. Er kam mit einem Ruck hoch und spürte an Hals und Handgelenken seinen Puls hämmern.

»Was zum Teufel war das?«

Er schüttelte den Kopf, um den Nebel, der noch immer seinen verschlafenen Verstand umhüllte, loszuwerden, und war der Überzeugung, einen Albtraum gehabt zu haben, in dem er Ramie durch die Explosion verlor. Aber nein. Es war zu laut. Zu real.

Panik erfasste ihn, hektisch streckte er die Arme nach Ramie aus, um sie aus ihrem durch die Tabletten viel zu tiefen Schlaf zu reißen.

Die Schlafzimmertür wurde aufgestoßen, und Beau stürzte herein.

»Raus hier!«, brüllte Beau. »Ihr müsst raus. Das Haus brennt.«

Caleb rappelte sich auf und zog Ramies schlaffen Körper mit sich.

»Los, Schatz. Du musst aufwachen. Na, komm schon, Ramie. Wach auf!«

»Wo sind Quinn und Tori?«, wollte Caleb von Beau wissen. »Was geht hier eigentlich vor, Beau?«

»Wir haben keine Zeit für Fragen«, brüllte Beau. »Wir müssen hier raus! Quinn holt Tori.«

Caleb warf sich Ramie wie ein Feuerwehrmann über die Schulter und stürmte auf den Flur hinaus, wo Quinn gerade mit Tori zur Treppe eilte. Doch Quinn schreckte plötzlich zurück, packte Tori und schob sie in Richtung von Calebs Schlafzimmer am anderen Ende des Flurs.

»Der Weg zum Schutzraum ist versperrt. Die Treppe brennt!«, schrie Quinn. »Wir müssen durch die Fenster raus.«

»Wir sind hier im zweiten Stock«, stieß Beau hervor.

Caleb verschwendete keine Zeit mit Diskussionen. Er konnte sehen, wie sich die Flammen bereits die Treppe hochfraßen. Voller Entsetzen beobachtete er, wie die Decke am anderen Ende des Flurs, wo sich Quinns und Toris Schlafzimmer befanden, herunterkrachte und eine Wolke aus Schutt und Qualm durch die Öffnung wogte.

»Verdammter Mist«, fluchte Caleb. »Alle in mein Zimmer. Sofort!«

Beau trieb seinen jüngeren Bruder und seine Schwester in Calebs Zimmer. Tori stand offensichtlich unter Schock; ihre weit aufgerissenen Augen blickten gehetzt.

»Mach das Fenster auf, Quinn«, befahl Beau. »Caleb hat keine Hand frei. Wir müssen unser Bestes versuchen und hoffen, dass wir uns beim Ausstieg nicht den Hals brechen.«

»Lasst mich zuerst gehen«, erklärte Quinn ruhig. »Ich kann versuchen, Toris und Ramies Fall abzubremsen.«

»Nein, warte«, sagte Caleb. »Ganz langsam. Lasst uns erst einmal nachdenken, ehe wir uns in den Tod stürzen. Durch meine Fenstergaube können wir aufs Dach klettern und von dort runter aufs Garagendach klettern. Das ist dann nur noch eine Geschosshöhe, und man fällt nicht so tief.«

»Dann raus jetzt«, befahl Beau. »Wir haben nicht mehr viel Zeit, ehe das Ganze hier in die Luft fliegt.«

Quinn schob das Fenster auf, kletterte raus und klammerte sich an den Dachvorsprung der Gaube, von wo er sich langsam aufs Dach hochzog.

Beau half Tori beim Ausstieg, und Quinn hielt ihr die Hand hin, damit sie sich daran festhalten konnte.

»Du gehst vor mir«, sagte Caleb zu Beau. »Ich muss dir Ramie reichen. Sie ist bewusstlos.«

Beau kletterte nach Tori aus dem Fenster und schaute erst, ob Tori auf dem Dach sicheren Halt hatte, ehe er sich wieder nach unten beugte und Ramie vorsichtig unter den Achseln packte. Caleb hielt ihre Beine, während Beau sie über das Dach in Richtung Garage zog.

Caleb konnte die Hitze des Feuers spüren. Unter ihnen war wahrscheinlich bereits alles den Flammen zum Opfer gefallen, sodass es nur eine Frage der Zeit war, ehe das Dach, auf dem sie standen, unter ihnen einstürzte.

»Quinn, du kümmerst dich um Tori«, rief Caleb. »Beau und ich nehmen Ramie.«

Sie bewegten sich so schnell, wie sie es wagen konnten, über das Dach. Auf Calebs Stirn standen Schweißperlen. Die Angst um seine Familie hatte ihn erbarmungslos im Griff. Es war gerade einmal eine Stunde her, dass er ein Gebet für die Sicherheit seiner Familie gesprochen hatte, doch von Sicherheit konnte jetzt keine Rede mehr sein.

Plötzlich ließ ein anderer Gedanke ihn vor Furcht erstarren.

»Keiner bewegt sich«, befahl Caleb.

»Was ist los, Caleb?«, wollte Quinn wissen.

»Wir wissen nicht, ob dieser Mistkerl da unten ist oder wie er es geschafft hat, hier eine Bombe zu platzieren. Es könnte sein, dass er nur darauf wartet, uns alle umzubringen, sobald wir vom Dach runterkommen.«

Tori stieß ein Wimmern aus, aber Caleb konnte ihr das jetzt nicht ersparen, denn vielleicht lag er mit seiner Befürchtung richtig.

»Ich muss zurück und die Pistole aus meinem Nachttisch holen«, sagte Caleb. »Keiner rührt sich von der Stelle, bis ich wieder zurück bin.«

»Aber beeil dich!«, trieb Beau ihn an.

»Falls mir etwas zustößt«, erklärte Caleb mit fester Stimme, »wirst du Tori und Ramie zusammen mit Quinn in Sicherheit bringen und dich um mich nicht kümmern.«

»Halt die Klappe und beweg dich!«, zischte Quinn.

Caleb rutschte die Dachschräge, so schnell er konnte, hinunter, um sich unten durchs Fenster in sein Zimmer zu schwingen, wobei er sich am Überstand festhielt. Der Raum stand bereits voller Rauch, es würde bestimmt nicht mehr lange dauern, ehe das Feuer das ganze Haus und damit auch die Menschen auf dem Dach erfasste.

Er riss die Schublade seines Nachtschranks auf, griff nach seiner Pistole und einem vollen Magazin, schob es rein und spannte die Waffe. Dann kletterte er wieder aufs Dach und krabbelte zu den anderen zurück.

Zusammen schoben sie sich vorsichtig weiter übers Dach, bis zu der Stelle, an der unter ihnen das Garagendach lag. Quinn ließ sich als Erster hinunter, dann half Beau Tori, indem er sie an den Händen festhielt und sie ihre Füße in der Luft baumeln ließ.

»Lass los«, rief Quinn nach oben. »Ich hab sie.«

Tori kniff die Augen zusammen und ließ sich in Quinns Arme fallen.

Dann war Ramie an der Reihe, die immer noch bewusstlos war. »Ich nehme einen Arm und du den anderen«, sagte er zu Caleb. »Dann lassen wir sie gemeinsam zu Quinn runter.«

Sie packten Ramie, hielten sie jeder an einem Handgelenk fest und ließen sie dann in Quinns wartende Arme sinken. Dann glitten auch Beau und Caleb nacheinander über die

Dachkante und ließen sich auf das ein paar Meter unter ihnen liegende Garagendach fallen.

Caleb schätzte ihre Möglichkeiten ab und entschied, dass der Abstieg nur über die linke Seite erfolgen konnte. Wegen des betonierten Bereichs vor der Garage und des Weges, der rechts daran vorbeiführte, konnte man dort nicht weich genug landen.

Wieder ging Quinn als Erster. Caleb legte Ramie auf dem flachen Dach der Garage ab und hoffte inständig, dass sie nicht plötzlich wach wurde, in Panik geriet und vom Dach fiel, während er Beau half, Tori herunterzulassen.

Sobald Tori sicher unten angekommen war, nahmen Caleb und Beau jeder eine Hand von Ramie, schoben ihre Beine über die Kante und ließen sie dann vorsichtig hinunter, damit sie nicht plötzlich abstürzte.

Doch dann wählte sie ausgerechnet diesen Moment, als sie noch gut einen Meter über Quinns Kopf baumelte, um die Augen zu öffnen.

Sie schrie und setzte sich unwillkürlich zur Wehr, strampelte mit den Beinen und zappelte wie ein Aal.

»Ramie! Ramie!«, brüllte Caleb. »Hör auf! Du musst damit aufhören. Ich halte dich. Du hast nichts zu befürchten, aber du musst aufhören, dich gegen uns zu wehren.«

Dann bewegte sie sich nicht mehr, aber ein leises Wimmern kam über ihre zitternden Lippen. »Caleb?«, krächzte sie. »Sag mir, dass das ein Traum ist.«

»Es ist nur ein Traum, Süße«, besänftigte er sie. »Ein Albtraum. Schließ die Augen, dann ist gleich alles vorbei.«

Endlich entspannte sie sich und wurde schlaff. Sofort ließen er und Beau sie los, und sie fiel in Quinns Arme, sodass beide zu Boden stürzten.

Sobald auch Beau unten war, warf Caleb ihm die Waffe zu. Dann schwang er die Beine über die Dachkante, ließ sich fallen und rollte sich, um den Aufprall abzufedern, auf dem Boden ab. Da der Sprung ihm die Luft aus den Lungen gepresst hatte, musste er erst einmal mehrmals tief durchatmen.

Im nächsten Moment krabbelte er zu der Stelle, an der Ramie und Quinn mit ineinander verschränkten Gliedern lagen.

»Alles in Ordnung, Quinn?«, fragte Caleb.

»Ja, ich habe nur gerade keine Luft mehr gekriegt. Was ist mit ihr?«

»Darf ich jetzt meine Augen wieder aufmachen?«, fragte Ramie zaghaft.

»Ja, Schatz. Mach die Augen auf. Wir müssen weiter.«

»Was ist passiert, Caleb?«

Das Zittern in ihrer Stimme rührte Caleb. Am liebsten hätte er ihr nicht erzählt, was sich zugetragen hatte.

»Das Haus brennt. Wir mussten durch das Fenster in meinem Zimmer flüchten«, erklärte Caleb sanft.

»Was ist mit den anderen?«, wollte sie wissen, während sie sich aufrappelte. Mehrmals schüttelte sie den Kopf, als wollte sie die durch das Medikament erzeugten Spinnweben in ihrem Kopf zerreißen.

»Tori, Beau und Quinn sind hier. Allen geht's gut.«

»Und Eliza und Dane?«, fragte sie ängstlich weiter.

»Die waren heute Nacht nicht hier. Unsere Leute kommen erst am Morgen, damit wir die nächsten Schritte besprechen können. Es sind nur wir fünf, und wir müssen hier schnellstens verschwinden.«

»Ist er da?«, flüsterte Ramie.

Caleb wusste genau, wen sie mit *er* meinte.

»Das wissen wir nicht«, mischte Beau sich ein. »Aber wir werden kein Risiko eingehen. Wir müssen dich und Tori irgendwo hinbringen, wo es sicher ist.«

»Da müsst ihr auch hin«, erwiderte Ramie mit Nachdruck.

»Ja, wir auch«, stimmte Caleb ihr zu.

»Wir können keins von den Autos nehmen«, sagte Beau. »Wir wissen nicht, ob er in denen nicht auch Bomben installiert hat.«

»Wie zum Teufel hat er überhaupt eine Bombe ins Haus schaffen können?«, stieß Caleb hervor.

»Wir wissen nicht, ob er es getan hat«, warf Quinn leise ein. »Wir wissen doch gar nicht, was überhaupt passiert ist. Er könnte auch mit einer Panzerfaust auf uns geschossen haben. Ich weiß nur, dass es eine Explosion gab und dass das Haus brennt. Wir haben keine Ahnung, wie nah dran er ist, deshalb schlage ich vor, dass wir die Beine in die Hand nehmen und so schnell wie möglich verschwinden.«

»Ich stimme dafür«, sagte Beau.

Calebs Blick folgte Ramie, als diese zu Tori ging, die am ganzen Körper wie Espenlaub zitterte. Ramie nahm vorsichtig Toris Hand in ihre und drückte sie. Überrascht sah Caleb, dass Tori ihr einen dankbaren Blick zuwarf und Ramies Hand festhielt, als sie schnell auf den Wald zuhielten, der das Anwesen umgab.

32

»Das reicht jetzt«, erklärte Caleb kalt. »Ich will, dass dieser Mistkerl endlich zur Strecke gebracht wird, und es ist mir egal, ob das auf legalem oder illegalem Wege passiert.«

Dane stand in Elizas Küche und schenkte Kaffee für die Leute ein, die in Elizas Haus zusammengekommen waren. Außer Caleb, seinen Brüdern, Eliza und Dane war noch ein Mann von den beiden Sechs-Mann-Teams mit von der Partie, die Caleb und seine Brüder eingestellt hatten. Sie nahmen nur die Besten unter Vertrag, und es war an der Zeit, dass sie endlich taten, was sie am besten konnten: einen Killer zur Strecke zu bringen.

Ehe jemand etwas auf Calebs Ansage erwidern konnte, kam Eliza in die Küche zurück, worauf Caleb ihr sofort seine ungeteilte Aufmerksamkeit zuwandte.

»Wie geht es ihnen?«, fragte er mit leiser Stimme.

Die Nacht und der Morgen waren für Ramie und Tori höllisch gewesen. Mitten in der Nacht waren sie durch den Wald gezogen, und Ramie hatte die ganze Zeit Angst gehabt, dass jemand Jagd auf sie machte. Bei jedem Geräusch waren sie nervös zusammengezuckt. Die Anspannung war so groß, dass sie völlig erschöpft waren, als sie endlich eine Stelle erreichten, von der aus Caleb Dane anrufen konnte, damit er sie abholte.

Caleb hatte keine Schuldgefühle gehabt, Ramie etwas gegen die drohende Panikattacke zu geben. Sie hatte bereits zu hyperventilieren angefangen, als Dane schließlich eintraf. Tori war genauso fertig gewesen und war offensichtlich aus Sorge um Ramie nicht von deren Seite gewichen.

»Ramie hat schließlich doch eingewilligt, sich hinzulegen und ein bisschen auszuruhen«, berichtete Eliza ernst. »Aber sie hat sich nur einverstanden erklärt, weil Tori nicht allein sein wollte und sie gebeten hat, nicht aus dem Zimmer zu gehen.«

Caleb atmete tief durch, um seine Wut in den Griff zu bekommen. Wann würden die Menschen, die er liebte, endlich aufhören zu leiden? Wann würden sie in Sicherheit sein? Gab es diese Sicherheit überhaupt? Nervös fuhr er sich mit einer Hand durchs Haar.

»Danke, Eliza.«

»Dafür brauchen Sie sich nicht zu bedanken. So, gibt es schon einen Plan für das weitere Vorgehen?«, fragte sie.

»Ich bereite einen sicheren Unterschlupf vor, wo sie heute Nacht bleiben können«, sagte Dane. »Ich werde bis zum Nachmittag brauchen, um alle Überwachungsinstrumente und Sicherungen einzubauen. Bis dahin sollten sie meiner Meinung nach hierbleiben und sich verstecken.«

Eliza nickte zustimmend.

»Wir werden die Teams in Dreiergruppen und Zwölf-Stunden-Schichten einteilen«, fuhr Dane fort. »Die erste Schicht beginnt heute Abend um sieben und geht bis morgen früh um sieben. Die zweite Schicht übernimmt um sieben Uhr morgens und bleibt bis sieben Uhr abends.«

Caleb ertrug die Vorstellung nicht, dass sein Sicherheitsteam auf ihn und seine Brüder aufpasste, während er selbst zur Untätigkeit verdammt blieb. Er war wütend und so weit, dass er den Mistkerl auch mit bloßen Händen zerfetzt hätte. Wenn er das mörderische Funkeln in den Augen seiner Brüder richtig deutete, waren diese angesichts der Situation genauso frustriert wie er.

Zur Hölle mit Recht und Ordnung. Wenn Caleb diesen Kerl in die Finger bekommen sollte, war er ein toter Mann.

»Ich werde mit der Polizei reden und eine Zeit vereinbaren, zu der Sie eine Erklärung abgeben«, sagte Dane zu Caleb. »Im Moment will ich aber nicht einmal, dass die Polizei weiß, wo Sie sind.«

»Es bringt nichts, sich zu verstecken, solange Ramies Verfolger mit ihr verbunden ist«, stellte Eliza fest. »Wird er nicht die ganze Zeit wissen, wo alle sind?«

»Vielleicht sollte man sie betäuben, bis wir den Mistkerl zur Strecke gebracht haben«, meinte Beau in völlig ernsthaftem Tonfall.

»Allmächtiger! Ich werde sie doch nicht mit Drogen vollstopfen, damit sie unseren Standort nicht preisgibt«, erwiderte Caleb voll Abscheu.

»Nein«, meinte Eliza nachdenklich. »Aber man könnte es so einrichten, dass nicht einmal sie selber weiß, wo sie ist.«

Dane wies mit dem Finger auf Eliza. »Perfekt. Ich weiß gar nicht, warum ich nicht selber auf die Idee gekommen bin.«

»Weil Frauen schlauer sind?«, gab Eliza spöttisch zurück.

»Schlaumeier vielleicht«, brummte Dane.

»Was schlagen Sie vor?«, wollte Caleb ungeduldig wissen.

»Dass man ihr die Augen verbindet«, erwiderte Eliza schlicht. »Dass keiner etwas in ihrer Gegenwart sagt. Wenn sie nichts hört oder sieht, wird auch er weder etwas hören noch sehen. Ramie kann ja nicht weitergeben, was sie nicht weiß.«

»Stimmt«, sagte Caleb langsam. »Die Geschwindigkeit, mit der er sich steigert, bringt mich zu der Erkenntnis, dass wir nicht länger als unbedingt nötig hierbleiben sollten. Er hat bewiesen, wie unheimlich schnell er agieren kann. Wenn wir Ramie ›im Dunkeln‹ lassen, spricht eigentlich nichts dagegen, den sicheren Unterschlupf schon aufzusuchen, während dort noch Sicherheitsvorkehrungen getroffen werden, oder?«

»Stimmt«, bestätigte Dane.

»Dann bringen wir das am besten gleich hinter uns, da sie ohnehin gerade schläft«, erklärte Caleb. »Wenn wir sie jetzt wegbringen, wird er von unserem Unterschlupf nur irgendeinen Raum von innen sehen.«

»Wenn wir jetzt aufbrechen, dann muss die Schicht, die für morgen Früh sieben Uhr bis abends sieben Uhr eingeteilt ist, heute bis sieben Uhr abends den Unterschlupf bewachen«, sagte Eliza.

»Machen wir«, erwiderte Eric Beckett, der anwesende Vertreter des Sicherheitsteams.

»Ich hol etwas, womit wir Ramie die Augen verbinden können«, sagte Eliza. »Erklären Sie ihr, wenn sie aufwacht, dass sie so wenig wie möglich denken soll. Je weniger dieser Mistkerl weiß, desto geringer die Gefahr, die von ihm ausgeht.«

»Ich werde dafür sorgen, dass sie beschäftigt ist«, meinte Caleb.

Eliza unterdrückte ein Lächeln, mit mäßigem Erfolg. Caleb stöhnte, als er merkte, was er da gerade gesagt hatte.

»Da hat jemand aber eine ziemlich schmutzige Fantasie«, brummte er.

Ramie verzog voll Unmut die Stirn, dass man sie wie einen Sack Kartoffeln durch die Gegend schleppte. Dann merkte sie, dass sie nichts sehen konnte, obwohl sie die Augen geöffnet hatte.

Ihre Finger bohrten sich in festes Fleisch, worauf das Schaukeln abrupt aufhörte.

»Ramie, du musst mir vertrauen.«

Calebs Stimme zu hören erleichterte sie auf der Stelle und linderte ihre Furcht.

»Was geht hier vor sich, Caleb?«, fragte sie leise.

»Vertrau mir, Schatz, ja? Du sollst dich einfach so wenig wie möglich bewegen und möglichst an nichts denken. Kannst du das für mich tun?«

Sie runzelte verwirrt die Stirn. Was um Himmels willen machte er mit ihr? Trotz seiner Versicherung verkrampfte sie sich unwillkürlich in seinen Armen. Er trug sie, aber sie hatte keine Ahnung, wohin. Er hatte ihr die Augen verbunden. Der Grund dafür war ihr genauso unklar.

Angesichts des Irrsinns der vergangenen Tage schien das jetzt gar nicht mehr so verrückt.

Sie beschloss, einfach mitzumachen, legte ihre Wange an seine Schulter und ließ die Anspannung aus ihrem Körper entweichen. Und dann musste sie plötzlich darüber staunen, dass sie tatsächlich einem anderen Menschen vertraute.

Aber wenn man jemanden liebte, musste man doch vertrauen, oder nicht?

Dabei hatte sie einmal gedacht, sie würde Caleb Devereaux niemals vergeben können, was er ihr angetan hatte. Es war schon komisch, wie das Leben manchmal spielte. Wenn ihr noch vor sechs Monaten jemand gesagt hätte, sie würde sich auf jemanden einlassen, geschweige denn in ihn verlieben, hätte sie sich vor Lachen ausgeschüttet.

»Wir sind fast da, Schatz«, murmelte Caleb an ihrem Scheitel.

Das Geräusch einer Tür, die geöffnet und dann wieder geschlossen wurde, weckte ihre Aufmerksamkeit. Dann legte Caleb sie auf einem Bett ab. Kurz darauf löste er das Tuch, mit dem ihre Augen verbunden gewesen waren, und ihre Blicke begegneten sich.

Er sah müde aus. Sie ließ ihre Hand über seine Wange gleiten und strich mit dem Daumen über den dunklen Rand unter seinem Auge.

»Wirst du mir sagen, was gerade passiert?«, fragte sie.

Er lächelte. »Wir haben uns gedacht, dass unser Bombenleger dein Gehirn nicht anzapfen kann, wenn du nichts weißt und nicht gesehen hast, wo du bist. Weil er dann auch keine Ahnung hat.«

Sie blinzelte erstaunt. »Auf die Idee bin ich nie gekommen. Das ist genial!«

»So gern ich das Lob selbst einheimsen würde, muss ich doch gestehen, dass es Eliza war, die diese Idee hatte.«

»Die ist ganz schön gerissen«, meinte Ramie lächelnd. Doch als ihr die Ereignisse der Nacht wieder einfielen, wurde sie ganz schnell wieder ernst. »Caleb, was ist mit deinem Haus?«

Er setzte sich neben sie aufs Bett und verschränkte seine Finger mit ihren.

»Es ist nur ein Haus«, sagte er. »Häuser kann man wieder aufbauen. Menschen kann man nicht ersetzen. Ich bin nur froh, dass wir alle lebend herausgekommen sind. Die Situation ist völlig außer Kontrolle geraten. Er muss so schnell wie möglich zur Strecke gebracht werden, weil wir nicht wissen, was er sonst als Nächstes tun wird. Er wird immer dreister, und das ist das Letzte, was man bei einem gerissenen, höchst intelligenten, ausgefuchsten Serienkiller will.«

»Ich mochte dein Haus nicht«, sagte sie ehrlich.

Er lachte leise. »Nimm bloß keine Rücksicht auf meine Gefühle.«

»Es war so kalt und nüchtern«, erklärte sie und schürzte die Lippen. Einen Moment später fügte sie hinzu: »Ich habe nicht die geringste Wärme gespürt.«

»Tja, was hältst du davon, wenn du beim nächsten Haus, das ich baue, alles beaufsichtigst. Angefangen bei der Planung bis hin zur fertigen Einrichtung? Du bekommst freie Hand, ein Heim daraus zu machen.«

Sie tat so, als würde sie darüber nachdenken. »Ich könnte es in Erwägung ziehen, dich beim Wort zu nehmen.«

Er beugte sich lächelnd über sie, um sie zu küssen. »Hast du Hunger? Ich könnte etwas zu essen auftreiben, damit du nicht das Gefühl hast, in Einzelhaft zu sitzen.«

»Darf ich duschen und mir etwas anderes anziehen?«

»Natürlich. Du sollst nur nicht das Zimmer verlassen. Ich hab das einzige Zimmer für dich ausgesucht, das kein Fenster hat, damit du gar nicht erst die Möglichkeit hast, unseren Standort zu verraten.«

»Bei dir hört es sich so an, als würde ich das absichtlich tun«, brummte sie.

Er küsste sie wieder. »Nein. Aber ob absichtlich oder nicht, das Ergebnis wäre das Gleiche. Wenn es um unsere Sicherheit geht, werde ich kein Risiko eingehen.«

Als Caleb den Raum verließ und die Tür hinter sich schloss, lehnte Ramie sich zurück und zwang sich dazu, die Decke anzuschauen. Dann schloss sie die Augen und verdrängte jeden Gedanken.

Plötzlich fuhr ihr ein Schmerz durch den Kopf, und sie musste keuchen. Sie meinte ein leises Lachen zu hören, fragte sich aber sogleich, ob sie es sich nur eingebildet hatte.

Glaubst du etwa, du könntest dich vor mir verstecken?

»Caleb!«

Caleb riss nach ihrem Schrei in Sekundenschnelle die Tür auf und kam hereingestürzt. Als er sah, dass sie immer noch an der gleichen Stelle auf der Bettkante saß, trat ein verwirrter Ausdruck auf sein Gesicht.

Sie zitterte am ganzen Körper und schlang die Arme um den Leib.

»Ramie, was ist los?«, wollte Caleb wissen.

»Er hat gelacht«, sagte sie, und es war ihr egal, wie verrückt das klingen musste. »Ich habe hier gelegen, die Decke angeschaut und versucht, an nichts zu denken, wie du es mir aufgetragen hast. Da hörte ich ihn lachen und er sagte: *Glaubst du etwa, du könntest dich vor mir verstecken?*«

Caleb setzte sich wieder neben sie und zog sie an sich.

»Er kann nichts sehen, wenn du nichts siehst«, stellte er fest. »Er kann nichts wissen, was du nicht weißt. Und deshalb sage ich: Ja, ich glaube, dass wir uns vor ihm verstecken können. Zumindest, bis wir uns einen Plan überlegt haben, wie wir ihm ein für alle Mal das Handwerk legen. Bis dahin bleibst du hinter Schloss und Riegel und wirst nicht erfahren, wo du bist.«

»Okay«, sagte sie mit heiserer Stimme. »Ich werde ab jetzt nicht immer gleich ausflippen. Versprochen.«

Er schob ihr das Haar hinters Ohr. »Dass du jemand anderen in deinem Kopf hast, gibt dir das Recht, hin und wieder auszuflippen.«

»Versuch nicht, mich zu beschwichtigen. Ich werde nicht länger so ein Angsthase sein. Jetzt hol mir was zu essen und überlass mich meinem imaginären Freund … besser gesagt imaginären Killer«, sagte sie und verzog das Gesicht. »Himmel, ich fasse es nicht, dass ich Scherze darüber mache. Ich verliere allmählich wirklich den Verstand, nicht wahr?«

Er nahm ihr Kinn in die Hand und strich ihr mit dem Daumen über die Wange. »Ich bin froh, dass ich nicht der Einzige mit einem unpassenden Sinn für Humor bin.«

33

Das war ein Kinderspiel gewesen, kaum der Rede wert für jemanden, der so geschickt war wie er. Sein Vater hatte immer gesagt: »Charlie, der frühe Vogel fängt den Wurm. Und alle anderen ernten nur Dreck. Nimm dir das zu Herzen, und du wirst es im Leben weit bringen.«

Zum Teufel, er hieß Charles, nicht Charlie. Charlie war ein Kindername, nicht der eines erwachsenen Mannes.

Er überwand seinen Zorn und verdrängte ihn, damit er sich auf die vor ihm liegende Aufgabe konzentrieren konnte.

Seine Atemzüge verlangsamten sich, als er aus dem Schatten der Bäume trat. Ruhe breitete sich in ihm aus. Nicht ein Muskel seines Körpers zuckte. Er war diszipliniert und geduldig. Eigenschaften, für die man im Laufe des Lebens belohnt wurde.

Er näherte sich dem Wagen, der verborgen im Dunkel geparkt war. Als er nah genug war, um im Seiten- oder Rückspiegel gesehen zu werden, ging er zu Boden und robbte die letzten Meter bis zur Fahrertür.

Das war eine lange, mühevolle Angelegenheit, die nur von Menschen mit unendlicher Geduld und einem Auge fürs Detail bewältigt wurde. Eine falsche Bewegung, ein winziger Ausrutscher, und er war ein toter Mann. Doch statt deswegen Angst zu bekommen oder ganz besonders vorsichtig zu werden, berauschte ihn die Vorstellung, jederzeit entdeckt werden zu können, und machte ihn geradezu euphorisch. Nur wenn er mordete, war das Glücksgefühl noch größer.

Vorsichtig kam er hoch und hielt dabei die Waffe mit dem Schalldämpfer so, dass der sogenannte Sicherheitsspezialist, der im Wagen saß und das Haus und seine Bewohner bewachte, ein toter Mann sein würde, sobald er stand.

Als sein Gegner sich ihm gegenübersah, musste Charles über dessen verblüffte Miene grinsen. Er gab seinem Opfer keine Gelegenheit zu reagieren. Die Scheibe wölbte sich nach innen, und die Kugel erzeugte ein Loch in der spinnennetzförmig gerissenen Oberfläche. Blut und Hirnmasse spritzten gegen die gegenüberliegende Scheibe.

Erfreut über den erfolgreichen Auftakt eilte er auf das hell erleuchtete Haus und sein nächstes Opfer zu.

Wer musste schon durch Ramie St. Claires Augen sehen? Das hier war viel befriedigender. Bei dem Gedanken daran, wie Caleb Devereaux reagieren würde, wenn er erkannte, dass er benutzt worden war, um Ramie zu vernichten, empfand er eine fast lustvolle, unerträgliche Vorfreude.

Er huschte mit der erhobenen Waffe im Anschlag ums Haus. Er musste stets mit der Unberechenbarkeit der anderen rechnen. Es zahlte sich aus, immer auf der Hut zu sein.

Als er einen schnellen Blick um die Ecke des Hauses wagte, sah er sein Zielobjekt vor der Hintertür Wache halten. Charles hätte beinahe leise gelacht, zügelte sich aber gerade noch rechtzeitig, um sich anschließend Vorhaltungen wegen seines Beinaheausrutschers zu machen.

Es gab keinen Grund, so verstohlen vorzugehen. Tote konnten sich einem nicht in den Weg stellen. Mit der Waffe im Anschlag, deren Schaft er mit der Linken stützte, sprang er um die Ecke. Er verfehlte sein Ziel nie um mehr als einen Zentimeter. Der Wachposten sackte geräuschlos in sich zusammen und war tot, ehe er auf dem Boden aufschlug.

Charles stieg über die Leiche hinweg, schob die Tür auf

und schlüpfte ins Haus. Den Informationen zufolge, die er sich über Caleb Devereaux beschafft hatte, wusste er, dass der einzige weitere Wachposten im Flur vor Ramies Tür stand.

Es fiel ihm schwer, seine kaum zu bändigende Freude zu unterdrücken. Er wollte nicht vorzeitig jubilieren. Später war noch genug Zeit, seinen Erfolg zu feiern. Mit Ramie!

Charles wusste, dass er nur eine Zehntelsekunde hatte, sein Ziel zu erfassen und zu schießen, wenn er in den Flur einbog. Wenn er länger brauchte, würde er auffliegen. Er stand so kurz vor dem Ziel, dass seine Hand mit der Waffe leicht zitterte.

Ärgerlich brachte er seine Reaktion unter Kontrolle und zwang sich, mehrmals tief durchzuatmen. Er schloss die Augen, atmete tief ein und zählte dann im Geiste: eins ... zwei ... drei!

Mit einem Satz stand er fest mit beiden Beinen im Flur. Sein Zielobjekt war nur zwanzig Zentimeter entfernt. Er riss die Waffe hoch, zielte und drückte den Abzug. Die Kugel drang dem Wachposten in die Stirnmitte ein und ließ ihn wie einen Stein zu Boden fallen.

Ja!

Er schaffte es so gerade, sich zu beherrschen und nicht sofort ins Schlafzimmer zu stürmen, um Devereaux eine Kugel in den Kopf zu jagen. Damit würde er nur alles ruinieren. Charles hatte den ganzen Ablauf minutiös bis ins kleinste Detail geplant. Jene Nacht, in der er in Calebs Kopf eingedrungen war, war nur ein Testlauf gewesen, dessen Ergebnisse ihn nichtsdestotrotz begeistert hatten.

Er tastete mit zitternden Händen nach dem Handy in seiner Tasche. Es musste schnell aktiviert werden, wenn er alles filmen wollte. Caleb würde schockiert sein, wenn er den Film sah. Charles lächelte und schloss die Augen, um Devereaux zu rufen.

Caleb setzte sich im Bett auf, die Decke rutschte in seinen Schoß. In seinem Kopf raunte es, endlich zu handeln. Er stand langsam auf und ging mit leisen Schritten zur Tür. *Ganz leise! Du willst Ramie nicht wecken.*

Er ging in die Küche, zog eine Schublade auf und schloss sie wieder. In die nächste Schublade griff er hinein, nachdem er sie aufgezogen hatte, seine Finger schlossen sich um ein scharfes Tranchiermesser.

Wie passend, dass er ein Tranchiermesser hatte, wenn er plante, Ramie wie eine Weihnachtsgans zu tranchieren. Sie würde das beste Weihnachts- und Geburtstagsgeschenk sein, das er je bekommen hatte.

Er packte den Griff des Messers mit fester Hand und ging zum Schlafzimmer zurück. Leise schob er die Tür auf und schlüpfte in den Raum, in dem Ramie tief und fest schlief. Er verharrte eine ganze Weile neben dem Bett und nahm den Anblick der Frau in sich auf, die er die letzten achtzehn Monate gejagt hatte.

Ein Lächeln kräuselte Calebs Lippen. »Es ist niemand da, der dich schreien hören wird«, flüsterte er.

Ruhig legte er eine Hand über ihren Mund, setzte die Klinge an der weichen Haut ihres Unterleibs an und schnitt von der einen Seite bis zur anderen das Fleisch auf, wobei er der Rundung ihres Bauches folgend einen leichten Bogen nach unten machte.

Sie gab unter seiner Hand einen erstickten Schrei von sich, sodass er sich rasch auf ihren sich windenden Körper setzte. Sie bäumte sich auf und versuchte ihn abzuschütteln, doch er folgte ihrer Bewegung und schlitzte die Haut zwischen ihren Brüsten von oben nach unten auf.

Blut quoll hervor und tropfte und sickerte von ihrem Körper. Sie gebärdete sich wie eine Wilde unter ihm, ohne jedoch zu begreifen, wer ihr das antat. Die freudige Erwartung, wenn es ihr endlich dämmerte, jagte ein ekstatisches Kribbeln durch Charles' Körper.

Dann richtete sich ihr Blick auf sein Gesicht, und ihre Züge verzerrten sich vor Entsetzen. Er nahm die Hand von ihrem Mund, weil die Gelegenheit einfach zu schön war, um sie sich entgehen zu lassen. Beinahe hätte er vor Begeisterung in der Ecke, in der er stand, in die Hände geklatscht, aber dann hätte er die Aufnahme ruiniert, die er gerade machte. Und er wollte doch, dass Devereaux jeden einzelnen Schnitt sah, den er ihrem Körper beibrachte.

»Caleb!«, schrie sie. »Caleb, hör auf! Oh, Gott, was *tust* du?«

Es folgten zwei weitere Schnitte in schneller Folge. Ihre Augen wurden vor Schock glasig, und ebenfalls Schock und Blutverlust ließen ihre Sprache immer undeutlicher werden. Sie versuchte, sich zu wehren, hatte Calebs Kraft aber nichts entgegenzusetzen. Komischerweise hätte sie gegen Charles eine Chance gehabt, Caleb jedoch war viel größer und stärker. Einen Mord durch die Augen eines anderen mitzuerleben war köstlich, berauschend. Nachdem er es einmal getan hatte, würde er es immer wieder tun wollen.

Tränen strömten über Ramies Gesicht. Durch das permanente Schreien hatte sie fast keine Stimme mehr, und es kam nur ein abscheuliches, heiseres Krächzen über ihre Lippen, als er zum nächsten Schnitt an ihrer Hüfte ansetzte.

»Bitte, tu das nicht«, flehte Ramie. Sie keuchte vor Schmerz. »Ich dachte, du würdest mich lieben«, wisperte sie. »Du hast versprochen …« Sie verstummte, und ihr Körper, der sich eben noch aufgebäumt hatte, sackte auf die Matratze zurück. Sie hatte schließlich doch das Bewusstsein verloren. Charles zollte ihr ein gewisses Maß an Respekt. Nicht viele hätten es geschafft, unter solch schrecklichen Bedingungen so lange bei Bewusstsein zu bleiben.

Charles runzelte die Stirn. In Calebs Augen war ein Flackern zu erkennen. Der innere Aufruhr zeigte sich in seinen Zügen, die vor Schmerz verzerrt waren. Charles wusste, dass er Ramie jetzt rausholen musste, ehe Caleb sich aus dem Bann befreite, aber er fühlte sich wie ein verzogenes Kind, dem man sein Lieblingsspielzeug wegnehmen wollte.

Calebs Bewegungen waren ruckartig, fast schon spasmodisch, als er sich vorbeugte und Ramie aufhob. Charles ging lächelnd hinter ihm her und filmte weiter. Das Blut, das von Ramie auf den Boden tropfte, verlieh der Szene einen reizvollen Touch. Dadurch wirkte alles noch authentischer. Charles passte auf, nicht ins Blut zu treten.

Außerdem achtete Charles sorgfältig darauf, Caleb dabei zu filmen, wie er Ramie auf die Rückbank seines SUV verfrachtete. Wenn die Polizei das Video gesehen hatte, würde es keinen Zweifel mehr daran geben, wer Ramie St. Claire ermordet hatte. Und man würde nicht einmal die Leiche benötigen, um absolut überzeugt zu sein!

34

Caleb schlug die Augen auf und schloss sie aber sofort wieder. Das Wenige, was er von dem Raum gesehen hatte, wirkte wie ein sich wild in alle Richtungen drehendes Karussell, das sich so schnell bewegte, dass ihm davon schwindelig wurde. Seine Schläfen pochten. Schmerzhafte Stiche zuckten durch seinen Schädel und strahlten bis in den Nacken aus. Sein Mund war so trocken, dass er sich mit der Zunge über die Lippen fuhr, um sie zu befeuchten.

Seine Nasenflügel bebten, als ihm der widerlich süße Geruch von – War das etwa Blut? – in die Nase stieg, sodass ihm übel wurde. Es war ohne Zweifel Blut.

Sein Magen zog sich zusammen. Mit einem Ruck kam er hoch und riss die Augen auf. Sofort wurden all seine Sinne vom Unfassbaren überwältigt.

Blut tränkte die Laken, die Matratze, die Kissen. Oh Gott. Selbst er war damit getränkt; es bedeckte Hände, Arme, Brust und Beine.

Er rollte aus dem Bett und fiel auf den Boden, während der überwältigende Gestank ihn würgte und ihm den Magen umdrehte.

»Ramie!«, rief er mit heiserer Stimme. »Ramie!« Oh Gott, wo war sie? Was war passiert? Warum konnte er sich nicht daran erinnern, was geschehen war? Bestimmt würde er sich daran erinnern, wenn sie so stark geblutet hätte. Warum lag sie nicht im Bett?

Er stemmte sich vom Boden hoch und taumelte in den Flur,

wo er sofort über die Leiche einer seiner Sicherheitsleute stolperte.

»Allmächtiger«, stöhnte er in immer größer werdendem Entsetzen. Das war ein Albtraum. Es musste einer sein. Das war die einzige logische Erklärung. Nichts davon war *real*.

»Ramie!«, schrie er wieder, während er den Flur entlangrannte und auf der Suche nach ihr nacheinander sämtliche Türen aufriss. Wo zum Teufel waren alle?

Das Blut gefror ihm in den Adern, als er sah, dass die Hintertür offen stand. Er stürzte zur Tür, schob sie weiter auf, und sein Blick fiel auf die zweite Leiche.

Ein eisiger Schauer kroch ihm über den Rücken, und eine böse Vorahnung, die so stark war, dass sie ihn lähmte, erfasste ihn. Benommen starrte er den Toten an. Er hatte ein Loch in der Stirn. Sein Blick war gebrochen, der Hinterkopf war von der Kugel weggerissen worden.

Er beugte sich nach vorn und übergab sich. Sein Magen revoltierte immer weiter, sodass er noch mehr Mageninhalt von sich gab.

Er musste Ramie finden. Er musste Hilfe rufen. Er konnte sich nicht erinnern, was hier passiert war. Müsste er nicht wissen, was vorgefallen war? Es war doch ein Ding der Unmöglichkeit, dass Ramie verschwunden war und man zwei Männer ermordet hatte, ohne dass er etwas davon mitbekommen hatte.

Er stolperte ins Schlafzimmer zurück, das wie die Szenerie aus einem Albtraum wirkte, und starrte das blutbesudelte Bett an. Dann griff er nach seinem Handy und gab mit zitternden Fingern Beaus Nummer ein. Tori, Quinn und Beau ging es bestimmt gut. Vielleicht wusste Beau, wo Ramie sich befand und was hier Schreckliches vorgefallen war.

»Caleb, wo bist du?«, bellte Beau nach dem ersten Klingeln ins Telefon.

»Im Unterschlupf«, erwiderte Caleb mit schwacher Stimme. »Etwas Schreckliches ist passiert, Beau. Ist Ramie bei dir?«

»Rühr dich nicht von der Stelle«, sagte Beau kurz angebunden. »Fass nichts an. Hast du mich verstanden? Wir sind in drei Minuten da.«

Caleb sah das stumme Telefon verwirrt an. Ihm entging gerade etwas unendlich Wichtiges, aber was? Warum konnte er sich nicht an die vergangene Nacht erinnern?

Eingedenk der Anweisung seines Bruders nichts anzufassen, ging Caleb zur Haustür und trat in den strahlenden Sonnenschein. Er kniff die Augen zusammen und schirmte das Gesicht mit einer Hand gegen die Sonne ab. Wie gebannt klebte sein Blick an dem getrockneten Blut, das seine ausgestreckte Hand bedeckte.

Zwei Autos kamen mit kreischenden Bremsen vor dem Haus zum Stehen. Beau stieg aus dem einen und rannte auf ihn zu, während Dane und Eliza aus dem zweiten Wagen sprangen und sofort auf ihn zuhielten. Ihre Gesichter waren grimmig und von Wut verzerrt.

»Runter!«, bellte Dane, der seine Waffe zog und damit auf Caleb zielte. »Auf den Boden!«

Caleb sah Dane verwirrt an. Meinte er das ernst? War denn die ganze Welt verrückt geworden?

»Himmel, Caleb«, ächzte Beau und sah ihn mit bleicher Miene an. »Was hast du getan?«

»Sieh nach, ob er eine Waffe hat«, sagte Eliza, die etwas weiter entfernt stand und deren Waffe ebenfalls auf Caleb gerichtet war.

Langsam wurde er echt sauer.

»Würde mir vielleicht mal jemand erklären, was hier eigentlich los ist?«, explodierte Caleb. »Wo ist Ramie? Und warum wird hier eigentlich mit Waffen auf mich gezielt? Was soll das? *Wo ist sie?*«

»Das wollen wir von Ihnen wissen, Caleb«, sagte Dane mit flacher Stimme.

Calebs Augen wurden vor Ungeduld schmal. »Was wollen Sie wissen?«

»Wo Ramie ist«, sagte Eliza. »Sagen Sie uns, was Sie mit ihr gemacht haben, Caleb. Sagen Sie es uns, ehe die Polizei da ist und wir Ihnen nicht mehr helfen können.«

Er schüttelte verwirrt den Kopf. Dann sah er auf seine Hände hinunter, als würde er erst jetzt bemerken, dass sie mit Blut besudelt waren. Er begann wie unter Krämpfen am ganzen Körper zu zittern, und die Tränen, die in seine Augen stiegen, ließen alles verschwimmen.

»Ich weiß es nicht«, krächzte er mit brechender Stimme. »Allmächtiger, ich weiß es nicht. Was habe ich getan?«

Eliza nickte Dane zu, der zu Caleb trat, während Eliza zurückblieb und weiter auf Caleb zielte.

»Auf die Knie«, befahl Dane.

Benommen ließ Caleb sich auf die Knie sinken.

»Hände hinter den Kopf.«

Langsam verschränkte Caleb die Finger hinter dem Kopf. Er zuckte zusammen, als die kalten Handschellen sich um seine Handgelenke schlossen und zuschnappten. Er hob den Blick zu seinem Bruder, der ihn mit Tränen in den Augen anstarrte.

Beau wirkte am Boden zerstört.

»Auf geht's«, sagte Dane und zog Caleb hoch. »In den Wagen.«

Eliza öffnete die Tür zur Rückbank, und Dane schob Caleb ohne viel Federlesen ins Auto, während Beau zu dem Wagen ging, mit dem er gekommen war. Dane und Eliza stiegen in das Auto ein, in dem Caleb saß, und schlugen die Türen zu.

Dane fuhr mit einem Ruck an, sodass Caleb mit dem Kopf gegen die Scheibe knallte, ehe er sich richtig hinsetzen konnte.

»Verdammt noch mal, Caleb. Haben Sie denn gar nichts zu sagen?«, sagte Eliza voller Abscheu.

»Was soll ich denn sagen?«, fragte Caleb erschöpft. Der Schock ließ langsam nach. Allmählich wurde seine Verwirrung durch Wut ersetzt, gleichzeitig packte ihn eine entsetzliche Angst, die alles Leben aus ihm herauspresste. »Ich wache auf und stelle fest, dass Ramie weg und das Bett, in dem sie geschlafen hat, voller Blut ist. Die beiden Männer, die das Haus bewachen sollten, sind tot. Ich kann nur annehmen, dass den dritten das gleiche Schicksal ereilt hat. Es sieht so aus, als wären eher Sie diejenige, die reden sollte, und zwar schnell«, fuhr er Eliza an.

Eliza drehte sich mit einem Ruck zu ihm um und starrte Caleb stirnrunzelnd an.

»Was ist das Letzte, woran Sie sich erinnern, ehe Sie aufgewacht sind?«, wollte sie wissen.

Caleb schwieg einen Moment, während er den vorherigen Abend Revue passieren ließ.

»Ramie und ich sind früh zu Bett gegangen. Wir waren beide müde. Als ich vor ein paar Minuten wach geworden bin, war Ramie fort und überall Blut.«

»Allmächtiger«, murmelte Eliza. »Kann es sein, dass er wirklich nichts weiß?«

»Vielleicht hat er es verdrängt«, meinte Dane. An seinem Kiefer zuckte vor Wut ein Nerv. »Ich weiß, dass ich auf jeden Fall so reagieren würde, wenn ich einer unschuldigen Frau so etwas angetan hätte.«

Caleb fühlte sich tief verunsichert, ein Gefühl, das ein eisiges Kribbeln auf seinem Rücken verursachte. Eine schwer zu fassende Erinnerung quälte ihn und wollte sich ihm nicht zu erkennen geben. Warum nur tat sein Kopf so schrecklich weh? War er betäubt worden?

»Was habe ich verdrängt?«, wollte Caleb wissen. »Verdammt noch mal! Reden Sie mit mir, und hören Sie auf, in Rätseln zu sprechen. Es reicht jetzt!«

Dane stieg auf die Bremse, und als der Wagen stand, drehte er sich wütend zu Caleb um.

»Sagen Sie mir, was letzte Nacht passiert ist, Caleb. Sagen Sie mir, warum Sie es getan haben.«

Caleb sah seine Hände an, die mit getrocknetem Blut bedeckt waren. Der Geruch, der davon ausging, war ekelerregend. Er wollte das Blut loswerden. Er rieb die Hände an den Hosenbeinen, aber das Blut blieb. War das der Zustand, von dem man sprach, wenn man sagte, dass man Blut an den Händen hatte?

»Dane, wo ist Ramie?«, fragte Caleb, während sein Magen vor Furcht revoltierte und seine Eingeweide sich verkrampften.

»Nicht hier«, sagte Eliza mit leiser Stimme. »Er soll nicht komplett durchdrehen und einen Fluchtversuch unternehmen.«

Dane drückte aufs Gaspedal und raste die gewundene Straße am Ende einer Trabantenstadt entlang, die aus der Stadt hinaus in eine ländlichere Gegend führte.

Das ergab alles keinen Sinn. Warum war Caleb durchgedreht? Wie konnte es sein, dass Dane den Mann, für den er arbeitete, so falsch eingeschätzt hatte? Den Mann, dem seine Loyalität galt. Aber schlimmer noch, warum fuhr Dane nicht direkt zur Polizei, damit die Caleb in Gewahrsam nahm? Eliza spähte, ohne etwas zu sehen, bekümmert durch die Windschutzscheibe.

Danes Handy klingelte, und als er aufs Display schaute, erkannte er Detective Ramirez' Nummer.

»Mist«, fluchte Dane. »Wir sind aufgeflogen. Die sind offensichtlich schon beim Haus.«

»Könnte sein«, meinte Eliza. »Aber sie können nicht wissen, dass *wir* schon dort waren. Er will wahrscheinlich nur wissen, ob wir Caleb gesehen haben. Es gibt nicht viele Leute, die am Tatort bleiben und darauf warten, dass man sie verhaftet.«

»Irgendetwas stimmt hier nicht«, stieß Dane zwischen zusammengebissenen Zähnen hervor. »Er ist doch nicht blöd. Und ich kann mich in Bezug auf einen Menschen nicht so sehr getäuscht haben. Warum sollte er sie umgebracht haben?«

»Wen umgebracht?«, fragte Caleb tonlos. »Ich will jetzt endlich eine Antwort.«

Dane stellte erleichtert fest, dass sie sich in der Nähe eines der vielen abseits der Hauptverkehrswege liegenden Anwesen befanden, die Caleb gehörten. Das würde ihnen Zeit verschaffen, und, Gnade ihm Gott, wenn Caleb schuldig war, würde Dane ihn höchstpersönlich an die Polizei ausliefern.

Er fuhr in die Garage und stellte den Motor ab. Nachdem auch Beau eingefahren war, schloss Dane das Garagentor.

Dann riss er die hintere Wagentür auf. »Aussteigen«, befahl er. »Und dann gehen Sie ganz langsam ins Haus.«

Frustriert von dem unverständlichen Spiel, das hier gespielt wurde, marschierte Caleb durch die Tür und ins Wohnzimmer.

»Hinsetzen«, sagte Dane und deutete mit dem Lauf seiner Pistole auf die Couch.

Caleb ließ sich seufzend auf die Sofakante sinken.

Beau kam hinter Eliza herein, in seinem Blick lag ein gequälter Ausdruck, als er Caleb von oben bis unten musterte und seine blutüberströmte Gestalt in sich aufnahm.

»Würdet ihr bitte alle aufhören, mich so anzustarren, und mir stattdessen erzählen, was hier eigentlich los ist?«, fuhr Caleb frustriert auf.

»Ich mach was anderes«, sagte Beau grimmig. »Ich zeige es dir.«

Mit zitternden Händen drückte er ein paar Tasten an seinem Handy. Dann drehte er sich um und hielt das Display so, dass Caleb es sehen konnte.

»Ich kann mir das nicht noch einmal ansehen«, sagte Eliza und wandte sich ab. Aber Caleb hatte bereits die Tränen gesehen, die in ihren Augen funkelten.

Caleb richtete den Blick auf den kleinen LCD-Bildschirm, und seine Furcht wurde mit jeder Sekunde größer. Er runzelte die Stirn, als er erkannte, dass jemand ihn und Ramie beim Schlafen gefilmt hatte.

Eine Bewegung im Bett ließ ihn schweigen, nachdem er bereits eine Erklärung hatte verlangen wollen.

»Was ist denn da los?«, murmelte er, als er sich aufstehen und das Schlafzimmer verlassen sah. Das Video lief weiter, und er runzelte verwirrt die Stirn, während er sich fragte, wer bei ihm und Ramie im Zimmer gewesen war. Er erhaschte eine Bewegung und beugte sich vor. Entsetzt sah er sich selber mit einem gefährlich aussehenden Messer zurückkommen.

»Was zum …«

Er verstummte, und jeder Muskel in seinem Körper spannte sich schmerzhaft an. Bittere Galle stieg in ihm auf, als er entsetzt die Ereignisse verfolgte, die sich auf dem Bildschirm abspielten. Nein. Nein. Nein. Das konnte nicht sein. Nie und nimmer. Sie konnten doch nicht annehmen, dass er …

Er sah seinen Bruder an, der ihn mit so viel Abscheu musterte, dass es ihm den Atem verschlug, und Dane, der so krank aussah, wie Caleb sich fühlte.

Sie nahmen es offenbar doch an.

Sein Oberkörper klappte nach vorn, und er würgte trocken, da sein Magen völlig leer war. Ihm war in seinem ganzen Leben noch nie so schlecht gewesen. Noch nie war ihm etwas so sehr zu Herzen gegangen.

»Nimm's weg! Ich kann's nicht mehr sehen«, würgte Caleb hervor. »Lieber Gott, ihr könnt doch nicht glauben, dass ich so etwas Schreckliches getan habe. Ich *liebe* sie doch!«

Danes Blick klebte an dem Display. Seine Miene war wie eingefroren.

»Dieses Video beweist, dass Sie es getan haben«, stieß Dane hervor. »Wollen Sie uns sagen, wo Sie sie hingebracht haben?«

»Ich habe sie nirgends hingebracht, verdammt noch mal! Warum hört mir denn keiner zu?«

»Weil wir den unwiderlegbaren Beweis für das Gegenteil haben«, versetzte Beau mit zitternder Stimme.

Die furchtbare Angst, die Caleb erfasst hatte, drehte ihm noch mehr den Magen um. Sein eigener Bruder war von seiner Schuld überzeugt. Zum ersten Mal dachte Caleb über die sehr realen Folgen dieses belastenden Videos nach. Ein todsicherer Fall. Nichts, was Caleb sagte oder tat, würde daran etwas ändern. Jeder, der das Video sah, würde sofort von seiner Schuld überzeugt sein und ihn der Justiz zuführen.

Und als hätte sich ein Schleusentor geöffnet, stürmten die Erinnerungen an die letzte Nacht und an andere Nächte mit schwindelerregender Geschwindigkeit auf ihn ein. Der Schmerz, der damit einherging, zerriss ihm förmlich die Brust, sodass er innerlich zu verbluten meinte.

Der Schmerz ballte sich zu Krämpfen, die sich in einem erbarmungswürdigen Schluchzen lösten, das ihm alle Luft zum Atmen nahm. Er taumelte und fiel auf die Knie. »Nein!«, schrie er mit heiserer Stimme. »Oh Gott, nein, nein, nein!«

Er vergrub das Gesicht in beiden Händen und schaukelte vor und zurück. Die Qual war so groß, dass nichts je wieder etwas daran ändern konnte.

»Caleb, was ist los?«, wollte Beau wissen.

Eliza und Dane tauschten einen besorgten Blick, und zum ersten Mal bemächtigte sich ihrer ein gewisses Unbehagen. Konnte es sein, dass sie sich doch irrten? Aber der Beweis war doch unwiderlegbar vorhanden.

Tränen strömten in nicht enden wollender Seelenpein über Calebs Gesicht. Oh Gott, wie hatte er das tun können? Er wollte sterben. Aufgrund dieses widerlichen Verrats an einer Unschuldigen verdiente er es zu sterben.

Er hatte sie umgebracht. Kein anderer. Sie war durch seine Hand gestorben, durch die Hand des Mannes, der sie liebte. Der Mann, der sie in sadistischer Weise auf Geheiß eines Wahnsinnigen aufgeschlitzt hatte.

Caleb war auch für die Bombe verantwortlich, die sein Haus zerstört hatte und seine Familie hätte töten können. Er hatte sich bemüht, sie vor dem Bösen zu beschützen, doch dann hatte sich herausgestellt, dass er selbst das Böse war.

»Nehmt mich fest«, rief Caleb mit hohler Stimme, die nicht nach seiner eigenen klang. »Ich habe es getan. Bringt mich zur Polizei.«

Beau sah Dane und Eliza besorgt an.

»Der arme Kerl«, brummte Dane.

»Ich glaube nicht, dass er es getan hat«, sagte Eliza gedehnt, während sie die Hand nach Danes Handy ausstreckte. Das Handy, das Caleb sich auch nur anzusehen weigerte.

Beau drehte sich mit einem Ruck zu Eliza um. »Wie bitte? Sie haben doch auch gesehen, was ich gesehen habe. Wie in Gottes Namen kommen Sie dazu, so etwas zu sagen?«

»Ich wollte das Video nicht anschauen. Ich habe nicht hingesehen, als es anfing«, erklärte Eliza, und ein gequälter Ausdruck lag in ihren dunklen Augen. »Aber jetzt … Himmel, das ist so krank, aber ich glaube nicht, dass er es getan hat. Vielleicht ist es aber auch nur das, was ich glauben oder eher nicht glauben will.«

»Ihre Worte ergeben keinen Sinn«, knurrte Beau. »Also, wenn es eine Chance gibt, auch nur die geringste Chance, dass mein Bruder es nicht getan hat, dann müssen Sie mir sagen, was Sie wissen, ehe es für ihn zu spät ist.«

Ihre Hände zitterten, als sie Danes Handy nahm. Kummer und Schmerz standen in ihrem Blick. Sie drückte eine Taste und zuckte zusammen, als das Video genau an der Stelle einsetzte, an der Caleb mit dem Messer zustieß und Ramie schrie.

»D-da«, stammelte Eliza und hielt das Video an. Sie drehte das Handy und hielt es Dane hin. »Sage mir, was du siehst.«

Dane runzelte die Stirn und betrachtete das Standbild, das Caleb zeigte, wie er auf Ramie hockte. Plötzlich schlug ihm das Herz bis zum Hals und die Luft entwich ihm aus den Lungen, als hätte ihm jemand einen Faustschlag in den Magen verpasst.

»Seine Nase blutet. Gütige Mutter Gottes«, stieß Dane entsetzt hervor. »Psychisch bedingtes Nasenbluten. Der Mistkerl hatte ihn die ganze Zeit unter seiner Kontrolle, und Caleb hat sich dagegen zu wehren versucht. Genau wie Ramie, als sie die Bombe sah.«

»Was erzählen Sie da?«, fragte Beau fassungslos.

»Er wehrt sich gegen die Fremdsteuerung. Er wehrt sich gegen sich selbst und das, was er tut«, erklärte Dane ruhig.

»Wollen Sie damit sagen, dass Caleb sich dessen, was er tat, gar nicht bewusst war?«, wollte Beau wissen.

»Dane, schau mal«, zischte Eliza.

Dane und Beau wirbelten herum und sahen, dass Caleb auf dem Boden kniete. Sein Gesicht war vor Wut verzerrt, und Blut strömte aus seiner Nase und über den Mund. Es war ein grausiger Anblick, aber nicht so schrecklich wie das Video, in dem Ramie von einer Hand aufgeschlitzt wurde, die das gar nicht wollte.

Calebs Gesichtszüge waren starr, wie aus Stein gemeißelt, während sein trüber Blick sich in der Ferne verlor.

»Ich glaube, er hat sich dem Mistkerl gerade an die Fersen geheftet«, murmelte Dane.

35

Caleb war kreidebleich, sein Gesicht mit Schweiß bedeckt. Seine Hände zitterten, und sein Kopf pochte vor Anstrengung, während er versuchte, auf mentalem Wege zu dem Killer zurückzukehren.

Die Erkenntnis war widerlich zäh vor Furcht. In seinem Kopf dröhnte es, und sein Herz war in tausend Teile zerbrochen.

»Allmächtiger«, flüsterte er. »Das war er. Dieser Scheißkerl hat mich benutzt, um an sie ranzukommen.«

»Was geht hier vor, Caleb?«, rief Dane.

»Er ist auf der Straße mit mir zusammengeprallt. Ich habe mir überhaupt nichts dabei gedacht. Wie sollte ich auch? Dieser übersinnliche Kram ist doch kaum fassbar. Er hat mir eine Falle gestellt. Er hat die Verbindung hergestellt, als er meinen Arm packte, und dann hat er mich benutzt, um Teile des Überwachungssystems herunterzufahren, sodass er eindringen und die Bombe legen konnte. Er hat mich benutzt, um Ramie zu quälen und sie ihm auf einem silbernen Tablett zu überreichen«, würgte Caleb hervor, während Kummer und Qual in ihm wetteiferten.

Eliza, Dane und Beau sahen Caleb voller Entsetzen an. Dann trat Eliza mit entschlossener Miene vor und ging vor Caleb in die Knie. Sie nahm sein Gesicht in beide Hände und schüttelte ihn.

»Sie müssen sie finden, Caleb. Wenn der Mörder eine Verbindung zu Ihnen hergestellt hat, sind Sie ebenfalls von Ihrer

Seite mit ihm verbunden. Genauso war es doch auch bei Ramie. Dadurch sind Sie in der Lage zu sehen, was der Killer sieht.«

»Ich kann das nicht, was Ramie gemacht hat«, erwiderte Caleb frustriert. »Ich bin doch kein Medium wie sie.«

»Sie machen gar nichts«, erklärte Eliza ungeduldig. »Das erledigt der Killer. Sie müssen nur die Verbindung nutzen, die er bereits hergestellt hat.«

»Tu es, Caleb. Was hast du zu verlieren?«, drängte ihn Beau. »Wenn wir Ramie nicht zurückholen, wirst du wegen Mordes an ihr ins Gefängnis gehen. Der Zeitfaktor ist das Entscheidende. Vielleicht haben wir bereits zu lange gewartet.«

»Sag so etwas nicht!«, brüllte Caleb. »Es ist nicht zu spät. Es darf einfach nicht zu spät sein.«

Er schloss die Augen und versuchte, alles andere um sich herum auszublenden. Als er jedoch merkte, dass er keinen Weg fand, um irgendwie zu dem Killer durchzudringen, hieb er die Faust frustriert auf den Boden.

Eliza legte eine kühle Hand auf Calebs Schulter und drückte sie. »Sie strengen sich zu sehr an«, sagte sie mit sanfter Stimme. »Entspannen Sie sich, und lassen Sie es einfach geschehen. Denken Sie nur an die Suche nach Ramie, und öffnen Sie Ihren Geist.«

Er atmete mehrmals hintereinander flach ein und aus, um der rasenden Wut Herr zu werden, die in ihm tobte. Die Erkenntnis, was er – ob bewusst oder nicht – getan hatte, machte ihn krank. Das war eine Last, die er bis an sein Lebensende mit sich herumtragen würde. Diese eine Nacht würde ihn bis in alle Ewigkeit verfolgen.

Er versuchte, sich zu entspannen, und konzentrierte sich auf Ramie … ihr Lächeln … ihre Schönheit und ihre Widerstandskraft. Sie hatte etwas Besseres als so einen Schwächling wie ihn verdient, der sich vom Willen eines anderen beugen ließ.

Einen kurzen Moment lang kehrte innerer Friede in ihn ein, doch im nächsten Moment wurde er von einer Flut von Bildern überschwemmt. Er sah Ramies geschundenen, blutigen Leib. Die ausgestreckten Glieder waren an Pfosten gebunden, die vom Boden bis zur Decke reichten.

Der Killer verhöhnte sie und wollte, dass sie um Gnade bettelte. Sie blieb jedoch stumm und starrte ihn nur mit trotzigem Blick an. Der Mörder geriet in Wut und begann, Ramie mit Schlägen und Tritten zu traktieren, sodass ihr ganzer Körper zuckte.

Doch dann hob sie den Kopf, und man sah den Hass in ihren Augen funkeln.

»Fahr zur Hölle«, stieß sie zwischen geschwollenen Lippen hervor, wobei Blut aus ihrem Mund spritzte.

Caleb ballte die Hände zu so festen Fäusten, dass sich die Nägel in die Haut der Handinnenflächen bohrten. *Schatz, nein. Tu alles, was notwendig ist, damit du am Leben bleibst, auch wenn du dich dafür ergeben musst. Bitte, bleib am Leben. Für mich. Ich werde kommen und dich holen. Ganz gleich, wie lange es dauert, ich werde dich finden.*

Tränen brannten in seinen Augenwinkeln und meißelten einen Pfad in seine Wangen.

Da er wusste, dass ihr Anblick ihn von seinem Hauptziel ablenkte, blendete er sie widerwillig aus und konzentrierte sich mit aller Kraft auf ihren Entführer. Die Bilder verschwammen und zuckten chaotisch verwirrt durch seinen Kopf. Der Blick, den Caleb in den Kopf des Mörders warf, offenbarte Abgründe des Wahnsinns, geistige Umnachtung und eine solche Bosheit, dass sie wie radioaktive Strahlung von ihm ausging.

Der Schmerz in seinem Kopf war schier unerträglich, aber er machte weiter, denn er war entschlossen, nicht eher zu ruhen, bis er wusste, wo Ramie festgehalten wurde. Er würde sie befreien, und wenn es das Letzte war, das er tat, und dann würde er sich wo weit wie möglich von ihr entfernen. Sie sollte nie wieder in Angst vor ihm leben.

Das Trommelfeuer aus Bildern hörte plötzlich auf, Stille legte sich über den mentalen Pfad zwischen Caleb und Ramies Peiniger. Caleb fühlte sich losgelöst von der Umgebung des Verrückten. Erwartungsvoll beugte er sich nach vorn.

Caleb war es gelungen, zum Unterbewusstsein des Killers vorzudringen. Er war drin.

Er nahm das gesamte dort gespeicherte Wissen in sich auf, als wären es tatsächlich seine Erinnerungen und nicht die des Killers. Es war ein außerordentliches und unheimliches Gefühl, im Kopf eines anderen zu sein und die Welt durch dessen Augen zu sehen.

Sein Kopf flog mit einem Ruck in den Nacken, als der Schmerz ihn wieder zu sich selbst zurückbrachte. Zurück zu Eliza, Dane und Beau, die ihn anstarrten, während Eliza ihm mit der flachen Hand leicht auf die Wange schlug, um seine Aufmerksamkeit zu erlangen.

»Kommen Sie zurück!«, rief Eliza. »Verraten Sie uns, wo Ramie ist.«

Die Ränder seines Bewusstseins verschwammen und verdunkelten sich. Einen Moment lang geriet er in Panik, weil Ramie noch auf der anderen Seite war und er sie nicht allein lassen wollte. Sie war vor Angst bestimmt außer sich und ohne Hoffnung, dass jemand nach ihr suchen würde, nach allem, was Caleb ihr angetan hatte.

Er schloss verzweifelt die Augen, als ihn abermals unendlicher Kummer erfasste. Er schwankte und wäre beinahe gestürzt, als er die Augen öffnete und sah, dass die anderen erwartungsvoll um ihn herumstanden.

Bekümmert sah er Eliza an. Die Brust war ihm so eng, dass er keine Luft mehr bekam. Als er sprechen wollte, würgte er an den Worten und bittere Galle stieg ihm die Kehle hoch.

Er achtete nicht auf die Tränen, die über seine Wangen liefen. Elizas Blick war genauso verzweifelt und niedergeschlagen wie seiner.

»Ich habe ihr wehgetan«, flüsterte Caleb. »Ich habe ihr das angetan. Wie kann ich jemals darüber hinwegkommen? Ich verdiene es nicht, ungestraft davonzukommen. Ich habe ihr wehgetan. Sie hat Gerechtigkeit verdient.«

»Richtig«, bekräftigte Eliza ruhig. »Und deshalb werden wir ihr auch Gerechtigkeit widerfahren lassen, indem wir diesen Mistkerl aufspüren und ein für alle Mal zur Strecke bringen.«

Caleb kam taumelnd hoch und sprudelte die Informationen heraus, wo der Killer und Ramie zu finden sein würden. Eliza drückte ihn sanft auf eines der Sofas. »Es ist wahrscheinlich am besten, wenn Sie nicht mitkommen.«

Caleb sprang sofort wieder auf. »Den Teufel werde ich tun und hierbleiben! Ramie gehört mir. Ich liebe sie. Ich kann nicht zulassen, dass sie auch nur eine Minute länger glaubt, ich hätte ihr das angetan! Dass ich sie an diesen Psychopathen ausgeliefert hätte.«

»Das verstehe ich«, sagte Eliza besänftigend. »Aber versetzen Sie sich einmal in Ramies Lage. Wenn wir reingehen, sie befreien und sie dann Sie sieht, ist völlig unklar, wie sie reagieren wird. Sie hat bereits genug gelitten. Ihr Anblick würde ihr momentan sicher den Rest geben.«

»Ich kann doch nicht hierbleiben und nichts tun«, schäumte Caleb. »Wenn sie meinetwegen einen qualvollen Tod erleidet …«, stöhnte er. »Wegen mir«.

Seine Worte kamen am Ende nur noch im Flüsterton heraus, und er sah Eliza, Dane und seinen Bruder mit gequältem Blick an. »Ich habe sie da hingebracht, wo sie jetzt ist. Ich scheine ihr nur Schmerzen zufügen zu können. Erst die Sache mit Toris Entführer, als ich sie zwang, das Gleiche durchzumachen wie Tori, damit wir sie retten konnten, und jetzt habe ich sie auch noch mit blutigen Wunden, die ich ihr beigebracht habe, einem Mörder ausgeliefert. Wie soll sie mir jemals glauben, dass ich sie liebe? Oder dass ich ihr niemals so etwas Schreckliches antun würde? Wie kann ich es selber noch glauben? Könnt ihr euch vorstellen, wie es ist, wenn man sich dabei beobachtet, wie man demjenigen, den man liebt, unvorstellbares Leid zufügt und nicht die Macht hat, damit aufzuhören?«

Elizas Miene wurde weich, und ein Anflug von Mitgefühl blitzte in ihren Augen auf. Beaus Gesicht war vom Kummer gezeichnet, als er miterleben musste, wie sein Bruder zusammenbrach.

Caleb machte sich nicht die Mühe, die Tränen wegzuwischen. »Ich muss mitkommen. Ich kann nicht hierbleiben. Ich kann nicht zulassen, dass sie auch nur eine Sekunde lang denkt, ich würde nicht kommen, um sie zu holen.«

Man merkte Eliza an, dass sie hin- und hergerissen war, doch Dane sah sie an und schüttelte den Kopf. »Stell dir vor, es wäre jemand, den du liebst, Lizzie. Du würdest auch auf keinen Fall zurückbleiben wollen.«

Eliza seufzte. »Du hast ja recht. Das würde ich nicht.«

»Dann lasst uns endlich losfahren«, stöhnte Caleb mit gequälter Stimme. »Wir können die Polizei anrufen, während wir unterwegs sind, aber ich werde nicht warten, sondern wir gehen gleich rein und schnappen uns den Kerl. Als er mich benutzte, um die Frau zu verletzen, die ich liebe, hat er sein Todesurteil unterschrieben.«

36

Caleb musste seine ganze Kraft aufbieten, um nicht sofort in die baufällige Hütte in einem alten Jagdpachtrevier dreißig Meilen außerhalb von Houston zu stürmen. Nur das Wissen, der Killer könnte Ramie auf der Stelle umbringen, wenn er sich bedroht fühlte, hielt ihn zurück.

Er und Beau bezogen an der Hintertür Stellung und achteten darauf, dass sie von keinem der Fenster aus gesehen werden konnten. Dane und Eliza übernahmen den Vordereingang, denn Caleb war sich sicher, dass der Mörder nicht versuchen würde, in diese Richtung zu flüchten. Allerdings fürchteten sie instinktiv, von der Seite aus angegriffen zu werden. Aber Caleb wollte den Mistkerl als Erster zu fassen kriegen.

»Auf drei«, flüsterte Dane durchs Telefon in Calebs Ohr. »Eins … zwei … drei!«

Caleb brach durch die Hintertür … direkt in die Hölle. Sein Blick fand Ramie, die in einer grotesken Haltung an eine Metallstange gefesselt war, die von der Decke herunterhing. Das Seil war fest um ihre Knöchel geschlungen, und die Haut war so aufgeschürft, dass Blut auf den Boden tropfte. Die Beine waren in einer unnatürlichen Haltung verschnürt.

Jedes Mal, wenn sie sich gegen ihre Fesseln wehrte, schnitt das Seil tiefer in ihr Fleisch. Ihr Kopf baumelte schlaff, und das Kinn lag auf ihrer Brust, während Blut aus Nase und Mund lief.

Caleb zwang sich, den Blick von Ramie abzuwenden und ihn auf ihren Peiniger zu richten, der entsetzt die Augen aufriss, als er Caleb in der Tür stehen sah.

»Dachtest wohl, ich würde dich nicht finden, du kranke Missgeburt«, zischte Caleb.

Der Anflug eines Lächelns glitt über das Gesicht des Mannes. Dann fing er an zu lachen, und der Laut ging Caleb durch Mark und Bein. Es war ein Lachen, das Caleb bis ans Ende seiner Tage verfolgen würde. Der Killer hatte gelacht, während Caleb Ramie systematisch aufgeschlitzt hatte.

Dane kam aus dem Wohnzimmer, durch das er ins Haus gelangt war, in die Küche gestürzt. Er und Eliza hatten beide die Waffe im Anschlag und zielten damit auf den Mörder.

Dane und Eliza würden das Ganze nach Vorschrift durchziehen wollen. Sie würden den Mistkerl festnehmen und ins Gefängnis werfen. Aber Caleb wusste, dass Ramie, solange dieser Mann lebte, niemals Frieden finden würde. Sie wäre für immer mental mit ihm verbunden, und Caleb würde keine Nacht mehr durchschlafen können. Er müsste ständig Angst haben, er könnte das Undenkbare noch einmal tun.

Caleb zögerte keine Sekunde lang. Er hob die Waffe und achtete nicht auf Danes und Elizas Schreie, nicht zu schießen. Er jagte dem Mörder eine Kugel zwischen die Augen und beobachtete ohne Bedauern, wie der Mann in sich zusammensackte.

Calebs Blick ruhte lange auf dem Leichnam, während Tränen in seinen Augen brannten. Er trauerte bereits um das, was er verloren hatte: Ramies Vertrauen, ihr Lachen, ihre Liebe. Diese Dinge würden niemals zurückkehren.

Er ließ die Waffe fallen und lief zu Ramie. Ihre gefesselten Handgelenke trugen die Hauptlast ihres Gewichts. Sie hing buchstäblich an ihnen in der Luft. Ihre Finger waren weiß und blutleer. Er hob sie mit einem Arm hoch, um den Druck zu lindern. Mit der anderen Hand zerrte er an den Seilen, doch dann erschien Beau neben ihm und schnitt die Fesseln mit einem

Messer durch. Ramie fiel in seine Arme, und Beau durchtrennte nun auch die Seile, die um ihre Knöchel lagen.

Caleb zog sie an seine Brust und wiegte sie hin und her, während heiße Tränen über seine Wangen liefen. Er drückte die Lippen in ihr Haar. Seine Arme umschlangen sie so fest, als wollte er niemals wieder zulassen, dass ihr etwas geschah.

Dane hockte sich mit müder Miene vor Caleb. »Wir sitzen in der Tinte, Caleb. Dieses Video ist an die Polizei gesandt worden. Man sucht nach Ihnen. Es liegen drei Tote im Unterschlupf und jetzt ein weiterer hier.«

»Wollen Sie mir etwa erzählen, dass Sie ihn an meiner Stelle nicht auch erschossen hätten«, stieß Caleb zwischen zusammengebissenen Zähnen hervor. Er wiegte Ramie schneller und drückte ihren Kopf an seine Brust, während er das Gesicht in ihrem Haar vergrub. »Ramie wäre, solange er lebte, mit ihm verbunden gewesen. Und ich hätte in ständiger Sorge gelebt, er könnte mich noch einmal benutzen, um ihr etwas anzutun. Ich bedaure es nicht, ihn umgebracht zu haben. Ich bedauere nur, dass er nicht mehr hat leiden müssen.«

»Es stimmt, was er sagt«, bestätigte Eliza. »Das alles konnte nur durch seinen Tod beendet werden. Das war der einzige Weg, damit Ramie und Caleb jemals wieder frei sein konnten.«

»Ich dachte, du hättest es getan«, meinte Beau mit schmerzerfüllter Stimme. »Ich habe tatsächlich geglaubt, dass mein Bruder das getan hat.«

Caleb hob langsam die rot geränderten Augen zu Beau. »Ich *habe* es getan«, flüsterte er.

Beau schüttelte den Kopf. »Nein. Nein! Das hast du nicht. Er war es. Du warst nur das Werkzeug seiner Wahl.«

Caleb beachtete Beaus Ausbruch nicht, sondern wiegte Ramie weiter in seinen Armen.

»Caleb, wir müssen sie ins Krankenhaus bringen«, sagte Eliza schließlich mit sanfter Stimme. »Sie hat viel Blut verloren und ist nicht mehr bei Bewusstsein. Es soll doch nicht alles umsonst gewesen sein. Lassen Sie sie jetzt nicht sterben.«

Voller Panik zog Caleb Ramie von seiner Brust, sodass ihr Kopf nach hinten fiel. Er drückte zwei Finger an ihren Hals und war erleichtert, als er einen schwachen Pulsschlag spürte.

Dane kam hoch und zog eine seiner Pistolen aus dem Schulterhalfter. Er wischte sie mit einem Taschentuch ab, dann nahm er die Hand des Mörders und legte seine Finger um den Griff. Er achtete darauf, dass einer der Finger den Abzug berührte, sodass man später einen Teilfingerabdruck finden würde. Danes Finger lagen weiter um die Hand des Killers, ohne aber die Waffe dabei zu berühren, während er sie langsam zu Boden sinken ließ.

»Wirklich dumm, dass er seine Waffe gezogen hat«, murmelte Dane. »Caleb hatte keine andere Wahl, er musste ihn erschießen.« Beaus Mund verzog sich, und der Anflug eines Lächelns zuckte um seine Mundwinkel. »Ja, wirklich eine Schande.«

»Lassen Sie uns losfahren, Caleb«, drängte Eliza sanft. »Wir werden viel erklären müssen, ehe Ramie nach Hause kann.«

Caleb schloss traurig die Augen, weil er wusste, dass Ramie niemals zu ihm nach Hause kommen würde. Wer konnte ihr deshalb einen Vorwurf machen? Offensichtlich gab es Abgründe in seiner Seele, die ihn zu Entsetzlichem befähigten, denn sonst wäre es nicht so leicht gewesen, seinen Geist zu kontrollieren.

37

Das leise Piepen des Herzüberwachungsmonitors, an den Ramie angeschlossen war, beruhigte Caleb, denn es sagte ihm, dass Ramies Herz weiter schlug. In schwärzeren Momenten hatte er befürchtet, zu spät gekommen zu sein, sodass sie durch den Blutverlust infolge der Messerwunden sterben würde. Wunden, die er ihr zugefügt hatte. Er konnte sie immer noch nicht ansehen, ohne dass sich sein Magen dabei zu einem harten Klumpen zusammenzog.

In den Tagen, die auf ihre Rettung folgten, war er wie ihr Schatten gewesen. Sie hatte das Bewusstsein noch nicht wiedererlangt, aber der Arzt hatte Caleb erklärt, dass es an ihrem Körper viel zu heilen gab und dass dies am besten im Schlaf geschah. Das sei ein ganz natürlicher Vorgang, um sicherzustellen, dass der Körper sich wieder erholte.

Caleb stand neben ihrem Bett und strich mit den Knöcheln über die immer noch blau verfärbte Haut ihres Gesichts. Er berührte ihre Locken, wickelte eine Strähne um seinen Finger und ließ sie wieder von seinem Finger gleiten.

Er hatte es nicht eilig damit, dass sie erwachte, denn dann würde sie ihn anschauen und das Wissen um seinen Verrat würde in ihren Augen stehen. Doch bis dahin genügte es ihm, hier zu verweilen und über sie zu wachen, während sie friedlich schlief.

Und dann passierte es, als er am wenigsten darauf vorbereitet war.

Die Finger ihrer rechten und seiner linken Hand waren ineinander verschränkt und lagen neben ihr auf dem Bett. Er saß auf einem Stuhl am Kopfende des Bettes und hatte seine Wange auf ihre Brust gelegt, um dem beruhigenden Klang ihres Herzschlags zu lauschen.

So war er eingeschlafen und in Sphären süßen Vergessens eingetaucht, als er spürte, wie sie sich regte und erstarrte. Er hob den Kopf und rechnete mit dem Schlimmsten, aber es versetzte ihm trotzdem einen Schlag, als er sah, wie vor Furcht alle Farbe aus ihrem Gesicht wich.

Ein panisches Wimmern kam über ihre zitternden Lippen.

Er sah sie lange an, trat dann einfach vom Bett zurück und hob beide Hände, damit sie sie sehen konnte.

»Ich wollte mich nur vergewissern, dass du wirklich wieder in Ordnung bist«, flüsterte er, und ihm brach das Herz. »Ich werde jetzt gehen. Eliza oder Dane wird gleich kommen, um zu übernehmen.«

Er hob ihre kleine Hand an seine Lippen und hauchte einen Kuss darauf.

»Ich liebe dich, Ramie. Ich werde dich immer lieben.«

Dann drehte er sich um und ging, wobei er die Tür vorsichtig hinter sich schloss.

38

Ramie starrte die gegenüberliegende Wand des Krankenzimmers an und übte sich einmal mehr darin, alle Gedanken aus ihrem Geist zu verbannen. Sie wurde immer besser, weshalb sie hoffte, dass ihre Zukunft anders aussehen würde als ihre Vergangenheit.

So viel Schmerz und Gewalt, so viele Leben ruiniert und zerstört. Sie verstand nicht, warum Leute wie Charles Bloomberg überhaupt geboren wurden. Das einzige Vermächtnis, das er hinterließ, waren Schmerz und Leid. Nicht nur für sie und Caleb, sondern auch für so viele andere Opfer.

Sie war voller Trauer, und der Kummer, der auf ihr lastete, wurde mit jedem Tag, der verging, schwerer. Sie glitt hilflos in eine Leere, aus der sie vielleicht nie wieder herausfinden würde. Doch sie brachte noch nicht einmal die Energie auf, sich darüber Gedanken zu machen.

Caleb hatte sie seit dem Tag nicht mehr besucht, an dem sie erwacht war und er sie zum Abschied geküsst hatte.

Warme, salzige Tränen brannten in ihren Augen, aber sie hielt sie zurück, indem sie mehrmals tief einatmete, um nicht weinen zu müssen. Bisher hatte sie jeden, der gekommen war, um sie zu besuchen, mit Tränen überschwemmt.

Insbesondere Tori, Quinn und Beau Devereaux. Sie hatte so heftig geweint, dass sie sich sofort zurückgezogen und dafür entschuldigt hatten, ihr derart zuzusetzen.

Sie schloss erschöpft die Augen. Es war ihr gleichgültig, dass sie in letzter Zeit nichts anderes tat als schlafen. Der Arzt hatte sie gefragt, ob sie bereit wäre, nach Hause zu gehen, doch sie hatte nur die Achseln gezuckt. Sie hatte kein Zuhause, deshalb machte es auch keinen Unterschied, ob sie blieb oder ging.

Von der Tür her ertönte ein leises Klopfen. Wie alle anderen Besucher wartete auch dieser nicht darauf, dass sie ihn hereinbat. Eliza kam stattdessen mit strahlend fröhlichem Blick ins Zimmer gesegelt. Ihre Heiterkeit löste in Ramie den Wunsch aus, sie zu Boden zu werfen und mit ihren eigenen Haaren zu erwürgen.

Wie konnte man nur so fröhlich sein? Während es Ramie so schlecht ging.

Sie sah Eliza mit finsterem Blick an, doch diese wirkte heute nicht wie die gut gelaunte, putzmuntere Eliza, die sich Ramie während der letzten Woche präsentiert hatte. Ramie hatte den Überblick über die Anzahl der Tage verloren, die sie nun schon im Krankenhaus verbracht hatte. Genauso wie sie den Überblick über die Anzahl der Stiche verloren hatte, mit denen sie wieder zusammengeflickt worden war. Zurzeit konnte sie Frankensteins Monster Konkurrenz machen.

»Ich muss mit Ihnen reden, Ramie«, erklärte Eliza mit fester Stimme. »Und da Sie nirgends hin können, nutze ich Sie schamlos als unfreiwilliges Publikum aus.«

Ramie zog eine Augenbraue hoch und fragte sich, was Eliza so in Harnisch gebracht haben mochte.

»Können Sie sich denn gar nicht dazu überwinden, Caleb zu verzeihen? Oder ihm zumindest ein bisschen Verständnis entgegenzubringen? Gerade Sie müssten doch wissen, was für ein Gefühl es ist, jemand anderem auf Gedeih und Verderb ausgeliefert zu sein. Um Himmels Willen, Caleb hat den Kerl kaltblütig getötet … Ihretwegen. Damit Sie nicht mehr mit ihm verbunden sind.«

Ramie wurde still, doch ihr Puls dröhnte wie ein Güterzug in ihrem Kopf.

»Wie bitte?«, krächzte sie. »Was sagen Sie da?«

»Er ist tot!«, fuhr Eliza sie an. Dann machte sie große Augen und sah Ramie mit offenem Mund an. »Oh Mist, Ihnen hat keiner was gesagt, stimmt's? Wahrscheinlich sind alle auf Zehenspitzen um Sie herumgeschlichen, weil sie niemand an die grauenvollen Ereignisse erinnern wollte.«

»Was hat mir keiner gesagt?«, fragte Ramie voll Ungeduld.

»Charles Bloomberg ist tot«, erklärte Eliza ruhig. »Caleb hat ihn erschossen. Er wusste, dass die Verbindung zwischen Ihnen und Charles erst mit seinem Tod abbrechen würde. Und die zu Caleb vermutlich auch.«

Ramie begann unwillkürlich nach der mentalen Verbindung zu suchen, mit der sie über ein Jahr lang gelebt hatte. Das hatte sie seit ihrer Befreiung vermieden, doch jetzt öffnete sie ihren Geist und suchte nach dem Bösen, das sie hierher gebracht hatte. Doch sie fand … nichts. Sie spürte dort nur eine Leere, als hätte es ihn nie gegeben. Er war tatsächlich tot!

Ramie schloss die Augen, als Erleichterung durch ihren Körper strömte. Dieses Mal waren es Tränen der Freude, die ihr in die Augen stiegen. Und grenzenloser Erleichterung.

Sie war frei.

Caleb war frei.

»Ich bin frei«, flüsterte Ramie.

»Ja, Liebes, Sie sind frei«, sagte Eliza und strich ihr über die Hand. »Und jetzt zu Caleb.«

»Wo ist er?«, wollte Ramie wissen. »Ich muss ihn sofort sehen.«

Elizas Miene wurde ernst, und sie sah Ramie mit traurigem Blick an. »Er ist fort.«

Ramie konnte nichts dagegen unternehmen, als sie einen Stich im Herzen spürte. Er hatte sie einfach verlassen.

»Warum?«, krächzte sie.

Eliza sah sie mitfühlend an. Sie setzte sich neben Ramie auf die Bettkannte und drückte ihre Hand.

»Er hat nicht gedacht, dass Sie ihn sehen wollen«, erklärte sie sanft. »Nachdem was passiert ist … Er glaubt, Sie würden ihm wegen dem, was er getan hat, Vorwürfe machen. Er ist in keiner guten Verfassung, Ramie. Das, was man ihn zwang, Ihnen anzutun, hat ihm furchtbar zugesetzt.«

»Wissen Sie, wo er ist?«, fragte Ramie verzweifelt. »Ich muss ihn finden, ihm alles begreiflich machen. Ich hasse ihn nicht. Ich liebe ihn.«

»Ich hatte gehofft, dass Sie das sagen würden«, meinte Eliza lächelnd.

»Wo ist er denn?«, fragte Ramie frustriert. »Und wann werde ich endlich aus dem Krankenhaus entlassen?«

»He, Sie werden erst einmal nirgendwo hingehen. Sie wären fast gestorben. Caleb wird auf sie warten und braucht sicher ohnehin Zeit, um sich mit seinen Schuldgefühlen auseinanderzusetzen.«

Ramie schloss die Augen, Tränen liefen ihr über die Wangen. »Ich habe ihm das angetan«, stöhnte sie. »Ich hatte Angst vor ihm, als ich aufwachte. Es war alles so unbegreiflich für mich … viel zu verworren, und ich konnte mich nur daran erinnern, wie er mich geschnitten hatte«, sagte sie mit erstickter Stimme. »Ich habe die ganze Zeit versucht, ihn zu schützen. Ich wusste ja nicht, dass der Mörder tot war. Und ich habe wohl auch versucht, mich selbst zu schützen, denn ich wusste nicht, ob er noch mit Caleb verbunden war und ihm seinen Willen aufzwingen konnte. Ich hätte ihm mehr vertrauen sollen.«

Eliza beugte sich vor und umarmte Ramie. Sie achtete darauf, sie wegen ihrer Verletzungen nicht zu fest zu drücken.

»Ihre Reaktion war gerechtfertigt. Aber nachdem Sie jetzt alles wissen, können Sie die Sache mit Caleb wieder in Ordnung bringen. *Nachdem* Sie aus dem Krankenhaus entlassen worden sind«, erklärte sie mit fester Stimme.

39

Man behielt Ramie noch eine frustrierend lange Woche im Krankenhaus, ehe man sie mit der strengen Auflage entließ, sich nicht zu überanstrengen. Sie hatte indes nicht die Absicht, diese Anweisung zu befolgen.

Überraschenderweise waren es nicht Dane oder Eliza, die sie vom Krankenhaus abholten, sondern es waren Beau, Quinn und Tori, die erschienen und mit ihr zu einem Haus fuhren, das sie in den Woodlands gemietet hatten. Sobald sie das Haus betreten hatten, ignorierte sie jede Aufforderung, sich sofort hinzulegen, und baute sich stattdessen vor ihren Begleitern auf. Sie wollte erst nachgeben, wenn sie die Informationen hatte, die sie von ihnen haben wollte.

»Wo ist er?«, fragte sie.

»Ich bin mir nicht sicher, ob es eine gute Idee ist, wenn du das weißt«, wich Beau ihr aus. »Er wird uns das Fell über die Ohren ziehen, wenn du ihm nachfährst. Er ist im Moment in keiner guten Verfassung.«

»Ich mache ihm keinen Vorwurf wegen dem, was passiert ist«, erklärte Ramie sanft. »Ich *liebe* ihn, aber wie soll ich zwischen uns alles wieder in Ordnung bringen, wenn ich nicht weiß, wo er ist?«

Beau und Quinn sahen einander an, aber es war Tori, die das Wort ergriff.

»Er ist in Colorado. In der Hütte, in der er dich damals aufgespürt hatte. Er ist wie ein verwundeter Bär. Ich glaube, du bist genau das, was er jetzt braucht.«

»Verdammt, Tori«, knurrte Beau. »Das kann sie nun wirklich nicht brauchen … in ihrem Zustand eine Reise zu unternehmen. Caleb wird schon wieder auftauchen. Wir müssen nur ein bisschen Geduld haben.«

»Ich muss gar nichts«, widersprach Ramie. »Ich habe kein Zuhause. Nirgends wo ich hingehen könnte. Caleb ist das einzige Zuhause, das ich habe, wenn er mich überhaupt noch will.«

Quinn sah sie schockiert an. »Du glaubst doch nicht ernsthaft, dass wir dich auf die Straße setzen, Ramie, du kannst solange bei uns bleiben, wie du willst.«

Sie schüttelte den Kopf. »Ich weiß sehr zu schätzen, was ihr – ihr alle – für mich getan habt, und es tut mir leid, dass ich für so viel Unruhe in der Familie gesorgt habe. Wenn ich die Uhr zurückdrehen und alles ungeschehen machen könnte, würde ich es tun. Ich hätte Caleb niemals angerufen und um Hilfe gebeten, wenn ich geahnt hätte, was für Konsequenzen meine Bitte haben könnte.«

»Blödsinn«, fluchte Beau. »Du bist nicht für die Taten dieses Mistkerls verantwortlich. Du hast genau das Richtige getan, als du Caleb um Hilfe gebeten hast. Ich habe dir einmal gesagt, dass wir dir alle eine Entschuldigung schulden, die du nie bekommen hast. Aber ich bitte dich jetzt darum. Wir schulden dir viel mehr, als du uns je schulden wirst. Du hast unsere Schwester gerettet und selber einen hohen Preis dafür gezahlt.«

»Ich muss mich auch bei dir entschuldigen«, erklärte Tori berührt. »Ich habe mich dir gegenüber furchtbar benommen, Ramie.«

Tori stiegen Tränen in die Augen. »Ich habe dir mein Leben zu verdanken, und wie habe ich mich dafür revanchiert? Wie ich mich dir gegenüber verhalten habe, ist unverzeihlich. Ich kann nur hoffen, dass du die Größe hast, mir – uns – zu verzeihen, wie wir dich behandelt haben.«

»Mir tut es auch leid«, erklärte Quinn mit ernster Stimme. »Caleb liebt dich, und dass du diese Liebe erwiderst, ist das Einzige, was zählt. Er ist so lange allein gewesen und hat die ganze Verantwortung für die Familie auf sich genommen.«

»Dann könnt ihr es wiedergutmachen, indem ihr mir einen Flug nach Colorado bucht und einen Leihwagen arrangiert, denn ich werde mit oder ohne euren Segen nach Colorado fahren und Caleb nach Hause bringen.«

Nach ihrer leidenschaftlich entschlossenen Erklärung widersprach ihr keiner von Calebs Angehörigen mehr.

Ramie fuhr die gewundene, mit Schlaglöchern übersäte Straße zur Hütte hoch, in der sie vor so vielen Monaten gewohnt hatte. Irgendwie war es skurril, dass Caleb die gleiche Fahrt gemacht hatte, um sie aufzuspüren. Nur hatte sie sich diesmal an seine Fersen geheftet, und sie würde genauso energisch auftreten wie er damals, als er mit ihr hatte in Kontakt treten wollen.

Sie hielt neben seinem SUV und blieb einen Moment sitzen, um Mut für die bevorstehende Begegnung zu sammeln. Wenn Caleb sich nun weigerte, sie zu sehen? Wenn sie nun zu lange gewartet hatte, weil ihr irrationales verzweifeltes Bemühen um das Gefühl von Sicherheit Vorrang vor allem anderen gehabt hatte? Ein Schaudern ging durch ihren Körper, wenn sie an ihre Reaktion zurückdachte, als sie aus einem Albtraum erwacht war und den Mann vor sich stehen sah, der darin die Hauptrolle gespielt hatte.

Sie hatte jetzt größere Angst als jemals zuvor. Größer noch als in jener schrecklichen Nacht, als sie erwacht war und Caleb in ihr Fleisch geschnitten hatte. Sie schloss die Augen und verbannte das verstörende Bild aus ihrem Kopf.

Diese Erinnerungen hatten keinen Platz im Hier und Jetzt. Der Mann, der so vielen Menschen Schaden zugefügt hatte, war tot, und sie und Caleb konnten nun ihren Frieden finden. Endlich.

Sie wischte die schweißnassen Hände an ihrer Jeans ab und stieg vorsichtig aus dem Jeep, den Beau für sie gemietet hatte. Sie hatte immer noch große Schmerzen und musste sich langsam bewegen, doch ihre Entschlossenheit brachte sie bis zur Tür, an die sie jetzt genauso energisch klopfte wie damals Caleb.

Die Tür wurde innerhalb von Sekunden aufgerissen, und mit zusammengezogenen Brauen und wütend glitzernden Augen stand Caleb vor ihr.

»Warum bist du nicht im Krankenhaus? Hast du völlig den Verstand verloren? Ist dir überhaupt klar, wie nah dran du warst zu sterben? Dass ich alles versucht habe, um dich umzubringen?«, fragte er heiser.

»Ich bin vor zwei Tagen entlassen worden«, erwiderte sie leichthin.

»Trotzdem solltest du im Bett liegen und nicht quer durchs ganze Land zu einer blöden Hütte am Ende der Welt latschen!«

Dann schien ihm klar zu werden, dass sie ja vor ihm stand und *nicht* dort war, wo sie nach seiner lautstark geäußerten Meinung eigentlich hätte sein sollen. Verwirrung trübte seinen Blick, seine Gesichtszüge erstarrten, als bereitete er sich auf mehr Schmerz vor. Schmerz, den sie ihm unwissentlich zugefügt hatte.

Sie hatten einander im Verlaufe ihrer kurzen, von schrecklichen Ereignissen überschatteten gemeinsamen Zeit viel Schlimmes zugefügt. Jetzt war es an der Zeit, nach vorn zu schauen und alles zu vergessen, was hinter ihnen lag. Zurückzublicken brachte keinem von beiden etwas. Wenn auch nur einer von ihnen sich der Vergangenheit nicht entziehen konnte, hatten sie keine Chance auf eine gemeinsame Zukunft. Ihre Beziehung wäre dann wirklich und wahrhaftig zum Scheitern verurteilt. Es war an ihr, ihn dazu zu bringen, alles hinter sich zu lassen.

»Was machst du eigentlich hier, Ramie? Habe ich dir nicht schon genug wehgetan?«

»Wirst du mich nun endlich hineinbitten, oder lässt du mich hier draußen erfrieren?«, fragte sie spitz.

Ihre Worte rüttelten ihn wach. Schnell zog er sie in die Hütte und setzte sie vor den Ofen. Seine Berührungen waren so zart, dass ihre Brust vor Rührung zu schmerzen begann. Es war offensichtlich, dass er sich bemühen musste, sie nicht zu berühren, aber gleichzeitig dafür sorgen wollte, dass sie es bequem hatte.

Doch als er sie losließ, strich er mit einer Fingerspitze über einen der Stiche auf ihrem Arm, der unter dem langen Ärmel ihrer Bluse herausschaute.

Sofort trat ein bekümmerter Ausdruck auf sein Gesicht, und er schob den Ärmel mit dem Daumen hoch, sodass noch mehr von dem zwanzig Zentimeter langen Schnitt sichtbar wurde, den er ihr zugefügt hatte. Als er merkte, was er tat – eine Verletzung betrachten, die er ihr beigebracht hatte –, riss er die Hand zurück, als hätte er sich verbrannt.

»Eliza sagte, du hättest ihn getötet«, sagte sie beiläufig, um ihn von seinem Selbsthass abzulenken.

Ein gequälter Ausdruck trat in Calebs Augen, und er wandte den Blick ab, als könnte er es nicht ertragen, wenn sie ihn für das verdammte, was er getan hatte.

»Er ist tot«, bestätigte Caleb tonlos. »Ich bedauere es nicht, ihn umgebracht zu haben.«

Sie fragte sich, ob er die Abwehrhaltung in seiner Stimme bemerkte. Dachte er, sie würde ihn verdammen?

»Sehr gut«, sagte sie mit ganz großem Nachdruck. »Ist dir klar, dass wir jetzt wirklich frei sind?«

Er zog die Augenbrauen hoch, und man merkte ihm die Verwirrung an. Er nickte, als würde er sich nicht trauen zu sprechen. Vielleicht wusste er aber auch einfach nicht, was er sagen sollte. Er sah aus, als hätte er Angst, überhaupt etwas zu sagen, weil er immer noch herauszufinden versuchte, warum sie den weiten Weg gemacht hatte, um etwas zu sagen, was er bereits wusste.

Sie wartete nicht länger. Sie hatten beide lang genug gelitten und eine Trennung hinnehmen müssen, auch wenn die nur zwei Wochen gedauert hatte.

Sie streckte die Hand nach ihm aus und hoffte inständig, dass er sie nicht zurückweisen würde. Er sah lange auf sie herab, bis schließlich in ihrem Innern etwas zu bröckeln und zu sterben begann. Sie wollte ihre Hand schon sinken lassen und wappnete sich bereits gegen seine Zurückweisung, als er zu ihrer großen Erleichterung nach ihrer Hand griff, ehe sie wieder in ihrem Schoß lag, und seine Finger mit ihren verschränkte.

Sie zerrte an ihm, wollte ihn ganz nah bei sich haben, sodass er sie berührte. Er wankte mit gerunzelter Stirn nach vorn. Sie streckte die andere Hand aus und zog ihn zu sich auf die Couch.

»Halt mich fest«, hauchte sie. »Bitte, Caleb. Du musst mich festhalten. Verbann die schmerzhaften Erinnerungen und ersetz sie durch neue.«

Die Hoffnungslosigkeit in seinem Blick versetzte ihr einen Schlag. Hatte sie ihm das angetan? Ja, sie hatte Angst gehabt und Caleb nicht zumuten wollen, ihr womöglich wieder wehzutun. Doch jetzt waren sie frei. Es gab keine Bedrohung mehr. Keiner, der je wieder die Kontrolle über sie oder ihn übernehmen würde.

»Komm her«, sagte sie mit erstickter Stimme und streckte ihre Arme nach ihm aus.

Er gab einen gequälten Laut von sich und zog sie an seine Brust, wobei er sie mit seinen Armen so fest umschlang, dass sie kaum mehr atmen konnte. Sie wollte nicht atmen. Sie war erst wieder dazu bereit, wenn er seine Atemzüge mit ihr teilte.

»Es tut mir so leid, Ramie«, sagte Caleb abgehackt. »Es tut mir so unendlich leid.«

»Schsch, Caleb«, redete sie besänftigend auf ihn ein und zog seinen Kopf an ihren Busen. »Es soll dir niemals leidtun, dass du diesen Mistkerl umgebracht hast.«

»Es tut mir nicht leid, ihn umgebracht zu haben«, erklärte Caleb kalt. »Es tut mir leid, was ich *dir* angetan habe.«

»Mir tut leid, was er *uns* angetan hat«, korrigierte Ramie ihn sanft.

Sie zog ihn fester an sich und legte, während sie sein Gesicht streichelte, die Wange an sein Haar.

»Ich liebe dich«, sagte sie zärtlich.

Sie spürte, wie er erstarrte und zurückweichen wollte, aber sie hielt ihn fest und zog ihn noch fester an sich.

Er nahm ihre Handgelenke und lockerte ihren Griff, sodass er sich aufrichten konnte. Seine Hände ließen sie nicht los, während er sie mit glitzernden Augen und angespanntem Gesicht anschaute.

»Sag nichts, was du nicht meinst«, flüsterte er mit heiserer Stimme.

Sie lächelte und sah ihn mit all der Liebe an, die sie für ihn empfand. Damit er es sehen konnte. Es spüren konnte.

»Es ist keine Marotte von mir, irgendwelchen Typen zu erzählen, ich würde sie lieben«, versetzte sie mit einem schiefen Lächeln. »Und ich muss gestehen, dass es mir nicht sonderlich gefällt. Wenn du also einfach nur sagen könntest, dass du mich auch liebst, würde ich mich viel besser fühlen.«

Er sah sie verwirrt an.

»Vergisst du etwa, was ich dir angetan habe? Dass ich mit einem Messer auf dich eingestochen habe? Dass ich dich hätte umbringen können?«

Tränen glitzerten in seinen Augen, und er gab sich keinerlei Mühe, sie zurückzuhalten. Sie rannen frei zu seinem kantigen Kiefer. Es stand so viel Trauer und Bedauern in seinem Blick, dass sie sich unwillkürlich fragte, ob er sich wohl jemals von so einer schweren seelischen Verletzung erholen würde.

Nein, etwas Derartiges würde sie nicht einmal denken. Die Liebe heilte alles. Sie musste nur fest daran glauben.

»Das warst nicht du, der mir diese Verletzungen zugefügt hat«, korrigierte sie ihn. »Ich habe länger gebraucht, als mir lieb ist, das herauszufinden. Aber da ich weiß, wie es ist, wenn man vom Geist eines anderen kontrolliert wird, kann ich dir kaum vorwerfen, was mir selbst auch schon widerfahren ist.«

Er sah sie verblüfft an. »Du wusstest schon, bevor … bevor wir dich zurückholten, dass jemand anderes meine Hand geführt hatte?«

Sie nickte, aber ihr Lächeln geriet ein wenig zittrig. Ihr Kinn zuckte, als wäre auch sie den Tränen nah.

»Als ich das Bewusstsein wiedererlangte und dieses Scheusal vor mir frohlockte, dass du mich an ihn ausgeliefert hättest, wusste ich, dass du das niemals freiwillig getan hättest. Du liebst mich«, erklärte sie schlicht.

Er zog sie schwer atmend und von Kopf bis Fuß zitternd in seine Arme.

»Ja, ich liebe dich«, sagte er. »Unendlich, leidenschaftlich und inniglich werde ich dich lieben, bis zu dem Tag, an dem ich sterbe.«

Sie streckte die Arme nach ihm aus, um sein Gesicht zu umfassen, als er sich schließlich von ihr löste. Er musterte sie durchdringend, als müsste er sich davon überzeugen, dass ihm hier kein grausamer Streich gespielt wurde.

»Mir gefällt diese Vorstellung«, meinte sie mit liebevoller Stimme. »Aber was hältst du davon, wenn wir uns das für den Tag aufsparen, an dem ich sterbe … sagen wir in ungefähr hundert Jahren?«

Er umarmte sie wieder. Er vergrub die Hand in ihrem lockigen Haar, während seine Arme wie Stahlbänder um ihren Leib lagen. Sie lächelte und staunte darüber, dass sie und Caleb einem Sturm standgehalten hatten, den kein anderes Paar je würde über sich ergehen lassen müssen.

»Denk ja nicht, dass irgendetwas von dem, was jetzt gesprochen wurde, als Antrag durchgehen würde«, schnaubte sie. »Ich erwarte einen Kniefall, einen Ring … das volle Programm.«

Caleb warf den Kopf in den Nacken und lachte. Er klang plötzlich ganz sorglos und froh.

Dann wurde er wieder ernst und fiel vor ihr auf die Knie, während sie immer noch auf dem Sofa saß. Er nahm ihre Hände in seine und sah sie so liebevoll an, dass sie auf der Stelle dahinschmolz.

»Willst du mich heiraten, Ramie? Und den Rest deines Lebens mit mir verbringen? Meine Kinder gebären und zusammen mit mir alt werden? Ich schwöre dir, dass keiner dich je mehr lieben wird als ich und dass niemand jemals so geliebt und geschätzt werden wird wie du.«

Sie löste ihre Hände aus seinen, hob die Arme und umfasste sein wunderschönes Gesicht. Dann sah sie ihm tief in die Augen, sodass kein Zweifel an ihrer Ernsthaftigkeit aufkommen konnte.

»Oh, ja«, hauchte sie. »Ja, ich will dich heiraten, Caleb Devereaux. Es ist mir egal, wie viel Geld du hast. Ich würde dich auch lieben, wenn du keins hättest. Ich liebe *dich*.«

Seine Augen glänzten wieder verdächtig, und er musste schlucken, als könnte er die Worte, die er sagen wollte, sonst nicht herausbringen. Schließlich gab er es auf und zog sie wieder in seine Arme. Er wiegte sich mit ihr, während er am ganzen Körper bebte.

»Ich dachte, ich hätte dich verloren«, sagte er mit erstickter Stimme. »Ich dachte, ich hätte dich vertrieben, weil ich den schlimmsten Verrat an dir begangen hatte. Ich weiß überhaupt nicht, wie du dich im selben Raum mit mir aufhalten kannst, ohne nach allem, was ich dir angetan habe, vor Angst die Flucht zu ergreifen. Aber ich wünsche mir mehr als alles andere auf der Welt eine zweite Chance. Du wirst es nicht bedauern, Ramie. Ich schwöre, dass ich dich glücklich machen werde.«

»Du hast mich bereits glücklich gemacht«, sagte sie leise.

»Ich werde dir dein Traumhaus bauen. Ein Haus, in dem du glücklich sein wirst. Ein Haus voller Wärme, Liebe und Lachen, Und, so Gott will, eine ganze Schar Kinder als Ausdruck unserer Liebe.«

»Mein Zuhause ist dort, wo du bist, Caleb. Es ist mir egal, wo wir leben und in was für einem Haus. Solange du da bist, werde ich immer zu Hause sein.«

Verpassen Sie nicht Band 2
der *Slow-Burn*-Reihe
von Spiegel-Bestseller-Autorin
Maya Banks!

Slow Burn – Verhängnisvolle Begierde
erscheint im Februar 2016.